Ein junges Mädchen verschwindet spurlos in der Nacht. Eine Autofahrerin hat das Mädchen mit seinem Rucksack spät in der Nacht am Eingang des Oslofjordtunnels stehen sehen. Einige Tage später wird ihre Großmutter in einer Osloer Gartenstadt ermordet. Kommissar Cato Isaksen glaubt, dass es einen Zusammenhang zwischen den beiden Vorfällen gibt – aber welchen? In einem dramatischen Wettlauf mit der Zeit versucht er, das Mädchen lebend zu finden und den Mörder der alten Frau zu entlarven. Unni Lindell hat einen unglaublich spannenden Kriminalroman um den norwegischen Kommissar Cato Isaksen geschrieben, den man bis zur letzten Seite nicht mehr aus der Hand legen möchte.

Unni Lindell hat 1986 ihren ersten Jugendroman veröffentlicht. Seither hat sie über 20 Bücher geschrieben – Romane, Kinder- und Jugendbücher, Kriminalromane, Novellen und eine Gedichtsammlung. In Norwegen ist sie eine gefeierte Bestseller-Autorin, die bereits viele Preise und Auszeichnungen erhalten hat und deren Bücher in insgesamt vierzehn Ländern erscheinen. Unni Lindell lebt mit ihrer Familie in der Nähe von Oslo.

Unsere Adresse im Internet: www.fischerverlage.de

Unni Lindell

Spurlos in der Nacht

Krimi

Aus dem Norwegischen von
Gabriele Haefs

Fischer Taschenbuch Verlag

Mit Dank an Ellen Holager Andenæs
für die gute Hilfe

Veröffentlicht im Fischer Taschenbuch Verlag,
ein Unternehmen der S. Fischer Verlag GmbH,
Frankfurt am Main, Juni 2005

Lizenzausgabe mit freundlicher Genehmigung des Scherz Verlages,
einem Unternehmen der S. Fischer Verlage, Frankfurt/Main
Die Originalausgabe erschien 2002
unter dem Titel ›Nattsøsteren‹
im Verlag Aschehoug & Co., Oslo

Die Publikation erfolgt mit freundlicher Genehmigung
der Bengt Nordin Agentur, Schweden,
und der Agentur Literatur, Berlin

Satz: Dörlemann Satz GmbH & Co. KG., Lemförde
Druck: Ebner & Spiegel, Ulm
Printed in Germany
ISBN 3-596-16300-5

Wer sieht,
weiß nicht, was er nicht sieht.

Und das Leben schleicht leise dem Grabe entgegen,
obwohl das Kind dem Tage sorglos entgegenlächelte.
Dazwischen wogt ein Leben in Wellen.

Herman Wildenvey

Acht Minuten nach Mitternacht,
Dienstag, der 20. Februar.

Die Frau wühlte im Handschuhfach nach Geld für die Straßenmaut. Zugleich konzentrierte sie sich darauf, den Wagen auf der Straße zu halten. Im Autoradio sang Chris Rea mit heiserer Stimme seinen «Winter Song». Die Frau fand Geld, knallte die Klappe wieder zu und schob sich den Fünfziger zwischen die Oberschenkel. Dann legte sie wieder beide Hände aufs Lenkrad.

Die Busnische tauchte kurz vor dem Verteilerkreis auf. Die Autoscheinwerfer zerteilten die Dunkelheit und färbten das graue Wartehäuschen für einige Sekunden lang gelb, dann schweiften sie wieder über den Schneematsch und den dunklen Asphalt, ehe sie plötzlich ein junges Mädchen anstrahlten. Das Bild dieses Mädchens, das sich auf zwei Krücken lehnte, war überraschend. Sie mochte zwölf oder dreizehn sein. Vielleicht auch vierzehn. Die Frau schaute auf die Uhr. Es war acht Minuten nach Mitternacht. Das Mädchen hatte halblange blonde Haare. Sie trug einen beigen Dufflecoat und eine dunkle Hose. Die Autoscheinwerfer hielten ihr Bild einige Sekunden lang fest, und die Frau im Wagen konnte noch registrieren, dass das Mädchen an dem einen Fuß einen schwarzen Snowjogg-Stiefel mit dicker, schwerer Sohle und an dem anderen einen Gipsverband trug. Sie stützte sich auf die Krücken. Sie hatte das Gesicht halb abgewendet. Das Bild hatte etwas Beunruhigendes. Junge Mädchen sollten nachts nicht an einsamen Bushaltestellen vor Tunneleingängen herumstehen.

Die Frau fuhr in den Verteilerkreis und bog in Richtung der dunklen Öffnung ab. Sie wollte den langen Tunnel durchqueren, der unter dem Fjord an das andere Ufer führte, zur Halbinsel Hurum. Es war der 20. Februar. Es war ein Grad unter Null, in der Luft hing ein leichter Nieselregen.

ER WAR EBEN ERST eingeschlafen, als er vom Telefon geweckt wurde. Hauptkommissar Cato Isaksen fuhr hoch. Als Erstes fiel ihm auf, dass er vergessen hatte, die Nachttischlampe auszuknipsen. Die Kriminalzeitschrift war neben das Bett geglitten und hatte sich bei einem Artikel aufgeschlagen, in dem es um ihn selbst ging.

Er griff zum Handy, drückte auf Antworten und räusperte sich zweimal, ehe er etwas sagte. Am anderen Ende der Leitung hörte er Roger Høibakk, mit dem er nun schon seit Jahren zusammen arbeitete.

«Ältere Frau in Ullevål Hageby erschossen», sagte Roger kurz. «Du hast doch wohl noch nicht geschlafen?»

Cato Isaksen warf einen Blick auf den Wecker. Der zeigte 23.16 Uhr. Es war noch immer Mittwoch, der 7. März.

«Nein», sagte er kurz und fuhr sich über die Augen. Dieses eine Mal war er früh zu Bett gegangen. Bente hatte Nachtdienst im Pflegeheim. Die Geräusche von unten verrieten ihm, dass sein Sohn Vetle noch immer vor dem Fernseher saß.

Roger Høibakk wusste nicht viel über diesen neuen Todesfall.

«Die Meldung ist eben erst eingelaufen», sagte er. «Wir sind unterwegs zum Tatort. Wann kannst du da sein?»

«In fünfundzwanzig Minuten», sagte Cato Isaksen. Er schlug die Decke zur Seite und setzte sich auf. Sein Blick fiel auf den roten Kater, der sich im Bett ausgestreckt hatte und sich jetzt am Fußende zusammenrollte.

Cato Isaksen hatte die Vorhänge nicht geschlossen. In der Fensterscheibe sah er sein weißes, scharf geschnittenes Gesicht. Er sah einen müden Siebenundvierzigjährigen mit schütteren blonden Haaren. Seine Augen im Glasbild glichen schwarzen Löchern. Nach einem Herbst mit fast nur Regen, auf den ein kalter, schneereicher Winter gefolgt war, blieb ihm nicht mehr viel Energie. Er rief seinem Sohn gereizt zu, er solle machen, dass er ins Bett komme.

«Du musst morgen in die Schule.»

Er zog sich an und begegnete seinem Sohn mitten auf der Treppe.

«Ich hab es so satt, dass du nicht selber auf die Uhr schaust», sagte er wütend. Der Sohn zuckte gleichgültig mit den Schultern.

Cato Isaksen schnappte sich seine Wagenschlüssel. Dann lief er rasch in die Küche und trank einige große Schlucke Leitungswasser, ehe er in die kühle Nachtluft hinaustrat.

Auf dem Weg zum Auto, das am Ende der Garagenanlage stand, drehte er sich kurz um und warf einen Blick auf die dicht an dicht liegenden Reihenhäuser. Eigentlich wäre er gern umgezogen, hätte sich ein Einfamilienhaus zugelegt. Aber dazu war es jetzt vielleicht schon zu spät, die Söhne waren schließlich schon siebzehn und zwanzig Jahre alt. Der Jüngste, Georg, war die meiste Zeit bei seiner Mutter. Cato Isaksen zog seine Jacke fester zu. Die Märzluft brachte einen eisigen Hauch mit. Er fror durch den Jackenstoff. Der Frühling hatte es in diesem Jahr wirklich nicht eilig.

Ullevål Hageby war bekannt wegen seiner englischen Steinhäuser mit alten Dachziegeln und kleinen Gartenparzellen. Es war ein ganz besonderer Baustil, und in den letzten Jahren war die Gegend sehr beliebt und sehr teuer geworden.

Als Cato Isaksen in die John-Colletts-Allee abbog, sah er schon aus der Ferne das Blinklicht der Streifenwagen und die Menge der Neugierigen.

Der Kommissar hielt halbwegs auf dem Bürgersteig. Er schaute sich um und ging dann auf seine fröstelnden Kollegen zu. In den kleinen Steinhäusern brannte hinter vielen Fenstern Licht.

Eine Schar von zehn bis fünfzehn Neugierigen stand hinter der Polizeiabsperrung und unterhielt sich leise miteinander. Ihre weißen Gesichter leuchteten im Schein der Lampen, die die Polizei aufgestellt hatte. Die roten und weißen Bänder schwangen im Wind langsam hin und her. Die Zuschauer musterten die Polizei und den Arzt, der zum Tatort gerufen worden war. Die gesamte Maschinerie war bereits in Gang gesetzt. Uniformierte Kollegen vom Ordnungsamt sprachen mit den Anwesenden und notierten alles, was vielleicht wichtig sein könnte. Danach baten sie die Leute, sich zurückzuziehen.

Cato Isaksen begrüßte kurz die Kollegen von der Technik. Er hielt Ausschau nach Ellen Grue, konnte sie aber nirgendwo entdecken. Die Polizei notierte die Nummern der in der Straße abgestellten Wagen und fotografierte die Umgebung.

Das Opfer, eine alte Dame, lag auf der Seite. Ein Arm war auf seltsame Weise nach hinten gebogen, so, als sei er aus Gummi. Ihre Augen waren geschlossen. Die grauen Haare waren nach vorn gerutscht und bedeckten große Teile ihres Gesichts. Cato Isaksen betrachtete den Mund mit den verkniffenen, bleichen Lippen. Der helle Frühlingsmantel wies auf dem Rücken einen großen dunklen Blutfleck auf. Das Blut war weitergeströmt und bildete jetzt auf dem Asphalt eine kleine Lache. Die Frau hatte beim Fallen einen soliden Laufschuh verloren. Dem Fahnder fiel auf, dass ihre dicken braunen Strümpfe an der Ferse gestopft waren. Noch immer durchfuhr es ihn eiskalt beim Anblick des Todes. Er konnte sich auch noch Jahre später an einzelne ausdruckslose Totenmasken aus zurückliegenden Fällen erinnern. Er blieb stehen und musterte den Leichnam. Eine armselige alte Frau. Ihre Tasche lag einen Meter von ihr entfernt. Sie war nicht geöffnet.

Roger Høibakk kam zu ihm herüber. Er nickte kurz.

«Jetzt geht das wieder los», sagte er.

Cato Isaksen nickte ebenfalls.

«Wer ist sie?»

«Brenda Elise Moen, fünfundsiebzig. Sie hat gleich hier in der Straße gewohnt, in Nummer 51.»

Roger Høibakk zog seine Handschuhe besser zurecht. Er reichte Cato Isaksen einen Bibliotheksausweis.

«Ihre Tasche kommt mir ganz unberührt vor. Das hier hab ich aus ihrer Brieftasche gefischt.»

Cato Isaksen nahm den Ausweis entgegen, sah ihn aber nicht an.

«Das war jedenfalls kein Handtaschenräuber.» Roger Høibakk nickte zu der schwarzen Tasche hinüber.

Cato Isaksen dachte, das wäre ja wohl übertrieben gewesen, eine alte Dame zu erschießen, nur um ihre Brieftasche zu stehlen. Aber geschossen wurde in dieser Stadt nun wirklich oft genug. In der Regel waren es Banden aus den verschiedenen Zuwandererszenen, die aneinander gerieten. Auch Drogensüchtige, Türsteher und Frauen mit eifersüchtigem Ehemann oder Liebhaber standen ganz oben auf der Liste der Opfer solcher Schießereien. Aber nicht alte Damen mit soliden Schuhen und gestopften Strümpfen.

Etwas an der Ermordeten kam ihm komisch vor. Wie sie so da lag, hilflos, auf dem Boden, mit den verschlissenen Strümpfen und den abgenutzten Schuhen, mit ihrem Frühjahrsmantel, der auch schon bessere Tage gesehen hatte. Etwas an ihr kam ihm erbärmlich vor. Und etwas stimmte nicht an der ganzen Situation.

Die nächststehende Laterne schien durch einen Baum mit kahlen Zweigen. Eine Reihe von Mülltonnen wurde gewissenhaft von zwei Polizisten untersucht. Die Hundestreife war ebenfalls am Werk. Ein Schäferhund und ein Labrador bellten kurz und ungeduldig und zerrten an ihren Leinen. Drei Streifenwagen waren im Einsatz und deren Besatzungen sahen sich die nächste Umgebung an. Vor allem hielten sie Ausschau nach einigen jungen Skatern, die ungefähr zur Mordzeit in der Gegend gesehen worden waren.

Ein Streifenwagen polterte in hohem Tempo über ein Geschwindigkeitshindernis und hielt hinter den Zuschauern. Ellen Grue von der Technik, gekleidet in Jeans und schwarze Lederjacke, und eine Kollegin stiegen aus. Der beißende Wind packte Ellens kurzen dunklen Schopf. Sie sah sich um, ehe sie auf die Straße trat und unter der Absperrung hindurch schlüpfte. Cato Isaksen ließ die kleine schlanke Frau nicht aus den Augen.

Angeblich hatte Ellen Grue sich mit einen Anwalt zusammengetan. Einem bekannten. Er war fast sechzig. Ein eleganter Mann, mit großer Wohnung, gleich mehreren Ferienhäusern und viel Geld. Aber alt, dachte Cato Isaksen. Ihm war die Sache überaus unangenehm. Ellen war eine pflegeleichte Geliebte gewesen, pflegeleicht und doch schwierig. Sie verstanden einander. Hinterher gab es niemals irgendwelche Scherereien. Einmal hatte Ellen gesagt, sie habe das Gefühl ihn auszunutzen, nicht umgekehrt. Er hatte es fantastisch gefunden, das von einer Frau zu hören. Aber eben weil die Beziehung so leicht gewesen war, war er sich auch einige Male wie ein Betrüger vorgekommen. Ellen nervte nicht, hatte ihn vielleicht durchschaut. Oder sie brauchte ihn nicht zu durchschauen, weil sie ihn verstand. Aber jetzt verletzte es ihn doch, dass die Sache für sie nicht wichtiger gewesen war.

Sie nickte ihm kurz zu, streifte ihren Papieranzug über und zog ein Paar Plastiksocken aus einer Tasche.

«Zieh du auch welche an», rief sie und warf ihm zwei blaue Socken zu. Dann zog sie sich eine hellgrüne Haube über die Haare.

Cato Isaksen streifte die Plastiksocken über seine dicken Schuhe und rieb sich kurz das Gesicht. Plötzlich fühlte er sich ausgesprochen munter.

Ein Journalist war dazu gekommen und rief Cato Isaksen etwas zu. Das Blitzlicht zerfetzte den dunklen Frühlingsabend mit seinem harten weißen Flackern. Der Kommissar fuhr gereizt herum und wollte ihn vertreiben.

«Sie wissen doch, dass wir nichts sagen dürfen, so lange die Angehörigen nicht informiert sind», sagte er.

Das junge Paar, das im nächststehenden Haus wohnte, saß in einem Streifenwagen und machte seine Aussage. Offenbar hatten die beiden etwas gesehen. Sie hatten den Mord bei der

Polizei gemeldet und von den jungen Skatern erzählt, die kurz vorher vorbeigefahren waren.

Roger Høibakk trat wieder neben ihn. Das Licht einer auf einem Stativ angebrachten Lampe beleuchtete die eine Hälfte seines Gesichtes. Cato Isaksen fiel auf, dass die dunklen Haare seines Kollegen hinter dem Ohr ein wenig grau wurden.

Wir werden langsam alle alt, dachte er traurig.

Das Haus war keine hundert Meter vom Tatort entfernt. Brenda Elise Moen war Witwe, wie Roger jetzt berichtete. Ihr Mann war schon viele Jahre tot. Das Opfer hatte zwei Kinder, einen Sohn und eine Tochter. Der Sohn war unter derselben Adresse gemeldet wie die Mutter.

Cato Isaksen schaute seinen Kollegen mit ernster Miene an und nickte.

«Schnapp dir einen jungen Kollegen und sieh dir die Nr. 51 an», sagte er.

Roger Høibakk und der junge Polizeianwärter gingen die Straße entlang. Zwei Neugierige folgten ihnen langsam. In der Auffahrt zur John-Colletts-Allee 51 stand ein weißer Volkswagen Passat CL. Im Erdgeschoss war alles dunkel. Im ersten Stock brannte Licht. Das Tor stand offen. Die Polizisten gingen über den schmalen Kiesweg zwischen den Gartenparzellen. Eine steile Steintreppe führte zur Haustür. Dort waren untereinander zwei Namensschilder angebracht. Das trübe Licht, das durch die Buckelglasfenster der Haustür fiel, machte es möglich, die Namen zu entziffern. Brenda E. Moen stand neben der Klingel für das Erdgeschoss, der Name des Sohnes, Alf B. Moen, neben der für den ersten Stock.

Roger Høibakk drückte auf den oberen Klingelknopf. Er merkte, dass der junge Kollege aufgeregt und nervös wirkte.

«Erstes Mal?», fragte er. Der Junge schüttelte den Kopf. «Zweites», sagte er.

Høibakk klingelte noch einmal. Nach einer Minute hörten sie, dass drinnen eine Tür geöffnet wurde. Die Lampe über der Haustür wurde eingeschaltet, und Schritte auf der Treppe verrieten, dass jemand zu ihnen unterwegs war.

Ein Mann mittleren Alters, dessen runder Bauch unter seinem gestreiften Bademantel verborgen war, öffnete die Tür. Er war nicht besonders groß, fast kahl, hatte aber noch rötlichen Haarflaum an den Ohren. Seine Füße leuchteten in der Dunkelheit kreideweiß. Er musterte die Besucher neugierig.

Roger Høibakk stellte sich vor und fragte, ob er mit Brenda Elise Moen verwandt sei.

Der Mann sah ihn an. Sein Gesicht nahm einen wachsamen Ausdruck an, dann drehte er sich um und schaute zur Tür hinüber, die zur Erdgeschosswohnung führte. Die war verschlossen.

«Brenda Moen ist meine Mutter», sagte er und nickte zur Tür hinüber. «Sie wohnt dort.»

Als Roger Høibakk versuchte, ihm möglichst schonend beizubringen, was geschehen war, musterte der Sohn ihn zuerst verständnislos, dann wurde er wütend. Er schaute kurz auf die Uhr, die inzwischen fast Mitternacht zeigte, lief zur Tür seiner Mutter und klingelte dort. Als nichts passierte, wollte er aus seiner eigenen Wohnung den Schlüssel holen.

«Bestimmt schläft sie», sagte er, als habe er nicht gehört, was der Polizist ihm mitgeteilt hatte.

«Das ist nicht nötig», sagte Roger Høibakk. «Ich habe Ihnen wirklich die Wahrheit erzählt, sie ist tot.»

Aber Boris Moen war jetzt sichtlich verwirrt und wollte sofort zum Tatort laufen, aber die Polizisten konnten ihm das wieder ausreden.

«Warten Sie auf jeden Fall, bis Sie sich ein wenig beruhigt haben», sagte der junge Polizist und beugte sich freundlich etwas in seine Richtung.

«Er hat getrunken», flüsterte er dann seinem Kollegen zu.

Roger Høibakk nahm den scharfen Geruch wahr, meinte aber, der könne auch eine andere Ursache haben. Terpentin vielleicht.

«Haben Sie getrunken?», fragte er. Alf Boris Moen schüttelte energisch den Kopf. Er wich zurück, tastete nach dem Geländer und ließ sich auf eine der untersten Stufen fallen. Offenbar litt er unter Atembeschwerden, und Roger Høibakk bat den Kollegen, einen Arzt zu holen.

«Sollen wir auch einen Geistlichen verständigen?», fragte Roger Høibakk freundlich.

Alf Boris Moen schüttelte den Kopf.

«Mutter geht um diese Zeit nie aus dem Haus», sagte er nur immer wieder. «Sie geht um diese Zeit nie aus dem Haus. Jedenfalls nicht so.»

«Wie meinen Sie das?»

Alf Boris Moen schlug die Hände vors Gesicht. Seine Finger waren dick, an einem steckte ein Ring.

«So spät», sagte er. «So spät geht sie nie aus dem Haus.»

Roger Høibakk und sein junger Kollege gaben sich alle Mühe, ihn zu beruhigen. Über Situationen wie diese wurde im Dienst oft gesprochen. Über den Umgang mit Angehörigen. Wie konnten sie freundlich und verständnisvoll auftreten, wo sie in Wirklichkeit doch überarbeitet waren und Informationen brauchten, sonst nichts. Sie brauchten Informationen über die Mutter, und zwar ganz schnell. Glaubte er zum Beispiel, die Mutter habe irgendwelche Feinde gehabt? Solche Dinge. Aber das konnten sie gleich vergessen. Im Moment war es unmöglich, aus dem Mann auf der Treppe eine vernünftige Antwort herauszuholen. Schließlich war soeben dessen Leben zerbrochen.

«Vielleicht sollten wir in Ihre Wohnung gehen und uns dort weiter unterhalten.» Roger Høibakk versuchte ihm beim Aufstehen zu helfen. «Waren Sie den ganzen Abend zu Hause?»

Der Mann nickte. «Ich habe nichts gehört. Ich dachte, Mutter sei schon ins Bett gegangen. Sie geht immer gegen halb elf, elf schlafen.»

«Der Wagen draußen in der Auffahrt ...»

«Der gehört mir. Mutter hat kein Auto. Sie hat auch keinen Führerschein. Haben Sie meine Schwester Helena schon unterrichtet?», fragte er traurig und kam mühsam auf die Beine.

«Dazu sind wir noch nicht gekommen», sagte Roger Høibakk. «Wo wohnt sie?»

«In Drøbak. Bitte, rufen Sie sie an.»

«Ja, gleich», sagte Roger Høibakk und zog sein Telefon aus der Tasche. In diesem Moment kam der Arzt, ein junger Mann in Lederjacke, die Steintreppe hoch.

Der Leichnam wurde kurz nach Mitternacht weggebracht. Die beiden Polizisten von der Hundestreife suchten noch immer die Umgebung ab. Die Besatzungen der Streifenwagen erstatteten Bericht. Einer hatte die jungen Skater gefunden, das war alles. Sie wurden zur Wache gefahren und dort vernommen.

Cato Isaksen ging zu Ellen Grue hinüber. «Es ist schweinekalt», sagte er. Sie nickte kurz und widmete sich weiter der Spurensicherung. Die meisten Neugierigen waren verschwunden, einer nach dem anderen. Aber noch immer standen die Menschen an ihren Fenstern und betrachteten die Streifenwagen, die Absperrung und das kleine Zelt, das am Fundort aufgestellt worden war. Der Wind fegte kalt zwischen den Steinhäusern dahin und durch die Straße, riss in den teilweise mit Eis bedeckten kleinen Gärten an Zweigen und Büschen.

Die Polizisten sehnten sich nach der Wache, wo sie sich aufwärmen könnten. Der Tatort wurde mit einem provisorischen Zaun gesichert. Ein Wagen wurde für die Nacht dort postiert.

Cato Isaksen sprach in einem Verhörraum mit den Skatern. Das kalte Licht der Neonröhren ließ ihre Gesichter noch weißer aussehen, als sie es in Wirklichkeit schon waren. Vor den Fenstern lag die schwarze Nacht. Die Jungen mit den hängenden Hosenböden, den Anoraks und den typischen, tief ins

Gesicht gezogenen Mützen, hatten den Ernst der Lage offensichtlich erkannt.

«Wir kamen von der Rampe oben am Damplass. Und dann hörten wir einen Schuss», sagte der eine. «Und dann noch einen. Ich drehte mich um und er drehte sich um, aber der da», sagte der Junge und zeigte auf einen Kumpel, «der ist nur weitergefahren, als ob nichts passiert wäre.»

«Das war doch bloß, weil ich das doch nicht wusste. Ich dachte einfach, das ist irgendein Jux.» Er zuckte kurz mit den Schultern. «Feuerwerk oder Chinaböller oder so.»

«Ich drehte mich um und sah eine alte Dame, die die Straße entlang ging, von uns weg», sagte der Erste. «Das war alles. Ich weiß nicht, ob auf diese alte Dame geschossen worden ist, ob der erste Schuss nicht getroffen hat oder ob es um eine ganz andere alte Dame ging.»

«Dass jemand auf dem Boden lag, ist euch also nicht aufgefallen?»

Die Jungen schüttelten den Kopf.

«Dann kamen ein paar Autos», sagte einer. «Zwei, vielleicht. Ein BMW, glaube ich.»

Cato Isaksen redete zwanzig Minuten mit ihnen. Die Jungs konnten nur diese Beobachtungen liefern. Sie waren zum ersten Mal in diesem Jahr mit den Skates unterwegs gewesen, erzählten sie. Der Ermittler sah einen nach dem anderen an, dankte ihnen und ließ sie mit einem Zivilwagen nach Hause bringen.

Er hatte seine festen Mitarbeiter und die einzige Mitarbeiterin im Team einberufen. Randi Johansen war schon zur Stelle. Sie schaltete in einem Verhörraum das Licht ein. Die Neonröhren unter der Decke zuckten zweimal, dann kamen sie zur Ruhe und ließen ihr kühles Licht durch den Raum schweifen. Eine Viertelstunde später waren alle zur Stelle, nur Preben Ulriksen nicht.

Asle Tengs, der älteste Ermittler, holte zwei Stühle und stellte sie vor den ovalen Besprechungstisch. Die Abteilungschefin Ingeborg Myklebust war informiert worden, hatte aber mitteilen lassen, dass sie erst am nächsten Morgen wieder im Haus sein werde. Cato Isaksen war das nur recht. Er und die Chefin hatten ihr gespaltenes Verhältnis wieder aufgenommen, nach einer kurzen Zeit der Besserung, als Myklebust schwer krank geworden war. Seitdem sie wieder im Dienst war, war alles wieder beim Alten.

Sie nahmen am Tisch Platz. Roger Høibakk brachte einen Computerausdruck.

«Brenda Moen hat dreißig Jahre lang in der Kantine des Krankenhauses Ullevål gearbeitet», sagte er. «Sie hat vor etwas über zehn Jahren aufgehört, damals war sie vierundsechzig. Gegen sie liegt nichts vor. Nicht einmal eine Buße wegen Falschparkens.»

«Vielleicht hatte sie keinen Führerschein», sagte Randi Johansen spöttisch.

«Stimmt», sagte Roger.

«Warum hat der Täter die Tasche nicht an sich gerissen? Das Opfer war ja wohl kaum sehr stark», murmelte der junge Kollege. Es war deutlich, dass er sich in dieser Besprechung der erfahrenen Kollegen pudelwohl fühlte. Eigentlich war er ein lernwilliger Grünschnabel. Es herrschten geteilte Meinungen darüber, ob Leute wie er, die noch kaum Erfahrungen gemacht hatten, an Mordermittlungen beteiligt werden sollten. Und es gab gute Gründe dafür und gute Gründe dagegen. Aber das System sah nun mal ihre Teilnahme vor.

«Vielleicht ging es ihm ja gar nicht um die Tasche», meinte Randi Johansen.

Roger Høibakk streckte unter dem Tisch die langen Beine aus. Auf einem Zettel, der vor ihm lag, standen Namen aus der Nachbarschaft, unter anderem der einer alten Dame, die ein Stück weiter die Straße hoch wohnte, schräg gegenüber von Nr. 51. Sie wollte die Polizei gern in ihre Wohnung bitten, hatte sie gesagt. Roger Høibakk hatte ihr auch einen Besuch für den nächsten Tag versprochen, so dass sie dann mehr erzählen könnte. Sie wollten die ganze Gegend abfragen, um festzustellen, ob irgendjemand etwas gesehen habe, was den Ermittlungen weiterhelfen könnte.

Randi Johansen spielte immer wieder mit ihrem Trauring am Finger. Sie runzelte die Stirn. «Gehen alte Damen oft abends um elf noch weg?», fragte sie.

Die anderen schüttelten den Kopf. «Der Sohn hat bestätigt, dass das sonst nicht vorgekommen ist. Sie wurde um kurz vor elf erschossen auf der Straße aufgefunden», sagte Roger Høibakk und blätterte in den Unterlagen, die vor ihm lagen. Der Zettel mit dem Namen der alten Dame aus dem Haus gegenüber fiel dabei zu Boden.

«Die Nachricht ist genau um 22.58 Uhr eingetroffen», sagte er. «Ein junges Ehepaar aus dem Nachbarhaus hatte sie nach wenigen Minuten gefunden. Sie hatten den Schuss gehört, es war wohl nur einer oder vielleicht auch zwei. Sie liefen ans Fenster. Es war dunkel, aber die Straßenlaterne zeigte den Bürgersteig vor dem Haus. Sie sahen dort nur zwei Wagen und drei Skater, die weiter hinten in der Dunkelheit verschwanden, ansonsten war alles still. Erst, als sie sahen, dass andere zum Tatort liefen, gingen sie auch nach draußen. Sie glaubten zuerst, nur ein paar Böller gehört zu haben, weil die drei Skater doch eben erst auf ihren Brettern vorbei gekommen waren.»

«Die Knaben haben wohl nichts damit zu tun», sagte Cato Isaksen. «Sie sagen, dass der Tatort schon weit hinter ihnen lag, als geschossen wurde. Und das stimmt auch mit den Beobachtungen der anderen Nachbarn überein.»

«Dann kann es doch ein Taschenräuber gewesen sein», warf der junge Polizist schüchtern ein.

Randi Johansen nickte zustimmend. «Vielleicht hat ihn etwas daran gehindert, die Tasche an sich zu reißen.»

Cato Isaksen ging die Papiere mit seinen Notizen durch und fasste das wenige zusammen, was sie inzwischen wussten.

«Das junge Ehepaar aus dem Erdgeschoss des Nachbarhauses hat die Schüsse gehört, ist aber erst eine halbe Minute später losgelaufen, als sie sahen, dass der alte Mann von gegenüber zum Tatort unterwegs war. Brenda Elise Moen hat offenbar hinter dem Zaun gelegen, so dass sie sie vom Haus aus nicht sehen konnten. Diese Beobachtungen passen zu dem, was die Skater gesagt haben», erklärte Cato Isaksen und gab seine Notizen in ein kleines Diktiergerät ein.

«Mittwoch, 7. März, 22.58 Uhr, wurden Schüsse in der John-Colletts-Allee gemeldet. Das Opfer war fünfundsiebzig Jahre alt. Sie hat einen Sohn und eine Tochter. Der Sohn, Alf Boris Moen, arbeitet im Verteidigungsministerium, die Tochter Helena Bjerke, derzeit krank geschrieben, ist sonst in einer Reinigung tätig.»

«Er arbeitet im Verteidigungsministerium? Man kann doch nicht Alf Boris heißen und im Verteidigungsministerium arbeiten», sagte Preben Ulriksen, der soeben den Raum betreten hatte. Er ließ sich gelassen auf einen freien Stuhl fallen. Auf seiner Stirn zeigte sich noch das Muster von seinem Kopfkissen.

Cato Isaksen schaltete gereizt das Diktiergerät aus, dann schaltete er es wieder ein und redete weiter:

«Der Sohn heißt Alf Boris Moen», wiederholte er. «Die Tochter, Helena Bjerke, wohnt mit ihrer Familie in Drøbak. Sie sind siebenundvierzig und zweiundvierzig Jahre alt. Sie sind beide informiert. Der Sohn wohnt im selben Haus wie die Mutter in der John-Colletts-Allee 51. Er hatte offenbar keine Ahnung davon, dass seine Mutter noch wegging. Sie haben getrennte Wohnungen, das kann also durchaus stimmen. Roger Høibakk glaubt, dass er Alkohol getrunken hatte, aber betrunken war er nicht.»

Cato Isaksen schaltete das Diktiergerät aus. Randi Johansen beugte sich über den Tisch vor, um etwas zu sagen, wurde aber von Preben Ulriksen daran gehindert. «Hast du eigentlich Kaffee aufgesetzt?», fragte er müde.

Randi Johansen bedachte ihn mit einem eiskalten Blick.

«Nein», sagte sie. «Du bist zuletzt gekommen, also mach du das.»

Cato Isaksen musterte beide und nickte dann Preben kurz zu, als Zeichen dafür, dass der den Kaffee übernehmen sollte. Zugleich klingelte das Handy in seiner Tasche. Preben Ulriksen stand auf und verließ das Zimmer, während Cato Isaksen das Telefon hervorzog. Er erkannte Ellen Grues Nummer. Sie teilte kurz mit, dass sie jetzt die Leichenhalle verließe.

«Es waren zwei Schüsse», sagte sie, als sie zehn Minuten später den Raum betrat. «Vermutlich zwei», sagte sie und machte eine kurze Handbewegung, dann zogen sie und eine weitere Kollegin sich Stühle an den ovalen Tisch und setzten sich.

Cato Isaksen starrte für einen Moment die Tischplatte an. Ellens Anwesenheit ließ ihn niemals unberührt. «Wie schnell können wir den vorläufigen Obduktionsbericht haben?», fragte er.

Ellen Grue schaute ihm ins Gesicht. «Die Pathologen kamen gerade, als wir gingen», sagte sie. «Versprechen kann ich ja nichts. Morgen gegen Mittag, vielleicht. Oder heute, meine ich.» Sie schaute rasch auf die Uhr, die jetzt fünf vor halb zwei zeigte.

Ellen und die andere Technikerin erhoben sich und verließen das Zimmer. Zehn Minuten darauf sagte Cato Isaksen, er müsse zur Toilette. Er ging hinaus auf den Flur, rief Ellens Handynummer an und fragte, ob sie wirklich heiraten wolle. Sie zögerte. Er sagte, er habe ein Recht, das zu erfahren. Worauf sie kurz lachte und bejahte. «Klar doch», sagte sie. «Ich heirate den Anwalt.»

Cato Isaksen ging auf die Toilette und spritzte sich kaltes Wasser ins Gesicht. Dann riss er sich zusammen und ging zu den anderen zurück.

Inzwischen war die Nachricht eingetroffen, dass ein Hund eine Spur zum Haus der Toten zurück verfolgt hatte. Der andere Hund war auf einem kleinen Fußweg zwischen zwei

Gärten und dann weiter zur Hauptstraße und zur Straßenbahnkehre im Sognsvei gelaufen.

Thorsen und Billington kamen herein. Die beiden Fahnder mittleren Alters operierten fast immer zusammen und hatten mit einem älteren Ehepaar gesprochen, das der Fundstelle gegenüber wohnte.

«Die wollten uns gar nicht wieder weg lassen», sagten sie resigniert. «Es gab Kaffee und Kuchen und Familienbilder und ich weiß nicht, was alles.» Die anderen grinsten.

«Das ältere Ehepaar hat Schüsse gehört und ist ans Fenster gelaufen. Die Tote lag schon auf dem Boden, und der Mann ist so schnell es ging zum Tatort gerannt», erzählte Billington eifrig. «Er hat ein dunkles Auto und eine Person gesehen, die um die Kurve verschwanden. Zugleich kam das junge Ehepaar aus dem Nachbarhaus. Sie hatten bereits die Polizei informiert.»

Erst gegen vier Uhr morgens war Cato Isaksen wieder zu Hause in Asker. Auf der Heimfahrt dachte er an die alte Dame und das Ende, das sie gefunden hatte. Die Fahnder hatten sich schon ein ungefähres Bild des Ereignisverlaufs gemacht.

Der rote Kater sprang vom Sofa, als Cato Isaksen die Tür aufschloss. Er sehnte sich nach Gesellschaft. Reckte sich müde vor seinen Beinen und rieb sich dann an seinen Waden. Aber Cato Isaksen schob ihn energisch mit dem einen Fuß beiseite. «Es ist noch nicht Morgen», murmelte er, ging in die Küche und nahm sich einen Joghurt aus dem Kühlschrank. Dann ging er nach oben und deckte Vetle zu, ehe er den Pullover über den Kopf zog und im Badezimmer verschwand. Er legte sich in das leere Doppelbett und schlief drei Stunden lang tief. Dann klingelte der Wecker und er ging duschen. Auf dem Weg zur Haustür, wo er seinen Mantel anziehen wollte, begegnete ihm Bente, die vom Nachtdienst kam. Er erklärte ihr kurz, was geschehen war. «Ich war um vier wieder da», sagte er. Bente war müde und wollte wissen, ob Vetle verschlafen habe. Cato Isaksen fluchte leise. Er hatte schon wieder vergessen, den Jungen zu wecken. Und das war ihm eben nicht zum ersten Mal passiert. Er lief in den ersten Stock und donnerte gegen die Tür des Jungenzimmers. «Aufstehen», rief er und ging wieder nach unten in die Küche. «Er sitzt aber auch die halbe Nacht vorm Fernseher», sagte er genervt.

Bente musterte ihn mit resigniertem Blick. «Ich begreife nicht, wieso es so schwer sein soll ihn zu wecken. So viele Pflichten hast du hier im Haus ja wirklich nicht. Aber jetzt, wo du dir über einen neuen Fall Gedanken machen kannst, können wir dich ja wohl für die nächsten Wochen vergessen», sagte sie bissig. Cato Isaksen ging und knallte energisch mit der Tür.

Als Cato Isaksen den Fahrstuhl verließ, lief ihm ein aufgeregter Roger Høibakk über den Weg.

«Brenda Elise Moens Enkelin ist vor vierzehn Tagen verschwunden», sagte er. «Die Zeitungen haben in den letzten Tagen ausgiebig über sie berichtet. Sieh mal!» Er hielt seinem Chef eine Tageszeitung hin.

Cato Isaksen nahm die Zeitung und starrte das Bild des hübschen blonden Mädchens an. NICHTS NEUES ÜBER KATHRINE, lautete die Schlagzeile.

Jetzt mischte Preben Ulriksen sich ins Gespräch. Die beiden Fahnder redeten wild durcheinander. Sie hatten die ganze Nacht gearbeitet. Cato Isaksen legte zerstreut seine Jacke ab, schlug die Zeitung auf und überflog die Artikel.

«Woher wisst ihr, dass das Moens Enkelin ist?»

«Helena Bjerke hat es nicht erwähnt, als ich sie über den Mord an ihrer Mutter informiert habe», sagte Roger Høibakk. «Die Kollegen aus Follo haben sich gemeldet, als sie von dem Mord gehört haben.»

«Warum hat Alf Boris Moen nichts gesagt?»

«Das ist vielleicht kein Wunder. Sicher war es ein Schock für ihn, noch so eine Horrornachricht hören zu müssen», meinte Preben Ulriksen verständnisvoll.

Cato Isaksen ging über den Flur, erreichte sein Büro und schlug vor sich auf dem Tisch die Zeitung auf. Roger und Preben folgten ihm. «Die ist von gestern», sagte Roger Høibakk eifrig.

Cato Isaksen hatte das Gefühl das Mädchen auf dem Bild zu kennen. Lächelnd, hübsch, mit blauen Augen und blonden Haaren. Er hatte jeden Tag über sie gelesen. Sie war am 20. Februar aus Drøbak verschwunden. Kathrine Bjerke war erst vierzehn. Zuletzt war sie von einer Autofahrerin gesehen worden, die sie um kurz nach Mitternacht vor dem Eingang zum Oslofjordtunnel beobachtet hatte.

Neues gab es noch nicht. Die Umgebung, Wald und Fjord gleichermaßen, war nach ihr abgesucht worden. Cato Isaksen vertiefte sich in den Artikel. *Eine Zeugin kam gleich nach Mitternacht an einer Bushaltestelle vorbei. Zwei Tage, nachdem die Zeitungen erstmals von Kathrine Bjerkes Verschwinden berichtet hatten, teilte sie der Polizei mit, dass sie an der Bushaltestelle kurz vor dem Oslofjordtunnel ein junges Mädchen mit Krücken gesehen habe. Die Polizei hält diese Beobachtung für zuverlässig. Die Frau beschrieb ein Mädchen, das große Ähnlichkeit mit Kathrine hatte, und das mit den Krücken war ebenfalls korrekt.*

Die Zeitung brachte ein großes Bild dieser Zeugin. Auf ihrem Schoß saß ein Baby.

Cato Isaksen ließ sich im Sessel zurücksinken. Preben hatte Kaffee für ihn geholt. Er nahm die Tasse entgegen, ohne sich zu bedanken. Die Fahnder tauschten einen Blick. Sie kannten einander. Hatten schon zahllose Besprechungen dieser Art hinter sich gebracht.

Plötzlich stand die Abteilungsleiterin, Ingeborg Myklebust, in der Türöffnung. Sie trug ein rosa Twinset und einen braunen Rock. Sie schien guter Dinge zu sein. In der Hand hielt sie das *Dagbladet*.

«Die haben schon von Brenda Moen erfahren», sagte sie. «Aber sie haben den Mord noch nicht mit Kathrine Bjerkes Verschwinden in Verbindung gebracht.»

«Natürlich nicht», meinte Preben Ulriksen. «Wir wissen das ja selbst erst seit ein paar Minuten. Tolle Frisur übrigens», fügte er hinzu und zwinkerte ihr zu.

Ingeborg Myklebust ignorierte diese Schmeichelei. Alle wussten, dass sie Komplimente hasste. Sie ließ sich auf einem freien Stuhl nieder.

«Alte Damen werden hier in der Stadt ja vielleicht nicht jeden Tag erschossen», sagte sie.

«Dass Jugendliche verschwinden», sagte Roger Høibakk und gähnte, «kommt dagegen häufiger vor.»

«Sie ist erst vierzehn», sagte Ingeborg Myklebust. «Das ist also sehr ernst.»

Das fanden die anderen auch. Natürlich hatten sie den Fall schon verfolgt. Die Polizei des Bezirks Follo war zusammen mit der Kripo für die Ermittlungen im Fall Kathrine zuständig. Dass ihr Verschwinden etwas mit dem Mord an einer alten Frau in Ullevål Hageby zu tun haben sollte, wirkte unbegreiflich, aber zweifellos interessant.

«Das Spiel der Zufälle ist oft der pure Wahnsinn», sagte Preben Ulriksen und gähnte ebenfalls.

Die Abteilungschefin nickte mit ernster Miene.

«Ich finde, du solltest sofort mal mit ihrer Mutter sprechen», sagte sie zu Cato Isaksen.

«Sie wohnt in Drøbak», sagte Roger Høibakk. «Ich komme mit. Wir fahren, sowie die Kollegen aus Follo hier gewesen sind. Die können jeden Moment eintreffen.»

«Jetzt?» Cato Isaksen schaute auf die Uhr.

«Wir müssen so schnell wie möglich ans Werk gehen»,

sagte Roger Høibakk mit müdem Lächeln. «Anders Ovesen von der Kripo hat sich ebenfalls angesagt. Die sind seit einer Woche an der Sache dran.»

Cato Isaksen spürte, wie der Missmut in ihm aufstieg. So war es immer zu Beginn eines neuen Falles. Er wusste, dass er von nun an viele Stunden im Dienst sein würde. Aber heute durfte er nicht vergessen, Georg, seinen jüngsten Sohn, aus dem Kindergarten zu holen. Der Junge war das Resultat einer kurzen Liason mit Sigrid Velde, mit der er fünf Jahre zuvor zusammen gewesen war. In dieser Beziehung hatte es sehr viel Hin und Her und viele Verletzungen gegeben. Nachdem er fast zwei Jahre mit der Mutter des Kleinen zusammengelebt hatte, war er zu seiner Exfrau Bente zurückgekehrt und sie hatten ein zweites Mal geheiratet. Er fuhr sich rasch über das Gesicht. Er musste sich von seinen Kollegen allerlei Witze über sein Privatleben anhören. Das war an sich nicht weiter schlimm. Eigentlich waren die Sprüche ja meistens ziemlich harmlos. Er war jedoch froh darüber, dass die anderen keine Ahnung von ihm und Ellen hatten. Dass Ellen jetzt heiraten wollte, war vielleicht gar nicht so schlimm, denn für ihn bedeutete es schließlich ein Problem weniger.

Thorsen und Billington hatten ebenfalls die ganze Nacht gearbeitet. Asle Tengs dagegen war munter und ausgeruht. Preben, Roger und der junge Kollege gähnten um die Wette.

Randi Johansen wurde beauftragt, festzustellen, welche gewalttätigen Vorbestraften sich derzeit auf freiem Fuß befanden. Psychopathen, Gewalttäter, alle Typen.

«Ich nehme mir die Drogensüchtigen vor», kündigte Asle Tengs mit ruhiger Stimme an. «Auch wenn ihre Tasche noch da lag, so hatte er es ja vielleicht doch darauf abgesehen.»

Eine halbe Stunde später trafen die beiden Kollegen aus Follo ein. Cato Isaksen begrüßte sie und sammelte das ganze Team im größten Besprechungszimmer. Fünf Minuten darauf klopfte Anders Ovesen von der Kripo an die Tür. Nach zwei

Minuten unverbindlichen Geplauders machten sie sich an die Arbeit. Die beiden Kollegen aus Follo legten ihr Material über den Fall Kathrine vor, Fotos und Berichte über alles, was sie bisher unternommen hatten. Es gab eine gründliche Übersicht über alle Instanzen, die sich an der Suche beteiligt hatten. Heimwehr, Rotes Kreuz und andere Freiwillige. Wann und wo sie gesucht hatten, alles war genau notiert. Im Hafenbecken hatten sie ein Mini-U-Boot und Taucher von der Marine eingesetzt, um festzustellen, ob Kathrine vielleicht ins Wasser gefallen war. Vierzehn Jahre alte Mädchen, die verschwanden, standen automatisch hoch auf der Liste der Prioritäten. Sie hatten alles unternommen, um sie zu finden. Kathrine Bjerke war ein Scheidungskind. Sie hatte einen Stiefvater, aber mit dem schien sie sich nicht sonderlich gut zu verstehen. Aber nichts in ihrer engsten Familie oder ihrem Bekanntenkreis wirkte unnormal. Sie traf ihren biologischen Vater regelmäßig und hatte ein gutes Verhältnis zu ihrer Mutter. Die Polizei hatte mit Kathrines Schule gesprochen, aber das hatte keine neuen Antworten gebracht. Die Klassenlehrerin bezeichnete Kathrine Bjerke zwar nicht als Musterschülerin, aber doch als guten Durchschnitt. Ein wenig vorlaut vielleicht, aber von der Sorte hatten sie mindestens noch vier oder fünf in der Klasse. Konnte Kathrine als Anführerin gelten? Ja und nein. War sie fürsorglich? Ja und nein. Intelligent? Ja. Es gab auch einen Bericht über ein Gespräch mit der Pastorin, bei der sie den Konfirmandenunterricht besuchte. Die Pastorin beschrieb Kathrine als ganz normal. Nicht sonderlich interessiert an Religion, aber das galt für die allermeisten, die den Unterricht besuchten. Die Polizei hatte überprüft, ob Kathrine Kontakte zur Drogenszene gehabt haben könnte. Hier waren sie gründlich vorgegangen, da Rauschgiftprobleme oft den Ausschlag gaben. Aber das Ergebnis war negativ. Politisch engagiert war Kathrine auch nicht, und das Internet interessierte sie ebenfalls nicht sonderlich.

Die Fahnder hatten Theorien aufgestellt, nach denen Kathrine möglicherweise schwanger oder unglücklich oder böse war. Ergebnisse gab es nicht, und die Auskünfte, die in ihrem Freundeskreis gesammelt worden waren, wiesen nicht darauf hin. Kathrine Bjerke konnte freiwillig verschwunden sein, wie es jedes Jahr so viele Jugendliche taten, die dann nach einiger Zeit doch wieder auftauchten. Sie konnte entführt und ermordet worden oder ins Wasser gefallen und ertrunken sein. Zuletzt gesehen hatte sie die Autofahrerin, die sie am 20. Februar einige Minuten nach Mitternacht vor dem Tunneleingang beobachtet hatte.

Natürlich war alles möglich. Allein in den vergangenen zwei Jahren waren in Norwegen siebzehn Kinder und Jugendliche umgebracht worden. An sich gab es keinen Grund zu der Annahme, dass der Mord an ihrer Großmutter in Ullevål Hageby etwas mit Kathrine Bjerkes Verschwinden zu tun haben könnte. Trotzdem war es ein seltsamer Zufall. Es kam vor, dass Fälle auf eine unglaublich unwahrscheinliche Weise miteinander zusammenhingen. Weshalb es wichtig war, sich nicht in eine bestimmte Theorie zu verbeißen.

Anders Ovesen von der Kripo ergriff das Wort. Cato Isaksen kannte ihn als etwas selbstgerechten, aufgeblasenen Mann. Die Beziehung zwischen Ingeborg Myklebusts Abteilung und der Kripo war bisweilen alles andere als herzlich. Erfahrungsgemäß war es nicht immer leicht, wenn viele Polizisten zusammenarbeiten sollten. Prestige und Neid prägten den Alltag der Polizei. Erwachsene Männer wurden zu Kindern, wenn es darum ging, die anderen zu übertrumpfen.

Ovesen teilte mit, dass die Kollegen aus Follo sich vor einer Woche an die Kripo gewandt hatten. Als Erstes hatten sie daraufhin Kathrine im ganzen Schengengebiet gesucht, das geschah in solchen Fällen immer. Dann hatten sie alle Ergebnisse aus Follo zusammengetragen. Cato Isaksen Intuition sagte ihm, dass dieser Fall sie noch lange beschäftigen würde. «So, wie die Sache jetzt aussieht, ist alles möglich», endete Ovesen und bat alle drei Instanzen zu enger Zusammenarbeit.

Cato Isaksen bedachte Roger Høibakk mit einem vielsagenden Blick, und nachdem er in Erfahrung gebracht hatte, wo er und seine Leute Zugang zu Berichten und anderem Material finden konnten, das mit diesem Fall zu tun hatte, setzte er sich mit Roger ins Auto und fuhr nach Drøbak. Sie hatten die Namen von Kathrine Bjerkes Freund, von Freundinnen und Nachbarn und anderen erhalten, die vielleicht mit Auskünften weiterhelfen konnten.

«Ihr Freund heißt Kenneth Hansen. Er ist sechzehn», las Roger Høibakk aus seinen Notizen vor. Cato Isaksen konzentrierte sich aufs Fahren.

«Vor ihrem Verschwinden war sie noch mit diesem Freund und mit ihrer besten Freundin zusammen, Maiken Stenberg», teilte Høibakk dann mit. «Was uns jetzt interessiert, ist, wie ihre Beziehung zu ihrer Großmutter war, und ob sie mit ihr an den Tagen vor ihrem Verschwinden Kontakt hatte. Danach müssen wir ihre Mutter fragen.»

Cato Isaksen nickte und schaute gereizt einem jungen Spund hinterher, der unmittelbar vor einer Kurve in einer alten Karre an ihren vorüberrauschte. Er unterdrückte den Drang, das Blaulicht aufs Dach zu knallen und die Jagd auf den Temposünder aufzunehmen.

«Ich bin ziemlich sicher, dass Brenda Moens Sohn eine Fahne hatte, als wir ihm erzählt haben, was passiert war.» Roger Høibakk kurbelte das Fenster herunter. «Aber warum hat er abgestritten, dass er einen getrunken hatte?»

«Die Leute streiten doch alles Mögliche ab», sagte Cato Isaksen. «Kaum haben sie es mit der Polizei zu tun, scheint ihnen jeder Kleinkram ein schlechtes Gewissen zu machen. Aber da sag ich dir ja nichts Neues.»

Roger Høibakk nickte zerstreut. Als sie am Vergnügungspark Tusendfryd vorbeifuhren, der bis zum Sommer geschlossen war, waren sie bereits seit dreißig Minuten unterwegs. Zehn Minuten darauf hatten sie Drøbak erreicht.

HELENA BJERKE SASS auf der Veranda und zog den Zigarettenrauch tief in ihre Lunge. Sie hatte den Hinterkopf an die Wand gelehnt und die Augen halb geöffnet. Ihr Blick wanderte langsam hin und her, aber in Wirklichkeit nahm sie nichts wahr. Sie ließ die Landschaft, in der das Meer einen blaugrauen Streifen am Bildrand bildete, diffus vorübergleiten, ohne darauf zu achten. Sie zog noch einmal ausgiebig an ihrer Zigarette. Merkte, dass ihre Hand ein wenig zitterte, dann schloss sie die Augen wieder. Die Sonne beschien ihren Körper mit der abgenutzten Daunenjacke und den schwarzen Jeans. Sie spürte, wie das Licht ihr müdes Gesicht erwärmte.

Helena Bjerke war aufgefallen, dass ihr Körpergeruch sich verändert hatte. Sie roch nach Angst und nach Trauer. Was war mit Kathrine passiert? Das Bild ihrer Tochter wurde in ihrem Kopf immer größer. Vielleicht würde sie bald den Verstand verlieren. Ihr Gehirn lief im Leerlauf. Tag und Nacht. Dass ihre Mutter ermordet worden war, konnte sie einfach nicht fassen. Dieser Schock hatte sie wie ein Blitz aus heiterem Himmel getroffen und das andere Chaos noch verstärkt. Sie lebte in einem Albtraum. Das hier war mehr, als ein Mensch ertragen konnte. Vor zehn Minuten erst hatte sie mit ihrem Bruder gesprochen. Er hatte geweint und war völlig außer sich gewesen. Sie konnte ihn nicht trösten, und Alf Boris hatte keinen Trost für sie. Er hatte gesagt, er werde nachmittags noch vorbeischauen.

Die Fahnder fanden Helena Bjerke so vor, sie saß auf der unordentlichen Veranda, wo alte Gartenmöbel vor der einen Wand aufgestapelt waren. Vor ihr auf dem Tisch stand ein Glas mit hellbraunem Inhalt. Ihr weißes Gesicht war von Tränen verschmiert.

Sie schaute hilflos zu dem blonden Polizisten auf, der jetzt vor ihr stand. Er sah freundlich aus. Er stellte sich und seinen Kollegen vor. Sie nickte kurz und hatte die Namen sofort wieder vergessen.

Cato Isaksen drehte sich um und schaute hinaus auf

das Wasser. Die schöne Umgebung bildete einen grellen Kontrast zum Schicksal dieser Frau. Er nahm einen Stuhl von dem Stapel an der Wand. Er reichte ihn Roger Høibakk und nahm sich selbst auch einen. Helena Bjerke kam ihm fast apathisch vor. Wahrscheinlich war das auch kein Wunder, sie hatte ja gerade erst von dem Mord an ihrer Mutter erfahren. Cato Isaksen hasste solche Termine. Manchmal ertappte er sich aber auch bei der bitteren Freude darüber, dass es hier nicht um ihn selbst ging.

«Wir müssen Ihnen einige Fragen stellen», sagte er in bedauerndem Tonfall.

«Ich trinke Milch mit Cognac», sagte Helena Bjerke. «Das hat meine Mutter immer getan, wenn sie krank war. Sie hat es uns sogar gegeben, wenn wir erkältet waren. Alf und mir, als wir klein waren», fügte sie hinzu, beugte sich vor und schloss die Hand um ihr Glas.

«Das mit Ihrer Tochter ...»

Helena Bjerke trank einen Schluck, setzte das Glas dann hart auf den Tisch und ließ die Tränen kommen. Sie hatte mit so vielen über Kathrines Verschwinden gesprochen. Mit Freundinnen, Bekannten, Verwandten, Nachbarn und mit der Polizei. Es hatte nichts geholfen. Sie hatten sie nicht gefunden.

Roger Høibakk sagte etwas über die wunderschöne Aussicht. Er litt an der fixen Idee, dass er traurige Menschen von ihrem Kummer ablenken könnte, wenn er über Belanglosigkeiten sprach. Manchmal konnte das richtiggehend unpassend wirken. So wie jetzt. Cato Isaksen musterte ihn irritiert, dann drehte er sich pflichtschuldig um und sah eben noch die Fähre nach Dänemark, die gerade aus seinem Blickfeld verschwand, und Hurumlandet, das sich auf dem anderen Ufer dahinzog.

Roger Høibakk lächelte die Frau an. Und Helena Bjerke schien zu erwachen. Sie drückte energisch ihre Zigarette im Aschenbecher aus, zog ihre Daunenjacke fester um sich zusammen.

«Sie müssen das klären», sagte sie mit harter Stimme. Es war keine Bitte, es war eine Ermahnung.

«Wir werden tun, was wir können», sagte Cato Isaksen.

Helena Bjerke hielt seinen Blick fest.

«Sie sollte eigentlich Katharina heißen, nach ihrer Urgroßmutter», sagte sie. «Aber das war irgendwie so bombastisch. Meine Großmutter war Russin, wissen Sie. Kathrines Urgroßmutter.» Ein kleines, bissiges Lächeln spielte um ihre Lippen. «Sie war 1905 mit achtzehn Jahren nach Norwegen gekommen. In dem Jahr, in dem Norwegen unabhängig wurde. Sie bekam nur ein Kind, meine Mutter. Damals war sie vierzig.»

Die Fahnder betrachteten sie schweigend.

«Und deshalb haben wir sie Kathrine genannt», sagte sie und trank noch einen Schluck von ihrer Cognacmilch.

«Haben Sie noch andere Kinder?» Cato Isaksen füllte seine Lunge mit der frischen Seeluft.

«Nein.»

«In der Nacht, in der Kathrine verschwunden ist. Wieso war sie da so spät noch unterwegs?»

«Das weiß ich nicht.» Helena Bjerke musterte ihn müde. «Sie ist sonst immer spätestens um halb elf zu Hause.»

Cato Isaksen fand das ziemlich spät, mitten in der Woche und für eine Vierzehnjährige, sagte aber nichts dazu.

«Wir waren ziemlich sauer, Tage und ich. Mein Freund», fügte sie erklärend hinzu. «Wir konnten ja nicht schlafen gehen. Wir waren wirklich wütend auf sie. Erst so gegen eins oder halb zwei bekam ich es dann mit der Angst zu tun.»

«War das nicht arg spät?»

«Das schon, aber Sie kennen Kathrine nicht. Sie hat uns oft provoziert, und ich wusste, dass sie wütend auf Tage war.»

«Warum das?»

«Sicher hatte er ihr irgendwas verboten. Er ist strenger als ich. Und auch das kann ein Problem sein.»

«Aber gegen eins oder halb zwei, da ging Ihnen auf, dass etwas passiert sein könnte?»

«Ich wusste es ja nicht, und ich konnte doch so spät niemanden mehr anrufen und fragen, ob die etwas gehört hätten. Also haben Tage und ich uns angezogen und auf die Suche gemacht. Zuerst sind wir zu Kenneth gegangen.»

«Ihrem Freund?», warf Cato Isaksen dazwischen.

Helena Bjerke nickte.

«Bei ihm war alles dunkel. Deshalb haben wir es bei Maiken versucht, ihrer besten Freundin. Auch dort war alles dunkel. Ich konnte Mutter so spät nicht stören, also rief ich Alf an, doch der schlief wohl schon. Tage ging zum Boot, um zu sehen, ob sie dort war, ich ging nach Hause, weil ich dachte, sie könnte inzwischen gekommen sein. Eine Stunde darauf haben wir die Polizei alarmiert. Inzwischen war es kurz nach drei.»

«Sie haben also ein Boot?»

«Das gehört Tage. Es liegt hier unten im Hafen.»

«Was für eine Beziehung hatte Kathrine zu Ihrer Mutter?» Roger Høibakk merkte, wie trotz der Sonne die kühle Meeresluft seine Beine hochwanderte.

Helena Bjerke machte ein erschrockenes Gesicht und schien für einen Moment vergessen zu haben, dass ihre Mutter ermordet worden war.

«Meine Mutter war», begann sie und musste sich gewaltig zusammenreißen, um nicht wieder in Tränen auszubrechen. Energisch rieb sie sich die Augen. «Meine Mutter war der liebste Mensch auf der Welt», sagte sie dann. «Und sie liebte Kathrine. Ihr einziges Enkelkind. Und Kathrine liebte sie», fügte sie traurig hinzu. Sie verstummte für einen Moment. Nicht schon wieder weinen, dachte Cato Isaksen resigniert. Ihm ging auf, dass er im Laufe der Jahre immer ungeduldiger wurde, wenn er es mit Betroffenen zu tun hatte. Roger konnte damit besser umgehen.

Helena Bjerke wandte sich ein wenig ab. Ihr Gesicht hatte jetzt eine maskenhafte Prägung. Ihre Augen waren leer.

«Besteht vielleicht ein Zusammenhang zwischen beiden Fällen? Sind Sie deshalb gekommen?»

«Das wissen wir nicht», sagte Roger Høibakk vorsichtig.

«Aber deshalb sind Sie gekommen», wiederholte sie.

«Wir müssen wohl zugeben, dass wir uns vor allem um den Mord an Ihrer Mutter kümmern», sagte Cato Isaksen. «War Kathrine am Tag vor ihrem Verschwinden oder in den Tagen davor mit ihrer Großmutter zusammen?»

«Nicht am Tag ihres Verschwindens, aber zwei Tage vorher hatte sie sie besucht. Dabei hatte sie sich den Knöchel gebrochen. Sie war die Treppe hinuntergefallen.»

Die Ermittler tauschten einen Blick.

«Wir haben ja gelesen, dass sie Krücken benutzte», sagte Cato Isaksen. «Bitte, machen Sie uns eine Liste, wenn Sie die Kraft finden, über den Bekanntenkreis Ihrer Mutter. Über Freunde … und Feinde.»

«Meine Mutter hatte keine Feinde», fiel Helena Bjerke ihm empört ins Wort.

«War sie wirklich mit keinem Menschen zerstritten?»

«Nein, ganz und gar nicht.»

«Aber wenn Sie an frühere Zeiten denken, könnte es dann sein …»

«Meine Mutter hatte keine Feinde», wiederholte Helena Bjerke mit scharfer Stimme. «So war sie nicht.»

«Trinkt Ihr Bruder?» Cato Isaksen hörte selbst, wie brutal diese Frage klang, aber es gehörte zu seiner Vernehmenstechnik, rasch von einem Thema zum anderen überzuspringen.

«Ob er trinkt?» Helena Bjerke blickte ihn verständnislos an. «Wie meinen Sie das?»

«Wir hatten gestern Abend, als wir ihn über den Tod Ihrer Mutter informiert haben, den Eindruck, dass er nach Alkohol roch», sagte Roger Høibakk begütigend.

«Nein», sagte sie. «Das glaube ich nicht. Er trinkt nicht.»

Vielleicht wollte er seine Nerven beruhigen, dachte Cato Isaksen.

«Aber es wäre vielleicht möglich, dass er wegen der Sache mit Kathrine ein Glas gebraucht hatte», sagte sie nachdenklich. «Das macht ihm gewaltig zu schaffen.»

«Natürlich», sagte Roger Høibakk. «Was für eine Beziehung haben Sie zu Ihrem Bruder?»

Helena Bjerke drückte energisch ihre Zigarette aus. Für einen Moment wirkte sie unsicher und schien zuerst einmal nachdenken zu müssen.

«Alf ist der beste Bruder, Onkel und Sohn, den Sie sich vorstellen können», sagte sie dann voller Überzeugung. «Ich weiß nicht, was ich ohne ihn getan hätte. Seit Kathrines Verschwinden hat er mich jeden zweiten Tag besucht. Alf Boris kümmert sich immer. Er ist derjenige, der die Familie zusammenhält. Natürlich gibt es da nicht viel zusammenzuhalten.» Sie schloss die Augen und ihr Mund zitterte wieder bedrohlich. «Jetzt sind nur noch er und ich übrig», fügte sie traurig hinzu.

Die Fahnder schwiegen. Die Frau vor ihnen verzog wütend das Gesicht, unter ihre Trauer schien sich nun auch Wut zu mischen.

«Ich habe ein Valium genommen», sagte sie. «Deshalb kann ich hier sitzen und mit Ihnen reden.»

Cato Isaksen wandte sich ab und vertiefte sich wieder in den Anblick der Landschaft. Vor allem, um in den Gesprächspausen etwas zu tun zu haben, sonst hätte er die Lage unerträglich gefunden.

Ein Windstoß stahl sich unter seine Jacke und sein Rückgrat hinauf.

«Wissen Sie, was das Schlimmste ist?» Helena Bjerke rutschte unruhig hin und her. «Bald, in einigen Wochen, werden hier an allen Fahnenstangen die Flaggen wehen. Am 13. Mai. An Kathrines Konfirmationstag. Wir wollten ein großes Fest feiern. Die Gästeliste war schon aufgestellt. Ich hatte sogar Servietten gekauft. Rosa, mit Schmetterlingen. Sie wollte sich konfirmieren lassen, nicht zur Jugendweihe gehen, wie viele aus ihrer Klasse das machen.»

«Bis zum 13. Mai ist es noch lange hin», sagte Cato Isaksen.

Helena Bjerke schüttelte den Kopf. «Das glauben Sie doch selbst nicht», sagte sie leise.

Cato Isaksen wartete ein Weilchen, ehe er wieder etwas sagte.

«War sie denn religiös?» Sein Blick fiel plötzlich auf die Zeitung, die Kathrine auf der ersten Seite zeigte. Die Zeitung steckte halbwegs unter dem Kissen, auf dem ihre Mutter saß.

Helena Bjerke schüttelte den Kopf.

«Sie war überhaupt nicht religiös», sagte sie. «Ihr Vater hat sie zur Konfirmation überredet, er fand, sie solle sich an die Familientraditionen halten. Für ihn war die Etikette immer das Wichtigste.»

«Wir haben noch nicht mit ihm gesprochen», sagte Cato mit ernster Stimme. «Ich werde mich morgen an ihn wenden.»

«Er kann Ihnen auch nichts sagen.» Kathrines Mutter nahm sich noch eine Zigarette. Sie zog ausgiebig daran und legte das rosa Feuerzeug auf den abgenutzten Verandatisch. «Aber lassen Sie Tage in Ruhe. Es gibt so viele Gerüchte», fügte sie dann hinzu.

«Was für Gerüchte?» Roger Høibakk zog eine Ray-Ban-Sonnenbrille aus seiner Lederjacke und setzte sie auf.

«Es gibt so viele törichte Gerüchte», sagte sie noch einmal. «Dass er etwas damit zu tun haben könnte und so.»

«Mit Kathrines Verschwinden, meinen Sie?»

«Ja. Aber das ist nur Unsinn. Dorfklatsch. Er hat nichts damit zu tun», erklärte sie. «Er war zu Hause an dem Abend, an dem Kathrine verschwunden ist.»

Cato Isaksen zögerte kurz.

«Sind Sie verheiratet?», fragte er dann.

«Ich habe doch schon gesagt, dass er mein Freund ist. Wir wohnen seit fünf Jahren zusammen.»

«Warum gibt es aber solche Gerüchte?» Roger Høibakk spielte entwaffnend an seiner Sonnenbrille herum.

«Ja, warum.» Helena Bjerke zuckte resigniert mit den Schultern. «So ist das wohl einfach. Die Leute reden. Ich meine, die anderen Bekannten von Kathrine, deren Eltern neue Partner haben, finden das ja auch schwierig. Das ist nun einmal so.»

«Ja, ich verstehe», sagte Cato Isaksen und dachte an seine älteren Söhne und deren Beziehung zu Sigrid.

«Und der Stiefvater», sagte Roger Høibakk. «Wie ist seine Beziehung zu Kathrine?»

«Er ist nicht ihr Stiefvater. Dieses Wort benutzen wir nicht. Tage ist mein Freund. Und ich finde, er geht ihr gegenüber viele Kompromisse ein. Er ist immer für sie da.»

«Erzählen Sie uns ein wenig über Kathrines Freund», bat Cato Isaksen.

«Über Kenneth?» Helena Bjerke hatte die vielen Fragen deutlich satt. «Eigentlich mag ich ihn leiden», sagte sie und drückte ihre Zigarette im Aschenbecher aus.

«Eigentlich?»

«Ja, er ist vielleicht ein bisschen träge», sagte sie müde. «Aber er ist nett. Ich habe nichts gegen ihn.»

«Sie glauben also nicht, dass er auf irgendeine Weise mit der Sache zu tun haben kann?»

«Natürlich nicht.»

Cato Isaksen und Roger Høibakk musterten sie schweigend. Nach einer kleinen Weile redete sie weiter.

«Es kann schon sein, dass er ein wenig zuviel trinkt und zuviel feiert. Aber so sind die jungen Leute heute eben. Kathrine hängt jedenfalls sehr an ihm.»

«Aber sie ist doch erst vierzehn.»

«So ist das heute», sagte sie resigniert.

«Was haben sie für eine Beziehung, was glauben Sie?», fragte Cato Isaksen und setzte sich bequemer hin.

«Sie hat gesagt, dass sie noch nicht miteinander im Bett waren, wenn Sie das meinen sollten.» Helena Bjerke wirkte plötzlich unsicher. «Sie haben doch nicht etwa irgendetwas festgestellt?» Sie setzte sich gerade. «Wissen Sie etwas, das ich nicht weiß?»

«Nein», sagte Cato Isaksen freundlich.

Helena Bjerke atmete erleichtert auf. «Sie ist auch im Fjord gesucht worden. Und in ziemlich weitem Umkreis im Wald.»

«Dass ein Kind auf diese Weise verschwindet, ist das Schlimmste, was passieren kann», sagte Roger Høibakk entgegenkommend.

«Ich habe seither sieben Kilo abgenommen. Ich kann einfach nichts essen. Ich rauche nur. Und ich laufe die ganze Zeit hin und her. Suche und suche. Tage hat mich oft begleitet, aber jetzt hat er es satt, und deshalb ziehe ich allein los.»

«Es werden immer viele Jugendliche vermisst», sagte Roger Høibakk und nahm die Sonnenbrille ab.

«Im Moment sind es vierundzwanzig», fügte Cato Isaksen hinzu. «Die allermeisten finden sich wieder ein», sagte er dann noch tröstend.

Helena Bjerke wandte sich ab und schaute hinaus auf den Drøbaksund.

«Ich habe so schreckliche Angst, sie plötzlich zu finden, wenn ich unterwegs bin», sagte sie. «Dass sie vor mir auf dem Boden liegt und tot ist.»

Beide Ermittler schlugen die Augen nieder.

«Sie muss tot sein.» Helena Bjerke leerte ihr Glas. «Sie wird seit sechzehn Tagen vermisst. Ich habe mich krankschreiben lassen müssen. Ich kann einfach nicht zur Arbeit gehen.»

Cato Isaksen musterte sie mit ernster Miene. «Sie arbeiten in einer Reinigung, nicht wahr?»

«Ja, oben im City Drøbak.»

«Hat Kathrine Bekannte im Ausland?»

«Im Ausland?»

«Leute, die sie zum Beispiel in den Ferien am Mittelmeer kennengelernt hat?»

«Wir waren noch nie am Mittelmeer. Und sie ist nicht freiwillig verschwunden, wenn Sie das meinen sollten. So ist sie nicht. Sie hätte mir Bescheid gesagt, sie hätte nicht gewollt, dass ich mich um sie ängstige.»

Roger Høibakk suchte Cato Isaksens Blick. Die Stille wurde nur vom Autolärm aus der Ferne und einigen kleinen Vögeln unterbrochen, die in ihrer Frühlingslaune in einer Kiefer jubilierten.

Als Helena Bjerke sie durch das Wohnzimmer zur Haustür führte, fiel Cato Isaksen ein Kinderbild der vermissten Tochter auf. Es hing hinter dem Sofa an der Wand und befand sich in einem dicken braunen Rahmen. Ihre Augen lächelten in die Kamera. Sie hatte oben keine Zähne und ihre blonden Haare waren zu zwei starren Zöpfchen geflochten.

KENNETH HANSEN SAH zwei Paar Beine an seinem Kellerfenster vorübergehen. Er ließ sich auf die Kissen zurücksinken und fluchte inniglich, griff nach der Fernbedienung und drückte die Musik leiser, die aus zwei großen Lautsprechern strömte. Einige Minuten später hörte er die Polizei die Treppe herunterkommen. Seine Mutter öffnete die Tür des Kellerraumes.

«Kenneth», begann sie, und sie benutzte ihre irritierende besorgte Stimme. Sein Gesicht war heiß, sein Hals wie ausgedörrt. Unter seinen Armen strömte der Schweiß.

Cato Isaksen musterte den ungepflegten Sechzehnjährigen, der auf dem unordentlichen Sofa herumlungerte. Er war dicklich und trug Jeans und ein schwarzes T-Shirt mit rotem Aufdruck und weißer Schrift. SOFT, stand quer über seiner Brust. Seine zerzausten braunen Haare waren offenbar lange nicht mehr gewaschen worden. Unter seinen Augen hatte er dunkle Ringe. Was kann ein Mädchen wie Kathrine Bjerke nur an so einem Gammler finden, fragte Cato Isaksen sich erstaunt.

Im Zimmer herrschte das Chaos. CD-Cover, Videos und schmutzige Kleider lagen überall auf dem Boden verstreut. Leere Colaflaschen und benutzte Teller mit Ketchupresten standen auf dem braunen Tisch. Die Luft war stickig und roch ein wenig nach Schimmel. Eine Lichtsäule ragte vor dem kleinen Kellerfenster auf. In der Säule tanzten Staubkörner.

Cato Isaksen stellte Roger Høibakk und sich selber vor und erzählte kurz, dass sie von Kathrine Bjerkes Mutter kamen. Kenneth Hansen musterte sie wütend. Er blieb stumm wie ein Fisch.

«Wir wissen, dass du im Zusammenhang mit Kathrines Verschwinden schon mehrmals vernommen worden bist», sagte Cato Isaksen jetzt.

«Scheißbullen», murmelte Kenneth Hansen.

«Was hast du gesagt?»

«Könnt ihr nicht einfach versuchen, Kathrine zu finden?»

«Bist du immer so frech? Solltest du dich nicht darüber freuen, dass wir uns bei der Suche alle Mühe geben?», fragte Cato Isaksen und ließ sich auf einer Stuhlkante nieder. Kenneth Hansens Mutter stand bei der Tür und umklammerte die Klinke.

«Hau ab», sagte der Sohn düster und nickte zu ihr hinüber. Dann erhob er sich langsam und drehte die Musik aus. Er rieb sich die Stirn und holte tief Luft. In ihm loderte die Angst mit neuer Kraft auf.

Roger Høibakk ging im Zimmer langsam hin und her. Er hob ein gerahmtes Foto auf, das in einer Ecke auf einem kleinen Tisch stand. Es war ein Farbbild der lächelnden Kathrine Bjerke. Hinter ihr, die Arme beschützend um ihre Schultern gelegt, stand Kenneth Hansen mit einer blauen, tief in die Stirn gezogenen Mütze. Auch er lächelte. Kenneth ließ den Ermittler nicht aus den Augen. «Das hat Kathrine mir geschenkt.» Die Stille danach wurde nur von den Schritten der Mutter auf der Treppe unterbrochen.

«An dem Abend, an dem Kathrine verschwunden ist …»

«Das habe ich schon hundertmal erzählt. Sie sind von hier zu Maiken gegangen. Ich war nicht dabei. Fragen Sie die anderen.»

Cato Isaksen musterte ihn. «Kathrines Großmutter …», fing er an, wurde aber wieder unterbrochen.

«Ich weiß. Verdammt, das weiß ich doch.» Er verschränkte beschützend die Arme vor seinem Bauch und wiegte sich hin und her. «Maiken hat angerufen und alles erzählt.»

«Kathrines beste Freundin?»

Kenneth Hansen nickte.

«Wir werden so bald wie möglich mit ihr reden», sagte Cato Isaksen und setzte dann die Vernehmung fort. «Hast du die Großmutter gekannt?»

Stille füllte den halbdunklen, chaotischen Kellerraum. Kenneth Hansen ließ seine unruhigen Hände in seinen Schoß fallen. Rote Flecken überzogen seinen Hals.

«Ich bin schon hundertmal ausgefragt worden», sagte er düster. «Ich habe die Großmutter nicht gekannt. Ich weiß nichts.»

«Du bist Brenda Moen also nie begegnet?»

Der Junge war plötzlich auf der Hut. Konnte das hier eine Fangfrage sein? Er überlegte einen Moment.

«Ich mochte sie gern», sagte er rasch. «Sie war eine richtig nette alte Frau.»

«Du bist ihr also begegnet?»

«Nur einmal.»

«Wann war das?»

«An Heiligabend.»

«Am Heiligen Abend?»

«Ja.» Kenneth lächelte spöttisch. «An Heiligabend», sagte er noch einmal.

«Wie lange wart ihr schon zusammen?»

«Seit vor Weihnachten.»

«Wie sah deine Beziehung zu Kathrine aus?»

Kenneth Hansen ging hoch.

«Scheiße», sagte er. «So kriegt ihr mich nicht. Ich weiß, dass es unter sechzehn Jahren verboten ist.»

Roger Høibakk wanderte noch immer im Zimmer hin und her. Kenneth Hansen musterte ihn gereizt. Konnte dieser verdammte Bulle nicht mit dem Gerenne aufhören, das ihn nur noch nervöser machte?

Cato Isaksen schlug die Arme übereinander.

«Es wäre nett, wenn du uns helfen könntest», sagte er. «Wie sah deine Beziehung zu Kathrine aus?», fragte er dann noch einmal.

«Die Frage beantworte ich einfach nicht. Das hat verdammt noch mal nichts mit der Sache zu tun.»

Cato Isaksen konnte sich nicht beherrschen. «Du scheinst dich vor irgendwas zu fürchten», sagte er. «Macht dir irgendwas zu schaffen?»

Der Junge schüttelte heftig den Kopf.

«Weißt du, wie die Großmutter ermordet worden ist?»

«Nein», sagte Kenneth rasch.

«Willst du es wissen?»

Kenneth Hansen zuckte mit den Schultern.

«Sie wurde erschossen», sagte Cato Isaksen mit harter Stimme.

Kenneth Hansen gab keine Antwort. Er starrte eine Stelle auf dem Fußboden an.

«Das hast du also nicht gewusst?»

«Nein», sagte der Junge.

Cato Isaksen musterte ihn und überlegte sich seine nächste Frage. Etwas am Verhalten des Jungen erregte sein Misstrauen.

«Was ist mit Drogen?», fragte er.

«Nichts, Scheiße. Damit haben die anderen Polizisten auch rumgequengelt. Ich trinke Bier, vielleicht auch mal ein Glas Schnaps, aber Drogen. Nein, Scheiße.»

«Wie gut glaubst du Kathrine zu kennen?»

«Ich weiß nicht.» Kenneth Hansen setzte sich wieder gerade. «Sie pfuscht aber auch nicht mit Stoff rum, falls Sie das meinen sollten. So sind wir nicht.»

«Na gut. Und wie seid ihr?»

Kenneth Hansen musterte ihn mit leerem Gesicht. Was sollte das denn für eine Frage sein. Er dachte ausgiebig nach. «Weiß nicht», sagte er schließlich. Die restlichen Antworten bestanden ebenfalls fast alle aus «ich weiß nicht». Er habe keine Ahnung, was mit Kathrine passiert sein mochte. Er habe ihr am fraglichen Abend nichts angemerkt. Er wisse nichts. Ganz einfach rein gar nichts.

«Und wo warst du gestern abend?»

«Gestern abend?» Kenneth Hansen erbleichte. Plötzlich ging ihm auf, dass der Polizist ihn des Mordes an Kathrines Großmutter verdächtigte. Er wusste nicht, was er sagen sollte. Seine Stimme blieb ihm im Hals stecken. Es war einfach zu entsetzlich.

Cato Isaksen sah seinen Kollegen an, der während des gesamten Gesprächs recht passiv geblieben war. Jetzt meldete er sich endlich zu Wort.

«Fällt es dir schwer, uns das zu sagen?»

«Nein. Ich hab nichts Besonderes gemacht», sagte Kenneth Hansen nervös.

«Warst du hier?»

Der Junge zuckte mit den Schultern. «Mal hier, mal da», sagte er.

«Was soll das denn nun wieder heißen?»

«Wir sind ein bisschen durch die Gegend gefahren. Ich und ein Kumpel.»

«Wie heißt der?»

«Lars Lofthus.»

«Den ganzen Abend?»

«Nein. Wann wurde sie ermordet?»

«Wann warst du zu Hause?»

Kenneth Hansen schluckte. «So gegen elf, glaube ich.»

Cato Isaksen schaltete sich ein. «Kann irgendwer das bezeugen?»

«Meine Mutter», sagte Kenneth Hansen gereizt. «Und Lars natürlich. Und jetzt will ich diesen Scheiß nicht mehr beantworten müssen.» Er verzog unwillig das Gesicht. Die Fahnder sahen ein, dass sie hier vorerst nicht weiterkommen würden.

«Wir würden dich gern so schnell wie möglich zum offiziellen Verhör bestellen», sagte Cato Isaksen. Er hatte mit einer anderen Reaktion des Jungen gerechnet. «As you like it», sagte Kenneth Hansen kurz und suchte dann fieberhaft nach der Fernbedienung.

MAI BRITT HANSEN SASS am Küchentisch, als sie aus dem Keller kamen. Im Licht, das durch das Fenster fiel, konnte man deutlich sehen, dass sie stark geschminkt war, doch ihre dicken Tränensäcke waren ebenso sichtbar. Vor ihr auf dem Tisch stand eine unberührte Tasse Kaffee.

«Sie arbeiten nicht?» Cato Isaksen hob abwehrend die Hände, als sie aufstehen wollte. «Bleiben Sie doch sitzen», sagte er.

«Ich arbeite schichtweise. Hab heute Spätdienst.» Rasch und nervös nahm sie einen Schluck Kaffee. «Bitte», sagte sie flehend. «Quälen Sie Kenneth nicht mehr so. Er ist seit Wochen nicht mehr er selbst. Ich kann bald nicht mehr», fügte sie hinzu.

«Haben Sie noch andere Kinder?», fragte Cato Isaksen ruhig.

«Noch zwei Söhne», sagte sie und fuhr mit dem Finger über das braunkarierte Wachstuch. «Das ist nicht immer so leicht», sagte sie dann noch. «Drei Jungen, meine ich.»

«Da kann ich Ihnen nur zustimmen.» Cato Isaksen lächelte. «Ich habe selber drei Jungen. Leben Sie mit Ihren Kindern allein?», fügte er hinzu.

Sie nickte rasch. «Ja, seit sieben Jahren.»

Kenneth Hansens ältester Bruder, Stein Ove, war beim Militär.

«Der zweitälteste, André, geht noch zur Schule und jobt im Seven-Eleven-Kiosk unten bei der Tankstelle», erzählte die Mutter stolz. «Sie arbeiten also und gehen in die Schule.»

«Und Kenneth, was macht der?»

«Der geht auch in die Schule, Leistungskurs Tischlerei. Das liegt ihm sehr. Er ist stark.» Sie lächelte stolz. «Aber seit einigen Tagen fühlt er sich nicht so ganz wohl. André macht alle möglichen Kurse. Er ist sehr tüchtig.»

«War Kenneth letzte Nacht zu Hause?» Roger Høibakk, der sich bisher zurückgehalten hatte, trat an den Küchentisch.

«Natürlich», sagte Mai Britt Hansen rasch. «Was soll diese Frage?»

«Nichts», erwiderte Cato Isaksen beruhigend. «Sowas fragen wir wirklich alle.»

«Ja, das nehme ich an», sagte sie kurz. «Sie sind alle drei liebe Jungs.» Sie erhob sich halbwegs und öffnete das Fenster einen Spaltbreit. Sie konnten hören, dass ein Wagen vorfuhr und vor der Haustür hielt. Der Motor lief kurz im Leerlauf und wurde dann ausgeschaltet.

«Seine Freunde», sagte Mai Britt Hansen und stand auf. «Sie versuchen immer, ihn zu trösten.» Es wurde kurz geklingelt. Mai Britt Hansen rief, «kommt rein», und zwei Jungen von vielleicht achtzehn öffneten die Tür. Sie begrüßten die Mutter und die Fahnder rasch, streiften dann die Schuhe ab und rannten die Kellertreppe hinunter.

«Wie heißen sie?» Cato Isaksen wandte sich wieder der Mutter zu.

«Lars und Haakon», sagte die kurz.

«Und was noch, außer Lars und Haakon?»

«Lars Lofthus», sagte sie. «Haakons Nachnamen kenne ich nicht.»

«Wem gehört der Wagen?»

«Lars. Der ist wohl sehr hilfsbereit. Kutschiert alle, wohin sie wollen.»

Cato Isaksen bedankte sich und sagte, sie würden vielleicht noch einmal kommen. Als er die Haustür erreicht hatte, drehte er sich wie zufällig um und fragte, wann Kenneth am letzten Abend nach Hause gekommen sei.

«Gegen elf», erwiderte Mai Britt Hansen wie aus der Pistole geschossen und starrte ihn aus ihren dunklen Augen an. Cato Isaksen hielt ihrem Blick so lange stand, dass sie sich am Ende abwandte und sich am Küchentisch zu schaffen machte.

Roger Høibakk notierte die Nummer des alten angerosteten Ford Transit, mit dem die Freunde gekommen waren. Dann stiegen sie in den zivilen Streifenwagen und fuhren nach Oslo zurück.

DIE ABTEILUNG ARBEITETE wie besessen, um Informationen über den Mord und das Verschwinden des Mädchens zusammenzutragen. Es waren viele Hinweise von Leuten eingetroffen, die Kathrine Bjerke gesehen haben wollten. Die Kollegen aus Follo gingen diesen Hinweisen nach. Abteilungsleiterin Ingeborg Myklebust betrachtete die kleine Versammlung, sie waren zu zwölft. Sie hatte Cato Isaksen ein wenig feierlich gebeten, im Fall Brenda Moen die Fahndungsleitung zu übernehmen. Ihre Art ging ihm auf die Nerven, sie stellte es dar wie eine Ehre, für die er dankbar sein sollte. Sie hatte ihre rosa Jacke ausgezogen und über einen Stuhl gehängt. Unter dem Pullover zeichneten sich ihre Brüste deutlich ab. Cato Isaksen konnte sich nicht von dem Gedanken losreißen, dass die eine Brust nicht echt war. Er fragte sich, wie sie wohl ohne Kleider aussehen mochte.

Randi Johansen versetzte ihm einen Rippenstoß.

«Denk an Georg», sagte sie. «Daran sollte ich dich doch erinnern.»

Cato Isaksen nickte ihr dankbar zu und schaute auf die Uhr. In einer Dreiviertelstunde musste er den Kleinen im Kindergarten abholen. Wenn er das nicht schaffte, würde wieder die Hölle losbrechen. Die Kindergartenleitung würde Sigrid anrufen, und die würde versuchen, ihn per Handy zu erreichen. Hamza, Sigrids neuer Mann, würde sich einmischen und ihm erklären, wie ein guter Vater sich zu verhalten habe. Und diesen ganzen Blödsinn könnte Cato Isaksen nicht ertragen. Bente hatte an diesem Tag frei und wollte eine Freundin besuchen, ihr wollte er das also nicht zumuten. Sie hatte ihm schon sehr oft geholfen, wenn es um Georg ging. Aber er konnte doch wie in der vergangenen Woche den Jungen von einem Taxi abholen lassen.

Ingeborg Myklebust musterte ihn, während sie sprach. Sie kannte Cato Isaksens abwesende Miene. Sie wollte gerade um irgendeinen Kommentar bitten, als er aufsprang. Er entschuldigte sich damit, dass er telefonieren müsse. Dann lief er auf den Gang hinaus, rief in der Rezeption an und bat eine der Damen dort unten, Georgs Transport in die Wege zu leiten.

Als er ins Besprechungszimmer zurückkehrte, fing er sich einen irritierten Blick von Ingeborg Myklebust ein. Asle Tengs beugte sich über den Tisch.

«Wir haben noch einmal mit dem jungen Paar aus dem Nachbarhaus gesprochen», sagte er. «Und zwei Autofahrer haben sich gemeldet, nur fährt keiner einen dunklen BMW.»

«Die ältere Dame, die kurz vor oder nach dem Mord in der Gegend gesehen worden ist, hat die sich gemeldet?» Randi Johansen bückte sich und kratzte sich am Knöchel.

«Zwei Frauen haben angerufen.» Asle Tengs wühlte in seinen Papieren. «Aber keine passt zu der Beschreibung der Person, die kurz nach dem Mord gesehen worden ist. Und keine der beiden hat Schüsse gehört, sagen sie. Sie können auch nicht genau sagen, wann sie am Tatort vorüber gegangen sind, sie meinen aber, dass es zu dem Zeitpunkt war, als die Schüsse gefallen sind. Die Nachbarn konnten die Frau eigentlich auch nicht gut beschreiben. Die Skater meinen, sie habe einen dunklen Mantel getragen. Die Nachbarn meinen, es könnte auch ein Mann gewesen sein.»

Cato Isaksen legte sein Handy auf den Tisch. Er wartete auf Sigrids Anruf. Wenn er bisher seinen Sohn von einem Taxi hatte abholen lassen, hatte die Kindergartenleitung immer bei Sigrid angerufen und ihre Zustimmung eingeholt. Cato Isaksen hatte sich darüber beklagt, hatte der Kindergartenleitung die Leviten gelesen und erklärt, wenn er den Jungen holen müsse, sei es seine Sache, auf welche Weise das passiere.

Der jüngste Sohn war jedes zweite Wochenende und jeden Mittwoch oder Donnerstag bei ihm. Es war typisch, dass er gerade an diesem Wochenende an der Reihe war. Wo sie doch den neuen Mordfall hatten, hätte es keinen unpassenderen Zeitpunkt geben können.

«Und diese Skater können wirklich nichts mit der Sache zu tun haben?» Ingeborg Myklebust schaute schräg zu Roger

Høibakk hinüber, der soeben einen Kamm durch seine Haare zog.

«Nein», sagte der und setzte sich gerade. «Cato und ich haben mit ihnen gesprochen. Sie sind vierzehn und fünfzehn Jahre alt. Drei Jungs. Eine Streife hat sie gegen halb zwölf an der Straßenbahnhaltestelle am John-Colletts-Platz aufgelesen. Sie sagen, sie hätten die Schüsse gehört, aber sie waren so weit weg, dass sie sie nicht als Schüsse erkannt haben. Ich glaube, wir sollten uns nicht zu sehr in diese Jungs verbeißen.»

«Als wir mit ihnen gesprochen haben, schienen sie schreckliche Angst zu haben», sagte Cato Isaksen. «Die richtige Sorte Angst, wenn man das so sagen kann. Ein schlechtes Gewissen hatten sie jedenfalls nicht.»

Randi Johansen stützte ihr Kinn in die Hände.

«Der Sohn der Verstorbenen sagt, seine Mutter sei nie so spät ausgegangen. Er sagt außerdem, dass sie zu so einer Art Damenclub gehörte, der sich mit der Königsfamilie beschäftigt. Die Damen trafen sich immer um achtzehn Uhr, in der Regel war sie also längst vor zehn zu Hause. Und am fraglichen Abend gab es kein Clubtreffen», fügte er hinzu. «Dass sie um kurz vor elf von zu Hause *fort* gegangen ist, stimmt nicht. Genauso hat er das gesagt. ‹Das stimmt nicht.› Sie ging nur sehr selten mit ihren Freundinnen ins Theater oder ins Kino, so spät passierte das aber nie.»

Ein Dienstanwärter kam herein und legte Cato Isaksen einen Zettel hin. Der hatte darum gebeten, den Ford Transit genauer unter die Lupe zu nehmen, mit dem Kenneth Hansens Freunde gekommen waren. Der Wagen war auf Birger Lofthus in Drøbak registriert, wurde aber vom Sohn Lars gefahren, einem Freund von Kenneth Hansen. Die Versicherung natürlich, dachte Cato Isaksen. Deshalb war der Wagen auf den Vater eingetragen. Er dachte an seinen eigenen Ältesten, Gard, der sich so wünschte, dass sein altes Auto auf den Vater registriert würde, um die Versicherung zu sparen. Aber das ging natürlich nicht, als Polizist konnte Cato Isaksen sich solche Tricks nicht leisten. Er hatte deshalb angeboten, seinem Sohn bei den Kosten zu helfen.

«Was ist eigentlich mit diesem Alf Boris Moen?» Preben Ulriksen beugte sich über den Tisch. «Roger, du hast gesagt, er sei irgendwie eigen.»

Randi Johansen nahm ihm die Antwort ab.

«Der Sohn ist einfach fertig, scheint aber in Ordnung zu sein. Ich habe mich heute Morgen länger mit ihm unterhalten. Er hat, seit er neunzehn oder zwanzig war, in der Wohnung über der seiner Mutter gewohnt. Er ist Junggeselle, hat keinerlei Vorstrafen. Arbeitet im Verteidigungsministerium. Alle, mit denen ich gesprochen habe, bezeichnen ihn als eine Seele von Mensch, ein wenig langweilig, ein Bürokrat eben, sonst aber in Ordnung.»

«Klingt verdächtig», Roger Høibakk grinste.

«Find ich auch», sagte Preben Ulriksen.

«Man erschießt aber nicht seine eigene Mutter hundert Meter von seinem Haus entfernt», sagte Randi Johansen und versuchte sich einen Breifleck von der Hose zu wischen.

«Vielleicht ist eben gerade das passiert. Vielleicht ist er um die Ecke gebogen, nachdem die Schüsse gefallen waren. Es wäre für ihn kein Problem gewesen, nach Hause zu laufen und so zu tun, als habe er den ganzen Abend dort verbracht. Du hast doch gesagt, dass er eine Fahne hatte?» Cato Isaksen nicke zu Roger Høibakk hinüber, und der schaute ihn abwesend an.

«Ich weiß nicht, ob das Alkohol war», sagte er. «Es könnte auch etwas anderes gewesen sein.»

«Einen Tag vorher gab es in Majorstua einen Handtaschenraub.» Thorsen zog ein Blatt Papier aus einem Ordner. «Alte Dame, vierundachtzig, von einem jungen Mann auf einem Fahrrad bestohlen. Die Ermittlungen werden natürlich eingestellt, wenn wir nichts finden, was diesen Fall interessant macht.»

Eine der Rezeptionsdamen rief jetzt bei Cato Isaksen an und sagte, sein Sohn sei eingetroffen. Sitze unten in der Rezeption und warte auf ihn. Cato Isaksen erhob sich und lief zur Tür.

Der Fünfjährige war schmutzig und verrotzt und nass.

«Ich hab Wasser in den Stiefeln, Papa», sagte er. «Können wir heute richtig Polizeiauto fahren?»

Cato Isaksen nickte der Rezeptionsdame kurz zu und legte dem Jungen den Arm um die Schultern.

«Nicht heute», sagte er.

«Ich zieh meine Stiefel aus», sagte Georg und streifte die blauen Cherrox mit Augen und Zähnen an der Spitze ab.

Cato Isaksen bückte sich und las sie auf. Die feuchten Kinderfüße hatten auf dem Fußboden kleine Spuren hinterlassen.

Als sie wieder nach oben kamen, war die Besprechung zu Ende gegangen. Alle machten sich wieder an ihre Arbeit. Ingeborg Myklebust war zum Glück nicht zu sehen. Er konnte ihre spitzen Bemerkungen, die immer fielen, wenn er sich um seinen Sohn kümmern musste, nicht mehr ausstehen. In vieler Hinsicht war seine Chefin eine umgekehrte Feministin. Sie ärgerte sich maßlos, wenn ein Kollege sich um seine Kinder kümmern musste. Für sie gab es nur die Arbeit, die kam vor allem anderen.

«Ich muss nur noch schnell was erledigen», sagte Cato Isaksen zu seinem Sohn, der seine Mütze abgezogen hatte. Seine Haare waren struppig und schweißnass. Ein Schmutzstreifen zog sich von seinem Ohr über die Wange bis zur Mitte des Halses.

Cato Isaksen suchte die Vernehmung der Zeugin heraus, die in der Nacht an Kathrine Bjerke vorbei gefahren war. Die Frau, die in Drøbak wohnte und ein kleines Kind hatte, war am 20. Februar um kurz nach Mitternacht auf den Tunneleingang zugefahren. Sie hatte ihren Mann von der Arbeit im Rainbow Hotel in Rjukan abholen wollen.

Während Georg alle Schubladen in den drei Aktenschränken öffnete und schloss, vertiefte der Fahnder sich in das Vernehmungsprotokoll.

*Vernehmung von Heidi Greaker, * 06. 05. 1975*

Ein Mädchen stand an der Bushaltestelle vor der Einfahrt zum Tunnel. (Zusatzauskunft: Oslofjordtunnel, Drøbakufer.) Das Mädchen, bei dem es sich aller Wahrscheinlichkeit nach um Kathrine Bjerke, von nun an KB *genannt, handelte, stützte sich auf zwei Krücken und hatte einen Fuß auf den anderen gestellt. Sie trug einen schwarzen Snowjogger, von der modernen Sorte mit dicker, schwerer Sohle. Der andere Fuß war eingegipst. Die Scheinwerfer fingen ihr Bild ein und leuchteten die junge Frau einige Sekunden lang an. Sie trug einen beigen Dufflecoat und hatte halblange blonde Haare. (Stimmt mit den Auskünften der Mutter überein.) Sie hatte ein ernstes Gesicht. Die Zeugin, von nun an* HG*, schätzt sie auf zwölf oder dreizehn, sie kann natürlich aber auch bereits vierzehn sein. Sie hatte deutliche Ähnlichkeit mit der vermissten Kathrine Bjerke. Die Zeugin* HG *sagt: Obwohl ich sie nur einige Sekunden lang gesehen habe, erinnere ich mich so gut daran, weil das Bild so beunruhigend wirkte. Junge Mädchen sollten nachts nicht allein unterwegs sein. Jedenfalls nicht so junge Mädchen.* HG *sagt, sie habe selber eine kleine Tochter, deshalb sei ihr das Mädchen so aufgefallen.*

Die Straße führt an der Bushaltestelle vorbei und dann auf den Verteilerkreis. Es war kurz nach Mitternacht, am Dienstag, den 20. Februar. HG *sagt, es muss unter Null gewesen sein, denn die Straße war mit Reif bedeckt und ziemlich glatt. In der Luft hing ein leichter Nieselregen, sagt* HG*, deshalb musste sie die Nebelscheinwerfer einschalten.*

Die Tür öffnete sich. Roger Høibakk kam herein.

«Ich fahre jetzt nach Hause», sagte er. «Ich weiß schon gar nicht mehr, wann ich zuletzt geschlafen habe.»

Cato Isaksen faltete das Protokoll zusammen und heftete es wieder in den Ordner. Dann nahm er das kleine Tonband heraus, auf dem die Vernehmung zu hören war, und legte es ins Tonbandgerät ein. Georg knallte so hart mit den Schubladen, dass es seinem Vater in den Ohren wehtat. «Lass das», rief Cato Isaksen seinem Sohn zu, und der schaute ihn verdutzt an.

Roger Høibakk ging zu dem Jungen hinüber und fuhr ihm durch die Haare.

«Gut, dass Ellen heiratet», sagte er. «Dann produziert dein viriler Vater nicht noch mehr Gesellen wie dich.»

«Jetzt hör aber auf», sagte Cato Isaksen kurz.

«O Scheiße», sagte Roger Høibakk grinsend. «Du denkst doch nur ans Vögeln.» Ein Lächeln verbreitete sich über sein müdes Gesicht.

Cato Isaksen winkte mit dämlicher Miene ab. Dann lachte er kurz. Er konnte nicht dagegen an, obwohl es ihn maßlos ärgerte, dass Roger die Sache mit ihm und Ellen durchschaut hatte.

Roger verließ das Zimmer. Cato Isaksen drückte auf den Startknopf des Tonbandgerätes. Einige Sekunden später hallte Heidi Greakers Stimme durch den Raum:

Wenn ich nachts Auto fahre, sehe ich ab und zu Dinge, die sich mir für einige Sekunden einprägen. Ich fahre in der Dunkelheit vorüber und registriere vielleicht einen Menschen, der die Straße entlanggeht, und bin für einen Moment erfüllt von dem Fremden, von dem Zeitpunkt, der Bewegung und dem Ort. Und dann vergesse ich das alles wieder.

Warum ist Ihnen das Mädchen aufgefallen, und warum der Zeitpunkt?

Da kam einfach alles zusammen.

Machte sie einen ängstlichen Eindruck?

Ich glaube, nicht. Es war eher, dass es so spät und so dunkel war, und dass sie so jung aussah. Und dann waren da noch die Krücken.

Cato Isaksen drückte auf den Aus-Knopf. Georg sagte, er habe Hunger, der Vater versprach, unterwegs etwas zu kaufen. Richtig essen würden sie später alle zusammen, wenn Bente vom Besuch bei ihrer Freundin zurückgekehrt wäre.

ES WAR GEGEN vierzehn Uhr, am Samstag, den 10. März. Cato Isaksen wollte selbst mit Alf Boris Moen sprechen. Bisher hatte er das Roger Høibakk und Randi Johansen überlassen. Obwohl es Samstag war, hatte sich Moen vormittags zu einer kurzen Vernehmung durch Asle Tengs auf der Wache eingefunden. Mental habe er den ersten Schock jetzt überwunden, hatte er gesagt. Aber die Sache machte ihm doch sichtlich zu schaffen. Im Verteidigungsministerium arbeitete er in einem Büro. Er hatte sich für einige Tage krankgemeldet. Was ja, in Anbetracht der Ereignisse, kein Wunder war.

Cato Isaksen und Randi Johansen gingen den Kiesweg zur John-Colletts-Allee 51 hoch. Der weiße Wagen stand vor dem Zaun. Das graubraune längliche Steinhaus lag in einem kleinen Garten, der in mehrere Parzellen aufgeteilt war. Das Haus hatte vier Wohnungen, die Haustüren lagen in den Querwänden. Das Gras war tot, die Bäume braun und traurig. Bald würde alles grün werden. Ein Hauch von Unruhe durchfuhr Cato Isaksen. Es war Frühling, und Ellen Grue würde bald heiraten. Das Gefühl von Verlust war ihm so vertraut. Er hatte ein schlechtes Gewissen. Bente hatte gesagt, sie könne Georg mit zum Einkaufen nehmen. Er hatte versprochen, rechtzeitig zur Kinderstunde im Fernsehen zu Hause zu sein. Cato Isaksen und Randi Johansen gingen die Steintreppe hoch und klingelten.

«Vorgestern war der internationale Frauentag», sagte Randi Johansen plötzlich und zog ihre Jacke fester um sich zusammen.

Cato Isaksen fuhr herum und sah sie an.

«Ja, das weiß ich», sagte er. «Was hat das mit dem Fall zu tun?»

«Moen arbeitet doch im Verteidigungsministerium.»

Randi zuckte mit den Schultern.

«Glaubst du, er hat da Zugang zu Waffen? Das habe ich mich schon gefragt», sagte Randi.

«Kaum. Im Gegenteil, möchte ich meinen. Ich frage mich nur, ob er eine militärische Ausbildung besitzt.»

Bald hörten sie auf der Treppe schwere Schritte. Die Tür wurde geöffnet. Alf Boris Moen nickte Randi Johansen zu und bat beide herein. Er reichte Cato Isaksen die Hand, und der betrachtete ihn interessiert und versuchte, sich einen eigenen Eindruck von diesem Mann zu machen. Moen war ziemlich klein, hatte ein rundes Gesicht und fast keine Haare mehr. Cato Isaksen fielen seine kräftigen Hände auf. Als sie hinter ihm die Treppe hochgingen, sah er außerdem, wie breit der Hintern dieses Mannes war.

Randi Johansen warf einen Blick auf die Tür der Wohnung, in der Brenda Elise Moen gewohnt hatte. Die Tür war versiegelt. An den Wänden im Treppenhaus hingen Plakate mit Bildern der königlichen Familie. Cato Isaksen erkannte auch die schwedische und die dänische Königsfamilie, dazu ein altes Plakat, das König Haakon in Kriegszeiten zeigte.

Die Wohnung, die vielleicht siebzig Quadratmeter groß war, bestand aus zwei kleinen Wohnzimmern, einer ziemlich großen Küche und einer Tür, die vermutlich in ein Schlafzimmer führte. Sie wies eine seltsame Mischung aus maskulinen und femininen Einrichtungselementen auf. Alf Boris Moen war sichtlich stolz auf seine Wohnung. Über einem großen Schreibtisch hingen mehrere alte Waffen, dazu Bilder von uniformierten Männern und alten Flugzeugen. Cato Isaksen hielt ihn für den Prototypen des Bürgers, der seine tiefste Befriedigung darin findet, alles für Eltern und Vaterland zu tun. Einen, der den Alltag und die Konsequenz liebt.

Über dem verschlissenen türkisen Sofa hing ein ziemlich dilettantisches Gemälde, das den letzten russischen Zaren und seine Familie darstellte. Cato Isaksen las kurz die Messingplakette, die am Rahmen befestigt war. Auf dem Couchtisch lag eine rosa Häkeldecke mit Spitzenkante. Alf Boris Moen nahm ein Buch von Virginia Woolf und ein paar Kassenzettel eines großen Kleiderladens weg, ehe er einige Brotkrümel fortwischte.

Randi Johansen nahm die Einladung zum Kaffee an, ehe Cato Isaksen das abwehren konnte. Er hatte nur einen kurzen Besuch geplant. Moen schien der plötzliche Tod seiner Mutter natürlich noch immer zu schaffen zu machen. Cato Isaksen fiel auf, dass der Mann einen schwachen Bluterguss auf der Stirn hatte.

«Was haben Sie denn gemacht?» Der Fahnder nickte zu dem blauen Flecken hinüber.

Alf Boris Moen schaute ihn für einen Moment verständnislos an, dann ging ihm auf, wovon hier die Rede war.

«Ach», sagte er leichthin und fuhr sich mit dem Finger über die Stirn. «Das hab ich schon seit ein paar Tagen. Ich bin auf einem Waldspaziergang ganz einfach gegen einen Ast gelaufen.»

«Sie sind also ein Freiluftmensch.»

«Und wie. Solche Waldwanderungen sind für mich die schönste Erholung. Wenn man den ganzen Tag in einem kleinen Büro sitzt», fügte er zur Erklärung hinzu. «Und dann ist da ja die Sache mit Kathrine. Manchmal glaube ich, dass ich noch den Verstand verlieren werde. Ich war seit ihrem Verschwinden jeden zweiten Tag bei meiner Schwester. Und danach muss ich einfach loslaufen, um Ordnung in meine Gedanken zu bringen.»

Cato Isaksen nickte und betrachtete die korpulente Figur seines Gegenübers. Vermutlich müsste er sich noch mehr Bewegung verschaffen, dachte er. Sie setzten sich auf das alte Sofa im Nierentischstil, während Alf Boris Moen in der Küche Kaffee kochte. Dann brachte er eine Schale Kekse.

«Mutter war ganz gebrochen, nachdem Kathrine verschwunden war. Glauben Sie, dass es da einen Zusammenhang gibt?»

«Das wissen wir noch nicht», sagte Cato Isaksen.

«Diesen Fall hat ein anderer Polizeibezirk bearbeitet», sagte

Randi Johansen und strich ihre Bluse gerade. «Aber wir werden uns das alles natürlich auch genauer ansehen, jetzt, wo das mit Ihrer Mutter passiert ist.»

Moen verteilte Tassen auf dem Tisch.

«Was für eine Beziehung haben Sie zu Ihrer Nichte?»

Er hätte auch auf einen Knopf drücken können. Alf Boris Moen schloss die Augen. Er kämpfte mit den Tränen. Cato und Randi schlugen verlegen die Augen nieder.

«Sie könnten sie als den Mittelpunkt der Familie bezeichnen. Ich glaube, wir haben sie alle um die Wette verwöhnt, wenn ich das so sagen darf. Verzeihung», sagte er und ging wieder in die Küche. Als er zurückkam, hatte er sich ein wenig beruhigt.

«Sie haben sich offenbar rührend um Ihre Mutter gekümmert, wie wir gehört haben», sagte Cato Isaksen vorsichtig.

«Ja», seufzte der andere. «Ich habe Mutter bei allem geholfen. Ich habe sogar für sie geputzt und gekocht. Ja, warmes Essen bekam sie ja geliefert, von der Stadt», fügte er hinzu.

Er ging zur Küchentür und nahm ein Foto von der Wand.

«Das bin ich mit meiner russischen Großmutter», sagte er stolz. Das Bild zeigte eine alte Dame in einem langen Kleid, die ein weiß gekleidetes Kind auf dem Schoß hielt. Das Kind trug ein Häubchen und ein Spitzenkleid. «Das bin ich wirklich. Meine Großmutter kam 1905 nach Norwegen, als sehr junges Mädchen. Bei meiner Geburt war sie schon über siebzig», erzählte er und verschwand in der Küche.

«Waren Sie je verheiratet?» Cato Isaksen fing Randi Johansens Blick auf, vielleicht ging er ein wenig zu rasch vor. Der Mann brachte eine rote Thermoskanne, die mit rosa Rosen bedruckt war. Er setzte sich auf die Sesselkante und hielt die Kanne noch immer in der Hand.

«Ich war einmal verlobt», sagte er mit fester Stimme und schaute die Gäste der Reihe nach an. «Sie ist gestorben», fügte er kurz hinzu und hielt ihnen die Kanne hin.

Randi Johansen nahm ihre Tasse und beugte sich vor.

«Das tut mir Leid», sagte sie.

«Es war ganz entsetzlich.» Moen stellte die Thermoskanne auf den Tisch. Dann rieb er sich traurig die Augen. «Damals war ich achtundzwanzig, jetzt bin ich fast fünfzig.» Rasch schüttelte er den Kopf, wie um sich von dieser Erinnerung zu befreien. «Warum haben Sie Mutters Wohnung versiegelt?», fragte er dann. «Sie ist doch auf der Straße ums Leben gekommen.»

«So machen wir das eben», sagte Randi Johansen. «Da haben wir unsere Vorschriften.»

«Was glauben Sie, was passiert sein kann?», fragte Cato Isaksen und trank einen Schluck heißen Kaffee.

Der Mann im Sessel schwieg. Er stellte seinen Becher auf den Tisch, ließ sich zurücksinken und schluckte. Seine Mundwinkel vibrierten ein wenig, die runden Wangen zitterten. Cato Isaksen unterdrückte einen lautlosen Seufzer. Er konnte nicht mit erwachsenen Männern umgehen, die weinten. Im Laufe der Jahre hatte er es mit zahllosen Angehörigen zu tun gehabt. Hatte gesehen, wie sie sich über das Opfer beugten, das noch vor kurzer Zeit ein lebender Mensch gewesen war, eine Mutter, ein Vater, ein Ehepartner, oder, schlimmer noch, ein Kind. Er dachte an das Absurde an der Zeit, die sich mit dem toten Menschen immer weiter entfernte. Einige Angehörige riefen und schrien, als seien sie verletzt worden. Andere saßen steif und starr da und schienen in ihren Körpern nicht einmal mehr vorhanden zu sein.

«Das ist so viel …», begann Alf Boris Moen mit zitternder Stimme. «Vor allem ist es ein schrecklicher Schock. Eine entsetzliche Tragödie. Ich glaube, ich habe es noch nicht ganz begriffen. Dass es möglich ist, hier erschossen zu werden, im friedlichen Ullevål Hageby, meine ich.»

Randi Johansens Telefon klingelte. Sie stand auf und ging in den Flur.

«Ich war gestern nicht bei der Arbeit», sagte Alf Boris Moen jetzt.

«Das ist verständlich. Was machen Sie im Verteidigungsministerium?»

«Ich arbeite im Archiv. Schon seit einundzwanzig Jahren.»

Cato Isaksen warf einen Blick aus dem Fenster. Randi Johansen kam wieder herein.

«Privat», sagte sie und zeigte auf ihr Telefon.

«Ich mache mir solche Sorgen um meine Schwester. Sie steht kurz vor einem Zusammenbruch, die Arme. Könnten Sie nicht versuchen, sie von diesen langen Suchaktionen abzubringen?»

«Wir werden uns alle Mühe geben», versprach Cato Isaksen. «Wir werden mit den Kollegen aus Follo und der Kripo zusammenarbeiten», sagte er. «Es sind zwar zwei verschiedene Fälle, aber sie gehören ja doch irgendwie zusammen.»

«Sie geht immer wieder von Neuem los. Aber was, wenn sie sie plötzlich findet? Das darf nicht passieren!» Alf Boris Moen bat um Entschuldigung, ging hinaus und verschwand im Wohnzimmer. Als er zurückkam, baten sie ihn, den Bekanntenkreis und die Gewohnheiten seiner Mutter zu beschreiben. Es stellte sich heraus, dass die Mutter eine ganz normale Rentnerin gewesen war, ohne Feinde und mit niemandem zerstritten.

«Mutter war ungewöhnlich umgänglich», sagte er. «Und tolerant und ordentlich. Hat immer ihre Verabredungen gehalten. Nie viel von sich her gemacht. Ging ab und zu zum Bingo und hatte einige wenige gute Freundinnen.»

«Keinen Mann irgendwo im Hintergrund?»

Alf Boris Moen lächelte.

«Absolut nicht», sagte er energisch. «Mein Vater ist schon viele Jahre tot, und einen anderen Mann hat es nie gegeben. Dazu war sie einfach nicht der Typ. Es kam vor, dass ein paar Bengel sie schikanierten, aber das haben sie mit allen alten Damen hier in der Gegend gemacht. Es gibt hier nicht so viele alte Leute, wissen Sie. Junge Familien sind hergezogen, und damit hat die Gegend sich sehr geändert. Früher war es hier sehr still. Jetzt wimmelt es hier von Kindern und Skatern und allem Möglichen. Sie haben ihre großen Hüte mit Apfelsinenschalen, Steinchen und Papierkugeln beworfen. Diese Knaben nenne ich einfach nur Teufelsbrut. Ich habe sie zwei-, dreimal zur Rede stellen wollen, aber da sind sie auf ihren Rollbrettern abgehauen.»

Cato Isaksen bat ihn, ein wenig über diesen Verein seiner Mutter zu erzählen. Alf Boris Moen holte tief Atem.

«Es ist ein royalistischer Club, so haben sie sich selber genannt. Sie war königstreu durch und durch.» Die Lippen des Sohnes verzogen sich zu einem kleinen Lächeln. «Sie wusste alles über die königliche Familie. Sie sollten mit ihren Freundinnen sprechen, Tulla Henriksen und Solveig Wettergren. Das sind liebe, verschrobene alte Damen.»

Cato Isaksen bat, die Toilette benutzen zu dürfen. Der viele Kaffee machte das notwendig. Er schloss die Tür hinter sich. Alles war glänzend sauber und ordentlich. Bademantel, Rasiersachen, Pantoffeln. Ein Buckelglasfenster zum Hof. Helle Handtücher lagen ordentlich zusammengefaltet in zwei kleinen Regalen, und er nahm einen süßlichen, ein wenig scharfen Geruch wahr, den er nicht unterbringen konnte.

IN DER SONNTAGSAUSGABE der Zeitung *VG* wurde Kathrine Bjerkes Verschwinden mit dem Mord an ihrer Großmutter in Verbindung gebracht. **Kathrines Oma ermordet** stand als fette Schlagzeile auf der Vorderseite.

Die fünfundsiebzig Jahre alte Frau, die vor fünf Tagen in Ullevål Hageby auf offener Straße erschossen wurde, war die Großmutter der vermissten Kathrine Bjerke. Die vierzehnjährige Kathrine verschwand vor etwas über zwei Wochen von ihrem Zuhause in Drøbak. Die Polizei, Hilfsmannschaften des Roten Kreuzes, die Heimwehr und Freiwillige haben ausgiebige Suchaktionen unternommen. Seit acht Tagen wird im ganzen Schengen-Bereich nach ihr gesucht. Aber bisher sprach einiges für ein freiwilliges Verschwinden. Jetzt nach dem Mord an ihrer Großmutter, scheint es auf der Hand zu liegen, dass der Fall eine neue und ernste Wendung genommen hat. Die Polizei will sich hinsichtlich eines Zusammenhangs zwischen den beiden Fällen nicht äußern. Aber gut informierte Kreise meinen, dass es bereits mehrere konkrete Theorien über beide Ereignisse gibt.

«Leckage», sagte Roger Høibakk resigniert.

Abteilungsleiterin Ingeborg Myklebust musterte die Anwesenden unzufrieden. Sie strich ihre roten Haare glatt und machte sich für einen Moment am Kragen ihrer beigen Seidenbluse zu schaffen, ehe sie sich setzte und Cato Isaksen das Wort erteilte. Er verbreitete sich zuerst allgemein über die beiden Fälle und bat alle, sich nicht in eine bestimmte Theorie festzubeißen.

«Dass die Zeitungen schon in diese Richtung gehen, ist natürlich ärgerlich», fügte er hinzu. «Aber wir dürfen uns davon nicht beeinflussen lassen. Leider hat die Arbeitsruhe damit ein Ende. Zugleich hat die Zeitung aber damit Recht, dass wir Kathrine Bjerkes Verschwinden jetzt in einem anderen Licht sehen müssen. Wir werden feststellen, ob es einen Zusammenhang geben kann. Werden keine Theorie ununtersucht lassen. Uns auf keine bestimmte fixieren. Und dann werden wir ja sehen, wohin uns das führt. Der Presse gegenüber möchte ich das aber nicht überdramatisieren. In zwei Stunden haben wir einen neuen Termin mit den Kollegen aus Follo. Und morgen um neun gibt es eine gemeinsame Pressekonferenz.»

«Die übernehme ich», sagte Ingeborg Myklebust rasch.

«Schön», sagte Cato Isaksen.

«Wie wäre es mit einer ganz neuen Theorie», sagte Roger Høibakk. «Kann nicht Kathrine Bjerke ihre Großmutter erschossen haben?»

«Das haben wir uns alle schon überlegt», sagte Asle Tengs.

Roger Høibakk ließ seinen Blick durch die Runde schweifen.

«Das ist eine Theorie», sagte er und zuckte kurz mit den Schultern.

«Aber nicht sehr wahrscheinlich», meinte Randi Johansen. «Vierzehnjährige Mädchen lieben ihre Großmütter normalerweise. Sie erschießen sie nicht.»

«Sie kann drogenabhängig gewesen sein», meinte Roger. «Wer weiß. Vielleicht hat sie sie um Geld angebettelt und sie bestohlen.»

«Ich dachte, Rauschgift käme nicht in Frage», sagte Randi.

«Aber vielleicht wissen nicht alle alles. Vielleicht hatte Kathrine Geheimnisse, von denen ihre Freunde oder ihre Familie keine Ahnung hatten.»

«Da kannst du natürlich Recht haben.» Cato Isaksen runzelte besorgt die Stirn.

«Es gibt Doppelmenschen», sagte Roger Høibakk.

«Ja, aber sie ist erst vierzehn», sagte Randi Johansen.

«Alf Boris Moen, der Sohn des Opfers, sagt, seine Mutter sei einige Male von Skatern schikaniert worden», berichtete Cato Isaksen. «Wir holen uns die Jungs noch mal zur Vernehmung.»

Am Montagmorgen sammelten sie sich gegen acht in Cato Isaksens Büro. Alle waren dabei, nur nicht Ingeborg Myklebust, die mit den Kollegen aus Follo und von der Kripo die

Pressekonferenz vorbereitete. Im Kielwasser der letzten Zeitungsmeldungen war ein neuer Strom von Tipps eingelaufen. Außerdem bestätigte sich der Verdacht, Brenda Elise Moen sei auf offener Straße mit einer Militärwaffe ermordet worden.

Ellen Grue legte einen Bericht vor, aus dem hervorging, dass das Opfer mit zwei 9-mm-Geschossen getötet worden war. Aller Wahrscheinlichkeit nach stammten die aus einer Glock P-80-Militärpistole, es konnte sich aber auch um eine MP-5-Waffe handeln. «Wir haben uns bei der Armee erkundigt», sagte Ellen Grue. «Allein in Oslo sind 728 Waffen auf Abwege geraten. Und zwar automatische Gewehre vom Typ AG 3, Maschinenpistolen vom Typ MP-5 und dann noch eine Reihe Glock-Pistolen. Vor zwei Wochen ist in ein Waffenlager in Rud in Bærum eingebrochen worden, aber wir wissen ja, dass immer wieder Waffen aus solchen Lagern verschwinden und nie wieder auftauchen. Am 9. Februar sind am Fliegerhorst Rygge zwei Waffen vermisst gemeldet worden. Da draußen schwimmt ein ganzer Ozean von Waffen herum.»

«Da könnten wir auch nach der berühmten Nadel im Heuschober suchen», sagte Roger Høibakk und gähnte.

«Haufen», korrigierte Randi Johansen. «Heuhaufen.»

Roger antwortete mit einer Grimasse.

«Vielleicht sollten wir uns nicht zu sehr auf die Militärszene konzentrieren», sagte Randi dann. «Wir wissen doch, dass diese Waffen in alle möglichen Szenen weiter verkauft werden. Drogenszene, Zuwanderer, überall.»

«Vielleicht hast du Recht. Aber ich will alles über den Bekanntenkreis von Kathrine und ihrer Großmutter wissen. Vor allem über Leute, die auf irgendeine Weise etwas mit dem Militär zu tun haben», sagte Cato Isaksen und schaute sich im Raum um. «Preben, du schaust dir Alf Boris Moens Umgebung gründlich an, beruflich und privat. Thorsen, du nimmst dir Kathrine Bjerkes Kreis vor, und zwar absolut alles. Väter von Freundinnen, die bei der Heimwehr sind, Nachbarn, Arbeitskolleginnen der Mutter und des Stiefvaters, ihr wisst schon.»

Die Pressekonferenz verlief problemlos, und für den Rest des Tages wurde in kleinen Gruppen gearbeitet. Cato Isaksen beschloss Brenda Moens Freundinnen zu besuchen. Er hatte sich bereits telefonisch mit einer verabredet, und die wollte der anderen Bescheid sagen.

Während er auf Randi Johansen wartete, überkam ihn wieder seine vertraute Unruhe. Der Fall war noch so neu, dass er nicht glaubte, ihn im Griff zu haben. Es gab keine konkreten Anhaltspunkte. Er ging hinaus auf den Flur und entdeckte Ellen Grue. Sofort wandte er sich ab und verschwand wieder in seinem Büro.

Er hörte, dass Randi mit einem der Skater in einem Verhörraum saß. Die beiden anderen warteten auf dem Gang.

Cato Isaksen klopfte leise an die Tür. Er nickte der Kollegin zu, deren Spezialität die Vernehmung von Jugendlichen war.

«Hallo», sagte er und begrüßte den Jungen kurz. «Wie geht's?»

«Das stimmt nicht», sagte der. «Wir haben niemals alte Damen mit Apfelsinenschalen beworfen.» Er wirkte aufrichtig betroffen. «Wir sind auch nicht die einzigen Skater in der Gegend», fügte er hinzu. «Aus der ganzen Stadt kommen Leute zur Rampe auf dem Damplass.»

«Viele ärgern sich über den Lärm, den ihr dabei macht, nicht wahr», sagte Cato Isaksen mit einem Lächeln. «Dürft ihr wirklich so spät noch unterwegs sein? Mittwoch war doch ein ganz normaler Werktag.»

«Eigentlich nicht», sagte der Junge mit düsterer Miene.

TULLA HENRIKSEN WOHNTE in einem heruntergekommenen Mietshaus in der Waldemar-Thranes-Gate. Als Cato Isaksen geklingelt hatte, wurde die Tür sofort geöffnet. Offenbar wurden sie schon erwartet. Cato Isaksen stellte Randi Johansen und dann sich selber vor.

«Kommen Sie herein», sagte die alte Dame hektisch. «Solveig ist auch schon da. Bitte, kommen Sie herein.» Im Hintergrund war eine Radiostimme zu hören. Cato Isaksen streifte die Schuhe ab und ging langsam ins Wohnzimmer.

Ein süßlicher, Ekel erregender Geruch strömte ihnen entgegen.

«Ich brate Fischfrikadellen in guter Butter», sagte Tulla Henriksen zur Erklärung und verschwand in dem Raum, in dem die Gäste die Küche vermuteten.

Solveig Wettergren musterte die Neuankömmlinge mit ernster Miene. Sie war eine kräftige Frau mit einem hübschen, gepuderten Puppengesicht und hellblonden, fast weißen Dauerwellen. Die Sonne, die von einem offenen Fenster im Haus gegenüber reflektiert wurde, malte kleine längliche Flecken an die Wand. Die Sonnenflecken spielten auch über ihre bleichen Haare. Ihr weinrotes blankes Kleid betonte ihre grelle Schminke. Tulla Henriksen war ihr genauer Gegensatz, dünn und runzlig, mit großer Brille und dünnen, grauen ungepflegten Haaren. Sie trug eine weite Hose und einen braunen, unkleidsamen Pullover.

«Wir waren wirklich wie gelähmt», sagte Solveig Wettergren und schaute irritiert in Richtung Küche, wo die Freundin noch immer mit Geschirr klapperte und etwas rief, was sie nicht hören konnten. «Alfs Anruf war ein entsetzlicher Schock», sagte sie und ging zur Küche. Sie war ein großer eckiger, aber trotzdem leichtfüßiger Mensch. «Setzen Sie sich doch», sagte sie freundlich. Trotz des Schocks, den der Verlust der Freundin für sie bedeuten musste, schienen die beiden Damen sich absolut unter Kontrolle zu haben.

Randi und Cato setzten sich in die tiefen Sessel, die zur

Sitzgarnitur gehörten. Tulla Henriksen rief aus der Küche etwas über Tee, und die Gäste nahmen dankend an.

Solveig Wettergren brachte eine Plätzchenschüssel.

«Ich begreife einfach nicht, dass jemand sie erschießen konnte. Sowas liest man doch in den Zeitungen, über Überfälle und Mord und Diebstahl. Aber uns scheint das alles nichts anzugehen. Oder vielleicht doch», fügte sie besorgt hinzu. «Wir haben eben noch darüber gesprochen. Ist es möglich, dass es jemand auf unseren Club abgesehen hat?»

Cato Isaksen unterdrückte ein kleines Lächeln. «Das glaube ich nicht», sagte er.

«Das mit der verschwundenen Enkelin.» Randi Johansen wollte jetzt zur Sache kommen.

«Das war entsetzlich.» Solveig Wettergren musterte ihre Hände. «Das ist entsetzlich», korrigierte sie sich.

«Brenda hat das mit Kathrine ungeheuer schwer genommen. Sie war ein reizendes Mädchen», sagte Tulla Henriksen aus der Küchentür. «Wir haben beide keine Enkelkinder.» Sie nickte kurz zu ihrer Freundin hinüber.

«Nein, woher auch, wo wir auch keine Kinder haben», sagte Solveig Wettergren aufgesetzt säuerlich.

«Wir haben sie fast beneidet. Wir wissen, dass uns da einiges entgeht.» Tulla Henriksen schaute ihre Freundin Einverständnis heischend an. «Brenda ist in den zwei Wochen seit Kathrines Verschwinden um zehn Jahre gealtert. Ich glaube, sie hat danach nicht eine einzige Nacht geschlafen.»

«Wir sind nicht abergläubisch.» Tulla Henriksen hob ihre dünnen Hände und schlug sie vorsichtig gegeneinander. «Aber da konnte man sich ja fast schon Gedanken machen. Brenda hatte in der Diele einen großen alten Spiegel hängen. Einige Tage vor Kathrines Verschwinden ist der plötzlich heruntergefallen und zerbrochen. Es war so ein schöner alter Spiegel, Sie wissen schon, mit geschnitztem Rahmen und einem geschliffenen Rand.»

«Wieso ist der heruntergefallen?» Cato Isaksen zog sein

klingelndes Telefon aus der Jackentasche. Er schaltete es aus. Jemand rief von zu Hause aus an. Sicher Vetle. Er würde zurückrufen, wenn das Gespräch mit den beiden alten Damen hinter ihnen lag.

«Vielleicht wollten sie ihn anderswo hinhängen, das weiß ich nicht. Glaubst du, dass sie ihn anderswo hinhängen wollten?» Sie schaute ihre Freundin an, und die zuckte mit den Schultern. «Sie können doch Alf danach fragen. Ein zerbrochener Spiegel bedeutet sieben Jahre Unglück», sagte Tulla Henriksen dramatisch. «Das ist eine fast unheimliche Vorstellung.»

«Wann haben Sie Brenda Moen zuletzt gesehen?» Randi Johansen notierte die Antworten der Damen auf einem kleinen Block.

«Am vorigen Samstag. Wir waren bei ihr. Sie mochte einfach nicht aus dem Haus gehen, die Arme, aber wir hatten das Gefühl, dass unser Besuch ihr gut tat. Immerhin kam sie doch auf andere Gedanken.»

«Haben Sie sich nur zu den Clubabenden getroffen?»

«Nein, manchmal auch zum Bingo. Und einige Male war sonntags sogar Alf dabei.»

«Wissen Sie jemanden, der Brenda Moen übel gesinnt war?»

Die beiden Freundinnen wechselten einen Blick. «Mir fällt niemand ein», sagte Tulla Henriksen.

«Mir auch nicht», sagte Solveig Wettergren, zog ein zerknülltes Taschentuch hervor und betupfte sich damit die Augen. «Aber die Gedanken gehen ja oft ihre eigenen Wege, nicht wahr? Wir halten uns für sicher. Wir gehen über eine Straße und plötzlich leben wir nicht mehr.»

Tulla Henriksen verteilte Teetassen und Teller mit Rosenmuster auf dem braunen, abgenutzten Couchtisch. «Brenda war in gewisser Weise unsere Clubleiterin. Haben Sie ihre Wohnung gesehen?»

Cato Isaksen schüttelte den Kopf. «Noch nicht, aber die Kollegen waren dort.»

«Ich war da», sagte Randi Johansen.

«Das ist nicht wie hier», erklärte Tulla Henriksen hektisch und streckte demonstrativ den Arm aus. Plötzlich fielen Cato Isaksen die vielen Bilder der Königsfamilie auf, die an der Wand hingen.

«Die stammen aus Zeitschriften, und ich habe sie rahmen lassen.» Tulla Henriksen lief wieder in die Küche und brachte eine Teekanne. «Aber Brenda hatte echte Bilder», fügte sie hinzu.

«Geerbt», sagte Solveig Wettergren leise. Die Sonnenflecken waren weiter gewandert und hatten ihre Haare verlassen. «Ihre Mutter war Russin und eine große Sammlerin von Bildern und Souvenirs. Wir wissen nicht so recht, wie sie das geschafft hat, aber angeblich hatte sie einen Beamten am Hof von Königin Maud und König Haakon als Liebhaber.» Die gepflegte alte Dame betrachtete ihre Hände. An der rechten trug sie zwei große Diamantringe.

«Das ist so eine seltsame Märchengeschichte, die man fast nicht glauben mag. Aber jedenfalls war Brendas Mutter ungefähr gleichzeitig mit König Haakon nach Norwegen gekommen. Sie war wirklich eine Schönheit», sagte jetzt Tulla Henriksen, schenkte dünnen Tee ein und bot fettglänzende Schokoladenplätzchen an. «Sehen Sie sich nur ihre Fotos an, wenn Sie bei Alf Boris sind. Sie hatte keine Wohnung, sie wusste nicht, was sie machen sollte. Aber in der Stadt wimmelte es nur so von Menschen, eben wegen des neuen Königs. Sie hatte wohl kaum Geld, aber sie kaufte sich eine Illustrierte, die auf der Titelseite ein schönes Bild des neuen Königspaares brachte. So fing das alles an. Sie ging einfach zum Schloss und bat um Arbeit. Sie hat wohl behauptet, vorher bei der Zarenfamilie in Diensten gewesen zu sein. Das war natürlich blanker Unsinn, aber vielleicht wurde sie deshalb eingestellt.»

«Später, als sie mehr Geld hatte, kaufte sie sich ein Album und fing an, Bilder und Artikel einzukleben», fügte Solveig

Wettergren hinzu. «Sie arbeitete viele Jahre am Hof, bis zu Brendas Geburt. Wir haben immer Witze darüber gemacht, wer wohl ihr Vater gewesen sein kann.»

«Auf irgendeine Weise hat sie damals auch ein Gemälde an sich gebracht, das inzwischen sehr viel wert ist. Es heißt ‹Wespentaille› und hängt bei Brenda zu Hause», sagte Tulla Henriksen.

Randi Johansen nickte. «Das habe ich gesehen», sagte sie.

«Interessiert ihr Sohn sich auch für diese Dinge?» Cato Isaksen stellte vorsichtig seine dünne Teetasse auf den Tisch.

«Nein», sagten die beiden alten Damen und wechselten einen fragenden Blick. «Ich weiß nicht so recht, ich glaube, nicht.»

Solveig Wettergren erhob sich. «Manchmal war er schon mit uns zusammen. Er kam dann irgendwann heruntergestapft, wenn wir uns bei Brenda getroffen haben.»

«Was ist mit seinem Bekanntenkreis?»

«Ich glaube, darüber wissen wir nichts», sagte Tulla Henriksen.

«Ich kann mich jedenfalls an nichts erinnern», fügte ihre Freundin hinzu.

Randi Johansen nahm zum zweiten Mal die Plätzchenschale entgegen und reichte sie an Cato Isaksen weiter, der an diesem Tag noch nichts gegessen hatte, und dem von dem süßen Geschmack plötzlich ein wenig schlecht wurde. Trotzdem nahm er sich höflich noch eins.

«Finden Sie es nicht seltsam, dass Brenda Moen an dem Abend, an dem sie ermordet wurde, noch so spät von zu Hause weggegangen ist?», fragte sie.

«Aber sicher», erwiderten die beiden alten Damen wie aus einem Munde und wechselten einen verstörten Blick. «Brenda war überaus vorsichtig, ein wenig zurückhaltend sogar.»

Solveig Wettergrens umfangreicher Körper bewegte sich unruhig, sie fuhr sich über ihren üppigen Busen und griff nach ihrer Brosche, die mehrere feuerrote Steine aufwies.

«Sie war jedenfalls mit niemandem zerstritten.» Solveig Wettergren spielte zerstreut an ihrer Brosche herum. «Das mit unserem Club macht wirklich Spaß. Vor allem jetzt, wo die Kronprinzenhochzeit näher rückt», sagte sie dramatisch. «Wir haben uns ein Zimmer im Grand Hotel bestellt, zur Straße hin. Wir wollten uns den ganzen Aufzug ansehen, wenn ich das so nennen darf. Wir haben uns schrecklich darauf gefreut.»

Die beiden alten Damen redeten nun wild durcheinander. Cato Isaksen hörte nur mit halbem Ohr zu. Die Beziehung zwischen Kronprinz Haakon und der ausschweifenden Partybesucherin Mette Marit interessierte ihn nun wirklich nicht.

«Jetzt ist ja alles ganz anders», sagte Solveig Wettergren. «Aber wir müssen eben positiv sein. Es ist bestimmt spannend, am 25. August alles im Blick zu haben.»

«Ja, aber vielleicht können wir das doch nicht machen. Ich meine wegen Brenda», sagte Tulla Henriksen.

«Wir werden sehen», sagte Solveig Wettergren und erhob sich, um Würfelzucker zu holen. Ihr umfangreicher Körper sah auf besondere Weise fest aus. Ihr Gesicht war breit und frisch und die Nase wirkte entschlossen. Cato Isaksen fand plötzlich, sie habe etwas gewissermaßen Schwereloses an sich.

Als Randi und Cato zur Wache zurückfuhren, schaltete er sein Telefon wieder ein und rief zu Hause an. Niemand meldete sich. Er beschloss, in den nächsten Tagen endlich für seinen Sohn ein Handy zu kaufen. Randi Johansen lächelte und sagte, sie müsse an die beiden alten Damen denken. «Ich hoffe, ich werde nicht so», sagte sie.

«Das wirst du bestimmt», erwiderte Cato Isaksen und lächelte.

DER NÄCHSTE TAG verlief chaotisch. Es kam zu keinen Vernehmungen, es gab nur eine Menge von Hinweisen, von denen keiner eine wirkliche Antwort brachte. Immer wieder setzten ihm die anderen zu, wollten seinen Rat einholen, seine Meinung erfragen. Am Ende ging er auf die Toilette und spülte sich das Gesicht mit kaltem Wasser ab. Er hielt sich den ganzen Tag ununterbrochen auf der Wache auf.

Sein ältester Sohn, Gard, und dessen Freundin Tone hatten ihn und Bente für diesen Abend um halb acht zum Essen eingeladen, zusammen mit Tones Eltern. Die beiden Elternpaare waren sich noch nie begegnet. Eigentlich kam diese Einladung ungelegen. Er hätte vielmehr den ganzen Abend über dem Fall Moen brüten müssen. Rasch schaute er auf die Uhr. Die zeigte zehn vor sieben. Wenn er sich beeilte, konnte er noch beim Frogner-Heim vorbeischauen. Er hatte seine Mutter seit drei oder vier Wochen nicht mehr besucht.

Es war schon nach sieben, und er wusste, dass das Personal sich ärgerte, wenn die Besucher noch so spät eintrafen, aber das war ihm jetzt egal. Seine Mutter saß schließlich nicht im Gefängnis. Diese vielen Besuchszeiten und Regeln! Es ging hier immerhin um seine Mutter. Er wollte sie besuchen, wenn es ihm passte!

Er musste klingeln, um eingelassen zu werden. Eine Krankenpflegerin schaute ihn durch die Glastür verwundert an. Er sagte kurz, warum er gekommen war.

«Aber ich glaube, Frau Isaksen ist schon zu Bett gegangen», sagte die Weißgekleidete. Er spürte, wie die Wut in ihm aufstieg. Es war kurz nach sieben, und sie hatten seine Mutter bereits ins Bett gesteckt.

«Aber das will sie doch so», sagte die Krankenpflegerin, als sie seine Reaktion sah. «Sie ist im Moment immer sehr müde. Frühjahrsmüdigkeit, nehme ich an.» Sie machte sich an der Uhr zu schaffen, die an ihrer weißen Brusttasche befestigt war.

Cato Isaksen fuhr mit dem Fahrstuhl in den ersten Stock

und lief mit energischen Schritten über den stillen Gang. Und wirklich, seine Mutter schlief. Vermutlich haben sie sie mit Schlaftabletten vollgepumpt, dachte er, und trat dicht an ihr Bett heran. Sie war jetzt alt, sehr alt. Ihre dünnen Hände lagen auf der Decke. Sie atmete gleichmäßig. Eine kleine Lampe stand auf einem Tisch in der Ecke. Das Licht fiel wie ein warmes Dreieck über ihre Hände und einen Teil der Decke. Er betrachtete die Fotos an der Wand, es waren Familienbilder. Das Hochzeitsbild von ihm und Bente, von ihrer ersten Hochzeit. Er glaubte nicht, dass seine Mutter wirklich begriff, welches Chaos er in den vergangenen Jahren angerichtet hatte. Die Kinderbilder von Gard und Vetle waren niedlich. Wie schnell die Zeit im Grunde verging. Alles änderte sich, aber das Alte war doch immer noch vorhanden.

Plötzlich fiel ihm auf, dass frische Blumen auf dem Nachttisch standen. Ein bunter Tulpenstrauß. Von wem sie die wohl hatte? Die Antwort kannte er natürlich. Von Sigrid und Hamza. Die waren so umsichtig, es war zum Kotzen!

Irgendwer hatte eine von Georg angefertigte Zeichnung an die Wand über dem Bett geklebt. Cato Isaksen lächelte. Er erkannte den humoristischen Strich seines Jüngsten. Ein lila Drache spie aus weit aufgerissenem Mund Feuer. Der Junge machte im Moment eine Phase durch, in der er sich vor großen, unbekannten Tieren fürchtete.

Cato Isaksen bückte sich und nahm vorsichtig die Hände seiner Mutter. Sie merkte das nicht, sondern schlief ruhig weiter. Er blieb stehen und sah sie noch einen Moment an, dann ging er zurück zu seinem Wagen und fuhr weiter nach Asker.

Das Ermittlungsteam versammelte sich im üblichen Besprechungszimmer. Der Abend bei Gard und seiner Freundin war nett gewesen. Sie hatten in ihrer kleinen Wohnung den Tisch hübsch gedeckt und die beiden Elternpaare, die sich zum ersten Mal trafen, stolz und ein wenig nervös empfangen. Alles war gut gelaufen. Cato Isaksen, der eigentlich ziemlich erschöpft und nach seinem Besuch im Frogner-Heim ziemlich deprimiert gewesen war, war aufgetaut und hatte sich mit Tones Vater angeregt unterhalten. Bente und Tones Mutter hatten sich ebenfalls verstanden. Vor zwei Jahren war die Lage nicht so rosig gewesen. Gard war in eine Clique abgerutscht, in der Drogen einfach zum Alltag gehörten. Glücklicherweise hatten sie es rechtzeitig entdeckt und ihn aus der Sache herausholen können. Aber das war nicht ohne Kampf gegangen. Es war ein Albtraum gewesen, wie er ihn nicht einmal seinem ärgsten Feind gegönnt hätte.

Als die Fahnder die neuesten Berichte der Kollegen aus Follo durchgegangen waren, rief Vetle an. Er war außer sich und berichtete, ein großer Hund habe Marmelade in den Rücken gebissen und ihn dann am letzten Reihenhaus vorbei über die Wiese in den Wald gejagt.

«Aber bist du denn nicht in der Schule?»

«Ich konnte doch nicht weggehen!»

«Aber mein Lieber», sagte Cato Isaksen irritiert, doch etwas in der Stimme des Siebzehnjährigen brachte ihn dazu, sich zu mäßigen. «Er kommt ganz bestimmt zurück», versuchte er ihn zu beruhigen. «Katzen haben neun Leben.»

«Aber er kann verletzt sein. Er kann verbluten. Du hast das alles doch nicht gesehen!»

«Aber hast du denn versucht, ihn zu finden?»

«Ich bin anderthalb Stunden herumgelaufen und habe ihn gerufen. Er ist verschwunden.»

«Kannst du nicht mit Mama darüber sprechen?»

«Die hat Dienst.»

«Ich kann jetzt nicht nach Hause kommen, wenn du das meinen solltest.» Cato Isaksen warf einen Blick auf die Unterlagen aus Follo, es ging um die Handygespräche, die Kathrine und ihre Clique an den letzten Tagen vor Kathrines Verschwinden geführt hatten. «Ich dachte, ich könnte ein neues Handy für dich kaufen», sagte er etwas freundlicher.

Vetle schwieg eine Weile. «Schön», sagte er dann kleinlaut. Sein altes war ihm vor einigen Wochen auf den Boden gefallen und zerbrochen.

Roger Høibakk erhob sich und fragte, wer alles Kaffee wolle. Cato Isaksen nickte dem Kollegen zu und sagte zu Vetle, er müsse jetzt zur Schule gehen. Dann beendete er das Gespräch und ließ sich von dem Kollegen einen Becher Kaffee reichen.

Die Gesprächsübersichten zeigten, dass Kathrine Bjerke und Kenneth Hansen am Abend von Kathrines Verschwinden zwischen neunzehn und dreiundzwanzig Uhr dreimal miteinander telefoniert hatten. Das letzte Gespräch wurde kurz vor elf beendet. Kathrine hatte außerdem ihren Onkel und ihre beste Freundin, Maiken Stenberg, angerufen.

Randi Johansen schob ihm einen weiteren Zettel hin.

«Kathrines Stiefvater», sagte sie. «Die Kripo hat einen Bericht über ihn angefertigt. Die Beziehung zwischen ihm und Kathrine war offenbar nicht gerade herzlich. Sie ziehen daraus keine Schlüsse, aber vielleicht sollten wir uns so bald wie möglich auch mal mit ihm unterhalten.»

Cato Isaksen nahm einen großen Schluck von dem Kaffee, den Roger geholt hatte, überflog noch einmal die Übersicht der Telefongespräche und sagte zu Randi, er könne sich den Stiefvater auch allein vornehmen. «Und ich will auch mit dieser besten Freundin reden.»

Randi Johansen lächelte ihn dankbar an. Ihre Tochter war bei einer kleinen Freundin zum Geburtstag eingeladen, und auch die Mütter sollten dabei sein. «Schön, dass du daran gedacht hast. Ich muss heute um vier Uhr zu Hause sein», sagte sie. «Aber ich nehme einen Packen Arbeit mit und setze mich heute Abend daran», fügte sie hinzu. «Und ich rufe dich an, wenn mir dabei etwas auffällt.»

Cato Isaksen nickte kurz. Roger Høibakk, Preben Ulriksen, Asle Tengs, Thorsen und Billington verteilten die Aufgaben unter sich. Er selbst erinnerte sich daran, dass er Vetle versprochen hatte, an einem Informationsabend über Ausbildungsmöglichkeiten teilzunehmen. Der Abend sollte um achtzehn Uhr in Vetles Schule beginnen, wenn er das richtig in Erinnerung hatte.

Roger und Preben wollten noch einmal nach Ullevål Hageby und mit den Nachbarn in der John-Colletts-Allee sprechen. «Wir schauen auch bei Moen vorbei», rief Roger, ehe er durch die Tür verschwand.

«Warte», rief Cato Isaksen und Roger schaute noch einmal ins Zimmer. «Fragt ihn nach dem zerbrochenen Spiegel», sagte er.

«Nach was für einem Spiegel?»

«Einem Spiegel, der zwei Tage vor Kathrines Verschwinden zerbrochen ist. Frag einfach danach. Er wird schon verstehen, was du meinst. Und dann frag nach seinem letzten Telefongespräch mit seiner Nichte. Aus den Unterlagen der Telefongesellschaft geht hervor, dass das am 20. Februar um kurz nach halb elf stattgefunden hat.»

«Alles klar», sagte Roger Høibakk und ging pfeifend durch den Gang davon.

KATHRINE BJERKES STIEFVATER war Schlachter. Er leitete die Frischfleischabteilung im Supermarkt Meny im großen Einkaufszentrum City Drøbak. Das lag nur einige Kilometer von der Schnellstraße entfernt. Cato Isaksen fuhr am Zentrum vorbei und machte dann einen Abstecher in den Ort. Es war ein grauer Tag. Die Luft war feucht, und der Nebel kam vom Meer hereingetrieben. Cato Isaksen fuhr bis zu dem alten Fähranleger, dort wendete er und fuhr auf demselben Weg wieder zurück. Drøbak war eine anziehende und pittoreske kleine Stadt. Er fuhr durch eine schmale Straße mit vielen alten Holzhäusern. Dann erreichte er einen Verteilerkreis und bog von dort auf den Parkplatz des Einkaufszentrums ab.

Dann bahnte er sich einen Weg durch den Haupteingang. Überall wimmelte es von Menschen. Junge Mütter mit Kinderwagen, Männer, Frauen, ältere Ehepaare. Jugendliche und kleine Kinder. Eigentlich hasste er Einkaufszentren. Er ging an dem kleinen Café vorbei und suchte sich den Supermarkt.

Dort drehte er erst einmal eine Runde, um sich mit den Örtlichkeiten vertraut zu machen, und landete schließlich hinten vor dem Fleischtresen. Er beugte sich über die Theke und fragte eine üppige Frau von Mitte fünfzig, ob er mit Tage Wolter sprechen könne. Die Frau flüsterte ihm zu, Tage Wolter sei nicht im Hause.

«Er ist heute bei seiner Freundin zu Hause. Das ist alles so schrecklich. Ich weiß ja nicht, ob Sie wissen, was passiert ist?»

«Doch, sicher», sagte Cato Isaksen und bedankte sich für diese Auskunft.

«Sie sind von der Polizei, nicht wahr?», fragte die Frau neugierig. Er nickte kurz. Sicher waren auch schon Kollegen aus Follo und von der Kripo hier gewesen.

Er schaltete in den Rückwärtsgang und verließ den Parkplatz. Beim Golfplatz bog er nach rechts ab und fuhr ein Stück weiter, dann hielt er vor dem Haus, in dem er und Roger vor einigen Tagen mit Helena Bjerke gesprochen hatten.

Tage Wolter selbst öffnete die Tür. Er nickte kurz und teilte bedauernd mit, seine Freundin sei nicht zu Hause. «Sie ist spazieren», sagte er auf Schwedisch.

«Ich wollte auch eigentlich mit Ihnen reden», sagte Cato Isaksen freundlich und betrachtete den großen, gut aussehenden Mann.

Tage Wolter bat ihn herein und berichtete, seine Freundin sei wieder auf ihrer Suchrunde unterwegs.

«Sie verbringt jeden Tag Stunden damit», sagte er und schaute demonstrativ auf die Uhr. Kathrine Bjerkes Stiefvater hatte halblange graue Haare. Er trug einen eleganten schwarzen Rollkragenpullover und Jeans. Er sprach Schwedisch, durchsetzt mit norwegischen Wörtern und Ausdrücken.

«Sie helfen ihr also nicht beim Suchen?»

«Sie möchte lieber allein sein», sagte Tage Wolter, führte den Ermittler ins Wohnzimmer und bot ihm einen Sessel an.

Auf dem Couchtisch standen schmutzige Tassen und Teller. Zeitungen und Zeitschriften stapelten sich auf dem Boden. Es war ganz deutlich, dass diese Familie keine Zeit zum Aufräumen hatte.

Schwerer Rauchgeruch hing im Raum. Cato Isaksen setzte sich auf das abgenutzte Ledersofa und beschloss, gleich zur Sache zu kommen.

«Wie sieht Ihr Verhältnis zu Kathrine aus?», fragte er.

Der Stiefvater, der jetzt ihm gegenüber in einem braunen Ledersessel saß, schlug müde ein Bein über das andere. Er zuckte ganz leicht mit den Schultern und musterte den Ermittler mit einem bedrückten Blick.

«Schwer zu sagen», sagte er. «Ich hatte wohl kein besonderes Verhältnis zu ihr. Leider», fügte er hinzu. «Sie wissen doch, kichernde Mädels in dem Alter. Die sind nicht so leicht im Umgang.»

Cato Isaksen blickte ihn wortlos an. Sie schwiegen ziemlich lange.

Tage Wolter betrachtete seine großen Hände. Er schluckte zweimal, ehe er dem Ermittler wieder ins Gesicht schaute.

«Wenn Sie glauben, es sei so verdammt leicht, ein Stiefkind zu haben, dann irren Sie sich», sagte er ernst.

«Damit kenne ich mich aus», sagte Cato Isaksen beruhigend und lächelte.

Tage Wolter achtete nicht auf dieses Lächeln. «Ich wollte es ja versuchen. Sie sollte mich mögen. Das will man doch. Ich mag doch ihre Mutter. Sie war neun, als ich Helena kennengelernt habe. Die war damals frisch geschieden, mit mir hatte das nichts zu tun. Dass sie Kathrines Vater verlassen hat, meine ich.»

Der Stiefvater rutschte unruhig hin und her. Er fühlte sich sichtlich nicht wohl in seiner Haut.

«Wie lange dauert dieses Gespräch», fragte er dann. «Ich bin um zwei Uhr oben im Laden mit einem Lieferanten verabredet.»

«Sie arbeiten in der Frischfleischabteilung?»

«Ich bin ausgebildeter Schlachter», sagte Tage Wolter stolz.

Cato Isaksen musterte ihn ruhig. Der andere sah seine Hände an.

«Was glauben Sie, was Kathrine passiert ist», fragte er und betonte dabei das «Sie». «Glauben Sie, dass sie tot ist?»

Tage Wolters Hände bewegten sich unruhig. Er antwortete nicht sofort, er starrte nur etwas über der Schulter des Ermittlers an. Cato Isaksen drehte sich um. Dort war nichts zu sehen.

«Ich weiß nicht so recht, was ich glauben soll», sagte Tage Wolter endlich. Er breitete die Hände aus. «Irgendwas muss doch passiert sein. Sie kann ja nicht einfach so verschwinden.» Er schnippte demonstrativ mit den Fingern.

«Können Sie Kathrine ein wenig genauer beschreiben?»

«Kathrine …», Tage Wolter zögerte kurz, «sie konnte durchaus schwierig sein», sagte er langsam. «Aber nein … sie war ja auch vernünftig. Auf irgendeine Weise stark. Diese Spekulationen, dass sie vielleicht Selbstmord begangen haben könnte …» Er schüttelte energisch den Kopf. «Das hat sie bestimmt nicht getan. Da bin ich mir ziemlich sicher. So war sie nicht.»

Cato Isaksen registrierte, dass er «war» sagte, nicht «ist». Tage Wolter hatte vielleicht selbst nichts mit dem Fall zu tun, aber auf jeden Fall hielt er Kathrine für tot.

Als habe Tage Wolter die Gedanken des Kommissars gelesen, sagte er plötzlich: «Sie haben sie doch überall gesucht, Polizei und Rotes Kreuz und die Freiwilligen. Sie haben sogar Taucher eingesetzt, am Hafen unten im Ort. Aber das wissen Sie natürlich alles.»

Cato Isaksen nickte. Für einen Moment glaubte er, der Stiefvater werde in Tränen ausbrechen.

«Nein», sagte der dann hart und riss sich zusammen. «Aber etwas muss ja passiert sein», sagte er dann noch einmal und stand auf.

«Was ist mit Kenneth Hansen?» Cato Isaksen ließ sich im Sessel zurücksinken. Vor dem Fenster war noch immer alles grau.

«Ein Trottel», sagte der Stiefvater hart. «Ein Nichtsnutz.» Er ließ sich wieder in den Sessel sinken. «Hat nicht mal die Grundschule beendet. Aus dem wird nie was.»

«Die Mutter sagt, er will Tischler werden.»

«Ach, das will er also. Ich weiß ja nicht, ob er etwas mit der Sache zu tun hat, aber wenn ich ehrlich sein soll, und das soll ich wohl, dann würde mich das eigentlich nicht wundern.»

«Darf ich fragen, wo Sie an dem Abend waren, an dem Kathrine verschwunden ist?»

«Aber sicher.» Tage Wolter sah plötzlich erschöpft aus. «Wir waren beide hier», sagte er dann rasch. «Helena war müde. Sie hatte einen harten Arbeitstag hinter sich. Und ich auch. Der Supermarkt hat ja bis neun Uhr offen, deshalb bin ich immer erst gegen halb zehn zu Hause. Ich war verärgert, weil Kathrine nicht nach Hause kam. Wir konnten ja nicht ins Bett gehen. Sie ist doch erst vierzehn. Helena war auch ziemlich ärgerlich», fügte er hinzu.

«Helena hat erzählt, dass Sie ein Boot haben?» Cato Isaksen wusste, dass Fragen nach Booten und Autos oft die Stimmung auflockerten.

Tage Wolters Gesicht hellte sich auf. «Ein Viknes 24», sagte er stolz. «So ein überdachtes Kunststoffboot. Es liegt hier unten im Hafen.»

«Es ist also den ganzen Winter im Wasser?»

«Ja, das ist kein Problem.»

«Wie heißt es?»

«Amora.»

Cato Isaksen nickte und sagte, das sei ein schöner Name. «In der Nacht, in der Kathrine verschwunden ist und Sie sie gesucht haben, haben Sie da auch im Boot nachgesehen?», fragte er.

«Ja. Helena wollte das unbedingt. Ich hatte zuerst den Ernst der Lage nicht begriffen. Ich war einfach nur wütend auf Kathrine. Dass sie sowas anstellte. Einfach nicht nach Hause kam. Ja, ich war außer mir.»

«Warum begleiten Sie Helena nicht auf diesen Suchgängen?»

Tage Wolter zuckte gleichgültig mit den Schultern. «Das will sie nicht.»

«Warum nicht?»

«Ja, warum nicht. Wie schon gesagt. Sie ist dabei wohl lieber allein», sagte er.

ES WAR SCHON nach drei Uhr, als Cato Isaksen den schmalen Waldweg hochfuhr. Er war unterwegs zu Kathrine Bjerkes bester Freundin. Er fuhr sich rasch über die Stirn. Er hatte Vetle versprochen, rechtzeitig vor dem Informationsabend in der Schule zu Hause zu sein. Vetle, der die vorletzte Klasse besuchte, wusste nicht, was er werden wollte. Ab und zu verhielt er sich ziemlich kindisch, und das Verschwinden des Katers machte ihm schrecklich zu schaffen. Cato Isaksen machte sich eigentlich Sorgen, wenn er an die Zukunft seines Sohnes dachte.

Ein alter Mann im taubengrauen Anzug blieb stehen und starrte ihm hinterher, als er vorüberfuhr. Cato Isaksen sah im Rückspiegel, dass der Mann ihm mit dem Stock drohte. Die Wolken verzogen sich jetzt und plötzlich war der Himmel fast blau. Die viel zu scharfe Frühlingssonne legte sich wie eine warme Decke über den Wagen.

Maiken Stenberg, Kathrines beste Freundin, wohnte mit ihren Eltern und ihrem jüngeren Bruder in einem gelben Holzhaus, das ein Stück von der Hauptstraße entfernt lag, so war es ihm berichtet worden. Er fuhr an einer Baumschule vorbei und dann über eine kleine Brücke. Er folgte einem Kiesweg und erreichte nach einigen hundert Metern das Haus, das zwischen kleinen Gartenstücken lag, die mit Maschendraht eingezäunt waren. An den Parzellenrändern waren kleine Erdhaufen aufgeworfen. Offenbar versuchte jemand das ganze Grundstück zu entwässern. Am Rand der Grundstücke erhob sich der Wald wie eine Mauer. Die Vögel zwitscherten, als Cato Isaksen aus dem Wagen stieg. An der Haustür hing ein handgefertigtes Holzschild, das vier Köpfe und daneben vier Namen zeigte.

Maiken Stenberg öffnete die Tür. Sie war schmächtig und sah traurig aus. Sie trug Jeans und einen hellblauen Angorapullover. Der Ermittler stellte sich vor und im selben Moment verzog sich das Gesicht des Mädchens ängstlich.

«Habt ihr sie gefunden?», fragte sie. Cato Isaksen verneinte sofort und sagte beruhigend, er wolle sich nur kurz mit ihr unterhalten.

«Glaubst du, es ist deinen Eltern Recht, wenn ich dir ein paar Fragen stelle?»

«Das ist doch schon einige Male passiert», sagte sie.

«Das weiß ich, aber ich komme von einer anderen Abteilung. Ich muss mich vor allem um den Mord an ihrer Großmutter kümmern.»

Maiken Stenberg schluckte. Sie bat ihn in die Küche, die ein großes Fenster mit Blick nach Süden hatte.

«Hier ist es aber gemütlich», sagte Cato Isaksen freundlich und bat sie, ihre Eltern anzurufen und die Erlaubnis für dieses Gespräch einzuholen.

«Ich weiß, dass es ihnen Recht ist», sagte Maiken Stenberg leise. «Alle wollen doch, dass Kathrine wieder nach Hause kommt.»

«Ja», sagte der Ermittler traurig.

Sie setzten sich an den Tisch aus Kiefernholz. Maiken spielte zerstreut an der blaukarierten Tischdecke herum.

Dann fing sie unaufgefordert an zu erzählen. Sie berichtete, dass sie an dem Abend, als Kathrine verschwand, viel mit ihr geredet habe. «Wir haben zwei-, dreimal telefoniert und uns außerdem auch noch getroffen. Das habe ich auch dem anderen Polizisten erzählt», betonte sie. Cato Isaksen lächelte sie an. «Das weiß ich», sagte er, ehe sie weiterreden konnte. «Das war nichts Besonderes, wir haben uns dauernd gegenseitig angerufen.»

Cato Isaksen konnte sich durchaus vorstellen, dass Mädchen in diesem Alter fast symbiotische Beziehungen zueinander eingingen.

«Kannst du mir ein wenig über diesen Abend erzählen?»

Maiken Stenberg zuckte mit den Schultern. «Eigentlich ist nichts Besonderes passiert. Wir waren unten bei Kenneth, aber dann wollte er uns plötzlich lossein.»

«Warum das?»

Wieder zuckte sie mit den Schultern. «Er ist einfach so, plötzlich wird er eben sauer.»

«Wollte er auch Kathrine lossein?»

«Nein. Aber sie ist trotzdem mitgekommen. Kenneth ist so seltsam.»

«Kannst du das ein wenig genauer erklären?»

«Das ist ziemlich schwer, es ist ja eigentlich nichts passiert. Es passiert einfach ab und zu, dass alle sauer sind. Deshalb sind wir gegangen.»

Cato Isaksen sah Maiken Stenberg an. Er überlegte, dass sie Kathrine wohl ziemlich ähnlich sah. Blond und schmächtig, blaue Augen, hübsches Gesicht.

Er ließ sie weiterreden.

«Kenneth ist so träge. Er hat zu fast nichts Lust. Er hat noch nie ein Buch gelesen, er liest nur Micky Maus. Und dabei ist er schon sechzehn. Er weiß nicht mal, was die Hizbollah ist.» Sie schaute den Ermittler lange an. «Wissen Sie, was die Hizbollah ist?», fragte sie.

Cato Isaksen lächelte. «Eine libanesische Guerillagruppe», sagte er.

Maikens Gesicht öffnete sich zu einem fröhlichen kleinen Lächeln. «Genau», sagte sie. «Das wissen doch alle.»

«Weißt du denn, was NATO bedeutet?» Cato Isaksen konnte sich diese Frage nicht verkneifen.

«Bedeutet?» Maiken schaute ihn besorgt an. «Wie meinen Sie das, ich weiß doch, was die NATO ist.»

«Ja, aber wofür stehen die Buchstaben?»

Maiken Stenberg wurde rot.

«North Atlantic Treaty Organization», sagte Cato Isaksen und kam sich im selben Moment schrecklich dumm vor. Er wollte sie doch dazu bringen, ihm ganz entspannt alles Mögliche zu erzählen. Stattdessen machte er sich über sie lustig und schob sie von sich fort. «Verzeihung», sagte er, «so war das nicht gemeint, aber man kann einfach nicht immer alles wissen. Das wollte ich nur damit sagen.»

Maiken Stenberg biss sich in die Unterlippe. Dann nickte sie.

«Wart nur ihr beide bei ihm?»

«Lars und Haakon waren auch da. Aber nicht nur Kenneth war sauer. Kathrine war an dem Abend auch sauer, wissen Sie. Sie hatte sich mit Tage gestritten. Er ist ein Trottel, er ist immer gemein zu Kathrine. Er möchte sie am liebsten los sein.»

«Ach was?»

«Ich glaube, er hat ihr das Geld für eine Hose verweigert.»

Cato Isaksen lächelte kurz. Der Ausdruck, «er hat ihr das Geld verweigert» belustigte ihn. «Weißt du genau, dass es darum ging?»

Maiken Stenberg schüttelte den Kopf. «So genau weiß ich das nicht, aber ich glaube, schon. Kathrine hat sich so gern Kleider gekauft. Tage fand sie verwöhnt. Er war immer sauer, wenn wir bei ihr waren. Irgendwie gereizt. Sowas merkt man doch. Aber er war nie so, wenn ihre Mutter dabei war, fast nie jedenfalls.»

«Wart ihr an dem Abend bei Kathrine zu Hause?»

«Nein. Ich glaube, die Mutter und Tage waren bei der Arbeit, es wäre also möglich gewesen.»

«Aber ihr wart nicht dort?»

«Nein.»

«Und was ist dann passiert?»

«Dann sind wir hergekommen. Lars, Haakon und Kathrine und ich. Wir waren eine Weile im Gartenhaus. Da gehen wir ab und zu hin. Dann ist Kathrine gegangen. Die anderen waren noch eine Weile hier.»

«Wann ist sie gegangen?»

«Das weiß ich nicht mehr genau. So gegen halb elf, vielleicht. Ich habe nicht auf die Uhr geschaut. Sie hat auch noch einmal angerufen. Einfach nur, um zu reden.»

«Worüber denn?»

«Über nichts Besonderes.»

«Und du hast sie als Letzte gesehen?»

Maiken Stenberg steckte den Zeigefinger in den Mund. «Das weiß ich doch nicht», sagte sie unglücklich. «Aber ich glaube schon. Ich hab sie zum Kiesweg gebracht, dann bin ich zu Lars und Haakon zurück gegangen.» Sie schluckte zweimal energisch und ihre Augen wurden feucht.

«Und wann sind Lars und Haakon gegangen?»

«Lars kurz nach Kathrine. Haakon war noch eine Weile hier.» Sie errötete.

«Bist du mit Haakon zusammen?»

«Nein», sagte sie schnell.

«Hatte Lars den Wagen mit?»

«Ja.»

Cato Isaksen trommelte mit den Fingern auf dem Tisch. «Du hast gesagt, Kenneth habe zu fast nichts Lust, wie ist das zu verstehen?»

«Er hatte nur Lust auf irgendwelchen Blödsinn, aber er wollte fast nie ins Kino gehen oder so. Er fand es besser Videos zu mieten und im Keller anzusehen. Wir waren immer viel bei ihm oder hier, aber nie bei Kathrine. Ihre Mutter hat sich darüber geärgert. Sie hat es mir einmal gesagt, aber Tage war schuld daran. Der kann irgendwie keinen Lärm leiden. Ich glaube, er hat sein Boot lieber als Kathrine.»

«Ach.»

«Wirklich. Das liegt unten beim Aquarium. Wissen Sie, wo das ist?»

Cato Isaksen schüttelte den Kopf.

«Gleich unterhalb der Havnegate.»

Der Ermittler erhob sich und trat ans Fenster. Maikens Bruder war vor einem roten Häuschen beschäftigt, das mit Maschendraht umgeben war.

«Habt ihr Hühner?», fragte Cato Isaksen.

«Ja», sagte Maiken. «Mein Vater macht so alles Mögliche. Er hat auch viele Pflanzen.» Sie zeigte auf die Parzellen, in denen der Boden noch braun und unberührt da lag. «Er wird sicher bald welche setzen.»

«Ich möchte wissen, was du damit meinst, dass Kenneth nur Lust auf Blödsinn hatte.»

Maiken Stenberg gab keine Antwort. «Der Kaffee in der Thermoskanne ist noch warm», sagte sie. «Vom Frühstück her. Möchten Sie eine Tasse?»

Cato Isaksen nickte zerstreut. Die Zeit verflog. Er musste bald aufbrechen, wenn er mit Vetle auf diesen Informationsabend wollte. Während Maiken eine Tasse aus dem Schrank nahm, blieb er stehen und sah durch das Fenster ihrem Bruder zu. Der war ziemlich mollig, trug grüne Gummistiefel und eine blaue Daunenjacke. «Wie alt ist dein Bruder?», fragte er.

«Zwölf», sagte Maiken, goss den lauwarmen Kaffee in eine Tasse und ging damit zu ihm.

«Das mit Kenneth und dem Blödsinn», sagte er noch einmal.

«Ich hatte das eigentlich nicht so gemeint», sagte sie rasch. «So habe ich das auch nicht sagen wollen. Ich wollte sagen, dass er zu nichts Lust hat.»

«Nur Blödsinn, hast du gesagt. Dass er nur Lust auf Blödsinn hat.» Cato Isaksen trank einen Schluck von der Kaffeeplörre und drehte sich dann wieder zu ihr um.

Maiken Stenberg wurde tiefrot und ging zum Küchentisch. «Dann habe ich mich versprochen. So war das nicht gemeint.» Wie um Versöhnung bittend kam sie wieder auf ihn zu. Eine Weile blieben sie so stehen und sahen ihrem Bruder zu.

«Sie waren schon alt, als wir auf die Welt gekommen sind. Meine Mutter war bei meiner Geburt neununddreißig und bei Alexanders einundvierzig. Deshalb ist er so.» Sie nickte kurz zum Fenster hinüber. In diesem Moment drehte der Bruder sich zu ihnen um. Es war deutlich zu sehen, dass er mongoloid war. Cato Isaksen hörte die Trauer in ihrer Stimme. Er schaute auf sie hinab. Hielt den Augenblick für Geständnisse für gekommen. «Gibt es etwas, das du der Polizei nicht erzählt hast?», fragte er ernst. «Etwas, das Kathrine dir anvertraut hat, was du versprochen hast, nicht weiterzusagen?»

Maiken Stenberg schwieg. Sie schaute einige Sekunden schräg zu ihm hoch, dann schlug sie die Augen nieder. «Nein», sagte sie, schob den Zeigefinger in den Mund und biss ein Stück Nagel ab. Dann fuhr sie sich unruhig mit der einen Hand über den Hals.

Cato Isaksen ließ ihr Zeit. Die Stille im Zimmer wurde nur vom Bruder unterbrochen, der sie plötzlich entdeckt hatte, und der ans Fenster trat und mit offenem Mund laut lachte und dabei seine schiefen Zähne zeigte. Er presste sein Gesicht an die Fensterscheibe. Maiken lachte nicht. Sie wandte sich halbwegs ab.

Cato Isaksen hatte deutlich das Gefühl, dass es etwas gab, das sie gern gesagt hätte.

«Kannst du eine Liste ihres Freundeskreises machen? Und von Bekannten, von allen, die dir einfallen?»

«Aber das habe ich doch schon gemacht. Für die anderen Polizisten.»

«Das weiß ich. Aber kannst du auch für mich eine machen?»

«Okay», sagte sie kurz.

Als er gehen wollte, stieg sie in ein Paar Gummistiefel und ging mit ihm hinaus. Sie zeigte auf die kleinen Grundstücke, die unterhalb des Hauses eingezäunt waren.

«Hier pflanzen wir Kohl und Erdbeeren.»

«Und wer gräbt am Grundstückrand um?»

«Mein Vater. Er will überall Entwässerungsgräben anlegen.»

Alexander kam auf sie zugelaufen, sobald er sie entdeckt hatte.

«Huhn», sagte er mit belegter Stimme. «Dich zeigen?» Eifrig packte er Cato Isaksen am Arm.

«Alexander füttert sie», sagte Maiken Stenberg ernst. «Das macht er gut.»

«Sehr gut. Komm», sagte der mongoloide Bruder und verzog den Mund zu einer Grimasse.

Cato Isaksen lächelte dem Jungen zu und ging mit ihm zum Hühnerstall. Das rotangestrichene kleine Bretterhaus war vielleicht zwei Meter lang. Der Maschendraht, der es umgab, bildete auch ein Dach, so dass die Hühner nicht herausflattern konnten.

«Mein zunander.» Alexander ging zum Hühnerstall und zeigte auf zwei Hühner, die aufeinander einhackten.

«Mein», wiederholte er.

«Sie hacken aufeinander ein», erklärte Maiken. «Bringen sich gegenseitig um. Fressen einander. Sie sind Raubtiere.»

«Mussöten.»

«Alexander tötet sie, wenn sie zu viele werden. Fünf oder sechs pro Jahr.»

«Ach», sagte Cato Isaksen. «Ist das normal so?»

«Ja», sagte Maiken.

«Fümf sechs po Jahr», sagte Alexander stolz.

Cato Isaksen musterte die drei Vögel, die hin und her stolzierten und im Boden pickten.

«Atz Minogga», sagte Alexander. «Ærhühner.»

«Schwarze Minorkas und Jærhühner», wiederholte Maiken.

«Wie tötest du sie?» Cato Isaksen schaute Alexander interessiert an.

«Oh.» Er hob die Hände und zeigte, wie er ihnen den Hals umdrehte.

«Nur, wenn Papa das sagt», erklärte Maiken. «Ab und zu muss das sein, damit Ruhe im Hühnerstall herrscht. Sogar Papa findet das schrecklich, aber Alexander gefällt es. Sie wehren sich, sie wollen einfach nicht sterben, sie halten erst still, wenn ihnen der Kopf abgehackt worden ist. Und auch dann nicht immer.» Sie lächelte zaghaft.

«Woll nich stäben.» Alexander lachte laut. Seine schmalen Augen wurden noch schmaler. «Woll nich stäben, aber wir essen sie.»

«Ich nicht», sagte Maiken. «Ich weigere mich. Das ist einfach widerlich.»

«Ist das das Gartenhaus?», fragte Cato Isaksen und zeigte auf ein altes rotes Haus, das ein wenig im Hintergrund lag. Eine kurze Laufplanke führte zu einer Tür hoch, von der die weiße Farbe abgeblättert war. Maiken Stenberg nickte.

«Ihr wart an dem Abend also dort?»

«Ja. Wir haben ein altes Sofa und allerlei Kram reingestellt.»

«Darf ich mal reinschauen?»

Maiken nickte und ging vor ihm die Planke hoch. Sie öffnete die Tür und knipste das Licht an.

Viel war hier nicht zu sehen. Ein Sofa, ein paar Kästen, eine Kommode, die schon bessere Tage gesehen hatte.

«Ist es hier nicht feucht?», fragte Cato Isaksen.

«Doch», sagte Maiken und lächelte. «Manchmal kommt übrigens auch Stein Ove dazu, wenn wir hier sind.»

«Kenneths Bruder?»

«Ja, der älteste. Der ist gerade beim Militär.»

«Ist er nicht viel älter als ihr?»

«Doch, aber er ist gern mit uns zusammen. Alexander ist auch manchmal dabei. Die anderen wollen nichts mit ihm zu tun haben», fügte sie als Erklärung hinzu.

Cato Isaksen nickte und betrachtete das junge Mädchen. Er mochte sie. Sie kam ihm offen und ehrlich vor.

Sie gingen wieder über die Laufplanke.

«Wo wohnt Lars Lofthus?», fragte er.

«Da.» Sie zeigte auf ein braunes Haus in einiger Entfernung. Als sie den Arm hob, zeichneten ihre kleinen Brüste sich deutlich unter ihrem Pullover ab. Sie fror, und deshalb waren ihre Brustwarzen so steif wie zwei kleine Beeren.

«Sagst du mir, wie eure Lehrerin heißt? Denn ihr seid doch in dieselbe Klasse gegangen, du und Kathrine, nicht wahr?»

Maiken nickte. «Sie heißt Reidun Vik. Sie wohnt oben an der Hauptstraße.»

«Vielen Dank», sagte Cato Isaksen. «Ich muss jetzt los, du

kannst jetzt wieder ins Warme gehen. Aber ich muss dich doch noch eins fragen. Kenneth Hansen hat gesagt, du hast ihm am Telefon mitgeteilt, dass Kathrines Großmutter tot sei. Stimmt das?»

«Ja.»

«Hast du ihm erzählt, dass sie erschossen worden war?»

Maiken Stenberg nickte. «Helena, Kathrines Mutter, hat angerufen und es mir erzählt.»

«Vielen Dank», sagte Cato Isaksen und ging zum Wagen. Als er zur Straße zurückfuhr, fiel ihm ein großer Komposthaufen auf. Der schien aus Schlamm und Blättern zu bestehen.

Er bog nach links ab, in die Richtung des Hauses, in dem Lars Lofthus wohnte. Im Bericht der Kollegen aus Follo hatte gestanden, dass sie den Transit überprüft hatten. Eine Theorie ging dahin, dass Lars hinter Kathrine hergefahren war und sie aufgelesen hatte. Es war unwahrscheinlich, dass sie auf Krücken den ganzen Weg von Maiken bis zur Tunnelöffnung gehumpelt war. Aber in Lars' Auto waren keine Spuren gefunden worden. Cato Isaksen stieg aus dem Wagen und klingelte, aber niemand öffnete. Der Ermittler schaute kurz auf die Uhr und stieg wieder ein. Er würde Kenneth Hansen am nächsten Tag noch einmal vernehmen. Warum hatte der gelogen und behauptet, nicht zu wissen, dass Brenda Moen erschossen worden war?

ER GERIET NATÜRLICH in den abendlichen Stoßverkehr. Es war fast halb sechs, als Cato Isaksen endlich wieder in Oslo war. Er fluchte leise vor sich hin, als er in die Garage unter dem Polizeigebäude fuhr. Er würde nicht rechtzeitig zu diesem verflixten Informationsabend kommen. Eigentlich hatte er schon am Morgen das Gefühl gehabt, dass er es nicht schaffen würde. Als er versuchte, Vetle zu Hause anzurufen, meldete sich niemand. Er versuchte es auf Bentes Handy, doch auch Bente meldete sich nicht. Cato Isaksen gab auf. Er nahm an, dass Bente mit Vetle zu dem Treffen gegangen war. Und da konnte er auch noch zwei Stunden arbeiten.

Er systematisierte die eingegangenen Berichte und sah kurz das frühere Material durch. Dann entwickelte er eine Strategie für die geplante Vernehmung von Kenneth Hansen. Als er damit fertig war, war es fast sieben. Er rief bei der Auskunft an und ließ sich die Nummer von Kathrines Lehrerin geben. Er dachte, er könne auch gleich anrufen und mit ihr sprechen, auch wenn die Kollegen aus Follo das bereits erledigt hatten.

Sie war sofort am Apparat. Cato Isaksen stellte sich vor und nannte den Grund seines Anrufs. Er hatte das Gefühl, es mit einer sehr vernünftigen Frau zu tun zu haben. Sie sagte, wie schrecklich das alles sei, und fragte neugierig, ob sich etwas Neues ergeben habe.

Cato Isaksen sagte, das nicht, und bat sie, ein wenig über Kathrine zu erzählen. «Ich dachte, vielleicht ist Ihnen noch etwas eingefallen. Etwas, das Sie der Polizei bisher nicht gesagt haben.»

«Eigentlich nicht», sagte Reidun Vik. «Nur, dass ich vielleicht nicht deutlich gemacht habe, dass Kathrine in der Klasse nicht unbedingt beliebt war. Von einigen Ausnahmen mal abgesehen.»

«So wie Maiken?»

«Ja. Die waren ja unzertrennlich.»

«Warum war sie nicht beliebt?»

«Ach, beliebt war sie schon, meine Güte. Aber sie konnte

durchaus frech sein, wenn ich das so sagen darf. Als sie jünger war, gab es da ein paar Vorfälle. Sie hat zwei Mädchen aus ihrer Parallelklasse schikaniert. Sie war hart, sehr hart. Eine Art Vorbild für viele. Sie hatte immer neue Kleider. Leistungsmäßig war sie nicht so toll.»

«Sie haben sie nicht besonders gemocht, das höre ich.» Cato Isaksen richtete seinen Blick auf einen Fleck an der weißen Wand.

Seine Gesprächspartnerin verstummte. «Ich hatte nichts gegen sie», sagte Reidun Vik dann langsam. «Ich habe nie etwas gegen meine Schülerinnen.»

Cato Isaksen bedankte sich für das Gespräch und legte auf. Danach starrte er einige Minuten vor sich hin. Etwas lief ihm kalt über den Rücken. Aber er wusste einfach nicht, was dieses *etwas* sein könnte.

Auf dem Weg zum Auto sah er von hinten einen Schatten kommen. Er fuhr zusammen. Ellen lachte. Sie sagte, sie müsse einen Bissen essen, ob er vielleicht mitkommen wollte. Er wusste, dass er ablehnen sollte, sagte aber zu.

Wenn er sich sonst mit Kollegen traf, wurde fast nie über die Arbeit geredet. Vielleicht, weil die ohnehin stressig genug war. Aber als Cato Isaksen und Ellen Grue sich an einem hinteren Tisch in der kleinen Kneipe zueinander vorbeugten, kam die Rede doch auf die Arbeit. Vielleicht, damit sie nicht über private Dinge sprechen mussten. Es war sicherer, sich an oberflächliche Themen zu halten. Es war wichtig für sie, dass es zu keinen Gesprächspausen kam. Cato Isaksen trank einen Schluck Clausthaler. Ellen sprach über Mörderinnen.

«Es ist so seltsam, dass es als viel schlimmer gilt, wenn eine Frau mordet», sagte sie. Sie dachte einen Moment nach, dann kam sie zu dem Schluss, dass es vielleicht doch nicht so seltsam sei. «Männer töten seit Jahrtausenden. Um Essen herbeizuschaffen, im Krieg. Wenn eine Frau tötet, macht das vielleicht einen tieferen Eindruck. Frauen waren doch immer für

Fürsorge und Leben zuständig. Hier trifft vielleicht das Urfeminine auf das Urmaskuline.»

Cato Isaksen quetschte sich ein paar Phrasen ab, fand das Thema aber uninteressant. Sonst plapperte sie nicht so daher. Er war müde nach einem langen Arbeitstag. Er hatte sein Telefon ausgeschaltet, damit Bente ihn nicht erreichen konnte.

Er fragte Ellen nach ihrer Ansicht über den neuen Fall. Sie schaute ihn einen Moment lang an, dann erinnerte sie ihn daran, dass es nicht ihre Aufgabe war, Schlüsse zu ziehen. «Ich soll nur die Spuren sichern, weißt du», sagte sie und schaute demonstrativ auf die Uhr. Er deutete das so, dass sie sich in seiner Gesellschaft langweilte.

Als sie hinaus in die kühle Abendluft traten, verspürte er eine plötzliche und überraschende Lust zu laufen. Vielleicht um zu sehen, wie sie darauf reagieren würde. Vielleicht nur um zu zeigen, wie hilflos er sich fühlte. Er wusste es nicht. Aber dann sah er ihren Blick. Er hatte vergessen, wie verletzt sie ihn ansehen konnte. Statt zu laufen trat er dicht an sie heran. Er war froh und ängstlich zugleich. «Ich will, dass du mir vom Leibe bleibst», sagte sie.

Er trat einen Schritt zurück und breitete die Arme aus. Sie blieben stehen und musterten einander wortlos. Dann ging er wieder auf sie zu. Und als seine Hände über ihre Haare strichen, schmiegte sie sich an ihn und presste ihr Gesicht an seine Schulter. Sie lachten ein wenig angespannt. «Es wird wohl nicht wieder passieren», sagte er.

Sie schüttelte den Kopf. «Ich will Kinder», sagte sie. Cato Isaksen verkniff sich die Bemerkung, dass ihr Anwalt dafür ja wohl zu alt sei. Er lachte kurz. Sie lachte. Sie lachten noch einmal, versuchten, die Munterkeit zu verlängern. «Ich könnte dein Trauzeuge sein», scherzte er.

«Ich habe schon Hanne gefragt.»

«Welche Hanne, die, die mit Billy T. zusammen arbeitet?» Ellen nickte.

«Aber ist die nicht ein wenig …»

«Ein wenig was denn?»

«Ach nichts», sagte er.

Ellen warf den Kopf in den Nacken. «Bleib mir vom Leibe», sagte sie mit aufgesetzter Strenge. Sie schwiegen beide, als sie zum Auto gingen und einstiegen. Cato Isaksen ließ den Motor an. Er starrte zu einem Fleck an der Decke hoch. Er dachte an den verschwundenen Kater. Er und Ellen hatten sich für den nächsten Morgen um kurz nach acht in Brenda Moens Wohnung verabredet. Ihre Nähe machte ihn nervös. Und wie immer, wenn er sich unter Druck gesetzt fühlte, dachte er an Bente. Er musste machen, dass er zu ihr nach Hause kam. Er schaute auf die Uhr. «Ich muss los», sagte er. «Ich muss bei meiner Mutter vorbeischauen», log er. «Als ich zuletzt da war, schlief sie.»

«So spät», sagte Ellen und schaute auf die Uhr.

Cato Isaksen nickte. «Ja», sagte er. «So spät.»

Er fuhr zur Wache und setzte sie ab. Sie nickten einander kurz zu, dann stieg Ellen aus und knallte die Tür zu. Es war kurz nach neun. Cato Isaksen versuchte sich zu sammeln, als er nach Asker fuhr. Er sah ein, dass er verloren hatte. Oder vielleicht auch gewonnen. Sollte Ellen doch heiraten. Im Grunde war das nur gut so. Für ihn bedeutete das ein Problem weniger.

Er schloss die Tür auf, ging mit einer um Entschuldigung bittenden Geste auf Bente zu, nahm ihre Hand und zog sie aufs Sofa.

«Du wolltest rechtzeitig zu Hause sein», sagte sie gereizt.

«Wo ist Vetle?», fragte er.

«Unterwegs. Ich glaube, er sucht den Kater.»

Er seufzte. «Ich hab es einfach nicht geschafft», sagte er. «Du weißt, wie das ist.» Seine Gefühle vermischten sich. Schuldbewusstsein und Zärtlichkeit. Und Resignation.

Sie holte Luft und nickte verständnisvoll. «Vetle war enttäuscht», sagte sie. «Er hat sich auch nach dem Handy erkundigt. Hast du ihm ein neues versprochen?»

Er nickte. «Das besorg ich morgen», sagte er.

Zwischen ihnen wuchs die Stille. Bente schaltete den Fernseher an. Ein Bild der Bewohner des Big-Brother-Containers füllte den Bildschirm. Cato Isaksen stand auf, ging ins Badezimmer, drehte den Wasserhahn auf und ließ den Strahl auf seine Finger treffen. Er schob die Unterlippe vor und blies sich Luft ins Gesicht.

CATO ISAKSEN FUHR nach Ullevål Hageby, um sich Brenda Moens Wohnung anzusehen. Ellen war schon dort. Sie lächelte ihm kurz zu. Er hatte nicht das Bedürfnis mit ihr zu sprechen.

Alf Boris Moen war nicht zu Hause. Sicher ging er jetzt wieder zur Arbeit. Brenda Moens Wohnung zu betreten war wie ein Schritt in eine andere Welt, wie eine Reise zurück in der Zeit. Die Zimmer waren ganz einfach überfüllt. Die siebzig Quadratmeter wirkten kleiner als die im Obergeschoss. Die Wände waren mit geblümten Tapeten bedeckt. An der einen Wand hing ein großer alter Spiegel in dickem Goldrahmen. An der Wand gegenüber hing das Bild, das die alten Damen bereits erwähnt hatten. Es zeigte Königin Maud in einem senfgelben Kleid. Andere große Gemälde in schweren Goldrahmen hingen dicht an dicht. Alte Möbel, ein fliederfarbenes Rokokkosofa mit einem verschlungenen Goldmuster, ein weißer runder Tisch, ebenfalls golden verziert, und zwei dazu passende Stühle standen vor der einen Wand. Vor den Fenstern hingen schwere Portieren aus goldenem Stoff. In einer Ecke stand auf einem Gestell eine altmodische Schneiderpuppe.

«Meine Güte», sagte Cato Isaksen überwältigt und ging zu einer großen Kommode, deren heruntergelassene Klappe mit gerahmten Fotos besetzt war. «Das ist ja überwältigend», sagte er und ließ den Finger durch den Staub wandern, der in unregelmäßigen Flächen zwischen den Bildern lag.

Ellen Grue schaute zu ihm herüber und lächelte. «Hier würde ich ungern wohnen», sagte sie.

Cato Isaksen konnte sie verstehen. Während ihrer vagen Beziehung hatte er Ellens Wohnung einige Male besucht. Er dachte an die weißen Wände, an die minimalistischen Möbel und die wenigen, aber geschmackvollen Lithografien.

«Hier gibt es wohl auch einen Speicher und einen Keller, aber da ist der Mord ja nicht passiert, also sind sie wohl nicht weiter interessant.» Er trat an ein Fenster und hob die Gardine an. Er schaute hinaus in den Garten und entdeckte eine junge Frau, die in der Parzelle harkte, die von Brenda Moens am weitesten entfernt lag.

«Die können wir uns ja ein andermal ansehen», sagte Ellen Grue und schaute kurz auf die Uhr.

«Nicht so ungeduldig», sagte er. «Nimm ein bisschen Rücksicht.»

«Willst du damit sagen, ich sollte hier die Gedankenleserin spielen? Willst du mich in eine Art Mutterrolle drängen?»

«Mutterrolle? Meine Güte.» Cato Isaksen dachte, das hier könne schwierig werden. Er drehte sich um und musterte sie resigniert. Er merkte, dass ihr Tonfall ihn verletzte.

«Wonach sollen wir suchen?», frage sie.

Er zuckte mit den Schultern. «Ich weiß nicht», erwiderte er. «Das hier ist nicht der Tatort», erklärte er noch einmal. «Aber wir müssen trotzdem alles untersuchen.»

«Ja.»

Unbewusst suchte er nach Zeichen. Es konnte etwas in einer Kommodenschublade verborgen sein, in einem Brief oder in einem Küchenschrank. Brenda Moen war auf offener Straße niedergeschossen worden. Der Mord war vermutlich unmotiviert und zufällig geschehen. Und was half es dann, in Staub und in Schubladen nach Gespenstern zu suchen?

«Ich glaube, wir sind hier fertig», sagte er. Er zwang sich dazu, ihren Mund anzusehen. Das fiel ihr natürlich auf. Sie sah, wie müde er wirkte. Sie wollte das nicht sehen. Sie wandte sich ab und ging zur Tür.

Im Treppenhaus fand Cato Isaksen das Loch des Hakens, an dem der zerbrochene Spiegel wohl gehangen hatte. Er fand auch eine winzige Spiegelscherbe, die sich unter der untersten Treppenstufe verkeilt hatte. Er hob sie auf und steckte sie in die Tasche.

Die beiden Wohnungen auf der anderen Seite des Hauses waren von einem älteren und einem jüngeren Ehepaar bewohnt. Keins von beiden konnte neue Informationen liefern.

Die junge Frau im Garten erzählte, dass sie und ihr Mann erst seit einem Jahr hier lebten. Sie hatten kaum je mit Brenda Moen und ihrem Sohn gesprochen. «Wir haben ein Baby», sagte die Frau und nickte zu einem Kinderwagen hinüber, der auf dem Kiesweg stand. «Sie nimmt all unsere Zeit in Anspruch. So ist das einfach. Ich hab zu nichts mehr Kraft», fügte sie hinzu.

Dem älteren Ehepaar im Erdgeschoss war nichts Besonderes aufgefallen. «Wir haben uns ab und zu über den Gartenzaun hinweg unterhalten», sagte der schmächtige kleine Mann. «Das war alles. Das Haus ist absolut nicht hellhörig, und wir können uns über nichts beklagen. Brenda war eine nette, unproblematische Nachbarin. Alf ist ein feiner Bursche. Er hält hier alles in Ordnung.»

Auf der Rückfahrt zur Wache hatte Cato Isaksen das Gefühl, in der Wohnung trotz allem etwas vergessen zu haben. Etwas stimmte nicht. Für einen kurzen Moment wollte dieses kleine Detail sich in seinem Gedächtnis festsetzen, dann war es schon wieder verschwunden. Vielleicht hatte Ellens Anwesenheit ihn gestört. Das war der Nachteil dabei, wenn man sich mit einer Kollegin einließ. Sie fuhren nicht im selben Auto. Ellen hatte gleich danach einen Termin. Cato Isaksen sah sie kurz im Rückspiegel. Er zwang sein Gehirn dazu, Bilder der Möbel und Ziergegenstände hervorzubringen, aber die Erinnerung war verflogen. Er empfand nur den klaren kleinen Schmerz, der immer kam, wenn er an Ellen dachte. Er schob die Hand in die Tasche und berührte die scharfe Spiegelscherbe. Dann legte er wieder beide Hände auf das Lenkrad.

Als er in sein Büro zurückkam, suchte er sich Rogers Bericht heraus, in dem stand, dass der alte Spiegel durch einen unglücklichen Zufall von der Wand gefallen war. Brenda Moen hatte ihn angestoßen, worauf er heruntergefallen und zerbrochen war. Er hatte dort seit vielen Jahren gehangen. Es konnte sich einfach um Materialermüdung gehandelt haben.

Moen bestätigte außerdem, dass er eine Stunde, ehe sie am 20. Februar zum letzten Mal gesehen worden war, mit Kathrine telefoniert hatte. Sie hatten dabei über nichts Besonderes gesprochen. Moen sagte, Kathrine habe gern einfach so angerufen. Sie hatte keinerlei Probleme erwähnt. Das stimmte auch mit den anderen Berichten überein. Kathrine hatte oft noch abends spät nur so mit ihrer Großmutter und ihrem Onkel telefoniert. Der Bericht war unterschrieben mit R. H.

KENNETH HANSEN WARTETe schon auf dem Flur, als Cato Isaksen von der Morgenbesprechung kam. Er lehnte an der Wand und sein ganzer umfangreicher Körper zeigte, dass er sich kein bisschen wohl fühlte in seiner Haut.

«Komm rein», sagte Cato Isaksen und führte ihn in einen der kleinsten Verhörräume. Kenneth Hansen ging hinein und setzte sich auf einen Stuhl.

Cato Isaksen machte sich an dem kleinen Tonbandgerät zu schaffen. «Ich gehe davon aus, dass dich das nicht stört», sagte er.

Kenneth starrte ihn wütend an. Dann nickte er kurz und schluckte. Sein Adamsapfel bewegte sich deutlich unter der dünnen Haut seines Halses.

«Gehst du nachher zu Brenda Moens Beerdigung?», fragte Cato Isaksen als Erstes.

Kenneth Hansen nickte. «Ja», sagte er. «Ich bin mit den anderen vor der Kapelle verabredet.»

«Als wir neulich bei dir waren, hast du gewusst, dass Kathrines Großmutter erschossen worden war», erklärte Cato Isaksen dann plötzlich. «Maiken Stenberg sagt, sie habe es dir am Telefon erzählt. Und da möchte ich doch fragen, warum du behauptet hast, das nicht zu wissen.»

Kenneth Hansen schien aus allen Wolken zu fallen. Er schaute Cato Isaksen verwirrt an und sagte dann, er habe es in der Zeitung gelesen.

«Im *Dagbladet* stand, es sei ein Handtaschenräuber gewesen», sagte er. «Sie sei wegen ihres Kleingeldes umgebracht worden.» Cato Isaksen nickte unmerklich. «Aber das stimmt nicht», sagte er. «Ihre Tasche war unversehrt. Die Zeitungen schreiben manchmal, was ihnen gerade in den Kram passt.»

Kenneth Hansen schaute ihn bestürzt an. «Ich begreife nicht, was das damit zu tun hat, ob sie erschossen worden ist oder nicht», murmelte er.

«Kannst du mir sagen, warum du gelogen hast?»

«Ich hatte sicher vergessen, dass sie das gesagt hatte. Es betraf mich doch irgendwie nicht so recht. Ich mache mir Sorgen um Kathrine.»

«Hast du ein Alibi für den Abend, an dem Kathrine verschwunden ist?»

«Ich war allein zu Hause. Zuerst waren wir alle bei mir, dann sind die anderen gegangen.»

«Warum das?»

«Weil wir uns nicht einigen konnten.»

Cato Isaksen erhob sich und lief zweimal in dem kleinen Raum hin und her. «Weshalb hast du dich mit den anderen zerstritten?»

«Eigentlich wegen nichts. Manchmal hab ich die Nerverei eben satt. Niemand will die Filme sehen, die mich interessieren und so. Außerdem war Kathrine stocksauer, weil Tage ihr kein Geld für irgendeine lila Hose geben wollte, die sie gesehen hatte.»

Cato Isaksen überlegte, dass das durchaus mit Maiken Stenbergs Aussage übereinstimmte. «Du bist ihnen also nicht gefolgt, als sie danach zu Maiken gegangen sind?», fragte er.

«Nein. Das habe ich doch schon erzählt. Das steht im Protokoll, das dieser andere Polizist geschrieben hat.»

«Das weiß ich», sagte Cato Isaksen. «Aber ich möchte es mit deinen eigenen Worten hören.»

«Nein. Ich habe nichts getan, habe ich gesagt. Ich war zu Hause, den ganzen Abend.»

«Hast du also ein Alibi für diesen Abend?»

«Meine Mutter war bei der Arbeit. Mein Bruder André saß in seinem Computerzimmer und war im Internet unterwegs. Ich bin den anderen nicht gefolgt. Ich habe Kathrine an dem Abend nicht mehr gesehen.»

«Hattest du Sex mit ihr?»

Kenneth Hansen fuhr heftig zusammen. «Nein», sagte er.

«Bist du dir da sicher?»

Kenneth Hansen schüttelte den Kopf und verzog den Mund zu einer resignierten Grimasse, um zu zeigen, wie blödsinnig er diese Frage fand. Aber dann brach er plötzlich in Tränen aus. Schluchzte leise und fuhr sich mit dem Unterarm über die Nase. «Ich weiß nichts über Kathrine», schniefte er.

«Hattest du Sex mit ihr?» Cato Isaksen ließ sich leise wieder auf seinen Stuhl sinken.

«Einige Male», sagte Kenneth Hansen kläglich.

«Wo warst du an dem Abend, an dem Kathrines Großmutter umgebracht worden ist?»

Kenneth Hansen riss die Augen auf. «Zu Hause, fragen Sie doch meine Mutter», sagte er. «Sie hatte an dem Abend keinen Dienst. Warum in aller Welt hätte ich Kathrines Großmutter umbringen sollen?»

«Vielleicht, weil sie etwas wusste», schlug Cato Isaksen vor. «Etwas, das Kathrine über dich erzählt hatte.»

«Ich habe doch keine Pistole», sagte Kenneth Hansen und starrte dem Ermittler ins Gesicht.

«Darüber weiß ich nichts», sagte Cato Isaksen. «Aber heutzutage ist es wirklich nicht schwer, sich eine Waffe zu besorgen. Dein Bruder ist doch beim Militär, nicht wahr?»

Kenneth Hansen rutschte nervös hin und her. Er wusste nicht, wohin mit seinen Händen.

«Ich habe keine Pistole», sagte er noch einmal.

«Einige von deinen Bekannten sagen, dass du dich nur für Blödsinn interessierst», sagte Cato Isaksen jetzt. «Was meinen die wohl damit?»

«Das weiß ich nicht», sagte Kenneth Hansen rasch. «Ich weiß doch nicht, wie die mich sehen.»

«Nein», sagte Cato Isaksen. «Das weißt du wohl nicht. Aber du willst doch sicher, dass wir feststellen, was mit Kathrine passiert ist, nicht wahr?»

Kenneth Hansen nickte. «Ja», sagte er ziemlich kleinlaut.

Cato Isaksen erhob sich und erklärte die Vernehmung für beendet.

«Kann ich gehen?» Kenneth Hansen sah fast überrascht aus.

«Ja», sagte Cato Isaksen trocken. «Du kannst gehen.»

Nachdem Kenneth Hansen im Fahrstuhl verschwunden war, ging Cato Isaksen zurück in sein Büro und schloss die Tür hinter sich. Er setzte sich an seinen Schreibtisch, schob die Hand in die Tasche und zog die kleine Spiegelscherbe hervor, die er aus Brenda Moens Treppenhaus mitgenommen hatte. Er legte das Tonband mit der Vernehmung Kenneth Hansens vor sich hin und fing an, Wörter auf einen Zettel zu kritzeln. *Kathrine, Tod, Großmutter,* schrieb er mit abgehackter Schrift, dann strich er alles wieder durch.

Es wurde an die Tür geklopft. Preben Ulriksen, Roger Høibakk und Randi Johansen kamen herein und ließen sich auf den freien Stühlen nieder. Die Besprechung konnte anfangen.

Cato Isaksen schaute in die Runde. «Ich muss in einer halben Stunde los», sagte er. «Zur Beerdigung von Brenda Moen.»

«Das wissen wir», sagte Randi Johansen. «Ich wollte mitkommen.»

Cato Isaksen nickte. «Ich glaube, Kenneth Hansen weiß etwas», sagte er. «Irgendwas an seinem Verhalten stimmt nicht.»

«Du glaubst, dass er etwas mit Kathrines Verschwinden zu tun hat?» Randi Johansen musterte ihn gespannt.

«Das weiß ich nicht.»

«Macht er einen ängstlichen Eindruck?» Preben Ulriksen kratzte sich mit einem Kugelschreiber hinter dem Ohr.

«Ängstlich eigentlich nicht. Ich weiß nicht, wie ich das nennen würde», sagte Cato Isaksen und schrieb neue Wörter auf den weißen Bogen. *Wahrheit. Sehen. Sehen wagen.*

DIE TRAUERFEIER für Brenda Elise Moen fand auf dem Friedhof Vestre Gravlund statt. In der Kapelle war es kalt. Die dicken Mauern sperrten die Frühlingssonne aus. Randi Johansen und Cato Isaksen setzten sich diskret in eine der hintersten Bankreihen. Die dünnen Orgelklänge füllten das Lokal. Die Familie saß mit gesenkten Köpfen auf der vordersten Bank. Cato Isaksen erkannte Helena Bjerke, die zwischen ihrem Bruder und Tage Wolter saß. Ein gut aussehender blonder Mann und eine ältere Dame saßen ebenfalls in der ersten Bank. Die Freundinnen aus dem royalistischen Club waren vertreten, dazu Bekannte von Kathrine. Maiken saß zwischen Kenneth und Lars Lofthus.

Cato Isaksen staunte darüber, dass es fast keine Blumen gab. Auf dem Sarg lag ein Strauß in den unpassenden Farben grün, weiß und orange. Daneben standen zwei kleine Kränze. Aber ansonsten waren auf dem Boden nur vier oder fünf kleine Sträuße verstreut.

Der Pastor kam leise herein und begrüßte die fünf Menschen in der ersten Reihe. Helena Bjerke senkte den Kopf. Der Pastor sprach darüber, wie plötzlich ein Leben enden könne und wie ungerecht das alles sei. Helena Bjerke schluchzte laut. Ihr Freund und ihr Bruder legten beide den Arm um sie.

Randi beugte sich zu Cato herüber und flüsterte, dass Helena Bjerke sicher doppelt trauere. «Vielleicht stellt sie sich vor, dass Kathrine dort im Sarg liegt. Das muss entsetzlich sein.»

Cato Isaksen hatte sich das auch schon überlegt. Nachdem der Pastor gesprochen und sie einige Choräle gesungen hatten, läuteten die Glocken, um das Ende der Trauerfeier anzukündigen. Im Namen der Familie dankte der Pastor allen Anwesenden. Randi und Cato warteten, bis alle anderen die Kapelle verlassen hatten.

Einar Bjerke, Kathrines Vater, arbeitete in einer Firma, die Gewerberäume vermietete. Das Büro lag in Skøyen, in einem eleganten Gebäude. Die Fassade bestand aus Glas, Stein und Stahl.

Cato Isaksen hatte Preben Ulriksen mitgenommen, der gut in diese Umgebung passte. In seiner Zivilkleidung sah er aus wie ein Börsenmakler.

Sie fuhren mit dem Fahrstuhl in den vierten Stock und betraten eine Rezeption, deren große Fenster auf die Bucht Frognerkilen schauten.

«Hier könnte ich es auch aushalten», sagte Preben Ulriksen lächelnd. «Warum haben wir nicht auch solche Büros?»

«Gute Frage», sagte Cato Isaksen und lächelte.

Nachdem sie fünf Minuten auf runden minimalistischen Sesseln mit Stahlbeinen gewartet hatten, wurden sie zu Einar Bjerke geführt, der sich für diese Verspätung entschuldigte. Cato Isaksen erkannte ihn von Brenda Moens Beerdigung her.

«Hier ist im Moment schrecklich viel los», sagte Bjerke und bat die Gäste, sich zu setzen. Dann rief er in der Rezeption an und orderte Kaffee und Mineralwasser. Vielleicht auch einen Happen zu essen? Er schaute die Ermittler fragend an. Beide lehnten höflich ab, obwohl Cato vor Hunger schon der Magen knurrte.

Er überlegte, dass der Anzug, den Kathrines Vater trug, sicher sehr teuer gewesen war. Der Mann machte überhaupt einen ganz anderen Eindruck als seine kettenrauchende Exfrau mit ihrem verschlissenen Trainingsanzug und den ungepflegten Haaren. Es fiel ihm schwer, sich die beiden zusammen vorzustellen. Einar Bjerke war natürlich über den Mord an seiner ehemaligen Schwiegermutter erschüttert. «Meine Mutter und ich waren gestern bei der Beerdigung», sagte er. Cato Isaksen nickte.

«Es ist schwer zu begreifen, was im Moment mit uns geschieht.» Bjerke fuhr sich müde durch das Gesicht.

Die Ermittler betrachteten den blonden Mann, der tiefe dunkle Ringe unter den Augen hatte. «Leider habe ich Kathrine nicht sehr oft gesehen», sagte er. «Sie hatte kein Interesse daran, wenn ich ehrlich sein soll.» Cato Isaksen musterte ihn mit ernster Miene.

«Sie haben wieder geheiratet?»

«Ich wohne mit meiner Freundin und unseren beiden kleinen Töchtern zusammen. Ich glaube, Kathrine war eifersüchtig auf die beiden. Sie hat nie irgendein erwähnenswertes Interesse an Thea und Sofie gezeigt.»

«Wie alt sind sie?»

«Drei und zwei Jahre.»

Cato Isaksen nickte verständnisvoll. «Das ist auch alles nicht so leicht», sagte er und dachte an seine eigene Situation.

«Mona, meine Freundin, findet das auch schade. Sie weiß ja, was Kathrine für mich bedeutet», sagte Bjerke müde.

Die Rezeptionsdame brachte ein kleines Tablett mit Kaffee und Mineralwasser, schwarze Tassen und hohe grüne Gläser. Einar Bjerke bat die Ermittler, zuzugreifen. Cato Isaksen nahm Kaffee, die beiden anderen griffen zu den grünen Mineralwassergläsern.

«Ich muss zugeben, dass ich die Sache anfangs nicht so ernst genommen habe. Oder, verstehen Sie das nicht falsch.» Kathrines Vater rutschte unruhig hin und her. «Natürlich hatte ich schreckliche Angst, als ich von ihrem Verschwinden hörte, aber als sich dann herausstellte, dass sie sich mit Tage und mit ihrem Freund zerstritten hatte, war ich zuerst wieder beruhigt. Kathrine ist ein wenig eigen ...» Er zögerte. «Ich habe mir oft überlegt, dass es vielleicht meine Schuld ist; dass sie so geworden ist, weil ich gegangen bin.»

Cato Isaksen lächelte verständnisvoll. So denken wir sicher immer. Er bemerkte plötzlich, wie ähnlich Kathrine ihrem Vater sah. Er hatte denselben schmächtigen Bau, wirkte aber durchaus nicht schwächlich. Und er hatte die blonden Haare und die blauen Augen seiner Tochter.

«Sie halten Kathrine also für fähig, wegzulaufen, um anderen Angst einzujagen oder sie zu bestrafen?»

«Nein», wehrte Einar Bjerke ab. «So nicht. Wenn es sich um ein oder zwei Tage oder vielleicht auch um eine Woche gehandelt hätte, dann ja, aber so nicht. Ganz bestimmt nicht. Ihr muss etwas passiert sein. Das ist doch gerade so entsetzlich.»

«Haben Sie irgendeine Vorstellung, was passiert sein könnte?»

«Nein», sagte er energisch. «Meine Mutter lebt in Bærum, in Jar. Oder genauer gesagt in meinem Elternhaus auf Capralhaugen. Und als Erstes habe ich mich an sie gewandt.»

«Dachten Sie, Kathrine könnte bei ihr sein?»

«Eigentlich nicht.»

«Hatte Kathrine viel Kontakt zu ihr?»

«Nein. Und das war ziemlich hart für meine Mutter. Für Kathrine gab es nur ihre Oma. Oma hier und Oma da. Brenda war ja in vieler Hinsicht auch eine wunderbare Frau. Kein böses Wort über sie. Sie war immer sehr nett zu mir. Ein wenig verschroben mit ihrem Königstick war sie vielleicht. Aber Helena hasst meine Mutter, hält sie für einen Snob. Wir haben meine Mutter nie besucht, als wir noch verheiratet waren. Nicht einmal zu Weihnachten. Und das nehme ich Helena im Grunde noch immer übel.»

Cato Isaksen und Preben Ulriksen tauschten einen Blick.

«Wie kommen Sie mit Kathrines Stiefvater zurecht, mit Tage Wolter?»

«Eigentlich gut. Ich bin ihm nur zwei- oder dreimal begegnet. Aber jetzt wäre ja bald die Konfirmation gefeiert worden.»

«Bis dahin kann sie doch wieder aufgetaucht sein», sagte Preben Ulriksen diplomatisch. «Was glauben Sie, was dann passieren wird?»

Wieder sah Einar Bjerke müde aus. «Ach, ich weiß nicht», seufzte er. «Kathrine wollte nicht, dass Mona kommt. Und Brenda ist doch tot.» Er schüttelte den Kopf und kämpfte mit den Tränen.

«Und Ihre Mutter?»

«Die wollte natürlich hin. Helena ist da durchaus nicht unvernünftig. Ich habe ihr das Haus überlassen. Sie konnte es einfach übernehmen, als ich ausgezogen bin. Meine Mutter war nicht damit einverstanden, aber ich hatte ein schlechtes Gewissen, weil ich doch gegangen bin. Ich habe das Kathrine zuliebe so gemacht.»

Cato Isaksen nickte nachdenklich.

«Sie wissen, dass Kathrine einen Freund hatte?»

«Ja, aber ich bin ihm nie begegnet.»

«Wir haben gehört, dass Tage Wolter und Kathrine sich nicht sehr gut verstanden haben.»

«Ich weiß, aber ich habe mit ihm darüber gesprochen. Kathrine war nicht so leicht. Ich habe volles Vertrauen zu Tage. Der Mann ist in Ordnung. Meinen Sie, es könnte zwischen dem Mord an Brenda und Kathrines Verschwinden ein Zusammenhang bestehen?»

«Das müssen wir ja eben herausfinden», sagte Cato Isaksen.

Als sie das Haus verließen, reichte Cato Isaksen Preben Ulriksen die Wagenschlüssel. «Hast du Hunger?», fragte er. Preben nickte. Sie gingen in eins der kleinen neuen Bistros im Nebengebäude. Dort wimmelte es von Geschäftsleuten und jungen Müttern. Die beiden Ermittler konnten sich ganz hinten im Lokal an einen Metalltisch pressen. Die Ciabatte schmeckten gut, und Espresso und Caffè latte ebenso.

«Wie fandest du ihn?» Cato Isaksen trank einen Schluck Kaffee aus seinem hohen Glas.

«Glatt», sagte Preben Ulriksen. «Aber natürlich hängt er an seiner Tochter. Daran habe ich keine Zweifel. Seltsam übrigens, dass er so gut über Tage Wolter spricht. Das finde ich nicht ganz überzeugend.»

«Vielleicht ist er froh darüber, dass Wolter seine Exfrau übernommen hat.»

Preben Ulriksen grinste. «Ja, du musst das ja wissen», sagte er.

Cato Isaksen lächelte zurück und biss in seine Ciabatta. Er durfte nicht vergessen, für seinen Sohn ein Telefon zu kaufen.

Nach dem Essen fuhren sie auf schnellstem Weg nach Frogner. Cato Isaksen log und behauptete, für seine Mutter etwas abgeben zu müssen. Preben sagte, er könne im Wagen warten. Cato Isaksen wollte nur schnell vorbeischauen und nach ihr sehen. Das Bild vom letzten Besuch, seine schlafende Mutter im halbdunklen Zimmer, machte ihm zu schaffen.

Gyda Isaksen war sichtlich überrascht, als ihr Sohn plötzlich in der Tür stand.

Cato Isaksen sah seine Mutter an. Er wusste nicht, ob sie sich über seinen Anblick freute oder nur darüber staunte.

«Cato», sagte sie leise und streckte die dünne Hand nach ihm aus. Sie wollte nach den Enkeln fragen, konnte sich aber plötzlich nicht an deren Namen erinnern. Er ging zu ihrem Bett und nahm ihre Hand. Drückte sie vorsichtig. Die Hand seiner Mutter gab fast keine Wärme ab. Er sagte, er müsse sofort weiter, habe einfach nur nach ihr sehen wollen. Sie schien das zu wissen. Vielleicht sah sie deshalb nicht wirklich froh aus. Er hatte nie Zeit, um zu bleiben. «Ein Kollege wartet draußen im Auto», sagte er und ließ ihre Hand los. «Wir arbeiten an einem schrecklich schwierigen Fall. Eine alte Dame ist ermordet worden.» Er bereute diese Worte sofort. Er hätte ihr nichts von der alten Dame erzählen dürfen. Vielleicht würde ihr das Angst machen. Aber sie lächelte ihn tapfer an und hob die Hand zu einem kleinen Winken. Auf der Fensterbank stand eine halb verwelkte Topfblume. Er schaute die Fotos an der Wand an. Der Heizkörper an der Wand tickte leise. Der Tulpenstrauß, der bei seinem letzten Besuch auf dem Nachttisch gestanden hatte, war verschwunden.

«Ich komme bald wieder», sagte er. «In den nächsten Tagen.»

Seine alte Mutter nickte, dann seufzte sie und drehte sich um. Weinte sie? Das wusste er nicht. Er hätte es nicht ertragen, wenn sie geweint hätte. Als er die Tür hinter sich schloss, fiel sein Blick auf ihre Pantoffeln, die an der einen Wand standen. Auf dem Gang nahm er den süßlichen, schweren Essensgeruch wahr. Mehrere alte Damen und ein Mann drückten sich an der Wand entlang in Richtung Speisesaal. Eine Toilettentür stand offen. Er sah die hellgrünen Fliesen, registrierte, dass die Seife auf den Boden gefallen war. Hier und dort wies der Linoleumboden hässliche Flecken auf.

AM NÄCHSTEN TAG kaufte Cato endlich das Telefon, das er seinem Sohn versprochen hatte. Nach der Frühbesprechung lief er los und nahm genau die Marke, die Vetle sich besonders wünschte. Dann holte er sich im Imbiss gegenüber einen Hamburger und verschlang ihn in den drei Minuten, die er brauchte, um zur Wache zu fahren und Randi Johansen aufzulesen. Sie wollten nach Bærum, um mit Kathrine Bjerkes überlebender Großmutter zu sprechen. Randi hatte sie angerufen und sich für zwölf Uhr angemeldet.

Kathrine Bjerkes andere Großmutter, die Magnhild Bjerke hieß, war eine alte feine Dame aus dem Nobelviertel Bærum.

«Es ist zehn nach zwölf», sagte sie als Erstes, als sie die blaue Tür der braunen Holzvilla öffnete. «Sie wollten um zwölf hier sein.»

«Bedaure», sagte Cato Isaksen und wischte sich diskret den Mund. Er hatte das Gefühl nach Hamburger zu stinken. «Wir haben im Moment einen ziemlich vollen Zeitplan.»

«Ja, ja, das sehe ich ja ein», sagte die alte Dame gereizt. «Aber ich rege mich einfach so auf. In der letzten Zeit sind so schreckliche Dinge passiert. Und dabei habe ich sonst so gern Kriminalromane gelesen. Ich hatte gerade mit dem neuen von Anne Holt angefangen, aber den musste ich weglegen. Ich kann das nicht mehr ertragen.»

Magnhild Bjerke redete ununterbrochen, als sie die Gäste ins Wohnzimmer führte. «Das ist alles so schrecklich», sagte sie immer wieder. «Ich mache mir große Vorwürfe, weil ich sie nicht mehr bedrängt und mich so selten gemeldet habe. Ich hatte sozusagen aufgegeben. Kathrine hat mich nie angerufen. Sie kam auch nicht zu Besuch. Für sie schien es nur die andere Großmutter zu geben. Und ich muss schon gestehen, dass ich entsetzlich eifersüchtig war.»

Cato Isaksen und Randi Johansen setzten sich auf das blaue Sofa. Das Wohnzimmer war klassisch möbliert, es gab Gemälde an den Wänden und in der einen Ecke einen großen Flügel.

«Hatten Sie denn überhaupt irgendeinen Kontakt zu Brenda Moen?» Cato Isaksen registrierte erleichtert, dass die alte Dame nicht versuchte, ihnen Kaffee aufzudrängen.

«Natürlich, man hat doch Manieren. Ich kann einfach nicht fassen, dass sie ermordet worden ist. Das ist doch einfach nur entsetzlich.»

Die Gäste stimmten zu. Randi Johansen fiel die schöne Brosche auf, die an der Bluse der alten Dame steckte.

«Wir haben uns zu Geburtstagen und solchen Anlässen gesehen», sagte Magnhild Bjerke jetzt. «Und natürlich war ich auf ihrer Beerdigung. Ich weiß schließlich, was sich gehört.»

«Was für einen Eindruck hatten Sie denn von Brenda Moen?», fragte Cato Isaksen.

«Ach», sie lachte kurz und viel sagend. «Wenn ich ehrlich sein soll, dann muss ich zugeben, dass ich nicht sehr begeistert war. Sie kleidete sich nicht gut, hatte keine schöne Frisur, Sie wissen schon. Sie kam eben aus der Arbeiterklasse.»

Randi Johansen lächelte kurz.

«Ja, verstehen Sie das nicht falsch. Das hat wirklich keine Rolle gespielt. Ich bin keine, die über andere urteilt. Aber die ganze Familie ist ein wenig unordentlich, wenn ich das so sagen darf. Als Einar Helena zum ersten Mal mitgebracht hat, habe ich nicht gerade hurra geschrien, das muss ich zugeben. Ich habe schließlich meine Intuition. Damals lebte Einars Vater noch. Er war ganz meiner Ansicht. Wir wussten einfach, dass Helena nicht die richtige Frau für unseren Sohn war.»

Die Großmutter legte ihre runzligen Hände in den Schoß. Sie trug mehrere Diamantringe an ihren schmalen Fingern.

«Sie haben ja gesehen, wie sie sich kleidet», sagte sie dann. «Das nimmt sie wirklich nicht so genau, möchte ich behaupten. Und dann erst ihr Bruder. Man sieht es ihnen eigentlich an, wenn Sie verstehen, was ich meine. Und jetzt hat Helena ja einen neuen Mann. Diesen Schlachter, aber er sieht trotzdem recht sympathisch aus.»

Die Gäste nickten höflich. «Diese Königsschwärmerei …», setzte Cato Isaksen an.

«Ja, darauf wollte ich gerade zu sprechen kommen. Das war doch der pure Wahnwitz. Ich weiß nicht, woher sie das haben, aber es ist einfach pathetisch. Dass so eine Familie sich mit Königen und Fürsten und Zaren auskennen will.» Sie schüttelte den Kopf und zupfte an ihrem blanken Rock. «Sie sind alle durch und durch verrückt. Ich bin nur glücklich darüber, dass Einar Mona gefunden und eine neue Familie gegründet hat. Die kleinen Mädchen sind einfach niedlich. Aber das mit Kathrine ist schrecklich. Sie ist meine älteste Enkelin. Ich muss die ganze Zeit an sie denken. Seit sie verschwunden ist, habe ich kaum ein Auge zugemacht. Gibt es jetzt keine Hoffnung mehr», fragte sie jämmerlich. «Ist es zu spät, um sie noch zu finden?»

«Nein, nein», sagte Randi Johansen tröstend. «Es kommt immer wieder vor, dass junge Menschen verschwinden und wieder auftauchen.»

«Sicher, sicher», sagte Magnhild Bjerke müde. «Das mag wohl so sein.»

Als sie sich zum Gehen erhoben, schaute Cato Isaksen sich im Wohnzimmer um. Wie bei den meisten alten Damen war auch hier alles vollgestellt. Bilder an den Wänden, Familienfotos auf dem glänzenden Flügel. Plötzlich überkam ihn wieder dieses Übelkeit erregende Gefühl, dass er in Brenda Moens Wohnung etwas übersehen habe. Es gab Dinge hier, in diesem Raum, die ihn daran erinnerten. Aber noch immer konnte sein Gehirn nicht identifizieren, was das war.

CATO ISAKSEN STAND an der Bushaltestelle, an der Kathrine Bjerke einige Wochen zuvor zuletzt gesehen worden war. Er versuchte, sich in den Februar zurückzuversetzen, in Kälte und Dunkelheit, Schneematsch am Straßenrand, beißenden Wind. Jetzt war es hell, der Himmel war tiefblau. Die Straße war grau vor Staub und Schmutz und allerlei Abfall, der sich mit dem Frühling eingestellt hatte. Es war Dienstag, der 20. März, die Zeit der Tag- und Nacht-Gleiche. Noch zweieinhalb Wochen bis zu den Osterferien, und fast auf den Tag genau vier Wochen nach dem Verschwinden von Kathrine. Plötzlich kam ihm eine ganz klare Kindheitserinnerung. Er wusste, dass es mit dem eiligen Besuch im Frognerheim zu tun hatte. Das Gefühl von Verlust, das Gefühl, nie genug zu tun. Er glaubte, dieses Gefühl schon immer gehabt zu haben. Plötzlich war die Erinnerung glasklar. Er war vielleicht drei oder vier Jahre alt. Es war Herbst, er erinnerte sich an die reine und unangenehm klare Luft. An den Schal, der ihm vor den Mund geweht wurde. An den Himmel, der so blau war, dass es hässlich aussah. Er wollte nicht im Kindergarten sein. Er verabscheute den hohen Zaun. Seine Mutter war die Einzige, die ihn vor dieser schrecklichen Einsamkeit retten konnte. Die anderen Kinder waren öde Berggipfel, fremde Steine, verkleidete Hexen. Aber seine Mutter rettete ihn nicht, so sehr er auch weinte. Sie hörte ihn nicht hinter dem Schal, der nach trockener Wolle roch und seinen Mund zerkratzte. Ihr Rücken unter dem Mantel verschwand unten auf der Straße und war ebenso hässlich wie der Himmel. Er rief nach ihr, aber sie hörte ihn nicht. Später an diesem Tag kam Nebel auf, der sich wie Watte um den Baum im Kindergarten legte. Er hatte seiner Mutter nie von dieser Episode erzählt. Jetzt hatte er dasselbe Gefühl wie damals. Etwas sagte ihm, dass Kathrine Bjerke entsetzlich einsam gewesen sein musste.

Eine junge Mutter mit einem Kinderwagen stand an der Bushaltestelle. Cato Isaksen überquerte die Straße. Es herrschte ziemlich reger Verkehr. Er hatte den Zivilwagen auf der anderen Seite geparkt, halbwegs im Straßengraben. Auf dem Rückweg zum Wagen beschloss er, das kurze Stück zur Mautbude zu Fuß zu gehen. «Für Fußgänger verboten», stand auf einem gelben Schild. Er ging trotzdem weiter, überquerte den Asphalt mit den weißen Bremsstreifen und steuerte die kleinen Glashäuschen an, in denen die Mautwächter saßen und das Geld entgegennahmen. Er hatte den nächststehenden fast erreicht, als er die Frau im hintersten Häuschen erkannte. Er blieb stehen und ließ zwei Autos vorüberfahren.

Die Frau hatte ihm den Rücken zugewandt, aber er wusste trotzdem, dass er sie schon einmal gesehen hatte. Sein Gehirn mühte sich ab, um sie zu identifizieren. Die Frau hatte sich halb zu einem Autofahrer umgedreht, um ihm Wechselgeld zu geben. Jetzt konnte er ihr ganzes Gesicht sehen. Es war Mai Britt Hansen, die Mutter von Kathrine Bjerkes Freund. Hier arbeitete sie also, wenn sie von ihren Dienstzeiten sprach. Warum hatte sie das nicht erwähnt?

Cato Isaksen betrachtete den Staub, der vom schmutzigen Asphalt hochgewirbelt wurde, als ein LKW vorüberfuhr. Der Motor brummte wütend, dann verschwand der Wagen im dunklen Tunneleingang.

Cato Isaksen ging hinüber und klopfte an die Fensterscheibe. Mai Britt Hansen fuhr zu ihm herum. Er sah, dass sie ihn erkannt hatte. Sie musterte ihn einige Sekunden lang besorgt, dann öffnete sie das Fensterchen und begrüßte ihn kurz. Ein weiterer LKW donnerte vorbei und hüllte sie in Wolken von Auspuffgasen.

«Was ist los?», fragte sie und sah plötzlich verängstigt aus. «Ist etwas passiert?»

Cato Isaksen schüttelte den Kopf. «Ich wollte mich hier nur mal umsehen», erklärte er. «Warum haben Sie nicht gesagt, dass Sie hier arbeiten?»

«Sie haben nicht danach gefragt», sagte sie eilig.

Cato Isaksen schob beide Hände in die Taschen. Ihm fiel auf, wie schmutzig die Fenster des Glashäuschens waren.

«Hatten Sie Dienst in der Nacht, in der Kathrine verschwunden ist?»

«Ja», sagte sie rasch. «Ich habe um zwölf Schluss gemacht.»

«Um Mitternacht also?»

Sie nickte.

Cato Isaksen fiel die Autofahrerin ein, die Kathrine gegen zehn nach zwölf an der Bushaltestelle gesehen hatte. Er beschloss, noch einmal mit dieser Zeugin zu sprechen. Vielleicht war irgendetwas übersehen worden.

Ein Wagen fuhr neben ihm vor. Er trat vom Fenster zurück. Die junge Fahrerin hielt einen Fünfziger aus dem Fenster. Mai Britt Hansen nahm die Banknote mit geübtem Griff, riss ein Ticket ab, drückte auf den Knopf, der die Schranke öffnete und wünschte routinemäßig gute Fahrt. Cato Isaksen schaute hinter dem Wagen her, als der auf den dunklen Tunneleingang zusteuerte. Dann wandte er sich wieder Mai Britt Hansen zu.

«Haben Sie Kathrine in der fraglichen Nacht gesehen?», fragte er.

«Nein», sagte sie rasch. «Ich habe nichts gesehen. Man sieht die Bushaltestelle von hier aus nicht. Und mein Auto stand gleich hier hinter.» Sie machte eine entsprechende Kopfbewegung. «Ich habe kurz mit dem Kollegen gesprochen, der mich ablöste, dann bin ich gegangen, das war alles.»

«Wissen Sie noch, wer das war?»

«Das war Nils», sagte sie rasch. «Nils Bergman, er studiert und jobt nebenbei. Lernt tagsüber und arbeitet nachts, oder umgekehrt, je nach Dienstplan.»

«Sie sind also um Mitternacht gegangen», sagte Cato Isaksen und wurde von einem weiteren Auto unterbrochen, für das bezahlt werden musste. Er notierte den Namen des Kollegen und beschloss, mit dem Wagen durch den Oslofjordtunnel zu fahren. Es ging darum, Kathrines Spuren zu folgen. Das hätte er schon längst tun sollen, auch wenn sie gar nicht wussten, ob sie durch den Tunnel verschwunden war. Er bedankte sich bei Mai Britt Hansen für die Auskünfte und sagte, er werde sich wieder melden. Dann holte er den Wagen und fuhr vorbei an Kenneth Hansens Mutter, die ihn gratis den Tunnel passieren ließ.

Als er sich der Tunnelöffnung näherte, wurde er für einen Moment von der Sonne geblendet. So unbehaglich er sich fühlte, als er danach in den Tunnel fuhr, so überrascht war er darüber, wie hell und schön die Tunnelwände waren. Er hatte von dem künstlichen rosa und blauen Licht gelesen, das die fast weißen Felswände prägte. Ein Psychologe hatte gesagt, Menschen mit Tunnelangst könnten einen hellen Tunnel leichter bewältigen. Das konnte durchaus stimmen. Die Straße führte ziemlich steil nach unten. Das künstliche Licht wirkte beruhigend. In regelmäßigen Abständen gab es Ausweichstellen, von denen Eisentüren in den Berg führten.

Cato Isaksen überlegte sich, was in der Nacht, in der Kathrine verschwunden war, geschehen sein konnte. War sie zu Bekannten ins Auto gestiegen, oder hatte ein Fremder sie mitgenommen? War sie überhaupt durch den Tunnel gefahren, oder war sie in den Ort zurückgegangen? War sie durch den Wald gehumpelt oder war sie dem Weg gefolgt? Er fasste das Steuerrad fester. Bald sah er das Licht am Ende des Tunnels.

Im ersten Verteilerkreis auf dem Hurumufer kehrte er um und fuhr wieder zurück. Er ertappte sich bei dem Gedanken, was sich wohl hinter den Eisentüren verstecken mochte.

Als er wieder das Drøbakufer erreicht hatte, blieb er am Straßenrand stehen und rief die Auskunft an, um sich Telefonnummer und Adresse von Nils Bergman geben zu lassen. Er erhielt eine Handynummer, doch das Telefon war ausgeschaltet. Deshalb beschloss er, den Studenten aufzusuchen. Er ließ den Motor wieder an und rief auf der Wache an, während er nach Drøbak fuhr. Er musste mit Roger sprechen und ihm von seiner Begegnung mit Mai Britt Hansen erzählen.

Als das Gespräch beendet war, hatte er das Meer bereits erreicht. Aus einem Impuls heraus hielt er an und drehte eine Runde durch den Yachthafen, ehe er Bergman aufsuchte.

Er fand Tage Wolters Boot, das zwischen zwei weniger ansehnlichen Booten vor sich hin dümpelte. Cato Isaksen erkannte es am Namen. «Amora» stand in schwarzen Buchstaben an der Seite. Er drehte sich um und schaute das Standbild der drei Meerfrauen an, das am Ufer stand, dann sprang er an Bord. Das Boot war zwar nicht neu, aber sehr gut in Schuss. Er bückte sich und schaute sich um. Im Boot war alles ordentlich und sauber. Nach fünf Minuten sprang er wieder an Land.

Auf einer Bank am Steg saß eine alte Frau. Cato Isaksen ging zu ihr hin. Sie trank aus einer Bierdose.

«Sitzen Sie oft hier?», fragte er. Die alte Frau schaute ihn misstrauisch an und sah zuerst verängstigt, dann wütend aus.

«Ist das verboten», fragte sie mit scharfer Stimme.

«Absolut nicht», Cato Isaksen lächelte entwaffnend. «Ich wüsste nur gern, ob Sie manchmal hier Leute bei den Booten sehen, auch wenn die Saison noch nicht angefangen hat.»

«Hier ist das ganze Jahr Sessong.»

«Das Boot da hinten, die Amora», Cato Isaksen zeigte auf Tage Wolters Boot. «Haben Sie da in letzter Zeit jemanden gesehen?»

«Männer sind Untiere», sagte die Frau und nickte zu einem anderen Boot weiter weg hinüber, wo ein älterer Mann mit irgendetwas beschäftigt war. Plötzlich sah Cato Isaksen, dass der Mann eine Schnapsflasche in der Hand hielt. «Der hat mich eine alte Schabracke genannt.»

«Ach», sagte Cato Isaksen und drehte sich um.

«Die nehmen Frauen mit auf die Boote. Das hab ich gesehen.»

«Der auch?» Cato Isaksen nickte zu dem Mann mit der Schnapsflasche hinüber.

Das alte Gesicht der Frau öffnete sich zu einem breiten Lächeln. «Ach nein», sie lachte heiser. «Der alte Knacker schafft gar nichts mehr.»

«Wissen Sie, wem die Amora gehört, haben Sie den Besitzer hier schon mal unten gesehen?»

Die Frau musterte ihn misstrauisch. «Nein», sagte sie kurz und hob die Bierdose an den Mund.

Nils Bergman wohnte in der Torggata in Drøbak. Dort betrat Cato Isaksen einen Hinterhof, zwischen einem Second-Hand-Laden für Kinderkleidung und einer Buchhandlung. Im Hinterhof stand ein großer blattloser Baum, auf dem ein paar Vögel saßen. Sie machten einen Höllenlärm, man hätte meinen können, dass sie vor der Polizei warnen wollten.

Er musste eine Stahltreppe außen am Holzhaus hochsteigen, die einen trockenen, hohlen Metallklang abgab. Er erreichte eine alte, abgenutzte Holztür, auf der ein halb abgerissenes Plakat klebte. Neben der Tür waren mit schwarzem Filzstift unleserliche Kringel angebracht.

Es gab keine Klingel, weshalb Cato Isaksen zweimal klopfte. Niemand machte auf. Er wartete fünf Minuten, dann gab er auf, ging zurück zum Auto und fuhr zum Einkaufszentrum hoch, in dem Tage Wolter arbeitete. Er wollte dem Stiefvater ein paar Fragen stellen und den Schlachter in seiner Arbeitsumgebung sehen. Er bog auf den Parkplatz ab und hielt an.

TAGE WOLTER ZERTEILTE gerade für eine Kundin eine riesige Lammkeule. Das Knirschen des Sägeblattes, das den Knochen zersplittern ließ, war im ganzen Laden zu hören. Cato Isaksen lief es dabei eiskalt den Rücken hinunter. Neben der Schneidemaschine stand ein Stapel Aluminiumformen für warme Gerichte und Salate zum Mitnehmen.

Der Ermittler beobachtete, wie Kathrine Bjerkes Stiefvater das Fleisch behandelte. Mit gewohntem Griff, fast liebevoll. Nachdem er die Keule zerteilt hatte, nahm er eine große Fleischaxt und schlug einige Splitter ab. Alle seine Bewegungen waren präzise und mit großer Kraft ausgeführt. Als Wolter das Fleisch eingepackt und der zufriedenen Kundin überreicht hatte, trat Cato Isaksen an den Tresen heran.

Tage Wolter schien sich über seinen Anblick nicht gerade zu freuen. Er wischte das Blut von der Schneidemaschine, streifte die dünnen Plastikhandschuhe ab und wischte sich die Hände an der Schürze ab. Die knallgelben Fliesen an der Wand bildeten einen scharfen Kontrast zu dem hochgewachsenen, gutaussehenden Mann. Wer bedient werden wollte, musste zuerst eine Nummer ziehen. Zwei Frauen und ein sehr junger Mann bedienten die Kunden und verpackten Koteletts, Salate und Aufschnitt.

Cato Isaksen sagte, er habe nur ein paar Fragen, und Tage Wolter bat ihn um einen Moment Geduld. Eine Minute darauf stand er im Laden vor der Theke. Er fragte, ob der Kommissar sich irgendwo hinsetzen wollte, aber Cato Isaksen schaute kurz auf die Uhr und stellte fest, dass die Zeit dazu nicht reichte.

«Es sind wirklich nur kleine Fragen, und es tut mir Leid, wenn Sie meine Frage beleidigend finden, aber nehmen Sie manchmal Frauen mit auf Ihr Boot?»

«Frauen?» Tage Wolter schaute ihn verständnislos an, dann verzog sich sein Gesicht zu einer wütenden Grimasse. «Was ist das denn für eine Frage. Ich möchte Helena ja schonen, aber von mir aus können Sie es erfahren. Ich bin nicht derjenige, der Frauen mit aufs Boot nimmt. Das macht Kenneth. Ich habe sie da unten schon zweimal erwischt. Ihn und Kathrine. Wie gesagt, das Mädchen ist erst vierzehn Jahre alt. Was sagen Sie dazu?»

Cato Isaksen musste zugeben, dass das schlimm war. «Aber meinen Sie, es hat Kathrine geholfen, dass Sie ihrer Mutter nichts gesagt haben?»

«Ich weiß nicht.» Wolter schüttelte den Kopf. «Ich hab es einfach nicht fertig gebracht, ihr davon zu erzählen.»

«Angeblich war Kathrine an dem Tag, an dem sie verschwunden ist, ein wenig sauer auf Sie.»

«Sie wollte Geld für eine neue Hose», sagte Wolter seufzend. «Aber das habe ich ihr nicht gegeben. Sie kaufte doch Kleider wie eine Verrückte.»

Cato Isaksen nickte.

Nach dem Gespräch mit dem Stiefvater fuhr Cato Isaksen mit der Rolltreppe in den ersten Stock. Dort lag ein Laden neben dem anderen. Nach der kleinen Reinigung, in der Helena Bjerke angestellt war, musste er erst suchen. Er wusste, dass sie noch immer krankgeschrieben war.

Die Reinigung lag ganz hinten im Gang. Zwei Frauen bügelten und sortierten Kleidungsstücke. Der Gestank der Chemikalien stieg ihm in die Nase. Für einen Moment blieb sein Blick an einer weißen Damastdecke hängen, die über einem Gestell lag. Er überlegte sich, dass Tage Wolter doch eine ganz andere Arbeit hatte als Helena Bjerke. Er dachte an die Farben rot und weiß.

Cato Isaksen ging zu den beiden Frauen und stellte sich vor. Die beiden erzählten, dass Helena ihnen fehlte, dass sie aber sicher noch lange wegbleiben würde. «Das muss doch alles ganz schrecklich für die Arme sein», sagte die Jüngere, eine blonde, sommersprossige Frau mit Bergenser Akzent. Die Frauen konnten sonst nichts berichten, abgesehen davon, dass sie nur Gutes über Helena Bjerke wussten. Dann erschien eine Kundin, um ein Kostüm abzuholen, und Cato Isaksen bedankte sich für das Gespräch und ging.

Cato Isaksen traf Heidi Greaker hinten am Fahrstuhl. Er gab ihr die Hand und bedankte sich dafür, dass sie kommen konnte. Zusammen gingen sie dann über den Flur und betraten sein Büro.

Die junge Frau musterte ihn nervös. Es war offensichtlich, dass sie sich in ihrer Rolle als Zeugin nicht wohl fühlte.

«Habe ich sie wirklich als Letzte gesehen?», fragte sie.

«Ja», sagte Cato Isaksen. «Es sieht so aus.»

«Aber das ist jetzt ja viele Wochen her.» Sie verstummte, wartete ein wenig, musterte ihre Hände. «Ich hatte ziemlich wenig Zeit, war gestresst. Ich wollte meinen Mann von der Arbeit abholen. Vor allem kann ich mich daran erinnern, dass Chris Rea gerade im Radio lief, als ich an dem Mädchen am Straßenrand vorbeifuhr, und zwar: I got room for you, darling. Till your winter has gone.»

Cato Isaksen musterte sie mit ernster Miene.

«Es ist schon seltsam mit solchen Melodien», sagte sie dann. «Oft weiß ich genau, was ich getan habe oder wo ich war, wenn ich eine bestimmte Melodie höre. Geht es Ihnen auch so?»

«Es kann vorkommen», sagte Cato Isaksen und fügte hinzu: «Ihnen ist nicht mehr aufgefallen, als Sie bereits erzählt haben?»

«Ich habe alles gesagt», sagte sie und blickte ihn fragend an.

«Das weiß ich, aber wenn Sie noch einmal gut überlegen. Sie haben keine Autos gesehen, die am Straßenrand parkten? Niemand kam hinter Ihnen her? Sie haben keine Scheinwerfer im Rückspiegel bemerkt oder so?»

Sie schüttelte den Kopf. «Daran kann ich mich jedenfalls nicht erinnern. Aber ich hatte auch ganz andere Dinge im Kopf, und ich musste das Mautgeld heraussuchen. Außerdem ...», sie verstummte für einen Moment und lächelte rasch und nervös.

Cato Isaksen wartete ungeduldig.

«Mein Kind war allein zu Hause», sagte sie dann. «Ich weiß nicht, ob das verboten ist. Aber mir blieb nichts anderes übrig. Normalerweise hat mein Mann den Wagen, aber an dem Tag musste ich einkaufen, und da brauchte ich das Auto eben. Und ich musste mit der Kleinen zum Arzt. Sie war ziemlich verrotzt.»

Cato Isaksen hielt ihren Blick fest, bis sie die Augen niederschlug.

«Wie sicher sind Sie sich, dass Sie wirklich Kathrine Bjerke gesehen haben?»

«Da bin ich mir ziemlich sicher. Niemand hatte mir etwas von dem eingegipsten Fuß und den Krücken erzählt. Die habe ich selber gesehen.»

Nachdem Heidi Greaker gegangen war, rief Cato Isaksen Helena Bjerke an und fragte, ob ihr Nils Bergman bekannt sei. Das war nicht der Fall. Sie habe diesen Namen nie gehört, sagte sie. Sie erzählte, dass am Tag vorher Kenneth noch einmal zu Besuch gekommen sei. «Der Arme», sagte sie. «Er scheint völlig außer sich zu sein. Aber er kommt nie, wenn Tage zu Hause ist. Er kann Tage nicht leiden.»

«Das beruht vielleicht auf Gegenseitigkeit?»

«Ja, das glaube ich schon. Ich weiß nicht, was Tage gegen ihn hat. Kenneth leidet wirklich sehr unter allem. Er musste zweimal zur Toilette, als er hier war. Ich habe gehört, dass er dann auch in ihr Zimmer gegangen ist. Ich glaube, er nimmt es schwerer, als wir gedacht haben.»

Cato Isaksen schloss die Hand fester um das Telefon.

«War er lange dort», fragte er neugierig.

«Wo denn, was meinen Sie?»

«In ihrem Zimmer.»

«Nein», sagte Helena Bjerke. «Nicht lange. Wieso fragen Sie?»

«Er hat nicht zufällig etwas gesucht?»

«Was sollte das denn gewesen sein?»

«Das weiß ich nicht.»

Helena Bjerke schwieg.

«Ich würde Ihnen gern noch eine andere Frage stellen. Dieser ganze Königskram, mit dem Ihre Mutter sich beschäftigt hat, haben Sie sich auch dafür interessiert? Ich meine, Ihr Bruder war ja manchmal dabei, wenn die Damen sich getroffen haben, oder etwa nicht?»

«Doch», erwiderte sie. «Er hat das Mutter zuliebe gemacht. Er ist eben so. Ich glaube eigentlich nicht, dass ihn das wirklich interessiert hat. Mir ist es jedenfalls egal. Ich finde es schrecklich, mich herausstaffieren zu müssen.»

«Hat Kathrine sich dafür interessiert?»

«Aber absolut nicht», sagte Helena Bjerke sofort. «Als sie noch klein war, hat meine Mutter ihr immer wieder schöne Kleider genäht. Wir haben manchmal Witze darüber gemacht, Kathrine und ich, haben gesagt, wir müssten jetzt zur Königin zur Audienz. Aber das war nicht böse gemeint. Eigentlich fand ich es ja auch niedlich, wie sehr die drei alten Damen sich da engagiert haben.»

ES WAR NICHT LEICHT, mit Nils Bergman in Kontakt zu treten. Der junge Mann, der in der Nacht von Kathrines Verschwinden Mai Britt Hansen an der Mautstation abgelöst hatte, wollte offenbar nicht mit der Polizei sprechen. Cato Isaksen hatte immer wieder vergeblich Nils Bergmans Handynummer angerufen, und obwohl er die Bitte um Rückruf hinterlassen hatte, meldete Nils Bergman sich nicht. Deshalb beschloss der Ermittler, ohne vorherige Verabredung zu ihm nach Drøbak zu fahren. Er passierte langsam die dortige Hauptstraße, wo Menschen und Autos sich um freie Parkplätze drängten. Er hielt unten am alten Hafen, um dem Chaos zu entgehen. Ehe er sich zu Bergman begab, wanderte er zweimal durch die Hauptstraße hin und her. Am Ende stand er wieder am Hafen, dort, wo früher die Fähre aus Storsand angelegt hatte, ehe der Tunnel gebaut worden war. Er trat ans Hafenbecken und schaute ins Wasser. Konnte Kathrine vor ihrem Verschwinden hier gewesen sein? Das Wasser dort unten bewegte sich, als ob das Meer atmete. Gleichmäßig und ruhig, mit einem leisen Zischen. Die schwarze Oberfläche spielte an der Mauerkante und wurde von ihr durchbrochen. Ganz plötzlich fiel ihm der zersplitterte Spiegel ein. Spiegelflächen sehen Wasser zum Verwechseln ähnlich. Brenda Moen hatte so viele seltsame Dinge an den Wänden gehabt. Das große Porträt von Königin Maud war schön. Aber aus irgendeinem Grund war ihm unwohl beim Gedanken an dieses Bild. Er hatte sich das bisher nicht überlegt, aber es lag an der unnatürlich schmalen Taille der Königin und an ihrem traurigen Gesicht. An dem senfgelben Kleid und den dunklen Haaren. Die Farben schienen einander auf irgendeine Weise zu hassen. Er war plötzlich davon überzeugt, dass es sich um ein überaus wertvolles Bild handeln musste.

Dann stand Cato Isaksen wieder im Hinterhof in der Torggata.

Er versuchte durch ein kleines viereckiges Fenster zu

schauen, das ein Stück von der Tür entfernt angebracht war, aber das Fenster war von etwas verdeckt, das ihm vorkam wie ein Bettbezug. Der Ermittler schlug noch zweimal dröhnend an die Tür und wollte gerade wieder gehen, als geöffnet wurde. In der Türöffnung erschien ein junger Mann in Boxershorts. Der Fahnder hatte ihn offenbar geweckt. Eine Wange wies noch den Abdruck des Bettzeugs auf, und die bräunlichen, dichten Haare waren struppig und standen an einer Seite zu Berge.

Cato Isaksen stellte sich vor. «Es geht um das verschwundene Mädchen», sagte er. «Sind Sie Nils Bergman?»

Der junge Mann nickte. Er schien zu frieren, machte aber keinerlei Anstalten, den Ermittler ins Haus zu bitten.

«Sie haben einige Minuten, ehe Kathrine Bjerke zuletzt gesehen wurde, Ihren Dienst an der Mautstation angetreten, am 20. Februar», sagte Cato Isaksen. «Stimmt das?»

«Ja.» Der junge Mann fuhr sich kurz durch die Haare.

«Wissen Sie genau, wann Sie dort eingetroffen sind?»

«Ich bin in dieser Sache schon vernommen worden.»

«Das mag sein, aber es sind Dinge geschehen, die uns dazu zwingen, diese Runde noch einmal zu drehen, wenn ich das so sagen kann.»

«Haben Sie sie gefunden?»

«Nein.»

Jetzt bat Nils Bergman den Ermittler ins Haus.

«Aber hier ist alles reichlich chaotisch», sagte er.

Da hatte er Recht. Die Wohnung, wenn das die richtige Bezeichnung dafür war, bestand aus nur einem Zimmer. In einer Ecke stand eine kleine Anrichte. An den Wänden klebte eine abgeblätterte alte Tapete mit blauen Blumen. Unter dem einzigen Fenster, das verhängt war, stand ein altes Sofa mit einer Daunendecke ohne Bettbezug. Die Decke hatte braune Streifen am Rand. Cato Isaksen versuchte sich nichts anmerken zu lassen. «Was studieren Sie?», fragte er.

«Einführungskurs», sagte Nils Bergman. «Philosophie und so. Und nebenbei jobbe ich an der Mautstation.»

Der Ermittler nickte und wiederholte seine Frage von vorhin.

«Wissen Sie noch, wann Sie in dieser Nacht Ihren Dienst angetreten haben?»

Der Student, der gerade in seine Hose stieg, sagte, um fünf vor zwölf, wie immer. «Ich komme nie zu spät. Man kriegt es ziemlich satt, nachts zu arbeiten. Und es ist kalt. Wir haben zwar einen Heizstrahler für die Füße, aber trotzdem.»

«Wann hat Mai Britt Hansen die Mautstation verlassen?»

«Ich habe kurz mit ihr geredet, wie immer. Dann war sie weg. Zwei Minuten nach zwölf, nehme ich an.»

«Und Sie haben Kathrine Bjerke nicht gesehen, als Sie die Straße entlanggefahren sind?»

«Ich fahre nicht. Ich habe kein Auto. Ich nehme mit dem Rad eine Abkürzung. Das ist fast schon ein Trampelpfad, und deshalb habe ich sie nicht gesehen.»

Cato Isaksen war davon überzeugt, dass der Student die Wahrheit sagte, wenn er behauptete, Kathrine nicht gesehen zu haben.

«Kennen Sie Kathrine Bjerke?», fragte er jetzt.

«Nein», sagte Nils Bergman. «Aber ich kenne Kenneth.»

Ehe Cato Isaksen diese neue Information analysieren konnte, hatte Nils Bergman ihm schon erklärt, er sei eng mit Kenneths älterem Bruder Stein Ove befreundet.

«Stein Ove, ja», sagte Cato Isaksen. «Der ist beim Militär.»

Nils Bergman nickte.

«Wie finden Sie eigentlich Kenneth?»

«Wie meinen Sie das?»

«Genau so, wie ich gefragt habe. Wie finden Sie ihn?»

Nils Bergman war sichtlich verwirrt. «Haben Sie etwas herausgefunden?», fragte er und sah plötzlich ängstlich aus.

«Nein», sagte Cato Isaksen. «Ich habe Ihnen nur eine Frage gestellt.»

Nils Bergman verlagerte sein Gewicht auf das andere Bein. «Er ist vielleicht ein bisschen eigen», sagte er schließlich. «Sie sind sehr verschieden, die drei Brüder.»

«In welcher Hinsicht?»

«Ach, ich weiß nicht.»

Cato Isaksen starrte ihn neugierig an. Warum sagte er nicht einfach, was er meinte?

«Nein, ich weiß nicht», wiederholte Nils Bergman müde. «Ich denke wohl vor allem an diese Ticks von André, dem mittleren.»

«Was sind das für Ticks?»

Nils Bergman machte ein Gesicht, als habe er Angst, in eine Falle gelockt zu werden. «André ist total vergafft in Computerkram. Die anderen sind irgendwie viel schlaffer.»

«Kennen Sie André?»

«Ja», sagte Nils Bergman.

Cato Isaksen drehte einige Runden über den abgenutzten Linoleumboden und dachte nach. «Glauben Sie, Kathrine kann von einem Auto mitgenommen worden sein, das danach durch die Mautschranke und weiter durch den Tunnel gefahren ist?»

«Um diese Zeit geht jedenfalls kein Bus mehr.» Der Student zog sich einen Pullover über den Kopf, dann fügte er hinzu: «Ich habe in der Nacht kein Mädchen in einem Auto gesehen. Ich kann mich jedenfalls nicht daran erinnern. Und um diese Zeit kommen da nicht mehr viele Wagen vorbei. Dann sind vor allem Lastwagen unterwegs.»

Cato Isaksen dachte an die Berichte der Kollegen aus Follo. Die hatten sich große Mühe gegeben, um sich eine Übersicht der Lastwagen zu verschaffen, die in dieser Nacht unterwegs gewesen waren. Es gab Videoaufnahmen der Wagen, die die Mautschranke passierten. Die Nummernschilder waren zu sehen, die Menschen in den Wagen aber nicht. Die Fahrer waren befragt worden, aber das alles hatte nichts gebracht.

«Wenn ein LKW sie mitgenommen hat, hätten Sie sie dann überhaupt sehen können?»

«Wohl kaum. Ich sehe ja kaum den Fahrer. Die Wagen sind so hoch.»

«Ja, genau», murmelte Cato Isaksen vor sich hin. «Wie gut kennen Sie eigentlich Mai Britt Hansen?»

«Die ist doch die Mutter meines besten Freundes. Ich kenne sie ziemlich gut.»

«Welchen Eindruck hatten Sie von ihr, als Sie sie in der fraglichen Nacht abgelöst haben?»

«Welchen Eindruck? Jetzt verstehe ich nicht, was Sie meinen.»

«War sie wie immer?»

«Ganz wie immer. Meinen Sie, sie hat etwas mit der Sache zu tun?»

Cato Isaksen schüttelte den Kopf. Plötzlich fiel sein Blick auf eine grüne Uniform, die hinter der Wohnungstür über einem Stuhl hing. Es war eine Uniform in Tarnfarben.

«Was ist denn das da?», fragte er.

«Das ist meine Felduniform. Ich bin Gruppenführer in der Jugendabteilung der Heimwehr.» Nils Bergman kratzte sich am Arm.

Cato Isaksen starrte ihn einen Moment lang an.

«Wie lange machen Sie das schon?»

«Seit ein paar Jahren. Stein Ove hat mich dazu überredet. Er ist ein ziemlicher Militärfreak, wenn ich das so ausdrücken darf.»

«Haben Sie sich vielleicht auch an der Suche nach Kathrine beteiligt?»

Nils Bergman berichtete, dass er zwei Tage lang gesucht hatte, zusammen mit dem Roten Kreuz und Freiwilligen. Er sagte, es sei eine ganz besondere Erfahrung gewesen. Im Wald hatte noch Schnee gelegen. Er hatte sich die ganze Zeit vor dem Anblick gefürchtet, der sich ihm im Schnee zwischen den hohen verwelkten Grasbüscheln bieten könnte.

«Sie halten sie also für tot.» Cato Isaksens Blicke wanderten an einem Spalt entlang, der von der Mitte der Wand bis an die Decke reichte.

«Ja», sagte Nils Bergman mit lauter Stimme.

EIN LICHTSTRAHL weckte ihn. Er war strahlendweiß. Darauf folgte der Donner. Cato Isaksen fuhr im Bett hoch. Um diese Jahreszeit gab es höchst selten Gewitter. Er hatte von einem Mädchen geträumt, das sich mit einem langen roten Kleid feingemacht hatte. Plötzlich war über ihre Wangen ein Licht gehuscht und hatte die Schatten von Blättern hinterlassen. Und dann hatte jemand mit einem großen Hammer nach ihr geschlagen. Danach hatte der Donner ihn geweckt. Bente drehte sich unruhig neben ihm im Bett um. «Ich hol mir ein Glas Wasser», sagte er. Sie murmelte eine Antwort, drehte sich noch einmal um und schlief weiter.

Plötzlich stand Vetle in der Küchentür. «Das ist nur ein kleines Gewitter», sagte der Vater beruhigend.

«Das weiß ich. Ich muss aber an den Kater denken. Der hat sicher schreckliche Angst.»

Cato Isaksen sah ihn an. «Du hast getan, was du tun konntest», sagte er düster. «Aushänge gemacht, in der Lokalzeitung inseriert und im Lokalfernsehen gefragt. Entweder ist der Kater tot oder er hat sich ein neues Zuhause gesucht. Mehr können wir nicht tun.»

«Wir könnten ihn suchen gehen», sagte Vetle traurig.

«Jetzt?» Cato Isaksen sah seinen Sohn an. Dann kam ihm der wahnwitzige Gedanke, dass sie vielleicht genau das tun sollten: sich auf die Suche nach dem Kater machen. Nicht dem Tier zuliebe, sondern Vetle zuliebe. Er hatte doch nie Zeit, um etwas für seinen Sohn zu tun, für ihn gab es nur Arbeit, Arbeit, Arbeit. Jetzt, mitten in der Nacht, hatte er Zeit. Und er würde sicher auch nicht mehr einschlafen. «Na gut», sagte er. «Auf geht's.»

Vetle schaute ihn verwundert an und lief los, um sich anzuziehen.

«Wir legen für Mama einen Zettel auf den Küchentisch», sagte Cato Isaksen. «Falls sie wach wird.»

Der Regen schlug ihnen eiskalt gegen Gesicht und Hände. Der Boden im Wald war von verdrecktem, klitschigem Schnee bedeckt. «Ich glaube eigentlich, dass er noch lebt. Meinst du nicht auch?» Vetle kniff im kalten Regen die Augen zusammen.

Cato Isaksen drehte sich um und sah seinen Sohn an. Es war fast traurig zu sehen, wie sehr er sich darüber freute, dass sein Vater hier mit ihm unterwegs war. Als sei das etwas ganz Besonderes.

Der Regen fiel aufgrund des heftigen Windes jetzt fast horizontal. Alles um sie herum war braun und schwarz. Der Schnee knirschte unter ihren Füßen. Dort, wo er geschmolzen war, war der Boden glitschig. Wenn wir ihn doch nur tot finden würden, dachte Cato Isaksen. Das Wasser lief an seinen kalten Fingern herunter. Dann wäre alles soviel leichter. Dann könnte Vetle zu trauern beginnen. Ihn schauderte, denn nun musste er an Helena Bjerke denken. Wie mochte ihr zu Mute sein, wenn sie durch den Wald lief und ihre Tochter suchte? Die Blitze kamen jetzt aus mehreren Richtungen. Vater und Sohn erreichten einen Zaun, schauten in einen Garten, wo triefnasse Wäsche schlaff an einer Leine hing, dann peitschte ein neuer Windstoß die Kleidungsstücke hin und her. Vetle rief mit leiser Stimme nach dem Kater. Das kleine Haus war aus braunen Brettern gebaut. Ein neuer Blitz zeigte hinter einem Fenster ein Gesicht. Sie machten kehrt und gingen durch den Wald zurück. Es musste jemanden geben, der wusste, was mit Kathrine passiert war. So war es immer, immer wusste jemand etwas. Er stellte sie sich vor, wie sie an der Straße entlang und dann in ein Labyrinth ging. Er fragte sich, was sie gesagt, was sie getan haben mochte. Er stellte sich fremde Stimmen vor. Rendezvous, Betten, Wald und Autos.

Als sie das dunkle, warme Reihenhaus erreichten, schien zwischen ihnen eine neue Beziehung entstanden zu sein.

«Du und ich, wir sind ein gutes Team, was?» Cato Isaksen sah seinen Sohn an und streifte seine triefnasse Jacke ab.

«Wie meinst du das?»

«Schau uns doch an, mit unseren klatschnassen Gesichtern.» Cato Isaksen lachte. «Ich wusste gar nicht, dass man so nass im Gesicht werden kann.»

Vetle lächelte.

«Was für ein Anblick!»

Als sie die Treppe hochstiegen, drehte der Sohn sich zu ihm um. «Ich habe den Kater so geliebt», sagte er unbeholfen.

«Ich auch», erwiderte Cato Isaksen und meinte das wirklich. «Dann gute Nacht», sagte er und ging ins Wohnzimmer. Er trat an das große Wohnzimmerfenster. Der Regen schlug gegen die Fensterscheibe. Ein brauner, blattloser Fliederbusch bewegte sich im Wind.

Die Ermittlungen kamen nicht weiter. Etwas am Fall Moen steckte fest. Cato Isaksen wusste, dass es oft eine Belanglosigkeit war, die die Sache wieder in Gang setzen konnte. Warum hatte niemand etwas gehört oder gesehen? Warum war kein einziger Hinweis eingetroffen, der ihnen weiterhelfen konnte? Der Fahrer des BMW hatte sich noch nicht gemeldet. Was natürlich nichts bedeuten musste. Viele Menschen wollten in nichts hineingezogen werden. Aber Kathrine Bjerke, wie hatte sie einfach so verschwinden können?

Cato Isaksen hatte sich von Helena Bjerke und Maiken Stenberg Listen über Kathrines Bekanntenkreis erstellen lassen. Er hatte daran gedacht, dass Maiken Stenberg erzählt hatte, dass sie sich oft alle bei ihr trafen, in dem kleinen Gartenhaus. Zwei Tage vor Palmsonntag rief Cato Isaksen den Ermittlungsleiter in Follo an. Der Kollege hatte in der ersten Woche nach Kathrine Bjerkes Verschwinden die Fahndung organisiert, dann war die Kripo eingeschaltet worden. Cato Isaksen erkundigte sich danach, wie gründlich sie Kathrines Bekannte befragt und ob sie das Gartenhaus durchsucht hätten. Das hatten sie, aber besonders gründlich waren sie dabei nicht vorgegangen. «Wir glauben ja nicht, dass die Antwort dort liegt», sagte der Kollege.

«Dazu besteht sicher auch kein Grund», sagte Cato Isaksen entgegenkommend, doch er hatte bereits beschlossen, sich das Gartenhaus noch einmal anzusehen.

Er nahm Randi Johansen mit, die wissen wollte, wie lange das dauern würde. «Ich muss heute zum Kindergarten fahren», sagte sie. «Meine Mutter kommt zu Besuch. Sie bleibt bis nach Ostern, und da muss ich einkaufen.»

Die Osterferien begannen in diesem Jahr erst spät, am Samstag, dem 7. April nämlich. Bente wollte sich einige Tage freinehmen. Sie und Vetle wollten mit einer Freundin von Bente in deren Ferienhaus fahren. Die Freundin hatte einen Sohn und eine Tochter, die ungefähr in Vetles Alter waren. Cato Isaksen musste arbeiten, hatte aber versprochen, am Karfreitag nachzukommen. Dann konnten sie immerhin das Wochenende und noch ein paar Tage miteinander verbringen. Vetle hatte seine Bedenken, was die Reisepläne anging. Was, wenn der Kater zurückkommt, fragte er. Er hatte die Hoffnung noch immer nicht aufgegeben.

SCHON ALS MAIKEN STENBERG sie zum ersten Mal in das chaotische Zimmer des Gartenhauses geführt hatte, hatte Cato Isaksen deutlich das Gefühl gehabt, dass sie hier etwas finden würden. Maiken trug an diesem Tag eine Jeans und ein enges, ärmelloses rosa Oberteil. Ihr Bauch war entblößt, wie es die derzeitige Mode für junge Mädchen vorschrieb. Cato Isaksen war plötzlich dankbar dafür, dass er drei Söhne hatte. Junge Mädchen, die sich so kleideten, hatten einfach etwas Provozierendes.

«Willst du dir nicht lieber eine Jacke holen?», fragte er.

Sie schüttelte fast beleidigt den Kopf.

Das alte Sofa in dem feuchten Raum war mit alten Decken behängt. Und der Tisch, der nur drei Beine hatte, konnte trotzdem stehen, denn ein Kasten war als Stütze darunter geschoben. Die Vorhänge, die ebenfalls bessere Zeiten gesehen hatten, waren geschlossen. Der penetrante Geruch des Hühnerstalls machte sich auch hier bemerkbar und hatte sich in allen Ecken festgesetzt.

Maiken Stenberg beobachtete genau, wie die Gäste sich umschauten. Diesmal war sie nicht mehr so entgegenkommend wie bei Cato Isaksens erstem Besuch. Sie machte einen mürrischen Eindruck und schien sich nicht wohl in ihrer Haut zu fühlen.

«Du kannst gern so lange ins Haus gehen», sagte er.

«Brauchen Sie für sowas eigentlich keinen Durchsuchungsbefehl?», fragte sie plötzlich.

Cato Isaksen lächelte. Sie hatte offenbar zuviel ferngesehen. «Hast du etwas dagegen, dass wir uns umsehen», fragte er.

«Natürlich nicht», erwiderte Maiken Stenberg rasch und riss sich sichtlich zusammen, aber etwas hatte sich geändert.

Randi zog eine alte Kommode von der Wand weg. Plötzlich fiel ein blutdurchtränktes Stoffstück herunter.

«Sieht aus wie ein T-Shirt», sagte sie interessiert und zog ein Paar Gummihandschuhe und eine Tüte aus der Tasche.

Maiken Stenberg fuhr herum und rannte aus dem Zimmer. Sie konnten ihre klatschenden Schritte auf der Laufplanke hören. Cato Isaksen lief ebenfalls hinaus. Sie verschwand gerade im Haus. Im selben Moment fuhr ein Taxi vor, Alexander sprang heraus und knallte mit der Tür. Er hob die Hand und winkte dem Taxifahrer kurz zu. Dann entdeckte er Cato Isaksen, erkannte ihn und lächelte.

Maiken Stenberg wollte nicht mit der Polizei reden. Sie hatte die Tür abgeschlossen und öffnete nicht, als sie klingelten.

Randi Johansen schlug vor, Verstärkung zu holen, damit sie das Gartenhaus genauer durchsuchen könnten, und Cato Isaksen fand diesen Vorschlag gut. Nach einigen Telefongesprächen waren die Kollegen in Follo bereit, der Osloer Polizei die Aufgabe zu überlassen. Fünfzig Minuten später trafen Ellen Grue und ein weiterer Techniker ein.

Als Maiken Stenbergs Eltern von der Arbeit kamen, stand Cato Isaksen auf dem Hof und betrachtete einige zerfetzte Krähennester im Baum. Über ihm kreisten zwei schwarze Vögel mit steifen gelben Beinen und schweren Rümpfen. Ihr schrilles Geschrei schien die Luft zu zerreißen. Cato Isaksen ließ seine Blicke über die kleinen Felder und Gräben am Straßenrand wandern. Er betrachtete die kleinen Lehm- und Erdhaufen am Weg.

Maikens Vater stellte seinen Diplomatenkoffer auf die Treppe, lief zu Cato Isaksen hinüber und wollte wissen, was hier los sei. Cato Isaksen erzählte von dem Fund und fragte im selben Atemzug, ob der Vater die kleinen Erdhügel aufgeworfen habe.

«Ja», sagte der Vater besorgt. «Ich will hier überall entwässern. Wieso fragen Sie?»

«Wir würden uns Ihr Grundstück gern ein wenig genauer ansehen.» Cato Isaksen musterte ihn mit ernstem Blick.

«Ich begreife nicht, was Sie sich davon versprechen. Ist hier etwas passiert?»

«Das wissen wir nicht.»

«Aber Kathrine ist doch zuletzt unten am Tunnel gesehen worden.»

«Das stimmt. Aber trotzdem.»

«Kann sie danach noch einmal hier gewesen sein, glauben Sie das vielleicht?»

Cato Isaksen schüttelte zerstreut den Kopf. «Ich glaube gar nichts», sagte er. «Aber wir haben hier einen interessanten Fund gemacht. Das ist alles. Darauf müssen wir jetzt aufbauen.»

Maiken, die sich noch immer in ihrem Zimmer verkrochen hatte, ließ durch ihren Vater mitteilen, dass sie keine Ahnung habe, wem das T-Shirt gehören könnte. Ihrem Vater war es sichtlich unangenehm, dass dieser Fund in seinem Gartenhaus gemacht worden war. «Was kann das nur bedeuten, was meinen Sie?», fragte er besorgt.

«Das wissen wir noch nicht», sagte Cato Isaksen. «Auf dem T-Shirt steht etwas. Und zwar das Wort ‹Magic›. Können Sie Maiken fragen, ob ihr das etwas sagt?»

Der Vater schaute ihn abweisend an. «Muss das gerade jetzt sein?», fragte er gereizt. «Maiken ist ganz außer sich vor Angst.»

Maikens Mutter blieb gelassener, aber auch sie war sichtlich besorgt.

«Uns gehört es jedenfalls nicht. Ich habe es noch nie gesehen.» Sie strich sich ihre fülligen grauen Haare aus dem Gesicht. Alexander lief eifrig hin und her und schnitt Grimassen. Verärgert versuchte die Mutter, ihn zur Ruhe zu mahnen.

Cato Isaksen versuchte sie zu beruhigen. «Wir haben bisher noch keinerlei Hinweise», sagte er. «Wir haben ein blutiges T-Shirt gefunden, das ist bis auf weiteres alles.»

Die Eltern tauschten einen besorgten Blick. Der Vater ging ins Haus, um Maiken nach dem Aufdruck auf dem T-Shirt zu fragen. Nach einer kleinen Weile kam er wieder zum Vorschein. «Sie sagt, es gehört Kenneth», sagte er düster. «Sie hat keine Ahnung, wie es hinter die Kommode geraten ist. Maiken hat wahrlich keinen Hang zur Lüge», fügte er bombastisch hinzu.

«Das glaube ich ja auch gar nicht», sagte Cato Isaksen ruhig.

«Kann Kathrine hier ermordet worden sein?», fragte der Vater eifrig.

Cato Isaksen schüttelte den Kopf. Er hatte keine Antwort. Alexander riss sich von der Mutter los, plapperte, warf den Kopf in den Nacken und lachte. Die Mutter drehte sich wütend zu ihm um. «Bitte, sei jetzt still», sagte sie mit harter Stimme.

«Sei seller till, du doofe Uss», rief Alexander zurück.

Als sie das Gartenhaus durchsucht hatten, fuhr Randi Johansen mit Ellen Grue und dem anderen Techniker zurück in die Stadt. Cato Isaksen fuhr die wenigen hundert Meter zu dem Haus, in dem Kenneths Freund Lars Lofthus wohnte. Das braune Haus aus den siebziger Jahren war teilweise hinter hohen Kiefern versteckt. Diesmal stand der Ford Transit in der Auffahrt. Lars Lofthus öffnete selber die Tür. Der kräftige blonde Junge schien sich zu fürchten. Offenbar hatte er bemerkt, dass die Polizei oben bei Maiken irgendetwas unternommen hatte. Er lief rot an, als Cato Isaksen fragte, ob er hereinkommen dürfe. Der Ermittler maß diesem Verhalten aber kein großes Gewicht bei. Er war daran gewöhnt, dass die Leute nervös reagierten, wenn sie es mit der Polizei zu tun hatten.

Sie blieben in der Diele stehen. Lars Lofthus beantwortete die meisten Fragen kurz und klar. Cato Isaksen hatte gelesen, dass der Ford Transit untersucht worden war. Als Cato Isaksen nun das blutige T-Shirt erwähnte, wurde Lars Lofthus blass. Er wisse nicht, ob Kenneth so ein Hemd besitze, sagte er, und der Fund schien ihn wirklich zu überraschen.

«Aber ich achte ja auch nicht so sehr darauf, was andere Leute anhaben», stammelte er.

«Es ist weiß mit schwarzer Schrift.

Lars Lofthus zuckte mit den Schultern.

«Was hat Kenneth Ihnen über Kathrine erzählt?»

Lars Lofthus lief wieder rot an. «Ich weiß nicht so recht», sagte er und trat nervös von einem Fuß auf den anderen.

«Hat er damit geprahlt, dass er Sex mit ihr hatte? Hat er Ihnen erzählt, was sie so gemacht haben?»

«Manchmal.»

«Haben Sie eine Freundin?»

Der blonde Junge schüttelte den Kopf.

«Konnten Sie Kathrine leiden?»

«Nein», sagte er rasch.

«Sie konnten sie nicht leiden?»

«Nicht so. Ich mochte sie natürlich, aber ich dachte, Sie wollten wissen, ob ich scharf auf sie war.»

«Und das waren Sie nicht?»

«Nein», sagte er energisch.

«Aber Sie haben sie oft gefahren, nicht wahr?»

«Ja.»

«Warum haben Sie das getan?»

Er zuckte mit den Schultern. «Ich fahre alle. Die anderen haben doch keine Autos.»

Cato Isaksen setzte sich auf einen Hocker neben einem überladenen Garderobenständer. In der dunklen Diele hing ein starker Geruch von Schuhen. Cato Isaksen fragte sich, wie er sich jetzt weiter ausdrücken sollte.

Lars Lofthus musterte ihn nervös. Sie schwiegen ziemlich lange.

«Ich habe an den Abend gedacht», sagte Cato Isaksen endlich. «Als Kathrine verschwunden ist, meine ich. Es ist seltsam, dass sie es allein bis zum Tunnel geschafft hat. Wo sie doch den eingegipsten Fuß und die Krücken hatte.»

Lars Lofthus' Hals überzog sich mit roten Flecken. «Die anderen Polizisten haben mich auch schon danach gefragt», sagte er.

«Und?»

«Nichts», sagte Lars Lofthus rasch. «Sie kann doch eine Abkürzung durch den Wald genommen haben.»

«Aber Sie sind gleich nach Kathrine von Maiken weggegangen. Sind Sie dann sofort nach Hause gefahren?»

Lars Lofthus schluckte rasch. «Ja», sagte er mit dünner Stimme.

«Nein», sagte Cato Isaksen energisch. «Das sind Sie nicht. Sie haben sie zum Tunnel gebracht, nicht wahr?»

Lars Lofthus schien dicht vor einer Ohnmacht zu stehen. Er atmete schwer und schluckte und schluckte. «Aber ich habe ihr nichts getan», sagte er dann endlich. «Ich bin sofort nach Hause gefahren.»

«Warum haben Sie das bisher verschwiegen?»

Lars Lofthus brach in Tränen aus. Dann wischte er die Tränen, die über seine runden Wangen liefen, energisch weg. «Ich wollte in nichts hineingezogen werden», jammerte er.

«Sie haben sie also nicht abgeholt, kurz nach Mitternacht, und sie dann wieder hochgefahren?»

«Nein. Fragen Sie meine Eltern. Ich bin sofort nach Hause gefahren und dann die ganze Zeit hier geblieben. Sie waren noch nicht schlafen gegangen, als ich nach Hause gekommen bin.»

Cato Isaksen seufzte und fuhr sich müde über die Augen. «Warum haben Sie sie zum Tunnel gebracht?»

«Sie war da mit jemandem verabredet.»

«Hat Kathrine das gesagt?»

Lars Lofthus nickte.

«Aber Sie wissen nicht, mit wem?»

Er schüttelte den Kopf. «Nein», sagte er. «Ich habe sie abgesetzt und bin dann sofort gefahren.»

CATO ISAKSEN BEENDETE das Gespräch mit Lars Lofthus und fuhr zu Kenneth Hansen, um ihn nach dem blutigen T-Shirt zu fragen. Als er die Kellertreppe hinunterging, tauchte Roger Høibakk im Flur auf. Er war sofort hergekommen, um dem Kollegen behilflich zu sein, als er von dem Fund gehört hatte. Roger nickte Mai Britt Hansen, die sich schrecklich über den Besuch der Polizei aufregte, kurz zu. «Was ist denn jetzt schon wieder los?», fragte sie besorgt. Roger Høibakk drosch ein paar Phrasen, streifte die Schuhe ab und lief hinter dem Kollegen die Treppe hinunter.

Kenneth Hansen hatte seit ihrem letzten Besuch nicht aufgeräumt. Möglicherweise standen nicht dieselben Teller auf dem Tisch, aber ansonsten sah alles unverändert aus.

«Er wäre sicher nicht damit einverstanden, dass Sie sich da unten alleine umschauen», rief die Mutter ihnen besorgt hinterher. «Können Sie nicht warten, bis er aus der Schule kommt? Er muss jeden Moment hier sein. Vielleicht schaut er unterwegs im City Drøbak vorbei. Das macht er freitags gern.»

Mai Britt Hansen war ihnen in den Keller gefolgt.

Cato Isaksen drehte sich zu ihr um. «Haben Sie Angst vor ihm?», fragte er.

«Angst vor Kenneth, meinen Sie? Nein», sagte sie rasch.

«Haben *Sie* etwas dagegen, dass wir uns kurz umschauen?»

Mai Britt Hansen machte einen unsicheren Eindruck. Sie ballte eine Faust. «Das nicht», sagte sie ziemlich kleinlaut.

«Das ist kein offizieller Besuch, wenn ich das so sagen darf. Wir möchten uns nur kurz umschauen.»

«Suchen Sie etwas Bestimmtes?»

«Nein», sagte Cato Isaksen. Er hatte das mit dem blutigen T-Shirt noch nicht erwähnt. Er dachte daran, was Helena Bjerke erzählt hatte, nämlich, dass Kenneth in Kathrines Zimmer gewesen war. Hatte er dort etwas gesucht, und wenn ja, hatte er es gefunden?

Roger Høibakk hatte einen kleinen Schrank geöffnet. «Ja,

ja, machen Sie nur, was Sie wollen», sagte Mai Britt Hansen und ging leise wieder nach oben.

Sie fanden nichts, was interessant gewesen wäre. Kenneth war noch nicht zu Hause, als sie die Kellertreppe hochgingen. Mai Britt Hansen saß wie immer am Küchentisch.

«Können wir auch das übrige Haus sehen?», fragte Roger Høibakk und fuhr sich durch die Haare. «Wir machen das bei allen, die Kathrine auf irgendeine Weise kennen», fügte er hinzu. Dass das nicht stimmte, spielte jetzt keine Rolle. Cato Isaksen schaute den Kollegen dankbar an.

Mai Britt Hansen ließ die Schulter sinken. «Von mir aus», sagte sie verstimmt.

Die Ermittler nahmen sich ein Zimmer nach dem anderen vor. Keins war aufgeräumt. Überall lagen schmutzige Kleidungsstücke und Zeitschriften herum. Hinter der Küche gab es ein kleines Zimmer, einen Verschlag fast, der kein Fenster hatte. «Was ist das denn hier?» Cato Isaksen öffnete die Tür und drückte auf den Lichtschalter.

«Andrés Computerzimmer», sagte die Mutter mit monotoner Stimme. «Er sitzt nur vorm Computer, wenn er nicht in der Schule oder beim Job ist. Und er will nicht, dass andere hier herumwühlen.»

Im Gegensatz zu den anderen Zimmern im Haus war diese Kammer sehr sorgfältig aufgeräumt.

«Hat André viele Freunde?»

«Ich weiß nicht so recht. Ich kenne kaum welche. Er hat Netfreunde.»

«Ach was.» Plötzlich fiel Cato Isaksen ein, was Nils Bergman gesagt hatte.

«Das kommt wohl jetzt häufig vor», sagte Mai Britt Hansen jetzt. «Freundschaften per Internet zu pflegen.» Müde fuhr sie sich durch das Gesicht.

Cato Isaksen und Roger Høibakk wechselten einen Blick. Cato Isaksen betrat die Kammer, in der peinliche Ordnung herrschte. Auf dem Schreibtisch lagen mehrere Stapel seltsamer Karten. Er hob eine hoch und sah sie sich an. *Magic the gathering,* stand auf der Rückseite. Die Karte war lila und schwarz und wies beängstigende Bilder von übernatürlichen Wesen und grünen Drachen auf. An der Wand über dem Computertisch hing ein Plakat mit einem fünfzackigen Stern. *Pentagram* stand in schwarzen Buchstaben auf weißem Grund. Neben der Tastatur lag ein aufgeschlagenes Buch. Cato Isaksen hob es hoch. *Die Magier des Mittelalters* stand in Schnörkelschrift auf dem Einband.

Mai Britt Hansen sah ihm von der Tür aus zu. Cato Isaksen legte das Buch wieder hin und lächelte ihr kurz zu. Löschte das Licht und verließ die Kammer.

«Wo ist André?», fragte er.

Mai Britt Hansens Mund zuckte nervös.

«Was wollen Sie von ihm?»

«Nichts», sagte Cato Isaksen.

«Er ist unten im Seven-Eleven-Kiosk neben der Tankstelle. Da arbeitet er.»

«An der Ausfahrtstraße?»

«Ja. Aber ich weiß nicht, ob Sie ihn stören sollten.»

«Das haben wir gar nicht vor», sagte Cato Isaksen.

«Ihr dritter Sohn», begann Roger Høibakk.

«Der ist beim Militär», sagte Mai Britt Hansen rasch. «Wach- und Sicherheitsdienst, beim Fliegerhorst Rygge. Er ist wirklich ein tüchtiger Junge», fügte sie unsicher hinzu.

Cato Isaksen musterte sie einen Moment und ging dann ins Wohnzimmer. Er schaute sich dort um. Das Haus war hoch gelegen und schaute auf einen großen Sportplatz. Das abgenutzte braune Ledersofa thronte vor der einen Wand. Darüber hing ein vergrößertes Kinderbild der drei Jungen. Alle hatten gestreifte Pullover und etwas zu lange Haare. Der mittlere, der Computerfreak, hatte einen roten Ausschlag um den Mund.

«Wie alt waren sie da?» Cato Isaksen lächelte entwaffnend.

«Ich weiß nicht mehr genau, fünf, sechs und neun vielleicht, so ungefähr», sagte Mai Britt Hansen.

Plötzlich stand Kenneth Hansen in der Tür. Er war ganz leise hereingekommen. Es war deutlich, dass er sich über den Anblick der Ermittler nicht freute.

Cato Isaksen vergeudete keine Zeit. Er erzählte kurz von dem T-Shirt, das sie in Maiken Stenbergs Gartenhaus hinter einer Kommode gefunden hatten.

Kenneth Hansen musterte ihn misstrauisch. «Na und?», fragte er.

Seine Mutter schaltete sich ein. «Ein T-Shirt? Was soll das bedeuten?»

«Darauf steht ‹Magic›», sagte Cato Isaksen. «Gehört das dir?»

Kenneth Hansen schüttelte den Kopf. Seine Mutter war blass geworden.

«Maiken sagt, es sei deins.»

«Na und? Eigentlich hat André solche fetzigen Teile.»

«Hast du dieses T-Shirt vielleicht mal angehabt?»

«Das kann schon sein», sagte Kenneth Hansen jetzt eher kleinlaut. «Aber was soll das, was ist denn so wichtig an diesem Hemd?»

«Es ist total voll Blut», sagte Roger Høibakk kurz.

Mai Britt Hansen hatte sich auf einen Stuhl setzen müssen. Jetzt schlug sie die Hand vor den Mund und starrte die Tischplatte an. «Das war nicht Kenneth», murmelte sie. «Er hat nichts damit zu tun. Er hat doch sogar Kathrines Mutter besucht.»

Das war die Gelegenheit, auf die Cato Isaksen schon gewartet hatte.

«Kathrines Mutter hat erzählt, dass du bei deinem letzten Besuch in Kathrines Zimmer herumgeschnüffelt hast», sagte er. «Hast du da etwas Besonderes gesucht?»

«Herumgeschnüffelt?» Kenneth lief flammendrot an. Er wurde lauter. «Verdammt, das hab ich nicht.»

«Was hast du dort gemacht?»

Kenneth Hansen schwieg.

«Was hast du dort gemacht?», fragte Cato Isaksen noch einmal.

«Ich werd mir ja wohl noch das Zimmer von einer Verschwundenen ansehen dürfen.» Kenneth Hansen musterte ihn beleidigt.

«Sie waren doch zusammen», sagte Mai Britt Hansen kläglich.

Diese Unterstützung durch seine Mutter gab ihm seinen Kampfeswillen zurück. «Vielleicht finde ich es ja traurig, dass Kathrine verschwunden ist. Sind Sie noch nie auf die Idee gekommen?», fragte er mit harter Stimme. «Und meinen Sie vielleicht, dass ich lüge?»

Die Ermittler gaben keine Antwort.

Kenneth Hansen registrierte ihre Ablehnung und reagierte mit einem Wutausbruch. Er riss die Jacke an sich, die er über einen Stuhl geworfen hatte, und stürzte aus dem Zimmer. Sie hörten, wie die Haustür hinter ihm ins Schloss fiel.

Cato Isaksen schaute zu Mai Britt Hansen hinüber. Sie sah elend aus. «Das halte ich bald nicht mehr aus», jammerte sie. «Was glauben Sie denn, was Kenneth angestellt hat?»

Cato Isaksen und Roger Høibakk fuhren in getrennten Wagen ins Zentrum. Sie hielten vor dem Seven-Eleven-Kiosk. Cato Isaksen fand einen freien Platz zum Parken, stellte den Zivilwagen ab und zog die Handbremse an. Roger Høibakk hielt hinter ihm. Sie gingen in den Laden und nahmen zwei Cola aus dem Kühlschrank. An diesem Freitagnachmittag herrschte ziemlicher Betrieb. Auf dem Weg zur Kasse nahm Cato Isaksen noch zwei Schokoriegel mit. Die Ermittler schauten sich um. Hinter der Kasse stand eine Frau mittleren Alters, die einen roten Pullover trug. Als Cato Isaksen gerade bezahlen wollte, kam ein Junge mit langen, schwarzgefärbten Haaren aus dem Hinterzimmer. Er trug unter einer leichten Jacke einen dunklen Rollkragenpullover. Cato Isaksen fielen seine weiße Haut und die blauen Augen auf, die ihm für einen Moment ins Gesicht schauten, dann machte der Junge kehrt und verschwand wieder im Hinterzimmer.

Cato Isaksen bezahlte und erkundigte sich nach André Hansen. Die Frau im roten Pullover rief diesen Namen und der schwarzhaarige, schmächtige, fast feminin wirkende Junge kam wieder zum Vorschein. Er hatte überhaupt keine Ähnlichkeit mit seinem jüngeren Bruder.

Cato Isaksen stellte sich diskret vor und fragte, ob der andere am folgenden Tag in Oslo auf der Wache vorbeischauen könne. André Hansen blickte ihn überrascht an. Dann zuckte er vage mit den Schultern und sagte, das sei sicher kein Problem. «Aber eigentlich muss ich dann arbeiten», fügte er hinzu.

«Wann musst du anfangen?»

«Um drei.»

«Dann sagen wir um elf, in Oslo, im Polizeigebäude, geht das?»

André Hansen nickte kurz.

ALS CATO ISAKSEN endlich nach Oslo zurückfahren konnte, war es schon fast sieben Uhr abends. Müde fuhr er sich über die Augen. Was war das für ein Tag gewesen! Plötzlich überkam ihn wieder diese seltsame Unruhe. Das kannte er schon von früheren Fällen her. Manche bezeichneten sowas als Intuition. Wenn sich ein kleines Stück ins Muster fügte, wenn ein Faden zum Gewebe passte. Das Problem war nur, dass er noch nicht bei Puzzlestücken oder Fäden angekommen war. Das mit dem blutigen T-Shirt musste aber doch etwas bedeuten. Ansonsten wirbelten nur abstrakte Gedanken durch sein Gehirn, die sich zu neuen Möglichkeiten zusammenschließen wollten. Er versuchte die Informationen, die er im Kopf hatte, zu ordnen. Aber das Ganze blieb undeutlich.

Er schob ein Stück Schokolade in den Mund. Das Radio brachte ein Popstück aus den achtziger Jahren. Danach verbreitete sich ein Professor über schwarze Löcher im Himmel. Er erwähnte außerdem einen Stern namens Eta Cygnus.

Als er gegen neun Uhr endlich zu Hause in Asker eintraf, schlief Georg schon. «Er war total erschöpft», sagte Bente zu seiner Entschuldigung. Cato sah sie an und sie wusste, was er dachte. Dass sie Georg ins Bett gesteckt hatte, um an diesem Freitagabend Ruhe zu haben. Eigentlich spielte das aber keine Rolle. Er war müde. Und freute sich auch darüber, dass Ruhe herrschte.

Bente wollte Tee kochen, er bat sie jedoch, eine Flasche Wein zu öffnen. «Na gut», sagte sie fröhlich und verschwand in der Küche.

Während Bente sich über den Tisch beugte und Wein einschenkte, verspürte er plötzlich den Drang zu schreien. Er sprang auf und lief ans Wohnzimmerfenster. Dort blieb er eine Weile unschlüssig stehen, dann riss er die Verandatür auf und schaute hinaus in den Garten. Er holte einige Male tief Luft, dann drehte er sich um und schaute Bente an, die hinter ihm stand und ihn besorgt musterte. «Was ist los», fragte sie.

«Nichts», sagte er leichthin. «Ich dachte nur, ich hätte den Kater gehört.»

Ein wenig später rief er Maiken Stenberg an. Er hoffte, dass sie sich ein wenig beruhigt hatte. Zuerst meldete sie sich nicht. Als sie dann endlich zum Hörer griff, konnte er ihrem Atem anhören, dass sie schreckliche Angst hatte. Er gab ein paar Phrasen von sich, um sie zu beruhigen. Am Ende fragte sie mit dünner Stimme, ob es etwas Neues gebe und ob sie schon mehr über das blutige T-Shirt wüssten.

«Nein», sagte Cato Isaksen. «Und du solltest jetzt nicht mehr daran denken. Es dauert einige Tage, bis das Blut analysiert ist. Verreist du eigentlich in den Osterferien?», fragte er dann. Aber das hatte sie nicht vor. Die ganze Familie würde zu Hause bleiben.

Cato Isaksen erklärte kurz, warum er anrief. «Ich brauche noch ein paar Auskünfte, wenn du so nett wärst.» – «Ja», sagte sie ängstlich.

«Weißt du, ob Lars in Kathrine verliebt war?»

«Lars? Nein», sagte sie verwundert. «Das glaube ich nicht.»

«Er hat sie an dem Abend, an dem sie verschwunden ist, mitgenommen. Er sagt, er habe sie zum Tunnel gefahren, weil sie dort mit jemandem verabredet war.»

«Ach.»

«Und ich fand es ja doch seltsam, dass er das erst jetzt verrät.»

Maiken schwieg.

«Du hast mir eine Liste mit den Namen von Kathrines Freunden gegeben», sagte Cato Isaksen dann. «Aber André fehlt darauf. Kenneth sagt, dass das T-Shirt seinem Bruder gehört.»

«Das kann sein, aber dann muss Kenneth es ausgeliehen haben, denn André war nie hier.»

«Warum nicht?»

«Es können nicht alle dick befreundet sein», sagte sie. «André hat andere Freunde. Er ist ganz anders», erklärte sie energisch. Im Hintergrund lachte jemand laut. «Tut mir Leid», sagte sie.

«Hast du Besuch?»

«Das ist Alexander», sagte sie verlegen.

«Wieso ist André anders?», fragte Cato Isaksen.

«Ich weiß nicht so recht, aber jedenfalls ist er der totale Computerfreak. Ein echter Nerd.»

«Inwiefern?»

Er konnte ihrer Stimme anhören, dass sie seine Fragen jetzt satt hatte. Sie gab keine Antwort.

«Mögt ihr ihn nicht?»

«Das habe ich mir noch nie überlegt», sagte sie und schien von dieser Frage überrascht zu sein.

«Was hat er denn für Freunde?»

«Keine Ahnung. Gar keine, glaube ich. Oder doch, jetzt fällt es mir ein. Ein Mädchen aus der Schule. Sie heißt Sølvi Steen. Sie ist auch so eine ganz besondere Type.»

«Ich habe André Hansen für morgen zur Vernehmung bestellt», erklärte Cato Isaksen jetzt. «Und ich muss dich ganz offen fragen, ob Kenneth Kathrine unter Druck gesetzt hat.»

Am anderen Ende der Leitung war es ganz still. «Ich weiß nicht», sagte Maiken endlich. «Wie meinen Sie das?»

«Hat er sie dazu bringen wollen, Dinge zu tun, die sie gar nicht wollte?»

«Ein bisschen vielleicht.»

«Hat er sie jemals vergewaltigt?»

«Nein, sind Sie verrückt? So war das doch nicht.»

«Hast du gewusst, dass sie sich im Boot von Kathrines Stiefvater getroffen haben?»

«Ja.»

Am nächsten Tag saß André Hansen in einem der kleinen Verhörräume. Ihm war schlecht und er war müde. Er hatte in der Nacht fast nicht geschlafen. Und gegessen hatte er auch nichts. Er brachte nie etwas herunter, wenn er sich vor etwas fürchtete. Das Auftauchen der Polizei im Seven-Eleven war für ihn ein Schock gewesen. Er hatte gewusst, dass die Männer Polizisten waren, obwohl sie keine Uniform getragen hatten. Als man ihn zur Vernehmung bestellt hatte, war er in Panik geraten. Er hatte mit seinem Bruder sprechen, in Erfahrung bringen wollen, was eigentlich los war. Aber Kenneth war erst spät nachts nach Hause gekommen, und André hatte irgendwann das Warten aufgegeben. Am nächsten Morgen hatte seine Mutter dann erzählt, dass Kenneth und Lars einen Ausflug nach Schweden machten. Nur, damit sie etwas zu tun haben, hatte sie gesagt. Kenneth schien ziemlich fertig zu sein. Und Lars war das offenbar auch.

André Hansen trug schwarze Jeans und ein schwarzes T-Shirt mit der roten Aufschrift AVALON.

Cato Isaksen brachte zwei Flaschen Cola und zwei Gläser. Er setzte sich auf die andere Seite des Tisches und schenkte ein. «Bitte sehr», sagte er und schob dem Siebzehnjährigen das eine Glas hin. Ihm fiel auf, dass der mittlere Bruder totenblass war, ein Eindruck, der durch die langen schwarzen Haare natürlich noch verstärkt wurde.

«Was bedeutet Avalon?», fragte er und nickte zu der Schrift auf dem T-Shirt hinüber.

«So heißt ein Laden», sagte André Hansen.

«Was für ein Laden?»

«Der liegt im Paléet auf Carl Johan. Da werden Magic-Karten, Bücher über Rollenspiele, Zubehör und solche Dinge verkauft.»

«Deine Augen», sagte der Ermittler dann und musterte die großen Pupillen. «Was hast du damit gemacht?»

«Linsen», erklärte André Hansen rasch. «Ich nehme schwarze Kontaktlinsen, wenn ich spiele.»

«Bei den Computerspielen?»

«Nein, bei den Rollenspielen.»

«Und warum benutzt du sie jetzt?»

«Weil ich hierher kommen musste.»

Cato Isaksen lächelte traurig. Der Junge schien außer sich zu sein. «Das ist eine ganz eigene Welt, in der ihr euch da bewegt, nicht wahr?»

Der Junge nickte.

«Erzähl mir ein bisschen davon.»

«Sie meinen, über die Rollenspiele?»

Der Ermittler nickte.

André Hansen schien einen Moment zu zögern, so, als ob er befürchtete, etwas zu verraten. «Wir reden eigentlich nicht viel darüber. Es soll irgendwie nur uns gehören. Aber etwas so Besonderes ist es auch wieder nicht. Sie könnten sagen, dass wir damit unsere Intelligenz herausfordern. Vor allem vielleicht die räumliche Intelligenz.»

«Die räumliche?»

«Ja. Wir begeben uns auf imaginäre Reisen von A nach B, um es kurz zu sagen.»

«Wer ist wir?»

«Die, mit denen ich zusammen spiele.»

«Und wer ist das?»

«Viele verschiedene Leute. Wir fordern die Wirklichkeit heraus. Erweitern unsere persönliche Intelligenz. Erweitern die dauernden kleinen Gespräche, die wir mit uns selbst führen.» Jetzt sprudelte das alles nur so aus ihm heraus. Ganz einwandfrei wuchs auch sein Selbstvertrauen. «Das tun alle. Sie auch», sagte er und nickte Cato Isaksen zu. «Da bin ich mir ganz sicher. Aber vielleicht tun Sie das nicht ganz bewusst.»

Cato Isaksen schwieg.

«Schreiben Sie auf, was Sie denken», sagte André Hansen. «Dann bekommen Sie besseren Kontakt zum kreativen Kern Ihrer unbewussten Sinne.»

«Was für Menschen beschäftigen sich damit?»

André Hansen zuckte mit den Schultern. «Alle Arten», sagte er. «Auch Erwachsene. Einer von uns hat zwei Kinder.»

«Aber die meisten sind Jugendliche so wie du.»

André Hansen nickte.

«Auch Mädchen?»

«Jungen, fast nur Jungen», sagte der andere. «Wir nennen uns Brüder. Bei uns macht nur ein Mädchen mit.»

«Wie heißt sie?»

Plötzlich war André Hansen auf der Hut. Vielleicht sollte das ja eine Fangfrage sein.

Der Ermittler sah, dass der Junge zögerte. «Es ist nicht so wichtig. War nur so eine Frage.»

«Sølvi Steen», sagte André Hansen. «Sie ist fünfzehn.»

Diesen Namen hatte Maiken am Vortag auch erwähnt.

«Kathrine Bjerke …», begann Cato Isaksen.

«Damit haben wir nichts zu tun», sagte André Hansen eilig. Er wirkte plötzlich noch selbstsicherer. «Wir sind keine Satanisten oder so», erklärte er hektisch. «Dafür halten uns viele, oder für Nazis. Aber das ist alles Blödsinn. Wir spielen einfach nur Live-Theater. Wir versetzen uns in eine andere Welt.»

«Für Außenstehende klingt das eben seltsam.»

«Ja, aber das ist es nicht. Sie könnten sagen, dass wir Computerspiele in die Wirklichkeit überführen. So einfach ist das. Früher haben wir per Computer Rollenspiele gemacht. Ich und zwei andere. Dann habe ich Kontakt zu Mirc bekommen. Das ist so ein Chatroom im Net. Auf diese Weise haben wir noch andere kennengelernt. Wir nehmen kein Manuskript oder so. Die Anführer stellen den Rahmen auf, dann suchen wir uns Rollen aus und legen uns Kostüme zu. Und sehen, was passiert. Sie müssen doch zugeben, dass das durchaus spannend klingt?»

Roger Høibakk schaute zur Tür herein. Cato Isaksen winkte gereizt ab.

André Hansen sank in seinem Sessel in sich zusammen und trank einen Schluck Cola.

«Wir haben in Maiken Stenbergs Gartenhaus ein T-Shirt gefunden. Davon hast du natürlich schon gehört. Das gehört dir, nicht wahr?»

André Hansens Gesichtsausdruck veränderte sich. Er war jetzt nicht mehr Herr der Lage. Ihm schien plötzlich eingefallen zu sein, warum er hier saß. Kenneths Freundin war verschwunden. Und vielleicht wurde er ja selber verdächtigt.

«Aber ich bin doch nie bei Maiken», sagte er.

Cato Isaksen erhob sich und ging ans Fenster. Menschen und Autos eilten in dem grauen Wetter hin und her. Vieles musste vor Ostern noch erledigt werden. Schweigen senkte sich über den Raum.

Nach einer Weile drehte er sich zu André Hansen um.

«Darauf steht Magic», sagte er. «Gehört es dir?»

«Es gehört mir. Aber bestimmt hatte Kenneth es ausgeliehen.»

«Was für Rollen übernimmst du eigentlich bei euren Rollenspielen?»

«Im Moment beschäftigen wir uns mit Vampiren. Ich bin ein alter Vampir. Ich habe gerade erst Fell für mein Gesicht aufgetrieben.»

Cato Isaksen setzte sich wieder. André Hansen faszinierte ihn. «Ihr habt ja auch im Alltag eine Art Verkleidung», sagte er.

«Manche halten uns für Goths, weil wir uns immer schwarz anziehen, aber das liegt eigentlich nur daran, dass uns die Farbe eben gefällt.»

«In deinem Computerzimmer hängt ein Plakat mit einem Stern.»

«Das ist ein Pentagramm, ein Drudenfuß.»

«Und dieses Zeichen ist auch auf dem T-Shirt, das wir gefunden haben. Ein kleiner Stern zwischen den Buchstaben. Kannst du mir erklären, was dieses Pentagramm bedeutet?»

«Es stammt aus dem Mittelalter. Die Magier damals glaubten, dass sie damit Geister herbeirufen könnten, die den Menschen dabei halfen, das Böse in Schach zu halten.»

Cato Isaksen ließ sich zurücksinken. Diese Information wollte er erst verarbeiten. André Hansen hatte, anders als sein Bruder, eine sehr feierliche und erwachsene Ausdrucksweise.

«Nehmt ihr Drogen oder irgendwelche Medikamente, wenn ihr spielt?»

«Nein. Sind Sie verrückt?» Diese Frage schockte ihn offenbar. «Das ist doch gerade so verdammt ärgerlich. Wir nehmen keine Drogen. Wir tun keiner Fliege etwas zuleide. Wir fordern uns selbst heraus. Das ist wie bei einer Theatergruppe.»

«Und Kenneth?»

«Was ist mit dem?»

«Das frage ich dich ja gerade.»

André Hansen starrte ihn aus seinen schwarzen Augen an. «Kenneth ist unintelligent», sagte er dann endlich. «Wie die meisten.»

«Ach. Und wie meinst du das?»

«Wie ich es gesagt habe. Ich habe einen IQ von 140.»

Jemand knallte draußen auf dem Gang mit einer Tür. Es regnete jetzt. Die Tropfen klatschten draußen auf die Fensterbank.

«Was für ein Osterwetter», sagte Cato Isaksen und lächelte den Jungen im Sessel entwaffnend an. «Was glaubst du, was mit Kathrine passiert ist?», fragte er dann plötzlich.

André Hansen schloss für einen Moment die Augen. «Ich weiß nicht», sagte er.

«Das T-Shirt war voller Blut», sagte der Ermittler. «Glaubst du, dass sie tot ist?»

André Hansen schaute ihn mit ernster Miene an. «Ich glaube, sie lebt noch», sagte er dann. Er hätte sich die Zunge abbeißen können. Das war sicher die falsche Antwort gewesen.

Cato Isaksen starrte den Jungen an. «Und warum glaubst du das?», fragte er.

«Intuition», sagte André Hansen feierlich, während sein Herz unter dem schwarzen T-Shirt hämmerte.

Cato Isaksen musterte die Hände des anderen, saubere dünne, weiße Finger. «Ich begreife noch immer nicht so ganz, was ihr an diesem Theater findet. Ist die Wirklichkeit nicht spannend genug?»

André Hansen veränderte sich, wurde plötzlich aggressiv. «Wenn Sie das nicht begreifen, dann begreifen Sie das eben nicht», sagte er. «Dann haben Sie eine Sperre im Kopf. Ich scheiße auf die Wirklichkeit. Die ist mir total schnurz.»

«Warum das?»

«Sie ist gleichgültig.»

«Aber du gehst in die Schule. Woher nimmst du die Zeit?»

«Wir spielen meistens nachts und am Wochenende. Beim Rollenspiel tanke ich neue Energie für die Schule. Aber die Wirklichkeit ist unterlegen», erklärte er und wollte plötzlich loslachen. Der Ermittler sah so verdammt blöd aus, wie er da saß. Er kapierte nichts. Einfach nichts. André Hansen konnte sich kaum beherrschen. Also hustete er nervös. Das ernste Gesicht des Ermittlers ließ ihn dann wieder unsicher werden. Was lief hier eigentlich ab? Wusste die Polizei etwas, was sie nicht verraten wollte?

ES WAR ZIEMLICH STILL in der Stadt. Viele waren in die Berge gefahren, um Schnee und Ostersonne zu genießen. Bente und Vetle waren am Morgen aufgebrochen. Die meisten Kollegen aus Cato Isaksens Team hatte keine Zeit für so etwas. Während sie gespannt auf die Analyse des Blutes warteten, arbeiteten sie weiter an den beiden Fällen. Roger Høibakk und Preben Ulriksen waren in Akershus gewesen und hatten sich im Verteidigungsministerium nach Alf Boris Moen erkundigt. Randi Johansen und Ale Tengs hatten versucht, Brenda Moens Freundinnen zu erreichen, was ihnen aber nicht gelungen war. Die beiden alten Damen waren offenbar viel unterwegs. Immerhin hatten sie noch einmal mit Brenda Moens Nachbarn sprechen können.

Nach einer kurzen Besprechung, in der Cato Isaksen über neue Erkenntnisse in Sachen Lars Lofthus berichtete, fuhr er nach Drøbak. Er war wieder allein unterwegs, obwohl das sonst eigentlich nicht üblich war. Er wollte noch einmal mit Kenneth Hansen sprechen, fuhr aber zuerst bei Stenbergs vorbei, wo soeben die Entwässerungsgräben und die hohen Komposthaufen untersucht wurden. Die Arbeit ging ihren Gang. Etwas Interessantes war bisher nicht gefunden worden.

Cato Isaksen fuhr zehn Minuten später weiter und hatte gerade gehalten, als Kenneth Hansen aus dem Haus kam.

Als Kenneth den Ermittler erblickte, wäre er am liebsten weggelaufen, riss sich aber zusammen. Wozu hätte das schon gut sein sollen? Die Müdigkeit lag in seinem Kopf wie Watte. Er und Lars waren erst um drei Uhr nachts aus Schweden zurückgekommen. Er war gerade erst aufgestanden. Lars war den ganzen Tag schrecklich nervös gewesen. Ihm ging es auch nicht anders. Er brauchte nicht in die Schule zu gehen, sie hatten Osterferien. Seine Mutter saß an der Mautschranke. André hatte angerufen und erzählt, dass er zur Vernehmung bestellt worden war. Als Kenneth das erfahren hatte, war er aufs Klo gegangen und eine halbe Stunde dort sitzen geblieben.

Cato Isaksen ging mit Kenneth Hansen ins Haus und nervte Kenneth wieder wegen seiner Beziehung zu Kathrine. Er glaubte ganz offenbar, dass Kenneth ihm etwas verschwieg. Was er ja auch tat. Was mochte André bei der Vernehmung gesagt haben? Kenneth antwortete so gut er konnte. Der Ermittler setzte ihm auch wegen Lars zu. Aber Kenneth konnte nichts dazu sagen. Zum Glück wurde er nicht nach dem Ausflug nach Schweden gefragt. Davon wusste der Polizist wohl nichts. Lars und er hatten ein Bier zuviel getrunken, um ihre Nerven zu beruhigen, und waren dann trotzdem zurück nach Norwegen gefahren. Jetzt saß der Ermittler vor ihm und fragte und bohrte und wollte wissen, was er und Kathrine im Boot gemacht hatten.

Kenneth Hansen musterte ihn düster und zuckte mit den Schultern. «Ja, wir haben im Boot gevögelt», sagte er endlich. «So what?»

Cato Isaksen sah ihn an.

Die Erwachsenen waren so blöd. «Das tun doch alle», sagte er. «Wozu sollte man sonst zusammen sein?»

«Hast du sie dazu gezwungen?»

«Verdammt. Natürlich nicht.»

«Es wird aber behauptet.»

«Es wird behauptet. Von wem denn wohl? Von Maiken?»

Cato Isaksen gab keine Antwort.

«Die ist so schrecklich prüde, klar», sagte Kenneth Hansen und schaute zerstreut aus dem Fenster. Plötzlich veränderte sich seine Miene. «Hat Tage das gesagt?», fragte er gereizt. «Das mit dem Boot?»

«Ja.»

«Er hat mich einmal zusammengeschlagen. So richtig. Er hat uns da unten erwischt. Ich dachte schon, er würde mich ins Wasser werfen.»

Cato Isaksen schwieg.

«Ist das vielleicht erlaubt? Ist das erlaubt? Das möchte ich wirklich mal wissen.»

«Das kommt darauf an», sagte Cato Isaksen mit kalter Stimme.

Als er wieder im Auto saß, rief er Ellen Grue an. Eigentlich wollte er nur ihre Stimme hören, behauptete aber, sich nach der Blutanalyse erkundigen zu wollen. Sie sagte, die werde erst nach Ostern vorliegen. Er sagte, das dauere zu lange. Sie lachte.

«Du musst dich in Geduld fassen», sagte sie. Er erzählte, wo er war und was er als nächstes vorhatte. Als er das Neubaugebiet im Tranevei erreichte, beendete er das Gespräch.

Er fand Sølvi Steen im Tranevei 10. Da sie auch Ferien hatte, war sie allein zu Hause. Das war ihm nur recht. Sie war die weibliche Ausgabe von André Hansen. Auch sie trug Schwarz. Schwarze Jeans, schwarzes T-Shirt, schwarze breite Schuhe. Schwarze Haare und schwarze Schminke.

«Schön blöd, dass Sie hergekommen sind», sagte sie und führte ihn ins Wohnzimmer.

«Ach», sagte er und schaute sich um. Auf dem Wohnzimmertisch standen gelbe Osterküken. Daneben stand eine kleine Flasche Nagellack.

«Meine Eltern werden glauben, ich sei total durchgeknallt.»

«Und das bist du nicht?»

«Natürlich nicht.» Sie wurde lauter. «Wollen Sie mein Zeugnis sehen, oder was?»

Cato Isaksen setzte sich auf eine Stuhlkante. «André Hansen sagt, du bist das einzige Mädchen in ihrer Gruppe.»

«Na und?», fragte sie.

«Hast du Kathrine Bjerke gekannt?»

«Gekannt wäre übertrieben. Wir gehen auf dieselbe Schule.»

«Aber nicht in dieselbe Klasse?»

«Sie ist ein Jahr jünger als ich.»

«Aber du hast gewusst, wer sie war?»

«Ist sie tot, wo Sie ‹war› sagen?»

Cato Isaksen musste einfach lächeln. Sølvi Steen war ein harter Brocken. Er schüttelte den Kopf. «Wir wissen noch nicht, was passiert ist», sagte er.

«Sie wissen nicht, ob sie sich umgebracht hat oder ob sie ermordet worden ist, meinen Sie das so?»

«Nein.»

«Vielleicht war sie es ja selbst. Ich hab auch schon mal mit dem Gedanken gespielt. In schwierigen Zeiten», fügte sie hinzu.

Cato Isaksen sah sie an.

«Manchmal isoliere ich mich», sagte sie und schaute aus dem Fenster. Die Schlagader an ihrem Hals wurde sichtbar. «Ich habe dann so ein schreckliches Gefühl, dass nichts mehr von Bedeutung ist. Oder so. Kennen Sie das auch?»

Cato Isaksen musterte die schmächtige Gestalt mit den schwarzen Haaren. Warum wollte sie das wissen?

Sie wiederholte ihre Frage. Legte den Kopf ein wenig in den Nacken und sah ihn aus schmalen, stark geschminkten Augen an.

«Nein», sagte er.

Sie lachte kurz. «Das ist das Tolle an unserer Gruppe. Da können wir ganz viel Dreck ablassen. Sie sollten das auch mal probieren. Der Polizei würde es bestimmt auch gut tun. Das Leben wird dabei sozusagen in den Hintergrund geschoben.»

«Das klingt seltsam.»

«Ist es aber nicht. Das Leben ist gewissermaßen anderswo.» Sie zog die Beine auf den Sessel und schaute in eine andere Richtung. «Das ist doch so ein Ausdruck, der viel benutzt wird, nicht wahr?»

«Das Leben ist anderswo. Ja, vielleicht», sagte der Ermittler ernst. «Hast du nie Angst?»

«Doch.» Sie wandte sich ihm wieder zu und richtete ihre dunklen Augen auf ihn. «Das ist doch gerade das Schöne daran. Ich brauche im wirklichen Leben keine Grenzen auszutesten,

Drogen zu nehmen oder so. Ich kriege meinen Kick aus den Welten, in die wir eintreten. Es ist wirklich unglaublich. Wir haben vor zwei Wochen bei Regen gespielt. Ich dachte, ich müsste erfrieren. Aber wissen Sie was, ich habe den Teufel gesehen. Einfach so. Plötzlich stand er vor mir.» Sie hob demonstrativ die Hände. Spreizte die Finger mit den schwarz lackierten Nägeln zu zwei kleinen Fächern. «Das war so, wie von irgendwas high zu sein. Niemand spielte diese Rolle, es war einfach ein Bild, das ganz plötzlich vor einem Baumstamm auftauchte. Man muss alle Intelligenzen nutzen, die man hat.»

«Ach.»

«Ja, denn wir haben zehn, wissen Sie das nicht?»

«Nein.»

«Die umfassen alles, vom Kreativen bis zum Physischen und Sozialen. Die physische Intelligenz kann man so trainieren, keine Furcht mehr zu empfinden. Über meine persönliche Intelligenz möchte ich nicht laut reden. Aber ich bin dabei. Und die sinnliche erforsche ich gerade. Und bin dabei schon ein ganzes Stück weiter gekommen.»

Cato Isaksen betrachtete sein Gegenüber. Er sah eine sehr große Ähnlichkeit mit André Hansen. Die Art, wie sie sich ausdrückten, zum Beispiel. Das Mädchen war fünfzehn, redete aber wie eine überreife Dreißigjährige.

«Euer Anführer, wie heißt er?»

«Wir versuchen uns untereinander ein wenig zu beschützen, und deshalb werde ich Ihre Frage nicht beantworten.»

«Das musst du aber. Schließlich wirst du hier von der Polizei befragt.»

Ihre Lippen verzogen sich zu einem kurzen Lächeln. «Ach ja», sagte sie sarkastisch. «Stimmt ja.»

«Wie heißt er?»

«Er heißt Nils Bergman», sagte sie leise.

Cato Isaksen versuchte, diese neue Information zu verdauen. Was bedeutete das nun wieder, dass Nils Bergman die Gruppe leitete? Er fuhr ins Zentrum und wanderte eine Weile durch die Gassen. Er ging in ein kleines Café und bestellte Kaffee und ein Brötchen. Im Ort herrschte reger Verkehr. Er kannte sich inzwischen in diesem kleinen Ferienort richtig gut aus. Für ihn war Drøbak eine Sommerstadt, auch wenn die Stadt ihr Weihnachtshaus und die Werkstatt des Weihnachtsmannes vermarktete. Die Mitteilung, dass Nils Bergman die Gruppe leitete, hatte ihn überrascht. Das war ein neues Teilchen im Puzzle. Ein Schritt weiter, vielleicht. Er hatte das Gefühl Kathrine ein Stückchen nähergekommen zu sein. Auf gewisse Weise schien er sie zu kennen. Er dachte an den Februar, an die Nacht, in der sie verschwunden war. Wetter, Jahreszeit, Kälte, Dunkelheit, Einsamkeit. Was passiert sein mochte, wusste er nicht.

Er beschloss, sich in seinem Büro eine Übersicht anzulegen und die Namen all derer einzutragen, die auf irgendeine Weise mit dem Fall zu tun haben könnten. Es war wirklich ein außergewöhnlicher Fall. Er war daran gewöhnt, es nur mit einer Leiche zu tun zu haben.

Als er seinen Kaffee getrunken hatte, ging er in eine Galerie, die an einer Straßenecke lag, und kaufte für Bente eine schöne schwarzgelbe Teetasse. Er beschloss, sie als Ostergeschenk mit in die Berge zu nehmen. Als er den Laden verlassen wollte, sah er auf einer Lithographie an der Wand eine Frau. Sie schien sich zu ihm umzudrehen. Sie war nackt und lächelte ein trauriges kleines Lächeln. Dabei zeigte sie auf ein Kleid, das neben ihr auf einem Kleiderbügel hing. Cato Isaksen wandte sich sofort ab. Ihm war plötzlich schwindlig. Jetzt sah er sogar in Bildern schon die seltsamsten Dinge. Er verabschiedete sich rasch vom Ladenbesitzer und lief hinaus auf die Straße. Er ging einige Meter weiter, betrat dann einen Kiosk und kaufte sechs große bunte Ostereier. Eins für jeden Jungen, eins für Gards Freundin und je eins für die Kinder von Bentes Freundin. Danach versuchte er, eine Toilette zu finden.

DER EISWIND PEITSCHTE Cato Isaksens Gesicht. Er atmete die Bergluft in tiefen Zügen ein. Es waren schöne Ostertage im Norefjell. Gard und Tone waren jeden Tag mit dem Snowboard am Slalomhang unterwegs. Vetle, Bente und er machten zusammen mit Bentes Freundin und deren zwei Kindern schöne Skiwanderungen. Am Karsamstag strahlte die Sonne von einem wolkenlosen Himmel. Sie hatten Brote und eine Thermosflasche bei sich. Sie machten eine Pause und ließen sich auf Tannenzweigen vor dicken Baumstämmen nieder. Cato Isaksen spürte, wie seine Kräfte sich langsam wieder einstellten. Er bekam außerdem Farbe im Gesicht. Ihm grauste es jetzt schon vor dem Alltag. Ingeborg Myklebust hatte mitgeteilt, dass sie mit dem Verlauf der Ermittlungen nicht zufrieden war. Jetzt hofften alle, dass die Blutanalyse des T-Shirts ihnen weiterhelfen würde. Als sie am Montagnachmittag zurückfuhren, traf auf Cato Isaksens Telefon eine kurze SMS von Ellen ein, die mitteilte, dass die Ergebnisse der Blutanalyse am nächsten Tag um neun Uhr vorliegen würden.

Am Dienstag, dem 17. April, versammelte sich das Ermittlungsteam in Cato Isaksens Büro. Alle waren gespannt. Einige hatten über die Feiertage gearbeitet, einfach, um den Betrieb in Gang zu halten. Vielleicht würde das Ergebnis der Blutanalyse ja eine Entscheidung bringen. Cato Isaksen hatte allen erzählt, dass Nils Bergman die Live-Gruppe, wie sie sie jetzt nannten, leitete, aber sie wussten nicht, ob diese Information von Bedeutung sein könnte. Er hatte außerdem eine Übersicht über den Bekanntenkreis von Kathrine und ihrer Großmutter gemacht. Er hatte bunte Filzstifte benutzt und Striche zwischen den Personen gezogen, die einander kannten. Herausgekommen war ein fast lächerliches Bild, das ein wenig an moderne Kunst erinnerte, und wo alles in unterschiedlichen Richtungen auseinanderklaffte. Namen und Striche kreuzten einander, während anhand von Zahlen demonstriert werden sollte, in welcher Reihenfolge die Betreffenden miteinander zu tun gehabt hatten.

Ellen Grue hatte ein versteinertes Gesicht. Sie wartete, bis sich alle gesetzt hatten. Roger Høibakk trödelte noch herum und alle warteten ungeduldig.

Schließlich gab Cato Isaksen ihr ein Zeichen, dass sie anfangen solle. Er merkte, wie gespannt er war. Er senkte den Kopf und faltete die Hände. Jetzt musste es doch eine Antwort geben.

Ellen Grue ordnete ihre Unterlagen und legte los. «Ich komme wohl besser direkt zur Sache. Das hier ist ein Schuss in den Ofen. Auf Stenbergs Grundstück sind keine brauchbaren Funde gemacht worden. Das Blut auf dem T-Shirt stammt von einem Tier, vermutlich von einem Huhn oder von einer Taube.»

Cato Isaksen schloss die Augen und fluchte leise. Roger Høibakk prustete los. Dann ließ er sich auf seinen Stuhl zurücksinken und sah Cato Isaksen an. Auch die anderen lachten. Randi Johansen war müde, weil ihre Mutter eine ganze Woche bei ihr zu Besuch gewesen war. Sie erhob sich und lief aus dem Zimmer.

«Dieser verdammte Bengel», murmelte Cato Isaksen enttäuscht und dachte an Alexander Stenberg und dessen Hühnermorderei. Soviel Mühe für nichts. Das würde peinlich werden. Die Zeitungen wussten, dass ein blutiges T-Shirt gefunden worden war, und hatten bereits mehrmals darüber berichtet. Ihn schauderte es beim Gedanken an die Schlagzeilen, die der nächste Tag garantiert bringen würde. Er konnte sich schon vorstellen, wie die formuliert sein würden, Spatzengehirne finden Hühnerblut oder so. Vielleicht. Er erhob sich und verließ ebenso wie Randi das Zimmer. Die anderen schauten ihm schweigend hinterher. Randi ließ sich nicht blicken. Cato Isaksen ging in den Aufenthaltsraum und schaltete die Kaffeemaschine ein. Er machte das mechanisch, hatte es schon zahllose Male getan. Er hatte noch immer eine Stinkwut. Aber das Betrachten der Kaffeemaschine beruhigte ihn. Er füllte den Behälter mit Wasser, gab Kaffee in den Filter und schob den Kolben zurecht. Gleich darauf fing der Apparat an zu gurgeln.

Plötzlich stand Roger Høibakk neben ihm. «Was für ein Scheiß», sagte er. Cato Isaksen gab keine Antwort. «Ich habe eine Frau kennengelernt», sagte Roger dann und nahm sich eine Tasse aus dem Schrank.

«Wie interessant», meinte Cato Isaksen ironisch und goss den heißen Kaffee in einen großen Becher.

«Sie wohnt in Grorud», sein Kollege redete ununterbrochen weiter. «Wie steht es denn mit Ellen und mit dir?»

«Das weiß ich nicht», sagte Cato Isaksen und ging zurück ins Büro.

Später an diesem Tag, als Cato Isaksen in die Garage ging, um zu Brenda Moens Freundin Tulla Henriksen zu fahren, rief Maiken Stenberg an. Sie fragte, ob er am nächsten Tag wohl Zeit für ein Gespräch hätte.

«Worum geht es denn?», fragte er ein wenig schroff. Die Enttäuschung über die Blutanalyse lag ihm noch immer wie ein Stein im Magen.

«Ich muss morgen in die Stadt», sagte sie ein wenig kleinlaut. «Kann ich auf der Polizeistation vorbeischauen?»

Cato Isaksen lächelte. Das Polizeipräsidium in Grönland war nicht gerade eine Station. «Von mir aus gern», sagte er. «Wenn du das nicht am Telefon erledigen kannst.»

«Nein», sagte sie. «Ich will das nicht am Telefon erzählen.» Sie verstummte für einen Moment. «Vielleicht hätte ich es schon längst sagen sollen.»

«Ach was.» Jetzt war seine Neugier geweckt. «Komm doch heute Nachmittag», schlug er vor.

«Nein», sagte sie. «Ich hab zuviel auf.»

Sie verabredeten sich für den nächsten Tag und beendeten das Gespräch. Cato Isaksen hatte ihr ganz bewusst nichts über das Ergebnis der Blutanalyse erzählt.

Er stieg in den zivilen Dienstwagen und fuhr in die Waldemar-Thranes-Gate. Er wollte Tulla Henriksen einige Fragen stellen.

Auf sein Klingeln hin wurde aber nicht geöffnet. Auf der Treppe traf er eine Nachbarin, die ihm mitteilte, dass Tulla Henriksen mit ihrer Freundin weggefahren sei.

«Bestimmt machen sie wieder einen Ausflug», sagte die junge Zuwanderin und hob einen kleinen Jungen hoch, der gerade sein Spielzeug die Treppe hinunter werfen wollte. «Ich weiß nicht, was sie machen, aber sie sind fast jeden Tag unterwegs.»

Cato Isaksen dankte für diese Auskunft und fuhr zurück ins Büro.

«IHR STIEFVATER HAT sie in der Dusche belauert. Ich hatte ihr versprochen, das nicht weiterzuerzählen.» Maiken Stenberg rutschte auf ihrem Stuhl hin und her. Sie musterte ihn ängstlich, während ihre Finger nervös über den flauschigen kleinen Fellkragen an ihrem rosa Pullover fuhren. Cato Isaksen spürte, wie sich seine Herzmuskeln zusammenzogen. Jetzt musste er sich wirklich beherrschen.

«Bist du dir da sicher?», fragte er so ruhig, wie er konnte.

Maiken Stenberg nickte stumm. «Ich habe bei ihr übernachtet. Ich habe es selbst gesehen.»

Cato Isaksen ließ sich in seinem Sessel zurücksinken. «Dann musst du mir jetzt alles erzählen, was du weißt.»

Maiken Stenberg musterte ihn mit ernster Miene. Plötzlich fiel ihm auf, wie müde und durchsichtig sie aussah.

«Wir haben uns gegenseitig alles erzählt, Kathrine und ich. Wirklich alles. Niemand von uns kann Tage leiden. Der ist widerlich. So ein richtiger Pädo-Typ.»

«Wissen die anderen auch davon? Ich meine, Kenneth und Lars?»

«Vielleicht.» Sie überlegte einen Moment. «Nicht, dass er sie angegrapscht hat, glaube ich. Das glaube ich nicht. Davon hat sie jedenfalls nichts gesagt. Aber er hat geglotzt. Ich glaube nicht, dass ihre Mutter das weiß.»

«Helena Bjerke weiß es also nicht?»

«Sowas ist doch peinlich, oder nicht», sagte Maiken Stenberg mit ernster Miene.

Ein plötzliches Geräusch vom Flur her ließ das junge Mädchen herumfahren. Ihr blonder Pferdeschwanz peitschte hin und her.

«Kathrines Mutter und Tage hatten ziemlich viel Streit», sagte sie dann. «Aber ich glaube nicht, dass das etwas mit der Glotzerei zu tun hatte. Wir haben oft darüber geredet, Kathrine und ich. Manchmal haben wir auch darüber gelacht und ihn damit aufgezogen.»

«Ihr habt ihn aufgezogen?»

«Ja.»

«Wie habt ihr das gemacht?»

«Naja, wir haben gekichert und über ihn gelacht und so. Haben richtig Lachanfälle gekriegt.»

Cato Isaksen erwiderte ihren intensiven blauen Blick. Er konnte sich ihr Gekicher lebhaft vorstellen. Er schloss für einen Moment die Augen, um diese neuen Informationen sacken zu lassen. Tage Wolter hatte wahrscheinlich eine Heidenangst davor, dass seine Lebensgefährtin davon Wind bekommen könnte. Kathrine und Maiken waren für ihn gefährlich.

Dann riss er die Augen wieder auf. Saugte das Bild des blonden Mädchens, das vor ihm auf dem Stuhl saß und ihn neugierig ansah, in sich auf.

«Kann das eine Bedeutung haben?», fragte sie.

«Du hättest es mir schon viel früher sagen müssen», sagte er ernst.

«Das weiß ich», erwiderte sie rasch. «Aber ich hatte es Kathrine doch versprochen.»

«Kathrine ist verschwunden», sagte er.

Dann klingelte sein Handy. Er entschuldigte sich und nahm den Anruf entgegen. Es war Bente. Sigrid hatte angerufen um mitzuteilen, dass Catos Mutter an Lungenentzündung erkrankt war. Sie hatten sie offenbar am Vortag im Pflegeheim besucht, Sigrid und Hamza und die Kinder. Cato Isaksen merkte, dass er wütend wurde. Er hatte Sigrid und ihren neuen Mann schon so oft gebeten, die Mutter nicht mehr zu besuchen. Er ärgerte sich grenzenlos darüber. Es war schließlich seine Mutter. Er konnte sich selbst um sie kümmern.

Nach einem kurz gehaltenen Gespräch bat er Maiken, die offenbar tief in ihrem eigenen schlechten Gewissen versunken war, noch einmal um Entschuldigung für diese Unterbrechung. «Kann es meine Schuld sein, dass sie verschwunden ist?», fragte sie ängstlich.

Cato Isaksen schüttelte den Kopf.

«Wie hat Tage reagiert, wenn ihr über ihn gelacht habt?»

«Er ist zu seinem Boot gegangen oder so.»

Maiken streifte die Schuhe halbwegs ab und saß mit bloßen Fersen vor ihm. «Wir waren nicht die Einzigen, die ihn hassten. Die Jungs konnten ihn auch nicht leiden. Kenneth und Lars jedenfalls nicht. Sie sind nach der Schule oft im Einkaufszentrum vorbeigegangen.»

«Was wollten sie da?»

«Am Fleischtresen vorbeispazieren. Ihm den Finger zeigen und so. Außerdem ...» Sie schien nachzudenken, ehe sie hinzufügte: «Müssen Sie alles weitersagen, was ich erzähle?»

«Nicht unbedingt», sagte Cato Isaksen gespannt.

Maiken Stenberg schaute aus dem Fenster. Jetzt tanzte ihr Pferdeschwanz wieder. Die Adern an ihrem schlanken Hals waren deutlich zu sehen. Dann wandte sie sich wieder ihm zu. «Lars und Kenneth haben Pornos für ihn bestellt. In seinem Namen. Aber bitte, verraten Sie nicht, dass ich das gesagt habe.» Ihre Augen bohrten sich in seine.

Er versprach den Mund zu halten, wusste aber, dass er mit Tage Wolter darüber sprechen musste.

«Ich weiß, dass ich dich schon mal danach gefragt habe, aber bist du sicher, dass Kathrine sich in der Zeit, kurz bevor sie verschwand, nicht verändert hat?»

«In den letzten Tagen kam sie mir vielleicht ein bisschen traurig vor. Aber sie hat nichts gesagt.»

«Wieso kommst du dann auf diesen Gedanken?»

«Sie hatte sich doch das Bein gebrochen. Und kein Geld für diese Hose bekommen. Die war ein bisschen weit, wissen Sie. Und deshalb hätte sie sie über den Gips ziehen können.»

«Wie hat sie sich denn umher bewegt? Ich meine, mit den Krücken?»

«Lars hat sie fast überall hingefahren. Aber sie konnte sich auch mit Krücken ziemlich gut bewegen. Das ist gar nicht so schwer, wissen Sie, wenn man es erst einmal gelernt hat.»

«Das mit dem T-Shirt und dem Blut kannst du übrigens

vergessen», sagte Cato Isaksen und erzählte ihr von dem Hühnerblut. Maiken Stenberg brach in Tränen aus. Sie sei erleichtert, sagte sie, und gab zu, dass Kathrine und Kenneth ab und zu allein im Gartenhaus gewesen waren, und dass alle gewusst hatten, was dort vor sich ging. «Sicher hat Kenneth vergessen, das T-Shirt wieder anzuziehen», sagte sie leichthin. «Bestimmt war das so, und dann hat Alexander es gefunden und damit seine Schweinerei aufgewischt.»

Als Maiken Stenberg gegangen war, wanderte Cato Isaksen mit der Kaffeetasse in der Hand über den Flur zu Roger Høibakks Büro. Er hatte gerade in einer Zeitung eine Untersuchung darüber gelesen, dass die Jugend sexuell viel experimentierfreudiger war als noch vor zehn oder zwanzig Jahren. Außerdem war dabei herausgekommen, dass Mädchen sich von Jungen oft zu Dingen gedrängt fühlten, zu denen sie gar keine Lust hatten. Das alles machte ihm in Bezug auf Kathrine durchaus Gedanken.

Er klopfte leicht an die Tür und ging dann hinein. Roger Høibakk hatte den Artikel auch gelesen, fand es aber nicht weiter interessant, dass Kenneth Hansen Pornos bezogen hatte. «Das kommt vielleicht ziemlich häufig vor», sagte er.

«Aber sie unter falschem Namen für Tage Wolter zu bestellen», sagte Cato Isaksen.

«Das ist etwas anderes», sagte Roger Høibakk. «Kathrine Bjerke ist zwar erst vierzehn, aber offenbar leben wir in unmoralischen Zeiten. Offenbar haben heute alle Sex, egal, wie alt sie sind.» Roger Høibakk wollte gerade einen Witz über Ellen Grue reißen, nahm sich dann aber zusammen.

Cato Isaksen dachte an den siebzehnjährigen Vetle. Er glaubte nicht, dass der Junge schon mal mit einem Mädchen geschlafen hatte. Und wer hätte dieses Mädchen auch sein sollen? Soweit der Vater wusste, hatte Vetle noch nie eine Freundin gehabt.

«Maiken hat zugegeben, dass Kenneth und Kathrine manchmal allein im Gartenhaus waren, und auch in Tage Wolters Boot. Alle wussten, was da ablief. Vermutlich hat Kenneth nach so einer Runde das T-Shirt vergessen. Er hatte sicher einen Pullover darüber. Und dann lag das T-Shirt einfach herum, bis Maikens Bruder es dafür benutzte, das Blut eines Huhns, das er umgebracht hatte, wegzuwischen.»

«Das ist doch einfach albern», sagte Roger Høibakk. «Da glauben wir, den Fall schon halb gelöst zu haben, und dann war es bloß ein verdammtes Huhn.»

«Aber ich habe eine andere interessante Neuigkeit.» Cato Isaksen ließ sich auf einen Stuhl fallen. «Kathrines Stiefvater hat sie beim Duschen belauert.»

Roger Høibakk schaute seinen Chef ungläubig an. «Ach was», sagte er nur.

«Das ist doch vielleicht etwas», meinte Cato Isaksen und fuhr sich nervös mit der Hand durch die Haare.

«Von wem weißt du das? Von Maiken Stenberg?»

Cato Isaksen nickte. «Ich habe kein so gutes Gefühl, was Tage Wolter angeht», sagte er.

«Du glaubst, dass er etwas mit dem Verschwinden zu tun hat?»

«Ich weiß nicht. Aber dass es eine Verbindung zwischen dem Tod der Großmutter und Kathrines Verschwinden gibt. Da bin ich mir ganz sicher.»

«Du warst in letzter Zeit doch immer wieder in Drøbak», sagte Roger Høibakk.

Cato Isaksen nickte. «Ich werde noch einmal versuchen, mit Brenda Moens Freundinnen zu reden. Versuchen, die Dinge aus einem etwas anderen Blickwinkel zu sehen. Die Perspektive zu verschieben, vielleicht. Aber die alten Damen scheinen viel unterwegs zu sein», fügte er hinzu. «Ich muss sie anrufen und eine Uhrzeit ausmachen.»

Roger Høibakk versprach, sich um Anders Ovesen und die Jungs aus Follo zu kümmern. «Die kommen heute Nachmittag, um die bisherigen Ergebnisse zusammenzufassen. Sie finden offenbar, dass wir zu sehr die Führung an uns gerissen haben. Myklebust ist sauer. Aber jetzt hast du ja immerhin eine Kleinigkeit, mit der du auf den Tisch hauen kannst. Ich meine diese Glotzerei in der Dusche.»

Cato Isaksen nickte und wanderte in sein Büro zurück.

TAGE WOLTER TÜRMTE die Fleischstücke mit geübtem Griff aufeinander. Dann packte er den Tierrumpf beiseite und ließ abermals das Sägeblatt in den Kadaver gleiten. Cato Isaksen und Randi Johansen sahen ihm zu. Es war ganz deutlich, dass er sein Handwerk beherrschte. «Dieser Schlachter», so hatte Kathrines andere Großmutter ihn genannt.

Tage Wolter machte ein überraschtes Gesicht, als er die beiden entdeckte. Er stellte die Säge ab und wischte sich die Hände an seiner Schürze sauber.

Cato Isaksen sagte, sie müssten mit ihm reden, aber Tage Wolter hob abwehrend die Hand und zeigte auf die Kundschaft.

«Tut mir Leid», sagte er auf Schwedisch.

«Können wir uns hier irgendwo ungestört unterhalten?» Cato Isaksen musterte ihn mit ernster Miene, und nun ging Tage Wolter offenbar auf, dass der Ermittler ihm möglicherweise etwas Wichtiges zu sagen hatte. «Ist etwas passiert?», fragte er.

«In gewisser Weise schon», sagte Cato Isaksen. Randi Johansen war ein wenig hinter ihnen zurück geblieben. Sie kaufte eine Packung Windeln und ein wenig zum Essen, während Cato Isaksen sich mit Tage Wolter unterhielt.

Dem Ladeneingang gegenüber lag ein kleines Café. Die beiden Männer ließen sich an einem Tisch in einer hinteren Ecke nieder.

Der Ermittler wusste nicht so recht, wie er sich ausdrücken sollte. Deshalb wiederholte er genau das, was Maiken Stenberg erzählt hatte. «Wir haben gehört, dass Sie Ihre Stieftochter unter der Dusche belauert haben.»

Tage Wolter blickte ihn verständnislos an. «Was sagen Sie da?» Rasch schüttelte er den Kopf. «Ich begreif das einfach nicht.»

«Haben Sie Kathrine unter der Dusche belauert?»

Tage Wolter war blass geworden. «Aber das ist doch der pure Wahnsinn», sagte er und fuhr sich verzweifelt mit der

Hand über das Kinn. «Wer hat sich das denn aus den Fingern gesogen?»

Cato Isaksen erhob sich. «Ich hole uns einen Kaffee», sagte er kurz.

Als er zum Tisch zurückkam, nahm Tage Wolter den Kaffee, rührte ihn aber nicht an. Cato Isaksen trank kleine Schlucke aus der grünen Tasse. Tage Wolter war offenbar erschüttert von dieser Beschuldigung und bestand darauf, dass alles nur üble Nachrede sei. «Das macht mir Angst», sagte er. «Und Sie sind auf der falschen Spur. Wenn Sie so weitermachen, werden Sie nie herausfinden, was mit ihr passiert ist.» Er starrte dem Ermittler hart in die Augen.

Cato Isaksen ließ ihn reden.

«Ich nehme das hier sehr ernst», sagte Tage Wolter jetzt. «Und ich möchte Sie bitten, anderswo zu suchen.»

Cato Isaksen beendete das Gespräch mit dem Stiefvater. Was Tage Wolter vor allem Sorgen machte, war, dass seine Lebensgefährtin von diesen Gerüchten erfahren würde.

Randi hatte ihre Einkäufe beendet, und sie fuhren mit der Rolltreppe in den ersten Stock hoch. Helena Bjerke arbeitete jetzt wieder, wenn auch bis auf weiteres nur den halben Tag. Sie bediente gerade eine Kundin, als sie die beiden entdeckte. Und dieser Anblick jagte ihr sichtlich einen Schrecken ein. Cato Isaksen lächelte ihr behutsam zu, während sie sich wieder der Kundin zuwandte. Sie steckte die dottergelbe Tischdecke in eine Hülle und befestigte daran einen Zettel. Plötzlich wurde ihr schlecht. Die vertraute Angst brach hervor und ließ sie zittern. Dann kam sie zu den beiden heraus. Ihre beiden Kolleginnen schauten mit besorgter Miene hinter ihr her.

Cato Isaksen kam gleich zur Sache. «Sie haben nicht gewusst, dass Ihr Freund Ihre Tochter unter der Dusche belauert hat?», fragte er.

Helena Bjerke riss die Augen auf. «Was sagen Sie da?» Sie legte die Hand gegen die Mauer, wie um dort Halt zu suchen.

«Das hat Kathrine ihrer Freundin Maiken erzählt.»

«Und das glauben Sie.» Helena Bjerke brach in hysterisches Lachen aus. «Herrgott», sagte sie. «Jetzt scheint Ihnen ja der dünnste Vorwand noch gut genug zu sein.»

Cato Isaksen betrachtete sie ruhig. Er kannte diese Reaktionen, das Lachen, das alles glätten und harmlos machen sollte.

«Sie glauben das also nicht?»

«Nein.» Das sagte sie mit harter Stimme. Ihre Schultern sackten ein wenig nach unten. Plötzlich tauchte in ihr eine Erinnerung auf. Etwas meldete sich in ihrem Hinterkopf zu Wort. Es war eine diffuse Erinnerung, die etwas mit Leugnen zu tun hatte. Zweimal hatte sie den Eindruck gehabt, dass ihre Mutter ihr etwas verheimlichte, aber sie hatte nicht wissen wollen, was das sein könnte.

«Sie haben Kathrine nicht gekannt», sagte sie leise. Randi Johansen registrierte traurig, dass sie die Vergangenheitsform benutzte.

«Sie war dickköpfig und frech. Und konnte ungeheuer selbstsicher auftreten. Das hat ihn provoziert. Das hier hat sie sich nur aus den Fingern gesogen. Was wissen Sie überhaupt über Mädchen in diesem Alter?»

Randi Johansen wusste nicht so recht, was sie antworten sollte.

«Wussten Sie, dass Kenneth und sein Freund Pornos bestellt und an Ihren Bekannten geschickt haben?» Cato Isaksen verschränkte die Arme.

«Nein», sagte Helena Bjerke. «Ich weiß, dass er Pornos hat, aber das stört mich nicht. Was das angeht, bin ich nicht so eine Emanze.»

«Kathrine wusste auch davon», sagte Cato Isaksen, ohne Maiken Stenberg zu erwähnen.

«Das kann ich mir denken. Ich weiß auch, dass sie mit Kenneth Sex hatte. Eine Mutter weiß das einfach. Vierzehn Jahre alt, eine unschuldige Konfirmandin!» Die Mutter schnaubte. «Aber das musste ja so kommen.» Sie fing Randi Johansens Blick auf. «Haben Sie Kinder?»

Randi Johansen nickte. «Eine kleine Tochter», sagte sie.

Helena Bjerke lächelte ironisch. «Sie Arme», sagte sie.

Randi wollte schon widersprechen, wollte erklären, dass ihr Kind nicht so werden würde, riss sich aber zusammen. Es war ihr unangenehm, dass hier eine Mutter solche Dinge über ihre Tochter sagte. Randi Johansen stellte fest, dass die Trauer der Mutter in Zorn umgeschlagen war. Eine rötliche Herbstsonne fiel durch einige schmale Dachfenster und malte längliche Streifen auf dem abgenutzten Linoleum.

«Tage Wolter streitet alles ab», sagte Cato Isaksen später am Tag bei der nächsten Besprechungsrunde.

«Das Schlimmste ist, dass sein Schwager, Alf Boris, und auch Helena zu ihm halten. Helena Bjerke bezeichnet die Sache als puren Unsinn. Sie sagt, Kathrine habe eine lebhafte Fantasie gehabt. Alf Boris Moen ist da ganz ihrer Ansicht. Ich habe eben erst mit ihm telefoniert. Und damit sind wir so schlau wie vorher.»

«Wir müssen Geduld haben.» Randi schlug die Beine übereinander. «Wäre es möglich, dass Kathrine ihrer Großmutter irgendetwas erzählt hat, vielleicht, dass ihr Stiefvater ihr beim Duschen zuschaut. Kann Brenda Moen dann den Stiefvater angerufen und ihm gedroht haben, es Kathrines Mutter zu erzählen?»

Cato Isaksen sah Randi Johansen an. «Doch», sagte er. «Das könnte möglich sein.»

«Vielleicht weiß Maiken Stenberg ja auch nicht alles. Vielleicht hat er noch viel schlimmere Sachen gemacht als ihr nur beim Duschen zuzusehen.» Randi Johansen beugte sich vor. «Kenneth hat doch zugegeben, dass er und Kathrine oft im Boot des Stiefvaters waren. Und darüber stand nichts in den Protokollen aus Follo.»

«Was ist mit diesem Kenneth?», fragte Preben Ulriksen, der eben das Zimmer betreten hatte. «Vielleicht hat Kathrine ihm das ja auch über den Stiefvater erzählt.»

«Ja», sagte Cato Isaksen. «Wir wissen, dass sie das getan hat, aber warum hätte Kenneth deshalb die Großmutter ermorden sollen? Falls du das gemeint hast.»

Roger Høibakk ließ sich in seinem Stuhl zurücksinken, schob ihn ein Stück vom Tisch zurück und hielt sich an der Tischkante fest. «Das ergibt doch alles keinen Sinn.»

Die Tür wurde geöffnet und Ellen Grue und Ingeborg Myklebust kamen herein. Roger Høibakk wippte noch immer auf seinem Stuhl hin und her. «Lass das bitte», sagte Ingeborg Myklebust mit scharfer Stimme und nickte zu ihm herüber. Roger ließ den Stuhl auf den Boden knallen.

Ingeborg Myklebust schien guter Stimmung zu sein. Cato Isaksen war jetzt wachsam. Vielleicht, weil er wusste, dass sie auf irgendeine Weise seine Gedanken erraten konnte. Sie durchschaute ihn ganz einfach. Er hatte fast das Gefühl, dass sie wusste, wenn er sich nachts mit Bente geliebt hatte, und dass sie ihm seine Empfindungen für Ellen Grue am Gesicht ablesen konnte.

Die Besprechung konnte beginnen. Alle wussten, dass Ingeborg Myklebust versuchen würde, ihre Bemühungen negativ darzustellen.

«Wir wissen nur, welche Geschosse verwendet worden sind», sagte Ellen Grue.

«Vergiss nicht, dass der Sohn der Verstorbenen im Verteidigungsministerium arbeitet», sagte Roger Høibakk.

«Er hat keinen Waffenschein», sagte Randi Johansen. «Und er arbeitet im Archiv. Sortiert Dokumente ein und so. Kopiert sie und schreibt Briefe. Er hat absolut keinen Zugang zu Waffen. Ich habe mehrere Personen überprüft, die mit Brenda Moen und Kathrine Bjerke zu tun hatten. Aber weder der Stiefvater noch irgendwer in der Familie ihres Freundes haben einen Waffenschein, abgesehen von Stein Ove Hansen, dem Bruder des Freundes, der gerade bei der Militärpolizei im Fliegerhorst Rygge seinen Militärdienst ableistet.»

«Mit dem wollte ich schon lange mal sprechen», sagte Cato Isaksen.

«Ich finde Alf Boris Moen noch immer seltsam», sagte Randi Johansen und bot Ingeborg Myklebust einen Kaffee an.

Die lehnte dankend ab. «Ich habe heute schon fünf Tassen getrunken», sagte sie.

«Was würden wir machen, wenn es keinen Kaffee gäbe?», fragte Roger Høibakk.

«Tee trinken», sagte Randi Johansen kurz.

«Wir haben heute zwei Junkies verhört», sagte Preben Ulriksen. «Bei dem einen haben wir eine Glock gefunden. Er hat behauptet, im März in einer Herberge übernachtet zu haben, und da sei es ihm so schlecht gegangen, dass er wochenlang keinen Fuß mehr vor die Tür setzen konnte. Aber bisher haben wir noch keine Zeugen. Der andere will gerade in Majorstua gewesen sein, als Brenda Moen erschossen wurde, er war bei seiner Freundin. Und die hängt genauso an der Fixe.»

«Aber ist es denn wahrscheinlich, dass einer von beiden etwas damit zu tun hat?» Ingeborg Myklebust krempelte die Ärmel ihrer tiefgrünen Bluse hoch. Sie schaute die Anwesenden der Reihe nach an.

«Ich glaube, wir sollten uns nicht zu sehr an hergelaufenen Junkies oder sonstigen Randfiguren festbeißen. Ich glaube, wir sollten uns auf Kathrine Bjerkes Verschwinden konzentrieren. Ich glaube, der Mord an ihrer Großmutter hängt damit zusammen.» Roger Høibakk fuhr sich über die glatten Haare.

«Dass Brenda Moen so spät noch aus dem Haus gegangen ist. Das hat sie doch sonst nie getan. Ihr Sohn und ihre Tochter halten das beide für absolut unnormal.» Randi Johansen trank einen Schluck aus der Kaffeetasse, die vor ihr stand.

«Jemand kann sie angerufen haben. Um sich mit ihr zu verabreden.» Asle Tengs sah Randi Johansen an.

«Vielleicht», sagte die. «Es liegt dann ja nahe, an Kathrine zu denken. Wir wissen doch nichts über sie. Vielleicht lebt sie ja noch.»

Die anderen wechselten Blicke. «Ihr Sohn sagt, dass an dem Tag alles normal war. Er kam wie immer von der Arbeit, kochte, ruhte sich aus, machte einen Spaziergang und ging zum Fernsehen nach Hause. Aber die ganze Familie war wegen der Sache mit Kathrine natürlich außer sich. Und gerade an diesem Abend ist er nicht zu seiner Schwester nach Drøbak gefahren. Er glaubt, dass seine Mutter seit Kathrines Verschwinden nicht mehr richtig geschlafen hatte. Und da war sie vielleicht nicht ganz bei sich.»

«Hat er denn keine Freunde, keinen Bekanntenkreis, dieser Alf Boris Moen?» Ingeborg Myklebust rutschte nervös hin und her.

«Sieht nicht so aus», sagte Cato Isaksen.

«Nein, nein. Das ist ja kein Verbrechen. Aber wo geht er denn spazieren?»

«Er fährt zum Sognsvann», sagte Cato Isaksen.

«Jeden Tag?»

«Sieht so aus.»

«Dieses Verhältnis, das er zu seiner Mutter hatte, war das auf irgendeine Weise symbiotisch?»

«Das glaube ich eigentlich nicht», sagte Cato Isaksen nachdenklich. «Vielleicht hätten wir seine Wohnung gleich an dem Abend durchsuchen sollen, an dem Brenda Moen erschossen worden ist.»

«Aber dazu bestand damals doch kein Grund», sagte Roger Høibakk. «Ich habe ihn über den Mord an seiner Mutter informiert. Und so gut hätte er nicht schauspielern können. Ich habe den Eindruck, dass er und seine Mutter eine gute Beziehung zueinander hatten. Sie wohnten im selben Haus, lebten aber getrennte Leben. Zum Beispiel hat Moen nie mit seiner Mutter zusammen gegessen. Sie bekam Essen auf Rädern.»

«Hör mal», sagte Cato Isaksen. «Das bringt uns doch jetzt nicht weiter. Der Mord an Brenda Moen kann natürlich auch unmotiviert und zufällig geschehen sein. Aber das glaube ich eigentlich nicht. Wir dürfen jetzt nicht nachlassen. Wir müssen alle Kräfte einsetzen», sagte er und schaute seine Vorgesetzte dabei an.

Abteilungschefin Ingeborg Myklebust musterte ihn lange. «Ich muss das meinen Vorgesetzten gegenüber begründen», sagte sie. «Aber ich habe ja gehört, was du gesagt hast.»

«Es ist wichtig, dass wir nichts überstürzen, dass wir keine entscheidenden Details übersehen», sagte Cato Isaksen. «Ich bin überzeugt davon, dass die Antwort bei den Menschen liegt, die auf dieser Übersicht hier aufgeführt sind.» Er zog seine Kritzeleien hervor und zeigte sie den anderen. Roger Høibakk lachte. «Das sieht aus wie ein Stück moderne Kunst», sagte er.

«Wir sehen oft Trolle und Vampire, wenn wir einen Mörder suchen», sagte Asle Tengs ruhig. «Aber in der Regel haben wir es doch mit einem normalen Menschen zu tun. Das wissen wir alle.»

Die anderen nickten.

«Na gut», sagte Ingeborg Myklebust ein wenig nachdenklich. «Dann macht erst mal so weiter. Aber vergesst nicht, alles mit den Kollegen aus Follo abzusprechen. Und ich muss Ergebnisse sehen. Das wisst ihr.» Die anderen nickten und die Abteilungsleiterin erhob sich und verließ das Zimmer.

Cato Isaksen dachte daran, was Asle Tengs über Vampire gesagt hatte. Er war mit André Hansen und Sølvi Steen durchaus noch nicht fertig.

DER SARG VERWANDELTE SICH in einen Mann, der ein nacktes Mädchen anstarrte. Das Mädchen verwandelte sich in Ellen. Er war Ellen Grues Gesicht so nah, dass er ihren Atem spüren konnte. Sie drehte sich um und sah ihn an. *«Wir machen einen Ausflug. Du küsst mich. Wir reden. Das ist alles, Cato.»* Im Traum hörte er ihre Stimme. *«Das ist alles.»*

Sie schloss einen Schrank auf. «Wie alt bist du in zwölf Jahren?», fragte sie. Sie lächelte ihn neckisch an, bedachte ihn mit ihrem schelmischen Blick. Er drehte sich um und schaute sich im Spiegel in die Augen. Sein verletzter Blick machte ihm Angst. In der Hand hielt er ein Stück Fleisch und ein Messer.

Cato Isaksen fuhr aus dem Schlaf hoch, als der rote Kater auf seine Knie sprang und sich an seiner Brust rieb. Er griff danach. Aber das Traumtier löste sich in Luft auf und verschwand. Die Bilder aus seinem Traum entglitten ihm langsam, aber der Gedanke an Messer und Fleisch machte ihm noch immer zu schaffen. Er stand auf und ging zur Verandatür. Die Büsche im Garten zeigten erste hellgrüne Blattspitzen. Die Zeit verging so schnell. Nur noch eine Woche bis zum Nationalfeiertag am 17. Mai.

Bente brachte eine Thermoskanne mit Kaffee und ein paar Stück Rosinenkuchen. «Du bist eingeschlafen», sagte sie. Er lächelte sie an und gähnte. Ihm steckte noch immer Ellen Grue im Leib. Fast beschämt dachte er an die vergangene Nacht, in der Bente und er eine ihrer seltenen leidenschaftlichen Begegnungen gehabt hatten. Sie hatte ihn mit ihr machen lassen, was er wollte. War auf seltene Weise dabei gewesen. «Wo ist Georg?», fragte er.

«Zu den Nachbarn gegangen. Ich habe ihm gesagt, dass er um halb acht wieder hier sein muss.» Sie schenkte Kaffee ein. «Bist du total erschöpft?», fragte sie.

Er schüttelte den Kopf. «Eigentlich nicht. Mir macht eben dieses verschwundene Mädchen zu schaffen. Etwas an der Sache ergibt keinen Sinn. Dass die Großmutter erschossen worden ist, einfach überhaupt alles. Es ist total hoffnungslos. Ich habe das Gefühl, dass wir uns im Kreis drehen, dass wir etwas übersehen.»

Bente ließ sich neben ihn aufs Sofa fallen. «Ich überlege, ob ich mir nicht einen anderen Job suchen sollte», sagte sie.

«Ach?»

«Immer diese vielen Nachtwachen. Die alten kranken Menschen. Und die Bezahlung.»

«Was denn für einen Job?» Cato Isaksen biss in ein Stück Kuchen.

«Ich weiß nicht, einen mit festen Arbeitszeiten. Einen, der besser zu deinem passt.»

Er musterte sie ernst.

«Ich hätte das natürlich schon längst machen sollen. Die Jungs sind jetzt groß, aber trotzdem. Bei meinem vielen Nachtdienst und deinen Arbeitszeiten. Da bleibt nicht viel Familienleben übrig», sagte sie.

Am nächsten Morgen kam Roger Høibakk in sein Büro, als er sich eben gesetzt hatte. Die beiden Ermittler wollten alle Unterlagen im Fall Moen noch einmal durchgehen. Sie waren jetzt seit über einer Woche damit beschäftigt, alle Einzelheiten in ein System zu bringen. Sie wollten alle Puzzlestücke neu mischen und dann sehen, ob sich ein neues Bild ergab. Und jetzt waren sie bei Nils Bergman angekommen.

«Er muss viermal im Jahr zum Manöver.» Roger Høibakk zog sich den Kamm durch seine dunklen Haare. «Das habe ich schon vor Wochen von seinem Chef bei der Heimwehr erfahren. Der hält Nils Bergman für einen absolut vertrauenswürdigen Mann. Der Chef hat übrigens persönlich in der ersten Zeit nach Kathrines Verschwinden die Suchaktionen geleitet.»

«Nils Bergman leitet doch die Live-Gruppe, in der André Hansen und Sølvi Steen mitmachen», sagte Cato Isaksen.

«Außerdem hatte er in der Nacht, in der Kathrine verschwunden ist, Dienst an der Mautstation. Ganz schön viele

Zufälle auf einmal, finde ich. Natürlich haben sie bei der Heimwehr einen gewissen Zugang zu Waffen», überlegte er dann. «Und wenn nicht direkt, dann kennen sie vielleicht jemanden, der ihnen welche besorgen kann.»

«Was machen wir jetzt?»

«Das weiß ich nicht.» Cato Isaksen hatte Angst, dass sich zu große Resignation ausbreiten könnte. Es wäre eine schreckliche Niederlage, die Ermittlungen einstellen zu müssen. «Ich glaube, ich fahre einfach noch mal zu Bergman und rede mit ihm.»

NILS BERGMAN WAR auch diesmal nicht angezogen. Er bat den Ermittler herein und hustete heftig, während er einen Bademantel anzog. Er schaute verstohlen auf die Uhr.

«Müssen Sie wieder zur Mautstation?», fragte Cato Isaksen.

«Erst heute Abend. Aber ich muss lernen.»

«Und Sie sind erkältet.»

«Ja.»

«Ich möchte Ihnen eine Frage stellen. Warum haben Sie mir neulich nichts von Ihrer Live-Gruppe erzählt?»

Nils Bergman machte ein verwirrtes Gesicht. «Ich verstehe die Frage nicht», sagte er pikiert. Der Ermittler war erst seit zwei Minuten bei ihm, aber es kam ihm schon vor wie eine Stunde. Nils Bergman empfand ein schleichendes Unbehagen. Er suchte nach Worten, wollte erklären, warum er nichts von der Live-Gruppe erwähnt hatte. «Sie haben nicht danach gefragt», sagte er dann schließlich. «Und ich bin nicht gerade gesprächig. Das ist Ihnen vielleicht aufgefallen. Das alles hat nichts mit mir zu tun. Und wir versuchen uns gegenseitig ein wenig zu beschützen.»

«Warum das?»

Nils Bergman zuckte gleichgültig mit den Schultern. «Aus keinem besonderen Grund. Das ist einfach so. Einige haben andere vor uns gewarnt.»

«Wer denn?»

«Schulen und so. Viele halten uns für Idioten. Wir haben aber keinen Bock Gott und der Welt klarzumachen, womit wir uns beschäftigen.»

«Ist das ein Grund, um Jugendliche vor Ihrem Club zu warnen?»

«Das ist kein Club. Aber vielleicht passen einfach viele nicht zu uns.»

«Woher nehmen Sie Ihre Ausrüstung, Waffen und Kostüme?»

«Das meiste finden wir im Net, aber in Schweden gibt es auch einen Laden dafür. Unsere Schwerter sind übrigens aus

Plastik.» Er wandte sich demonstrativ ab und schaute aus dem kleinen Fenster. Dann hustete er wieder. Der Husten erinnerte Cato Isaksen daran, dass seine Mutter an Lungenentzündung erkrankt war. Er musste nach diesem Gespräch im Pflegeheim anrufen und sich nach ihr erkundigen.

«Wann haben Sie zuletzt gespielt?»

«Das muss so eine Woche her sein. Aber wir nennen das nicht Spielen. Das klingt doch albern.»

«Sølvi Steen hat erzählt, dass Sie sich auch bei strömendem Regen im Wald treffen.»

«Ja.» Nils Bergman erhob sich.

«Dann werden Sie doch triefnass.»

«Das gehört dazu.»

«Sie quälen sich also selber.»

«Nein, es liegt an den Umständen.» Er hustete noch einmal und zuckte mit den Schultern. «Ich begreife nicht, was das mit Kathrine Bjerkes Verschwinden zu tun haben soll. Wir hatten nie Kontakt zu ihr. Dass der Bruder ihres Freundes bei uns mitmacht, ist wirklich nur ein Zufall. André ist total harmlos. Dass ich mit seinem ältesten Bruder befreundet bin, hat auch nichts mit der Sache zu tun. Ich möchte Ihnen also sagen, dass Sie Ihre Zeit verschwenden.»

«Wir haben es hier mit einem Mord zu tun», sagte Cato Isaksen mit kalter Stimme. «Sie wissen, dass Kathrines Großmutter erschossen worden ist, vermutlich mit einer Militärwaffe.»

Nils Bergman wirkte für einen Moment unsicher, riss sich aber sofort wieder zusammen. «Kann schon sein», sagte er.

«Und Sie sind Gruppenführer bei der Heimwehr», erklärte Cato Isaksen.

Wenn Nils Bergman jetzt nervös war, dann verbarg er das sehr gut.

«Na und?», fragte er und hob eine Männerzeitschrift vom Boden auf.

«Das versuchen wir ja gerade festzustellen», sagte Cato

Isaksen. Er merkte, wie hoffnungslos das alles war. «Im Moment machen sich zwei Kollegen ein Bild von Ihrer Heimwehrabteilung», fügte er vergrätzt hinzu.

Nils Bergman räusperte sich nervös und starrte die Zeitschrift in seiner Hand an. Dann ließ er sie auf eine Kommode fallen.

«Stein Ove Hansen ist beim Militär», sagte Cato Isaksen. «Er ist in Rygge stationiert. Ich habe mit ihm telefoniert.»

Nils Bergman schaute auf die Uhr.

«Er ist ebenfalls Gruppenführer bei der Heimwehr», sagte Cato Isaksen.

«Normalerweise. Im Moment nicht. Jetzt ist er ja bei der Fahne.»

«Was war es für ein Gefühl, die Gegend nach Kathrine durchzukämmen? War das spannend? War das wie bei der Live-Gruppe? Was haben Sie dabei empfunden?»

Nils Bergman drehte sich halbwegs zu ihm um. «Soll das heißen, dass ich unter Verdacht stehe? Wollen Sie das andeuten? Aber dann sind Sie wirklich auf dem Holzweg. Was machen Sie hier eigentlich für eine Ermittlungsarbeit? Mir kommt es so vor, als ob Sie vollständig im Dunklen tappen.»

Cato Isaksen sackte ein wenig in sich zusammen. Gut, dass Nils Bergman nicht ahnen konnte, wie Recht er hatte. Für einen Moment hatte er gewaltige Lust, dem anderen zuzustimmen. Aber das tat er nicht. Er hatte nur zu deutlich das Gefühl, dass Nils Bergman erleichtert war, als er ging.

DIE ERMITTLER TRAFEN SICH zum Essen in der Kantine. Sie arbeiteten in Zweier- oder Dreiergruppen miteinander. Einige waren jetzt mit anderen Fällen betraut worden. Auch die Zeitungen verloren jetzt das Interesse. Cato Isaksen redete vor allem mit Roger und Randi, aber auch mit Preben und Asle Tengs.

«Ich glaube, ich schaue noch einmal in Brenda Moens Wohnung vorbei», sagte Cato Isaksen, als Ellen Grue sich an ihren Tisch setzte. Sie war eben erst von einer kurzen Hochzeitsreise zurückgekehrt und ihm war es wichtig, diese nicht zu erwähnen und nicht daran zu denken. Aber seine Gedanken hatte er nun einmal nicht immer im Griff.

«Dann musst du dich an Alf Boris Moen wenden, der hat doch den Schlüssel», sagte Ellen und biss in ihr Käsecroissant. «Weißt du jetzt eigentlich, was neulich mit ihrer Wohnung war? Das, was dir einfach nicht einfallen wollte, meine ich?» Sie musterte ihn mit unergründlicher Miene.

Er schaute sie an und schüttelte den Kopf. «Nein», sagte er und dachte an ihre Haut, an ihre kleinen festen Brüste, die Oberschenkel, das weiche Hinterteil.

Ihre dunklen Augen musterten ihn forschend. Sie hielt seinen Blick fest. «Du fragst gar nicht, wie meine Reise war.» Ellen Grue lächelte resigniert. «Du bist so verdammt feige», fügte sie mit harter Stimme hinzu.

Er blickte sie empört an. «Mir kann es ja wohl egal sein, ob du dich auf deiner Hochzeitsreise amüsiert hat. Du bist immer so kühl … so weit weg.»

«Ja», sagte sie rasch. «Ich war weit weg. Ich war auf den Malediven. Es war toll da», fügte sie hinzu. «Einfach entspannen und es sich nett machen. Ich habe immer auf zuviele Menschen Rücksicht nehmen müssen.»

«Deine Brüder», sagte Cato Isaksen und registrierte, dass sie «es sich nett machen» gesagt hatte. Das klang ja nicht gerade spannend, dachte er und war erleichtert.

«Ja», sagte sie leise und seufzte. «Sie haben doch nur mich, auch wenn sie jetzt erwachsen sind. Und du würdest doch meinetwegen keine von deinen beiden Frauen verlassen, weder Sigrid noch Bente. Ich glaube, dass du Bente liebst, die Sicherheit, die sie dir gibt. Als Mutter deiner Kinder und überhaupt.»

Cato Isaksen senkte beschämt den Kopf. Er wusste, dass sie Recht hatte, aber er war nun mal verliebt. Er war glühend und schmerzhaft in Ellen verliebt. Es hatte so lange keine Rolle gespielt, wie sie keinen Mann gehabt hatte. Er hatte gern an sie gedacht und von ihr geträumt, war ab und an zu ihr gefahren, hatte auf dem Gang mit ihr geflirtet, hatte Blicke getauscht. Es war die Pest, es war doch fast idiotisch, wenn ein Erwachsener mit den Gefühlen eines Teenagers herumlief. Er war über sich selbst verzweifelt.

Ehe ihm dieser Gedanke wirklich bewusst geworden war, kam sie ihm zuvor. «Du verliebst dich in das Unerreichbare, siehst du das nicht selbst? Siehst du das Muster nicht? Du möchtest dich vor Entscheidungen drücken.»

Das stritt er energisch ab. «Ich bin doch zu Bente zurückgekehrt», sagte er mit harter Stimme.

Plötzlich stand Roger Høibakk am Tisch und musterte sie beide. Und beide schauten irritiert zurück. Ellen Grue stellte die leeren Teller und Tassen aufeinander. Dann erhob sie sich.

«Tu's», sagte sie. Cato Isaksen blickte sie verständnislos an.

«Sieh dir noch einmal Brenda Moens Wohnung an», sagte sie laut.

Roger Høibakk ließ sich auf den freien Stuhl fallen. Ellen Grue verließ die Kantine mit raschem Schritt.

«Wie ist sie eigentlich?» Roger blickte ihn mit neckendem Blick an.

«Lass den Quatsch, bitte.»

«Aber alle wissen doch, was ihr so treibt.»

Cato Isaksen wandte sich ab und starrte die Wand an.

Roger nahm den Kamm aus der Tasche und zog ihn durch seine Haare. Dann steckte er ihn wieder zurück und trank zweimal ausgiebig an seiner Milch. «Ellen ist eine tolle Frau, das schon, aber ein ziemlicher Feger. Wie ist sie nun eigentlich?», fragte er noch einmal.

Cato Isaksen gab keine Antwort. «Hattest du nicht eine Frau kennengelernt?», fragte er.

Roger nickte viel sagend. «Sie ist aus Grorud», sagte er. «Soll ich dir von ihr erzählen?»

«Lieber nicht», sagte Cato Isaksen und stand auf.

Eine halbe Stunde später hatte er im Verteidigungsministerium den Schlüssel zu Brenda Moens Wohnung abgeholt. Alf Boris Moen hatte unten in der Rezeption auf ihn gewartet. Es war nicht leicht gewesen, bei der Schlüsselübergabe seinen Gesichtsausdruck zu deuten. Offenbar war ihm das alles recht gewesen. Aber er hatte auch etwas Zurückhaltendes und Verschlossenes an sich gehabt. Zudem hatte er klar zum Ausdruck gebracht, dass er mit den Ermittlungen unzufrieden war. Cato Isaksen konnte dazu kaum etwas sagen, er konnte nur ein paar Phrasen dreschen, dass sie guten Mutes seien und durchaus noch nicht aufgegeben hätten.

Cato Isaksen fragte sich, warum Alf Boris Moen und Helena Bjerke das Erbe noch nicht geteilt und die Wohnung verkauft hatten. Aber das ging ihn ja nichts an. Vielleicht ging ihnen alles noch viel zu nahe.

Er fuhr nach Ullevål Hageby und hielt vor der Nummer 51. Er schloss die Tür auf und öffnete die Vorhänge, um Tageslicht hereinzulassen. Die kleinen Blätter am Baum vor dem Haus waren grün und frisch. Plötzlich registrierte er in dem überfüllten Raum einen vagen, unbekannten Geruch, scharf und süß. Er sah zwischen den leeren Blumentöpfen auf der Fensterbank einen gläsernen Briefbeschwerer liegen. In den Töpfen lagen kleine Muscheln und Grashalme. Er wandte sich ab, ging zur Schneiderpuppe und legte die Hand gegen den weichen Stoffleib. Er versuchte zu analysieren, was er bei seinem letzten Besuch übersehen haben könnte. Während er sich noch einmal jeden Gegenstand in Brenda Moens Wohnung ansah, rief Sigrid ihn auf dem Handy an. Cato Isaksen nahm an, sie wolle ihn zur Rede stellen, weil er Georg wieder von einem Taxi aus dem Kindergarten hatte abholen lassen. Zur Zeit schien sie dauernd böse auf ihn zu sein. Warum konnte sie nicht einfach mit ihrem neuen Mann glücklich sein?

«Sicher, ich hol ihn persönlich», sagte er deshalb sofort und beteuerte auch gleich, dass er wisse, dass Georg am Wochenende zu ihm kommen würde. Sigrid gab keine Antwort, und plötzlich kam ihm ihr Schweigen seltsam vor. «Bist du noch da?», fragte er.

«Cato, deine Mutter ist tot», sagte sie leise.

Er räusperte sich nervös. Wusste nicht, was er sagen sollte. Er schaute sich in Brenda Moens seltsamem Wohnzimmer um. Er ging zu einem der tiefen Sessel und ließ sich hineinsinken. Sigrids Worte hämmerten sich in sein Bewusstsein. Er konnte nichts sagen. Was hätte er auch sagen sollen?

«Tut mir Leid», sagte sie. «Es tut mir so schrecklich Leid.»

Er schwieg noch immer. Plötzlich stand die Erinnerung aus seiner Kindheit wieder glasklar vor ihm. Als seine Mutter ihn verlassen hatte und der Schal vor seinen Mund geweht worden war. Er hatte das Gefühl gehabt, ersticken zu müssen. Er sah diese Szene immer schwarz-weiß vor sich, wie einen alten Film.

«Ich kann Georg aus dem Kindergarten holen», sagte Sigrid jetzt. «Wenn du im Heim vorbeischauen willst, meine ich.»

«Sie ist doch tot, was soll ich denn da?»

«Sie sehen.»

«Ich will sie nicht sehen», sagte er hart. «Ich hole Georg wie abgemacht ab. Danke für den Anruf.» Dann drückte er auf den roten Knopf und Sigrids Stimme war verschwunden. Er starrte einen Moment lang in die Luft, dann brach er in Tränen aus.

Als er wieder im Auto saß, merkte er, dass er fror, aber empfinden konnte er immer noch nichts. Es war seltsam, dass er nichts empfand. Seine Mutter war soeben gestorben und er empfand nichts. Warum hatten sie Sigrid über diesen Todesfall informiert und nicht ihn? Plötzlich verspürte er einen schwarzen Zorn in sich aufkeimen. Dieser Sache würde er auf den Grund gehen. Aber zuerst wollte er Georg aus dem Kindergarten abholen.

Der Junge winkte ihm vom Sandkasten her zu. «Mach schnell», sagte der Vater ungeduldig. «Wir müssen noch woanders hin.»

«Wohin.»

«Zu Oma.»

«Zu Oma, hurra.»

Cato Isaksen schob seinen Sohn vor sich her zu dem kleinen Kindergartenhaus. Er wechselte ein paar Höflichkeitsfloskeln mit den Angestellten, dann nahm er den Rucksack und die von Sigrid gepackte Tasche und führte Georg zum Auto.

Er schnallte den Sohn auf dem Kindersitz hinten im Auto an und stieg ein. Als er losfuhr, kamen ihm wieder die Tränen. Er kam sich absolut einsam vor. Einsam, einsam, einsam. Er trommelte mit den Fingern auf dem Lenkrad herum. Warum hatte er sich nicht mehr Zeit genommen, um sie häufiger zu besuchen? Vor zehn Tagen war sie an Lungenentzündung erkrankt, und in der ganzen Zeit hatte er sich nicht bei ihr blicken lassen.

Er glaubte nicht an Gott. Wenn wir sterben, kehren wir heim. Heim wohin? Heim ins große Nichts vielleicht. Ja, heim ins große Nichts.

«Papa, wir basteln Tiere auf Rädern.»

«Wie schön.»

«Ich mache ein Mausetier.»

«Ach.»

«Für Marmelade. Katzen mögen Mausetiere.»

«Marmelade ist doch verschwunden.» Er versuchte sich zusammenzureißen, der Junge sollte ihn nicht weinen sehen.

«Der kommt aber wieder zurück», sagte Georg überzeugt.

Cato Isaksen dachte daran, wie oft er Angehörige aufgesucht hatte, um sie über einen Todesfall zu informieren. Er versuchte, immer ihre Empfindungen zu verstehen, aber er spielte dabei ja doch nur eine professionelle Rolle. Jetzt saß er hier und weinte wie ein Kind, weil er seine uralte Mutter verloren hatte. Seine Trauer war plötzlich überwältigend, bitter, unerwartet und böse. Er schämte sich fast, wenn er an Helena Bjerke dachte. Ein Kind zu verlieren musste das Schlimmste sein, was einem Menschen passieren konnte.

Er fuhr dann doch nicht mehr ins Pflegeheim. Er fuhr zurück nach Asker. Er rief unterwegs Bente an und sagte, seine Mutter sei gestorben. Sie erwiderte, sie werde früher Feierabend machen und zu Hause sein, wenn er komme. Er sagte, das sei nicht nötig, aber sie ließ sich nicht beirren.

SEIT DEM VORTAG hatte sie nichts zu essen bekommen. Kathrine kroch auf der Matratze in der Ecke in sich zusammen. Ihre Gedanken schrumpften in der Leere. Sie wusste, dass es draußen warm war, vielleicht war es schon Sommer. Der Tag ruhte ganz still und schwer an der Wand. Ihr Knöchel war an diesem Tag nicht mehr so schlimm. Die Wunde hatte sich entzündet, vielleicht, weil Kathrine sich nicht bewegte. Der Gips war schmutzig geworden, grau vom Staub des Steinbodens. Mitte April hätte er abgenommen werden sollen. Das war jetzt schon lange her.

Sie konnte die einsame Glühbirne unter der Decke selbst ein- und ausschalten. Sie ließ sie lieber brennen. Das einzige Geräusch, das sie hörte, war das Rauschen der Rohre in dem kleinen Badezimmer. Das Porzellan der Toilette war gesprungen. Von dem verrosteten Hahn, der über dem schmutzigen Waschbecken aus der Wand ragte, sickerte ununterbrochen das Wasser. Sie bekam Bücher und Zeitschriften und kaltes Essen in Alufolie und eingetrocknete Butterbrote, die sie auf der alten Matratze in der Ecke verzehrte.

Sie konnte sprechen oder denken. Mit dem Sprechen hatte sie in letzter Zeit angefangen, um ihre Stimme nicht zu verlieren. Wenn die nicht benutzt wurde, trocknete der Hals ein und wurde tot und unbrauchbar.

Sie hatte die Verkleidung sofort durchschaut. Sie hatte sie nicht zum ersten Mal gesehen. Jetzt spielte sie einfach mit. Sie fand das widerlich und albern, aber sie hatte keine Wahl. Anfangs hatte sie geglaubt, es werde nur von kurzer Dauer sein, einige Tage vielleicht oder eine Woche. Aber jetzt wusste sie es nicht mehr, sie hatte schon lange keine Kraft mehr zu hoffen.

Sie dachte an Omas witzigen kleinen Garten. Wenn der Sommer kam und die Schlüsselblumen verschwanden, blühten in der Hecke am Zaun die Hagebutten. Und wenn der Winter kam, mit rauer Luft und Regen und schweren grauen Wolken, starb alles im Garten. Im November hatte es fast nur geregnet, da hatten Oma und sie die Beete mit Sackleinen bedeckt. Plötzlich hatte der Frost eingesetzt und das Wasser zu einer dünnen Eishaut erstarren lassen. Und die hatte sich wie ein Leichentuch über den grünen Rasen gelegt.

Wenn sie in der Dunkelheit wach lag und nicht wusste, ob Nacht oder Tag war, hatte sie oft das schreckliche Gefühl, dass sie ihr Gefängnis nie wieder verlassen würde. Um sich von solchen Gedanken zu befreien, schaute sie sich die Illustrierten an, die sie neben ihrem Kopfkissen aufgestapelt hatte. Manchmal fühlte sie sich noch immer stark. Bald musste dieser Unsinn doch mal ein Ende nehmen. Er würde ein Ende nehmen. Dazu war sie fest entschlossen.

Ihre kleine Welt war still und einsam geworden. Die grauen Mauern sperrten sie auf allen Seiten ein. Wenn die nun aus Glas gewesen wären! Sie hatte nicht einmal einen Spiegel. Sie hatte darum gebeten, aber keinen bekommen. Sie versuchte auf Geräusche zu horchen. Auf Wind und Regen. Auf Zeichen, die ihr sagen könnten, wo sie war. Aber offenbar war alles zu weit weg. Sicher war sie tief, tief in irgendeinem Gebäude. Oder tief unter der Erde. Vielleicht unten in einem Tunnel. Zuletzt hatte sie um eine Schere gebeten, um sich ein Stück ihrer verfilzten Haare abschneiden zu können.

DIE BEIDEN FREUNDINNEN fuhren oft mit dem Auto aus der Stadt hinaus. Zwei Tage zuvor hatten sie die alte Porzellanfabrik besucht und sich eine Ausstellung über das Lebenswerk eines dänischen Künstlers angesehen. Aber sie fuhren nicht immer so weit. Sie besuchten gern den Holmenkollen, um den berühmten Apfelkuchen mit Sahne zu verzehren, und sie machten Abstecher nach Schweden, um billig Wein und Fleisch einzukaufen.

Immer saß dabei Solveig Wettergren am Steuer. Sie hatte einen kleinen roten Saab, den sie zwei Jahre zuvor gebraucht gekauft hatte.

Als sie von einem solchen Einkaufstrip nach Schweden zurückkehrte, stand Cato Isaksen wartend auf ihrer Treppe. Sie hatte ihn lange nicht mehr gesehen. Sie stieg eilig aus dem Wagen.

«Sie haben hergefunden», sagte sie atemlos. «Warten Sie schon lange?»

Cato Isaksen schüttelte den Kopf.

Wenn er sich sonst bei den Freundinnen gemeldet hatte, hatten sie ihn immer in die Waldemar-Thranes-Gate bestellt. Jetzt aber wollte er sehen, wie Solveig Wettergren wohnte. Er war zu ihrem Haus gefahren, einem prachtvollen grauen Einfamilienhaus in Vindern.

«Ich habe Tulla eben nach Hause gebracht», sagte Solveig Wettergren jetzt. «Wir haben ein wenig eingekauft.» Cato Isaksen half ihr beim Tragen. Als er die Tür erreicht hatte, riss der Griff einer Einkaufstüte. Eine Dose mit gefrorenem Fischauflauf und eine Packung Binden für Inkontinente fielen heraus. Cato Isaksen bat um Entschuldigung und hob beides vom Boden auf.

«Königin Sonja ist hier um die Ecke aufgewachsen», sagte Solveig Wettergren und hielt die Tür für ihn auf. «Kommen Sie einfach herein. Wir haben uns hier immer sehr wohl gefühlt, mein Mann und ich.»

Sie hatte also einen Mann. Cato Isaksen betrachtete ihren

üppigen Körper. Sie trug einen hellen Angorapullover und einen Rock von Burberry. Er hatte sich die Damen aus dem royalistischen Verein automatisch als alleinstehend vorgestellt. Brenda Moen war Witwe, Tulla Henriksen war nie verheiratet gewesen. Das hatte er auf irgendeine Weise registriert. Ehe er diesen Gedanken zu Ende gebracht hatte, erzählte Solveig Wettergren, dass ihr Mann in einem Pflegeheim wohnte.

«Ich konnte ihn einfach nicht mehr hier behalten», sagte sie mit ernster Stimme. «Obwohl ich Krankenschwester von Beruf bin und zehn Jahre im Krankenhaus Ullevål gearbeitet habe. Aber eigentlich hat mir diese Arbeit nie gelegen. Er konnte in der letzten Zeit hier zu Hause nicht einmal mehr das Wasser halten. Ich habe schließlich drei Stockwerke, die ich in Ordnung halten muss. Wir haben hier nämlich auch noch einen Keller. Das alles war dann einfach zuviel für mich», sagte sie und bat ihn, die Einkäufe in die Küche zu bringen. Sie schaltete das Radio auf der Anrichte ein und fing an auszupacken.

Seine Mutter war seit drei Tagen tot und Cato Isaksen kam sich ziemlich labil vor. Solveig Wettergren führte ihn in ihr helles Wohnzimmer, an dessen Wänden schwere Gemälde in Goldrahmen hingen. Das frühlingsgrüne Sofa und die weinroten Perserteppiche verstärkten noch den Eindruck von Wohlstand. Auf den Fensterbänken standen große Porzellantöpfe mit Blumen. «Ich habe einen Jungen, der sich um den Garten kümmert», sagte sie, als schien sie seine Gedanken gelesen zu haben. «Das schaffe ich nicht mehr allein. Und ich bin ja auch viel bei meinem Mann. Zum Glück ist das Heim nicht weit von hier, deshalb fahre ich alle zwei Tage zu ihm.»

Solveig Wettergren servierte Tee in weißen Tassen und verbreitete sich bereitwillig über die Treffen des royalistischen Klubs, die reihum bei den einzelnen Mitgliedern stattfanden. «Aber bei Brenda war es immer am spannendsten», betonte sie mit ihrer hellen mädchenhaften Stimme. «Wegen ihrer vielen Sachen, natürlich, der Kleider, der Fotos, ja, wegen allem, was sie hatte.»

«Wollen Sie noch immer am 25. August das Hotelzimmer im Grand mieten?» Cato Isaksen nippte an dem heißen Tee.

Solveig Wettergren schaute ihn müde an. «Meinen Sie, wir sollten das lassen?», fragte sie besorgt.

«Nein, auf keinen Fall. Die Toten bekommen wir ja doch nicht zurück», sagte er.

«In den ersten Tagen nach dem Mord, habe ich mich kaum getraut, hier allein zu sein. Das lag daran, wie es passiert war. Und dann war da ja zu allem Überfluss auch noch die Sache mit Kathrine. Das alles ist so schrecklich. Und das Schlimmste ist ja fast, dass Sie die Sache auch nicht aufklären können. Denn das können Sie doch nicht?» Sie blickte ihn fragend an. «Oder schaffen Sie es doch noch?»

Cato Isaksen erwiderte diplomatisch, er sei davon überzeugt, dass sie am Ende doch noch eine Lösung finden würden. «Das braucht eben seine Zeit», sagte er und fügte hinzu, dass sie mehreren Spuren gleichzeitig folgten.

Solveig Wettergren musterte ihn. «Ich habe heute Morgen lange geschlafen», sagte sie. «Ich zerbreche mir nachts immer wieder den Kopf. Und meine Beine sind auch ein wenig geschwollen. Ab und zu habe ich Angst, ich könnte im Schlaf sterben.»

CATO ISAKSEN BESCHLOSS ein wenig früher nach Hause zu fahren. Der Tod seiner Mutter setzte ihm ärger zu, als er sich eingestehen mochte. Er konnte sich nicht konzentrieren. Als er die Abfahrt nach Asker erreicht hatte, bog er dann aber doch nicht ins Zentrum ab, sondern fuhr weiter nach links in Richtung Heggedalen und Hurumlandet. Er wollte in die andere Richtung fahren, wollte von der entgegengesetzten Seite her den Tunnel passieren. Es war eine lange Fahrt, aber es kam ihm beruhigend vor, im Auto zu sitzen. Er versuchte, nicht zuviel zu denken, er ließ die Straße einfach unter dem Auto verschwinden, während die Landschaft vorüberglitt.

Es machte ihm zu schaffen, dass Sigrid beim Tod seiner Mutter dabei gewesen war. Sie waren so perfekt, sie und Hamza. Kümmerten sich immer um andere. Als Gard an Drogen geraten war, hatte er Hamza angerufen, wenn ihm die Lage über den Kopf wuchs. Cato Isaksen wusste, dass seine Mutter sich über die Besuche der beiden sehr gefreut hatte. In den letzten Monaten war sie so verwirrt gewesen, dass sie auch Georgs Schwesterchen für ihre Enkelin gehalten hatte.

Als der Verteilerkreis beim Rainbowhotel in Røyken hinter ihm lag, dort, wo der Mann von Heidi Greaker arbeitete, der letzten, die Kathrine in der Nacht ihres Verschwindens gesehen hatte, bog er auf einen Rastplatz ab und hielt an. Er ließ sich zurücksinken und schloss die Augen. In zwei Tagen würde seine Mutter beigesetzt werden. Das Bild ihrer dünnen, hilflosen Hände auf der Bettdecke ließ ihm keine Ruhe. Er hatte alle Anordnungen für die Trauerfeier und den Geistlichen getroffen. Bente hatte für Blumen und eine Gaststätte gesorgt, in der danach die Gäste empfangen werden konnten. Es war gut, dass die Mutter in den letzten Jahren im Heim gelebt hatte, so brauchten sie also keine Wohnung auszuräumen. Sigrid hatte angerufen und gefragt, ob sie die Kleine mitbringen dürften, oder ob sie noch zu klein sei. Sie sagte, seine Mutter sei auch für die Kleine eine Großmutter gewesen. Was hätte er darauf sagen sollen? Er konnte nicht nein sagen. Vetle nahm das alles sehr schwer. Er war ein besonders sensibler Junge. Er hatte dem Vater Vorwürfe gemacht, weil er sich so wenig um die Großmutter gekümmert hatte. Und der Junge hatte Recht. Er hatte viel zu bereuen.

Er nickte kurz ein und schlief zehn Minuten, dann ließ er den Motor wieder an und fuhr weiter. Beim letzten Wegstück vor dem Tunnel lag der glitzernde Fjord auf seiner linken Seite. Die neue Autobahn war der Landschaft sehr geschickt angepasst worden. Hier und dort ragten hohe Steinmauern und Aussichtstürme auf.

Wieder fuhr er in den Tunnel. Und wieder war er von dem bunten Licht fasziniert, einfach von der ganzen Anlage. In regelmäßigen Abständen passierte er die Türen in der Felswand.

Als er das Tageslicht wieder erreicht hatte, fuhr er an der Mautstation vorbei und steuerte das Zentrum von Drøbak an. Er hielt auf dem großen Parkplatz neben dem staatlichen Alkoholladen. Er warf Geld in die Parkuhr und wanderte die Straße entlang. Inzwischen kannte er sich in der kleinen Stadt schon sehr gut aus. Er glaubte, eine junge Mutter mit zwei Kindern zu erkennen, die er bei seinem letzten Besuch hier gesehen hatte. Die alte Biertrinkerin aus dem Hafen war ihm auch schon zweimal über den Weg gelaufen.

Plötzlich stand er vor der großen Holzkirche. «Erlöserkirche», verkündete ein altes Schild über der Tür. Die Kirche war umgeben von grauen und gelben Holzhäusern. Hier hätte Kathrine im Mai konfirmiert werden sollen. Er wusste, dass die Pastorin und der Diakon in Verbindung mit dem Verschwinden vernommen worden waren. Er legte die Hand auf die Klinke und zog die hohe Holztür auf. Dann betrat er die kühle Kirche. Es war ganz still. Die Tür fiel hinter ihm ins Schloss. Er blieb einen Moment stehen, dann ging er langsam durch den Mittelgang. Es war eine schlichte, aber schöne Kirche. Er ging bis zum Altar weiter. Er war von einem Gefühl der Trauer erfüllt. Seine Mutter war tot. Brenda Moen war tot, und Kathrine war tot. Überall auf der Welt mussten Menschen sich ihrer Trauer stellen. Trotzdem waren Menschen, die jemanden verloren hatten, so einsam. Und der Tod war so fremd, beängstigend und unbekannt.

Er war in Gedanken versunken und betrachtete das Jesusbild, als er plötzlich hinter sich eine Bewegung registrierte. Er fuhr herum. Eine Frau von vielleicht vierzig oder fünfzig Jahren musterte ihn neugierig. «Kann ich Ihnen irgendwie behilflich sein?», fragte sie mit dunkler Stimme.

Cato Isaksen lächelte rasch. Er war ein wenig verlegen, fühlte sich wie auf frischer Tat ertappt. Trotzdem stellte er sich kurz vor und erklärte, warum er sich in der Kirche aufhielt.

Die Frau, die Hose und Pullover trug, wurde ernst. Sie war die Pastorin, von der Kathrine hätte konfirmiert werden sollen. Sie berichtete von den Vernehmungen bei der Kripo und der Polizei von Follo und bedauerte, dass sie keine hilfreichen Auskünfte hatte geben können. Sie blickte ihn nachdenklich an. «Nachdem die Polizei hier gewesen war, ist mir dann doch noch etwas eingefallen», sagte sie. «Aber ich hielt es für ziemlich unwichtig, deshalb habe ich mich nicht mehr gemeldet.»

Cato Isaksen musterte sie neugierig. Sie zögerte für einen Moment, dann fügte sie hinzu: «Wir haben ja auch Gesprächsrunden mit den Konfirmandinnen und Konfirmanden. Stunden, in denen wir über alles Mögliche diskutieren. Viele gehen ja derzeit zur Jugendweihe, und um nicht noch mehr Jugendliche zu verlieren, haben wir den Unterricht ein wenig umgestellt. Wir reden nicht nur über Gott und Jesus, so wie früher. Und einmal kam die ablehnende Haltung zur Sprache, die die Kirche der Homosexualität gegenüber einnimmt. Die Stimmung war ziemlich gereizt, wenn ich das so sagen darf. Wir haben ja die Schrift, an die wir uns halten müssen, aber die jungen Leute von heute sehen das alles viel freimütiger, und unsere alte Kirche kann damit nicht Schritt halten. Kathrine hat sich an dieser Diskussion sehr eifrig beteiligt. Vor allem, als über Abweichungen im Allgemeinen gesprochen wurde.»

«Ach was.» Cato Isaksen musterte sie gespannt. Einige Sonnenstrahlen trafen eine Glasmalerei, die das Licht durch ihre blauen und roten Glasscheiben filterte, ehe sie es wie eine Säule in den Mittelgang legte.

«Es wurde also über Menschen geredet, die auf irgendeine Weise anders sind», sagte die Pastorin. «Kathrine hat dabei mehr als nur angedeutet, dass sie sich für anders hielt.»

«Auf welche Weise anders?»

«Das weiß ich nicht so recht. Wir waren alle ein wenig neugierig, aber sie spielte die Geheimnisvolle. Ich bin nicht sicher, ob das etwas mit Homosexualität zu tun hatte. Kathrine kam mir ziemlich frühreif vor, wenn ich das so sagen darf.»

Cato Isaksen nickte. Die Pastorin war nicht die Erste, die ein solches Bild von Kathrine zeichnete.

«Ich kam also zu dem Schluss, dass sie etwas über irgendeinen erwachsenen Menschen wusste, womit sie nicht so recht fertig wurde», sagte die Pastorin und schlug die Arme übereinander. «Ich habe damals eigentlich nicht weiter darüber nachgedacht. Aber später nahm ich mir dann vor, noch einmal mit ihr zu sprechen. Ich bin ja daran gewöhnt, dass Jugendliche gern provozieren, aber auf irgendeine Weise hatte ich den Eindruck, dass Kathrine auch von etwas Traurigem belastet wurde.»

«In welcher Hinsicht?»

«Sie war so aggressiv, war eigentlich ein wenig ungenießbar, wenn ich das so sagen darf. Nicht, dass das wirklich etwas Besonderes wäre. Nein, ich weiß nicht», sagte die Pastorin. «Vielleicht irre ich mich ja auch.»

«Maiken Stenberg hat auch am Unterricht teilgenommen, nicht wahr?» Cato Isaksen verlagerte sein Gewicht von einem Bein aufs andere.

Die Pastorin nickte. «Ja, aber sie ist ein ganz anderer Mensch», sagte sie.

«Aber die beiden waren doch eng befreundet.»

«Das schon. Aber Maiken ist reflektiert und ausgeglichen. Ein reizendes Mädchen, das alle mögen, glaube ich.»

«Gab es viele, die Kathrine nicht leiden mochten?»

«Nein. Das kann ich Ihnen wirklich nicht sagen. Aber sie konnte ziemlich herausfordernd sein, und ich habe mich wirklich einige Male gefragt, warum sie überhaupt konfirmiert werden wollte. Einmal sagte sie, es gehe ihr allein ums Geld.»

Cato Isaksen gefiel es, wie die Pastorin sich ausdrückte. Hier stand sie vor ihm und war eine ganz normale Frau. Intuitiv wusste er, dass er mit ihr wohl reden könnte.

«Auf irgendeine Weise kam dann die Sache mit der Kleidung zur Sprache», sagte die Pastorin jetzt. «Sie wissen ja, die Mädchen heute, die ziehen sich an wie Popstars, mit nacktem Bauch und überhaupt. Kathrine war auch bei diesem Thema sehr eifrig dabei. Sie redete sich richtig in Rage, sagte, sie wolle sich auch in Zukunft so anziehen, wie ihr das passte. Eigentlich hat sie sich immer recht erwachsen ausgedrückt.»

«Was hat sie gesagt?»

«Wortwörtlich weiß ich das nicht mehr. Aber es ging darum, dass junge Mädchen das Recht haben müssen, sich herausfordernd zu kleiden – damit sie gesehen werden.»

«Von wem gesehen?»

«Von Männern. So jedenfalls habe ich das gedeutet. Sie sagte, dass es jungen Mädchen gut täte, wenn sie angesehen werden, damit sie danach ihre eigenen Grenzen ziehen können.»

Die Pastorin lächelte ihn an und schaute auf die Uhr. «Tut mir Leid», sagte sie. «Aber ich muss los.»

Cato Isaksen bedankte sich für das Gespräch und sagte ihr noch kurz, wie schön die Kirche sei, dann ging er durch den Mittelgang, öffnete die schwere Tür und stand wieder draußen. Die Wärme schlug ihm entgegen, die Nachmittagssonne hing gelb über den Häusern. Er ging zu seinem Wagen zurück und setzte sich hinters Steuer. Dort blieb er eine Weile sitzen, um sich die Worte der Pastorin noch einmal durch den Kopf gehen zu lassen, dann drehte er den Zündschlüssel um und fuhr zurück zum Tunnel und nach Asker.

Cato Isaksen musterte die fremden Menschen vor der Kapelle. Er kannte sie nicht, hielt sie aber für alte Bekannte seiner Mutter. Er kniff im Sonnenlicht die Augen zusammen. Bei seinem letzten Gespräch mit Helena Bjerke hatte sie gefragt, ob er es für angebracht hielte, für Kathrine eine Gedenkfeier zu veranstalten. Ob die Kirche oder vielleicht irgendwer sonst ihr dabei helfen könnte. Cato Isaksen hatte nicht gewusst, was er dazu sagen sollte. Er konnte ihr nicht raten, weiter zu warten. Er glaubte ja auch nicht mehr, dass Kathrine Bjerke wieder auftauchen würde. Daran dachte er, als er die dunkle Kapelle betrat und den mit hellgelben Blumen bedeckten Sarg der Mutter sah.

Er fühlte sich leer und verlassen. Er war erschöpft. Es war eine Erleichterung, dass bald alles vorübersein würde. Gard und Vetle sahen in ihren dunklen Anzügen sehr gut aus. Georg trug einen Matrosenanzug, sein Schwesterchen ein rosa Kleid. Cato Isaksen begrüßte Sigrid und Hamza kurz, dann setzten die beiden sich mit ihrem Töchterchen weiter nach hinten. Er selbst ging mit Georg zur vordersten Bank, wo Bente und die Jungen bereits Platz genommen hatten. Georg summte leise vor sich hin. Vetle beugte sich mahnend zu ihm vor: «Du darfst nicht singen, Oma ist tot», sagte er leise.

«Er ist so klein, das versteht er noch nicht», sagte Gard.

«Doch», sagte Georg. «Oma ist bei Gott.»

Die Trauer über den plötzlichen Tod seiner Mutter hatte seinen Appetit gedämpft. Cato Isaksen hatte an diesem Morgen nichts essen können. Jetzt hörte er, wie sein Magen knurrte. Das war ein seltsamer Gedanke. Hier ermittelte er in einem tragischen Fall, bei dem ein junges Mädchen verschwunden und eine alte Frau ermordet worden waren.

Trotzdem waren es das Verschwinden des Katers und der Tod der Mutter, die ihm Schlaf und Appetit raubten. Eigentlich Bagatellen im Vergleich zu dem, was viele andere durchmachen mussten. Sie hatten am Vorabend darüber gesprochen, er und Bente. Wie natürlich der Tod eigentlich war, aber wie schrecklich er wirkte, wenn man selber davon betroffen war. Sie hatte etwas Kluges gesagt: «Es sind keine Bagatellen, sondern Megatellen», hatte sie gesagt. Bei dieser Erinnerung lächelte er kurz. Megatellen waren große Bagatellen. Das würde er sich merken.

Als die Trauerfeier beginnen sollte, wurde die Tür geöffnet und es kam noch jemand mit leisen Schritten herein. Cato Isaksen drehte sich um und entdeckte Ellen Grue und Roger Høibakk, die lautlos in die hinterste Bank glitten. Und dann kamen die Tränen.

KATHRINES KARTE TRAF am Samstag, dem 9. Juni ein. Sie war zwei Tage zuvor im schwedischen Årjäng abgestempelt worden und an Helena Bjerke adressiert. Die Karte zeigte eine Straßenszene aus der Ortsmitte des kleinen Årjäng, teilte Roger Høibakk erregt per Telefon mit. «Helena Bjerke hat eben angerufen. Sie ist total außer sich und begreift nicht, was das zu bedeuten hat», meinte Roger.

Cato Isaksen stand zu Hause in der Diele. Er hatte eben Georg eine blaue Hose und einen roten Pullover angezogen. Sie wollten für das Wochenende einkaufen. Bente saß im Morgenrock im Badezimmer und las die Zeitung. Vetle schlief noch.

«Helena Bjerke hält es für eine Fälschung», sagte der Kollege jetzt. «Kathrine bittet ihre Mutter um Vergebung.»

«Hast du die Karte?» Cato Isaksen öffnete die Tür und gab Georg ein Zeichen, draußen zu warten. Der Junge versetzte der Tür einen leichten Tritt und drehte sich um, um seinen Vater anzusehen, ehe er verschwand.

«Auf der Karte steht: Liebe Mama. Verzeih mir. Mir geht es gut. Das mit Oma ist traurig, Deine Kathrine.»

Cato Isaksen ließ sich auf einen Stuhl fallen. Die Gedanken wirbelten ihm durch den Kopf.

«Helena Bjerke sagt, dass Kathrine niemals so etwas geschrieben hätte», sagte Roger Høibakk.

«Und die Schrift?»

«Die sieht aus wie ihre, sagt sie. – Aber natürlich müssen wir die Karte analysieren lassen.»

«Ich werde sie sofort holen», sagte Cato Isaksen und beendete das Gespräch. Bente stand in der Küchentür und blickte ihn resigniert an. «Was ist denn jetzt schon wieder?», fragte sie.

«Etwas Neues im Fall Kathrine Bjerke. Ich nehme Georg mit», sagte er rasch und lief aus dem Haus.

Helena Bjerke wanderte ruhelos in ihrem Wohnzimmer hin und her. Sie hätte sich am liebsten ins Auto gesetzt, um unverzüglich nach Schweden zu fahren. In ihr kochte der Zorn hoch. Doch er war vermischt mit Furcht und Angst, es könne nicht stimmen, dass Kathrine noch lebte. Denn vielleicht stammte die Karte ja doch von ihrer Tochter, obwohl Helena sie der Polizei gegenüber als Fälschung bezeichnet hatte. Wie konnte das Mädchen einfach so verschwinden, ohne Bescheid zu sagen, ohne mitzuteilen, dass sie noch am Leben war. Diese verdammte Göre! Sie hatte Tage bei der Arbeit angerufen und ihn gebeten, nach Hause zu kommen. Es war Samstag und im Einkaufszentrum war die Hölle los, aber das war ihr jetzt egal. Sie wollte glauben, dass Kathrine noch lebte. Cato Isaksen wollte die Karte abholen. Er nahm sie immer ernst. Konnte dieser verfluchte Tage nicht endlich nach Hause kommen, damit sie sich sofort auf den Weg nach Årjäng machen könnten! Was hatte diese Pastorin noch gesagt? Alles kommt an den Tag, hatte sie gesagt, als Helena sie wegen der Gedenkfeier angesprochen hatte. Aber aus der würde jetzt natürlich nichts werden. Helena Bjerke sprang mehrere Male auf und setzte sich dann wieder. «Alles wird gut», sagte sie laut. Sie fischte ihre Zigarettenpackung hervor und zog mit zitternden Fingern eine Zigarette heraus, die ihr dann gleich auf den Boden fiel. Sie bückte sich und hob sie hoch, fluchte und steckte sie wieder in den Mund. Das Nikotin beruhigte sie für einen Moment, dann war sie wieder auf den Beinen und lief im Zimmer hin und her. Sie ging am Spiegel in der Diele vorbei und sah ihr Gesicht im erbarmungslosen Licht. Jeden Flecken, jede Runzel. Alle Linien, die in den vergangenen Monaten die Angst in ihre Haut gekerbt hatte. Ihre Miene, verbissen und gequält. «Du Arme», sagte sie laut und brach in Tränen aus.

Die Karte lag mitten auf dem Tisch. Sie war sich sicher, dass es Kathrines Schrift war, aber warum drückte sie sich so seltsam aus? «Das mit Oma ist traurig. Deine Kathrine.» Eine scharfe Gewissheit überkam sie plötzlich und ließ sie laut aufschreien. Wütend drückte sie die Zigarette im Aschenbecher aus. Dann hob sie die Hände an ihren Kopf und bohrte die Finger in ihre Haare. Die Karte kam nicht von Kathrine. Niemals hätte sie das so geschrieben. Sie formulierte niemals so. Falls sie sich nicht verändert hatte. Wenn ihr nicht etwas Entsetzliches zugestoßen war. Vielleicht war sie drogensüchtig geworden, hatte sich eine neue Persönlichkeit zugelegt. Vielleicht hatte sie auch etwas mit dem Mord an ihrer Großmutter zu tun. Herrgott, diese Vorstellung war unerträglich. Der Schmerz jagte durch ihren Bauch. Vielleicht waren aus der Wohnung der Mutter wertvolle Dinge verschwunden, ohne dass es ihnen aufgefallen war. Sie musste Alf Boris anrufen. Als sie zum Telefonhörer griff, waren ihre Hände schweißnass vor Angst.

Cato Isaksen bog von der Straße ab und hielt vor der Garage. Georg sprang hinaus, bückte sich, hob eine Hand voll Kieselsteine auf und warf sie auf den Rasen. Sein Vater nahm ihn an der Hand und ging auf die Tür zu, die geöffnet wurde, noch ehe er klingeln konnte. Helena Bjerke reichte ihm die Karte. Er bat sie freundlich, sie in eine Plastiktüte zu stecken. «Es hat doch keinen Sinn, noch mehr Fingerabdrücke zu produzieren als unbedingt nötig», sagte er ruhig.

Sie blickte ihn verständnislos an und bat ihn ins Haus. «Das ist ihre Schrift», sagte sie. «Sie hat das wirklich geschrieben.»

«Sind Sie sich da ganz sicher?» Der Fahnder folgte ihr in die Diele. Georg hielt die ganze Zeit brav seine Hand. Er schien zu verstehen, dass es der Frau sehr schlecht ging, schließlich hatte sie ihn nicht einmal begrüßt.

Helena Bjerke öffnete eine Küchenschublade, zog eine Rolle durchsichtiger Plastiktüten hervor und schob die Karte in eine davon. «Hier», sagte sie und reichte sie ihm. «Ich sehe doch, dass sie das geschrieben hat.»

Cato Isaksen ließ die Hand seines Sohnes los und hob die

Tüte mit der Karte hoch. Helena Bjerke würdigte den Jungen noch immer keines Blickes.

Cato Isaksen fragte, ob sie Briefe oder Schulhefte von Kathrine ausleihen könnten, um die Schrift zu vergleichen.

«Wir werden gleich losfahren, sowie Tage von der Arbeit kommt», sagte Helena Bjerke mit harter Stimme, dann lief sie die Treppe hoch und öffnete die Tür zum Zimmer ihrer Tochter. Sie riss Schubladen und Schränke auf. Plötzlich stand sie mit einem Karton in der Hand da. Sie öffnete ihn und hätte laut schreien mögen, als sie Kathrines ausrangierte Barbie-Puppen und Puppenkleider entdeckte. Alles fiel ihr auf den Boden. Puppen und Kleider landeten auf dem grünen Flickenteppich. Sie ging in die Hocke und begann alles aufzulesen. Sie sah die steifen Gesichter und die spitzen Brüste der Puppen. Der kleine Barbiehund und die vielen schönen Kleider, das alles ließ die Übelkeit in ihr aufsteigen. Sie stellte den Karton wieder in den Schrank, drehte sich um und starrte das Bild von Kathrine an, das an der Wand hing. Die blonden Haare, den frechen, munteren Blick.

Cato Isaksen musterte die Karte in der Plastiktüte. Er musterte den Poststempel. Årjäng stand in dem Kreis. Die Karte war zwei Tage zuvor abgestempelt worden. Helena Bjerke kam mit einem Stapel Briefe und einigen Schulheften nach unten.

Georg wurde jetzt ungeduldig. «Wir gehen, Papa», sagte er. Helena Bjerke achtete noch immer nicht auf ihn.

«Ich frage mich, ob sie vielleicht drogensüchtig ist.» Helena Bjerke ließ den Finger über einige erstarrte rote Saftflecken auf dem Küchentisch wandern. «Oder ob sie sich da unten auf der Straße herumtreibt. Oder ob sie bei Tages Familie wohnt.»

Cato Isaksen spitzte die Ohren. «Stammt Tage Wolter aus Årjäng?», fragte er.

«Ja, und seine Mutter und sein Bruder wohnen dort unten.

Ich habe seine Mutter schon angerufen. Aber sie sagt, sie habe Kathrine nicht gesehen.»

«Årjäng ist ja nicht weit von hier, nur einige Autostunden», sagte Cato Isaksen und sah zu, wie Georg zum Küchenfenster ging und auf das Vogelbrett hinausstarrte. Kann es denn wirklich eine so einfache Erklärung geben, fragte er sich. Ist Kathrine einfach durchgebrannt und hat sich bei der Familie ihres Stiefvaters niedergelassen? Und wenn ja, kann sie dann etwas mit dem Mord an ihrer Großmutter zu tun haben? «Das ist neu für uns», sagte er. «Dass sie Kontakt zu Herrn Wolters Familie hat.»

«Hat sie auch nicht.» Helena Bjerke starrte ihn an. Die Angst ließ ihr Gesicht wütend aussehen. «Sie kennt sie nicht einmal. Ist ihnen nie begegnet. Tage ist mit ihnen zerstritten.»

Es wurde ein chaotischer Samstag. Cato Isaksen brachte Kathrines Karte, die Schulhefte und die Briefe zur Analyse. Da es ein Wochenende war, würde die Arbeit daran erst am Montag beginnen. Er bat um eine einstweilige Einschätzung, kannte die Antwort im Grunde aber schon im Voraus. Es war nicht schwer zu sehen, dass die Schrift überall dieselbe war.

«Kann es sein, dass sie ihren Stiefvater bestrafen will, indem sie seine Familie besucht, die er hasst?» Roger Høibakk zog sich rasch seinen schwarzen Kamm durch die Haare.

Cato Isaksen versuchte Georg zu beruhigen, der inzwischen laut herumquängelte. Er versprach ihm für später ein Spielzeugauto, wenn er nur noch eine halbe Stunde durchhielt. Er rief Bente an und bat sie, den Einkauf zu übernehmen.

Roger und er kamen zu dem Schluss, dass sie nach Årjäng fahren mussten. Nach vielem Hin und Her mit den Kollegen aus Follo wurden Cato Isaksen selbst und Roger Høibakk mit der Fahrt beauftragt. Sie beschlossen am Montagmorgen um acht vom Polizeigebäude aus loszufahren. Läden und Lokale mussten schließlich geöffnet sein, wenn sie nach Kathrine suchen und die Leute fragen sollten, ob sie sie gesehen hätten.

«Es könnte ja interessant sein, zuerst überhaupt mal zu wissen, ob das wirklich ihre Schrift ist», meinte Randi Johansen.

«Das spielt eigentlich keine Rolle», sagte Roger Høibakk. «Wenn die Karte nicht von ihr stammt, dann haben wir umso mehr Grund, der Sache nachzugehen.»

«Diese Familie des Stiefvaters. Was wissen wir über die?» Preben Ulriksen stand auf und öffnete das Fenster. Das Zimmer war warm und stickig.

«Das ist ihre Schrift», sagte Asle Tengs und musterte die Kopie der Karte. Er hielt sie neben ein Schreibheft, das Kathrine vollgekritzelt hatte. «Alles Scheiße, wie immer. Die Alte ist sauer. Tage ist ein Trottel. Kenneth und Maiken sind ok. Kathrine, Kathrine, Kathrine.»

«Die Mutter sagt, dass sie niemals ‹deine Kathrine› geschrieben hätte», sagte Cato Isaksen ernst. «Aber vielleicht hat sie so ein schlechtes Gewissen, weil sie ihrer Mutter das alles angetan hat, dass sie jetzt ein wenig dicker aufträgt.»

«Schwer zu sagen», meinte Preben Ulriksen und erhob sich, um einen Stapel Unterlagen vor Georg zu retten, der sie gerade zu Papierfliegern verarbeiten wollte.

Am Sonntag fuhr Cato Isaksen mit Bente und Georg zum Frognerpark. Danach aßen sie in Peppes Pizza am Frognerplatz. Cato war nervös. Er konnte den Montag und die Fahrt nach Schweden fast nicht erwarten. Kathrine Bjerke war für ihn plötzlich zu einem lebenden Menschen geworden. Was machte sie da eigentlich? An diesem Abend konnte er nicht schlafen. Sie hatten am nächsten Tag eine weite Strecke vor sich, aber die Gedanken wirbelten ihm durch den Kopf. War sie denn total gefühllos? Auch die Aussagen der Pastorin machten ihm zu schaffen. Mädchen in diesem Alter wirkten oft zäh und stark, er wusste aber, dass sie sich innerlich ganz klein und jämmerlich fühlen konnten. Und das konnte etwas in anderen Menschen ansprechen, die sie daraufhin ausnützten. Was hatte Kathrine damit gemeint, dass sie einen Menschen kannte, der sich abweichend verhielt? Hatte sie sich auch das aus den Fingern gesogen, um zu provozieren?

Vetle hatte vor kurzem etwas gesagt, dass Cato Isaksen nicht vergessen hatte. Bente hatte dem Jungen Geld für neue Kleider gegeben. «Aber kauf dir etwas Fescheres als sonst», hatte sie gesagt. «Nicht solchen langweiligen Kram wie beim letzten Mal. Darin siehst du aus, als wolltest du dich verstecken. Wir sehen dich sozusagen gar nicht.»

«Das ist ja auch der Sinn der Sache», hatte der Sohn gemurmelt und war dann rasch aus dem Haus gelaufen.

Und Kathrine, wollte die sich auch verstecken? War sie deshalb verschwunden, oder wollte sie dadurch jemanden bestrafen? Wären auch seine Söhne dazu fähig? Kinder, die heranwuchsen, konnte man nicht begreifen und auch nicht lenken. Man konnte überhaupt nichts lenken. Cato Isaksen empfand beim Gedanken an die Vaterrolle eine tiefe Ohnmacht.

Um zehn nach acht Uhr am nächsten Morgen fuhren die Ermittler in Oslo los. Es war ein heller Tag mit strahlendem Sonnenschein. Cato Isaksen fühlte sich müde und schlecht in Form. Und außerdem bildete dieser schöne Tag einen dermaßen schreienden Kontrast zu der Aufgabe, die vor ihnen lag, dass er sich dabei ertappte, wie er sich Nebel und Regen wünschte.

Nach anderthalb Stunden Fahrt hielten sie bei einer Raststätte gleich hinter der Grenze und bestellten ein Brot und eine Tasse Kaffee. Cato Isaksen gähnte und bat Roger das Steuer zu übernehmen.

«Ich habe letzte Nacht schlecht geschlafen», sagte er.

DER ORTSKERN von Årjäng machte nicht viel von sich her. Ein alter Marktflecken, ein wenig Kleinindustrie, eine Trabbahn. Vorhin noch hatte ein großes Schild am Straßenrand sie in Värmland willkommen geheißen. Der Ort lag fünfundzwanzig Kilometer von der norwegischen Grenze entfernt. Roger Høibakk fuhr zu schnell. «Aufpassen», sagte Cato Isaksen, «damit wir nicht hinter schwedischen Gardinen landen.» Høibakk lachte.

Cato Isaksen betrachtete die Umgebung. Die Landschaft sah aus wie in Norwegen. Weite Felder und Waldgebiete, kleine Läden und Häuser am Straßenrand. Als sie sich Årjäng näherten, passierten sie einige Hochhäuser, die nicht hierherpassten. Helena Bjerke und Tage Wolter waren am Vortag in Årjäng gewesen. Cato Isaksen hatte sie angerufen, um sich nach dieser Fahrt zu erkundigen, um zu fragen, ob es etwas Neues gebe. Das war jedoch nicht der Fall. Er hatte mit Tage Wolter gesprochen. Der Stiefvater berichtete, dass sie seine Mutter in der Kate besucht hatten, die sie und Tages Bruder in der Nähe von Järnsjön bewohnten. Die beiden hatten Kathrine nicht gesehen und auch nichts von ihr gehört, behaupteten sie. Eigentlich passte es Cato Isaksen nicht, dass Tage Wolter vor ihm hier gewesen war. Er wusste nicht, was er von diesem Mann halten sollte. Aber jetzt konnte es ja auch den Anschein erwecken, als sei Kathrine freiwillig verschwunden.

Roger Høibakk hielt vor einer Parkuhr mitten im Ortskern. Die Ermittler drehten eine kleine Runde, suchten allerlei Läden auf und fragten, ob jemand Kathrine gesehen habe. Das Bild, das sie vorzeigten, war ein Klassenfoto aus dem Vorjahr. Niemand hatte sie gesehen, bis ein Obsthändler, der auch Ansichtskarten verkaufte, ein wenig unsicher wurde. «Aber es gibt ja so viele junge Mädchen, die so aussehen», sagte er dann und änderte seine Meinung. «Nein, ich glaube nicht, dass ich sie gesehen habe», sagte er.

Die gleiche Karte mit dem Bild der Hauptstraße, die Kathrine geschickt hatte, wurde beim Obsthändler, in einem

Buchladen und am Kiosk auf dem Marktplatz verkauft. «Sie muss doch hier gewesen sein», sagte Roger Høibakk voller Überzeugung.

Sie ließen sich die Nummer der Lokalzeitung geben und machten ab, dass dort am folgenden Tag eine Vermisstenmeldung mit Kathrines Bild veröffentlicht werden sollte. Dann nahmen sie noch Kontakt zu einem lokalen Radiosender auf.

Es ging schon auf zwölf Uhr zu, als sie auf einem kleinen Hof bei Sanda in der Nähe von Järnsjön vorfuhren. Vor dem Haus stand ein alter weißer Saab. Ein niedriges rotes Wohnhaus und einige ziemlich baufällige Wirtschaftsgebäude, sicher Stall und Scheune, umgaben den Hofplatz. Blumen und Unkraut quollen durch den Kies auf der unebenen Auffahrt.

Eine ältere Frau in karierter Hose und hellblauem Wollpullover kam aus dem Haus. Sie hatte sie offenbar schon erwartet. Sie war kräftig und hatte ein breites, farbloses Gesicht. Der Bauch wölbte sich vor unter dem eng sitzenden Pullover, der offenbar auch schon bessere Tage gesehen hatte. Auch ihre Hände waren groß.

Sie stellte sich als Agnetha Wolter vor und reichte den Ermittlern die Hand.

«Sie waren schon hier», sagte sie mit trauriger Stimme. «Mein Sohn und seine Freundin. Das ist alles so schrecklich.»

Cato Isaksen sah auf sie herunter. Sie konnte unmöglich größer als einen Meter sechzig sein. Johan Wolter kam aus dem Haus, das wohl der Stall war. Tage Wolters Bruder hatte keinerlei Ähnlichkeit mit Kathrine Bjerkes Stiefvater.

Johan Wolter war ein kleiner, kräftiger Mann mit groben Augenbrauen. Er hatte das gleiche breite Gesicht wie seine Mutter und trug Arbeitskluft. Cato Isaksen dachte, dass Tage Wolter und sein Bruder unmöglich denselben Vater haben könnten. Der Mann begrüßte die Ermittler kurz und schwieg dann.

Aus der Scheune kam eine schwarze Katze. Cato Isaksen bückte sich und streichelte sie. Er dachte an seinen verschwundenen Kater Marmelade.

Sie wurden in die große Küche gebeten. Sie ließen sich an dem alten Küchentisch nieder. Cato Isaksen nahm die Kaffeetasse, die die alte Dame ihm reichte. «Wann haben Sie Ihren Sohn zuletzt gesehen? Abgesehen von gestern», fragte er.

«Ach, das ist schon viele Jahre her», sagte sie leise.

«Können Sie mir sagen, warum?»

«Nein», erklärte sie und schaute ihn aus ihren hellblauen Augen an. Sie hatte ihre grauen Haare aus ihrem Gesicht gekämmt und hinten zu einem Knoten hochgesteckt.

«Es geht um Geld.» Johan Wolter kam herein. Er zog seine Arbeitshandschuhe aus und legte sie auf eine Kommode. «Wir werden nicht renovieren. Wir werden verkaufen», sagte er mit harter Stimme. «Tage ist uns überhaupt keine Hilfe. Er ist ein Lügner und ein Heuchler.»

Die Mutter winkte ab. «Darüber wird nicht geredet», sagte sie und wandte sich wieder den Ermittlern zu.

«Mein Bruder soll sich zum Teufel scheren», erklärte Johan Wolter unverdrossen.

«Nein, Johan, lass das.» Die Mutter wehrte unglücklich ab. Es war ganz deutlich, dass sie über dieses Thema unter keinen Umständen reden wollte. «Wir kennen diese Kathrine überhaupt nicht», sagte sie dann. «Das mit der Karte begreifen wir deshalb nicht.»

«Sie war jedenfalls nicht hier», erklärte Johan Wolter mit mürrischem Gesicht und verließ das Haus.

Die Ermittler erfuhren, dass der kleine Hof schon seit vielen Jahren nicht mehr betrieben wurde, da Johan Wolter sich und seine Mutter als Automechaniker am Leben hielt. «Er hat sich da in der Scheune eine Art Werkstatt eingerichtet», sagte die Mutter und nickte müde. «Es ist schwer», sagte sie bitter. «Aber in Norwegen sind Sie ja so reich.»

Cato Isaksen und Roger Høibakk lächelten ein wenig über diese Behauptung und versuchten ihr klarzumachen, dass arme Leute in Norwegen ebenso arm waren wie in Schweden. Aber auf dem Ohr schien die Frau taub zu sein.

«Die sind einfach gefahren», sagte sie und seufzte. «Sie war so wütend, diese Helena», fügte sie hinzu. «Was ist da eigentlich passiert?»

Cato Isaksen erzählte von Brenda Elise Moen, die vor ihrem eigenen Haus erschossen worden war. Er sagte, er glaube, dass Helena Bjerke ihre Mutter sehr geliebt hatte. Und da außerdem noch ihre Tochter verschwunden sei, sei es wohl kein Wunder, dass sie mit den Nerven am Ende war.

Agnetha Wolter wirkte aufrichtig geschockt und überrascht. «Davon haben sie nichts gesagt. Wir wissen ja nichts», sagte sie leise.

Als sie sich auf die Rückfahrt nach Oslo machten, saß Cato Isaksen hinter dem Lenkrad. Er hielt an einer Kreuzung und ließ einen Lastwagen vorbei. Was konnte der Grund dafür sein, dass Familie Wolter nicht miteinander sprach?

«Was für Menschen», sagte Høibakk. «Gott straft die Schweine damit, dass er sie wie Schweine aussehen lässt.»

«Wie meinst du das?»

«Die Mutter sieht aus wie ein Schwein. Der Sohn auch. Hast du Johan Wolters Hose nicht gesehen? Hosenträger und überhaupt. Er hat Tage Wolter als Lügner und Heuchler bezeichnet. Aber sind Leute, die so über andere reden, nicht eher selbst so?»

«Ich fand sie ja auch ein bisschen komisch», sagte Cato Isaksen. «Und Tage Wolter muss ja einen überaus gutaussehenden Vater gehabt haben», fügte er hinzu.

Sie hielten bei allerlei Lokalen und Hotels, um zu fragen, ob Kathrine dort vielleicht nach einem Job gefragt haben könnte. Aber niemand wusste etwas über sie.

Sie fuhren weiter. Roger Høibakk wäre auf dem Beifahrersitz fast eingenickt. Dann riss er die Augen plötzlich wieder auf und schaute zu seinem Kollegen hinüber.

«Alles verdammt seltsam», sagte er. «Ich habe ein widerliches Gefühl.» Cato Isaksen konzentrierte sich auf die Straße.

«Ich glaube nicht, dass wir unsere Fantasie mit uns durchgehen lassen sollten», meinte er.

«Aber warum ist sie gerade hierher gekommen? Sie muss doch gewusst haben, dass die Mutter ihres Stiefvaters hier lebt.»

«Falls sie überhaupt hier war.»

«Natürlich war sie das. Aber andererseits», meinte er, «ist es schon seltsam, dass niemand sie gesehen hat.»

«Das ist überhaupt nicht seltsam», widersprach Cato Isaksen. «Die meisten schauen nicht so genau hin.»

«Ich glaube, sie hat die Karte geschrieben», erklärte Roger Høibakk.

Cato Isaksen hob die eine Hand vom Lenkrad und fuhr sich müde über die Stirn. «In ein paar Tagen kommt die Schriftanalyse», sagte er und ließ seinen Blick über die Landschaft gleiten. Über Äcker und Wälder und die verstreute Bebauung. Die Sonne verschwand gerade hinter einigen hohen Tannen. Etwas sagte ihm, dass Kathrine Bjerke sich nicht in der Nähe befand. Das war vielleicht eine törichte Schlußfolgerung. Die Schrift auf der Karte mochte ja durchaus echt sein. Aber konnte nicht auch jemand Kathrine gezwungen haben, diese Karte zu schreiben?

ES GAB ETWAS, das Helena Bjerke bisher nicht erzählt hatte. Zwei Tage nach der Fahrt nach Schweden rief sie bei Cato Isaksen an. Sie gab zu, dass sie gelogen hatte, um ihren Lebensgefährten zu beschützen. «Es tut mir Leid», sagte sie traurig. «Aber ich war ganz sicher, dass Tage nichts mit Kathrines Verschwinden zu tun hat. Und jetzt weiß ich nicht mehr so genau, was ich glauben soll.»

Cato Isaksen bat sie, im Polizeigebäude vorbeizuschauen. «Das ist zu wichtig, um es am Telefon zu besprechen», erklärte er. Helena Bjerke versprach, sich sofort auf den Weg zu machen. Eine Stunde darauf stand sie im Foyer und wartete auf ihn.

Kathrine Bjerkes Mutter sah nicht gerade gepflegt aus. Sie trug eine alte Hose und einen verwaschenen rosa Pullover. Es war deutlich, dass sie morgens nicht geduscht hatte. Ihre halblangen Haare waren fettig und vernachlässigt. Randi Johansen wurde gebeten, an dem Gespräch teilzunehmen und Notizen zu machen.

«Ich habe gelogen», sagte Helena Bjerke müde. «Es tut mir Leid.»

Cato Isaksen musterte sie mit ernster Miene. «Warum wollten Sie ihn beschützen?»

«Ich wollte ihn nicht beschützen. Aber ich hatte die ganzen Gerüchte so satt. Ich kenne Tage doch», sagte sie leise. «Ich kenne ihn doch», sagte sie dann noch einmal. «Aber jetzt weiß ich es nicht mehr. Er war an dem Abend, an dem Kathrine verschwunden ist, nicht die ganze Zeit zu Hause.»

«Wann und wie lange war er fort?»

«Ich weiß es nicht mehr genau. Eine Dreiviertelstunde vielleicht. Von Viertel nach zehn bis elf oder so.»

«So spät noch?»

«Er wollte noch nach dem Boot schauen. Das macht er häufiger. Er musste bis neun arbeiten und kam erst um halb zehn nach Hause. Es war nach zehn, bis wir dann gegessen hatten. Ich muss jetzt einfach rauchen», sagte sie bittend.

Cato Isaksen nickte widerwillig und holte einen Aschenbecher, der schon lange nicht mehr benutzt worden war.

«Sie sind also bisher noch nicht auf die Idee gekommen, dass er etwas mit der Sache zu tun haben könnte», fragte er.

«Nein. Ich weiß nicht genau, wann er wieder da war», sagte sie und zündete mit einem grünen Feuerzeug ihre Zigarette an. «Er ist im Moment schrecklich traurig. Enttäuscht von mir», sagt er. Sie stieß Rauch aus. «Er beteuert, dass er nichts damit zu tun hat. Und das glaube ich ja auch gar nicht», fügte sie hinzu. «Aber ich will jetzt alles auf dem Tisch haben. Ich habe ein scheußliches Gefühl, was diese Karte angeht. Vielleicht hat jemand sie dazu gezwungen, sie zu schreiben.»

Randi Johansen schaute Helena Bjerke ruhig an. Sie konnte es nicht fassen, wie eine Frau ihren Geliebten beschützen konnte, statt die Wahrheit über ihr verschwundenes Kind ans Tageslicht zu holen. Mit einem gewissen Schaudern ging ihr auf, wie bereitwillig sie ihre Tochter geopfert hätte.

«Haben Sie darüber nachgedacht, was Maiken erzählt hat, dass er Kathrine unter der Dusche beobachtet hat?», fragte Cato Isaksen vorsichtig.

«Ja», sagte sie hart. «Das habe ich.»

«Und?»

«Ich kann es einfach nicht glauben», erklärte sie wütend. «Bitte, quälen Sie mich damit nicht mehr. Sie haben Kathrine nicht gekannt. Ich hätte das von Tage auch nicht erzählen dürfen. Das bereue ich jetzt schon.»

Randi Johansen schaute sie resigniert an. Auf irgendeine Weise machte Helena Bjerke jetzt eine Phase durch, in der sie einfach aufgegeben hatte. Ihr Zorn richtete sich gegen Kathrine. Das war vielleicht leichter zu ertragen, denn Kathrine war ja verschwunden. Stille breitete sich im Zimmer aus. Am Ende fragte Randi Johansen, ob sie keine Angst habe, sich zu irren. Ob ihr Freund nicht doch etwas mit Kathrines Verschwinden zu tun haben könne.

Helena Bjerke drückte wütend ihre Zigarette im Aschenbecher aus. «Doch», sagte sie verbissen und brach in Tränen aus. «Deshalb bin ich ja gekommen. Aber ich kann die Vorstellung nicht ertragen. Wenn die Angst auftaucht, dann scheint mein Körper sich mit Insekten zu füllen, die mich von innen her auffressen.» Wieder blickten die beiden Frauen einander an. Am Ende schlug Randi Johansen die Augen nieder.

«Wir wissen, dass Tage Wolter ein ziemliches Temperament hat», sagte Cato Isaksen ruhig. «Ist er gewalttätig?»

«Er wird auch nicht wütender als andere. Und wer hat das überhaupt behauptet?», fragte sie.

«Seine Mutter», sagte Cato Isaksen.

Sie schnaubte. «Die alte Kuh. Die zieht doch diesen Scheiß-Johan vor, dass es zum Himmel schreit. Haben Sie den übrigens auch getroffen?»

«Ja.»

«Und was halten Sie von so einem, der seiner Mutter am Rockzipfel hängt, damit er mal alles erbt? Tage hat sich immer schon allein versorgt. Ich glaube, sein Bruder könnte einen Menschen umbringen, nur, um das Geld für diesen Hof zu bekommen.»

Die anderen musterten sie schweigend. Sie war von der eigentlichen Frage abgewichen. Das kam durchaus vor und war nicht schwer zu verstehen.

«Kathrines Lehrerin sagt, sie hätte andere schikaniert», sagte Cato Isaksen.

«Ja», sagte Helena Bjerke kurz. «Das kann ich mir denken.»

«Und wie sehen Sie das?»

Sie schloss für einen Moment die Augen. «Sie wissen doch, wie Kinder sind», sagte sie resigniert. «Ich halte das für leicht übertrieben. Kinder müssen selber zurechtkommen.»

Peinliches Schweigen füllte das Zimmer. Randi Johansen und Cato Isaksen schauten aneinander vorbei.

«Sie war doch ein Einzelkind», sagte Helena Bjerke empört. «Sie war daran gewöhnt ihren Willen durchzusetzen.»

«War sie verwöhnt?»

«Ich weiß nicht. Wir haben uns oft gestritten. Über Kleider, darüber, wann sie zu Hause sein musste. Was sie durfte, mit wem sie zusammen war. Sie konnte schreckliche Wutanfälle bekommen.» Helena Bjerke wandte sich ab. «Sie fehlt mir so schrecklich. Ich würde so gern soviel anders machen.»

Cato Isaksen lag im Bett, auf dem Bauch, die Hände an den Seiten, und lauschte dem Regen, der auf die Steinplatten im Garten fiel. Er gönnte sich ein Mittagsschläfchen, was er normalerweise niemals tat.

Der Duft des frisch gemähten Grases schwebte ins Zimmer und gab der Luft eine Schärfe, die die Erinnerung aufreizte. Feuchtes Gras. Er und Ellen hatten sich einmal im Wald getroffen. Er erinnerte sich an den Geruch des feuchten Waldbodens und an Ellens gierigen Mund. Daran dachte er eine Weile. Danach dachte er an Kathrine Bjerke. Die Schriftanalyse hatte ergeben, dass die Postkarte wirklich von ihr geschrieben worden war. Aber wo steckte Kathrine? Hatte sie sich vielleicht irgendwo verborgen? Er sah ihr Gesicht vor sich, so wie er es auf den Fotos gesehen hatte. Sie hatte wirklich Ähnlichkeit mit Maiken Stenberg. Er würde Maiken irgendwann einmal danach fragen. Ob die beiden Mädchen über diese Ähnlichkeit gesprochen hatten?

Er musste außerdem Kenneth Hansens ältesten Bruder aufsuchen, Stein Ove. Er wollte feststellen, wann der das nächste Mal auf Urlaub kommen würde. Er hätte schon längst mit ihm sprechen müssen, aber immer war etwas dazwischen gekommen. Außerdem hatten die Kollegen in Follo und die Kripo ihn bereits mehrmals vernommen, aber das hatte auch nichts gebracht. Trotzdem konnte es wichtig sein, sich ein eigenes Bild von ihm zu machen. Aber zuerst würde er versuchen, mit Tage Wolter über das zu sprechen, was Helena Bjerke erzählt hatte.

Am folgenden Tag fuhr er direkt zum Einkaufszentrum. Der Stiefvater war diesmal nicht so abweisend. Er wusste vermutlich, was von ihm erwartet wurde. Sie setzten sich in das kleine Café gegenüber. Tage Wolter holte für beide am Tresen Kaffee. Er sah müde aus. Ist ja vielleicht auch kein Wunder, dachte Cato Isaksen. So viele Indizien sprachen gegen ihn. In der Abteilung hatten sie versucht, alle Informationen zusammenzutragen, die ihn in ein ungünstiges Licht rückten. Sie waren alle ungeduldig. Es fehlte nicht mehr viel, dann würden sie genug für eine Anklage zusammen haben.

«Helena sagt, dass Sie am Abend von Kathrines Verschwinden doch nicht die ganze Zeit zu Hause waren», sagte Cato Isaksen als Erstes.

«Ja», seufzte Tage Wolter. «So ist das. Ich war kurz unten beim Boot.»

«Sind Sie gefahren oder gegangen?»

«Gefahren.»

«Warum haben Sie das nicht gesagt?»

«Das gibt ja doch nur eine Masse Ärger», sagte Tage Wolter müde.

Cato Isaksen musterte ihn gelassen.

«Was haben Sie da unten gemacht?», fragte er dann. «Warum sind Sie hingefahren?»

«Warum? Das mach ich oft so. Ich war höchstens eine halbe Stunde unterwegs. Ich wollte nur sehen, ob alles in Ordnung war.»

«Hat das Boot dabei die ganze Zeit im Hafen gelegen oder haben Sie einen kleinen Ausflug gemacht?»

«Nein, zum Teufel. Wie hätte ich das denn schaffen sollen?» Er rutschte unruhig hin und her. Er sah wütend aus. «Ich begreife nicht, wie Helena das tun konnte», murmelte er.

«Was denn?»

«Mir so einen Streich spielen.»

«Das kann doch nicht von Bedeutung sein, so lange Sie nichts mit Kathrines Verschwinden zu tun haben. Es ist verboten, die Polizei zu belügen, und ich muss schon sagen, dass diese Information uns als sehr wichtig erscheint.»

«Na gut», sagte Tage Wolter. «Aber sie ist doch nicht verschwunden. Sie scheint ja freiwillig abgehauen zu sein.»

«Dieser Eindruck kann vielleicht entstehen», sagte Cato Isaksen. «Aber wir sind doch der Ansicht, dass wir nicht so einfach davon ausgehen können. Irgendwer kann sie dazu gezwungen haben, diese Karte zu schreiben. Außerdem sind nach unseren Vermisstenmeldungen in den schwedischen Medien keine Tipps oder Hinweise eingetroffen.»

Tage Wolter war blass geworden. Er machte sich an seiner Kaffeetasse zu schaffen und starrte die Tischplatte an.

«Helena hat gesagt, Sie seien an dem Abend, als Kathrine verschwunden ist, um elf Uhr abends wieder zu Hause gewesen. Das war kurz, nachdem Maiken sich von ihr verabschiedet und Lars Lofthus sie unten an der Mautstation abgesetzt hatte.»

«Das kann schon sein.»

«Sie haben ein ziemliches Temperament, stimmt das nicht?»

«Jetzt reicht es aber wirklich.» Tage Wolter hob abwehrend beide Hände und stand auf.

«Bitte, bleiben Sie sitzen», sagte Cato Isaksen kalt. Was die Pastorin über Kathrine erzählt hatte, war ihm in der ganzen Zeit nicht aus dem Kopf gegangen. Das mit den Abweichungen, dass Kathrine etwas über jemanden wusste, mit dem sie offenbar nicht umgehen konnte. Konnte Tage Wolter vielleicht pädophil sein?

Am selben Morgen hatte die Polizei seinen Computer und den Computer, zu dem er bei der Arbeit Zugang hatte, beschlagnahmt. Jetzt gingen die Fachleute die Dateien durch, um festzustellen, ob es dort etwas Interessantes geben könnte. Roger Høibakk hielt das für viel zu spät. Er meinte, sie hätten das schon vor Wochen erledigen sollen. Cato Isaksen stimmte ihm da zu. Das Problem war nur, dass sie vorher keinen Grund dazu gehabt hatten. Randi Johansen fand, sie hätten auch jetzt keinen, aber Tage Wolter hatte sein Einverständnis gegeben, und das hatte alles sehr viel leichter gemacht.

Kathrine Bjerkes Stiefvater merkte, dass ihm schwindlig wurde. Das Gesicht des Fahnders verschwand hinter einem schwarzen Schatten. Plötzlich drehte sich alles vor seinen Augen. Er hatte das Gefühl von innen her zu verbrennen, schon die ganze Zeit.

DIE THEORIE, nach der die Polizei schon seit einer Weile arbeitete, nahm jetzt konkrete Formen an. Konnte alles darauf hinauslaufen, dass Kathrine ihrer Großmutter Dinge über den Stiefvater erzählt hatte, die sonst niemand ahnte? Konnte Brenda Moen gedroht haben, Helena Bjerke zu informieren? War Tage Wolter der Boden unter den Füßen zu heiß geworden? Er konnte Kathrine am 20. Februar kurz nach Mitternacht vom Tunneleingang abgeholt haben. Helena Bjerke dagegen hatte ausgesagt, ihr Lebensgefährte sei gegen elf Uhr abends nach Hause gekommen. Doch sie konnte sich im Zeitpunkt irren. Dieses Moment war das Unsicherste in der Theorie. Wenn Tage Wolter Kathrine abgeholt hatte, hatte er sie dazu bringen können, die Ansichtskarte zu schreiben, um etwas in der Hinterhand zu haben, für den Fall, dass die Lage gefährlich wurde. Hatte er aber damals schon geplant, auch Kathrines Großmutter zu ermorden? Aber wenn er Kathrine umgebracht hatte, konnte er sie dann auch im Boot versteckt haben? Vielleicht war er erst am nächsten Tag losgefahren, um die Leiche über Bord zu werfen. Tage Wolter hatte weder für den 7. März, dem Tag, an dem Brenda Moen erschossen worden war, noch für den 6. Juni abends ein Alibi. Er konnte nach Årjäng gefahren sein und Kathrines Karte eingeworfen haben, die dann am folgenden Tag abgestempelt und losgeschickt worden war.

Aber das alles wirkte auf irgendeine Weise an den Haaren herbeigezogen und nicht übermäßig wahrscheinlich. Cato Isaksen fühlte sich nicht wohl in seiner Haut.

Vielleicht fuhr er deshalb jetzt jeden Nachmittag und Abend nach Drøbak, um Tage Wolter im Auge zu behalten. Wozu das gut sein sollte, wusste er allerdings selber nicht. Wenn Tage Wolter etwas mit der Sache zu tun hatte, dann war der Auftrag, wenn man das so nennen konnte, ja bereits ausgeführt. Trotzdem kam es ja häufiger vor, dass Mörder sich dadurch verrieten, dass ihnen im Alltag kleine Fehler unterliefen. Und an diesem Mann stimmte etwas nicht, auch wenn Cato Isaksen dieses Etwas nicht in Worte fassen konnte.

Tage Wolter arbeitete abwechselnd bis fünf Uhr und bis neun Uhr. Und außerdem jeden zweiten Samstag.

Am Donnerstag, dem 14. Juni, stellte Cato Isaksen seinen Wagen hinter der Tankstelle ab, die neben dem City Drøbak lag. Er rief Helena Bjerke an und erkundigte sich nach dem Stand der Dinge. Hatte es bei ihr zu Hause in den letzten Tagen Spannungen gegeben?

«Ja», sagte sie. «Tage findet, dass ich ihn im Stich gelassen habe.»

«Aber das haben Sie doch nicht.»

«Nein.»

«Ich muss Ihnen noch eine Frage stellen. Kann er es an dem fraglichen Abend geschafft haben, mit dem Boot loszufahren?»

Sie zögerte einen Moment. «Ich weiß, woran Sie denken. Aber nein, dazu hätte die Zeit nicht gereicht. Er war nur sehr kurz unterwegs. Tage lügt nicht», sagte sie traurig. «Ich hoffe, Sie können diese Theorie jetzt aufgeben. Hier ist seitdem alles schrecklich schwierig.»

«War er am folgenden Tag mit dem Boot unterwegs?»

«Bitte», bat Helena Bjerke. «Ich weiß es nicht, ich kann mich nicht erinnern. Ich kann nicht mehr.»

Cato Isaksen sagte, die Polizei habe allerlei unterschiedliche Theorien. «Es tut mir Leid, dass ich Sie so quälen muss», fügte er hinzu.

«Das verstehe ich ja, aber ich kann mich wirklich nicht erinnern.» Plötzlich lag ein scharfer Unterton in Helena Bjerkes Stimme.

Cato Isaksen beendete das Gespräch und legte das Telefon neben sich auf den Sitz. Die Theorie, Tage Wolter könne Kathrines Leiche im Boot versteckt und am nächsten Tag auf dem offenen Meer über Bord geworfen haben, war nicht ganz unwahrscheinlich. Aber dann hätte irgendwer ihn sehen müssen. Auf der Wache würde er überprüfen, welchen Bereich das Mini-U-Boot abgesucht hatte. Aber die Strömung hätte die Leiche ja auch weit aufs Meer hinaus treiben können. Er glaubte, sich zu erinnern, dass nur im Hafenbecken Taucher eingesetzt worden waren. Wenn Wolter sie aber auf dem Meer über Bord geworfen hatte, dann wäre es unmöglich, sie zu finden. Dazu war zuviel Zeit vergangen.

Das Hoffnungslose an der ganzen Situation war, dass er einen Großteil seines Teams an zwei neue Fälle hatte setzen müssen. Er selbst befasste sich noch immer mit dem Fall Bjerke-Moen, ohne die anderen genau darüber zu informieren. Es ärgerte ihn unendlich, dass er nicht weiterkam. Im Moment war einfach alles zuviel. Alle nervten herum. Bente nervte, weil sie sich eine neue Stelle suchen wollte. Vetle quengelte, weil der Kater verschwunden war. Gard machte ihm ein schlechtes Gewissen. Er hatte ihm einen Kinobesuch versprochen, nur sie beide. Aber wann sollte er dazu die Zeit finden? Und mit Ellen hatte er seit drei Tagen nicht mehr geredet. Das Einzige, was Tage Wolters Überwachung bisher erbracht hatte, war die Bestätigung, dass Alf Boris Moen wirklich ein fester Kaffeegast im Haus seiner Schwester war. Ab und zu war er sogar mit seinem Schwager mit dem Boot unterwegs.

Zwei Tage darauf saß Cato Isaksen wieder im Auto und wartete auf Wolter. Der kam durch die Hintertür und ging zu seinem Wagen. Stieg ein und fuhr los. Cato Isaksen hielt sich wie immer ein Stück hinter ihm. Wolter fuhr nicht nach Hause, sondern in den Hafen.

Cato Isaksen bog ab und stellte den Wagen in der Hauptstraße ab. Dann schlenderte er zum Wasser und setzte sich auf eine der Bänke an dem kleinen Fußweg, der am Bootshafen entlangführte. Er setzte sich so weit weg, wie das nur möglich war. Er betrachtete Tage Wolter, der Eimer und Putzleder hervorholte. Der Ermittler sah neugierig zu. Er hatte keine Angst vor einer Entdeckung, Tage Wolter konzentrierte sich immer ausschließlich auf seine derzeitige Aufgabe. Cato Isaksen fühlte sich plötzlich müde. Er schloss im Sonnenschein die Augen. Alles, was sie über Wolter hatten, waren Indizien. Und Tage Wolter war sicher ein hochintelligenter Mann. Plötzlich, während sein Gesicht in der Hitze glühte, ging ihm auf, dass Wolter vielleicht gar nicht dazu neigte, Leichen auf dem Meer zu entsorgen. Er war Schlachter. *Dieser Schlachter,* so hatte Kathrines Großmutter ihn genannt. Und sie hatte das auf eine ganz besondere Weise getan. Er beherrschte die Kunst, zu zerschneiden, zu zerlegen. Ein kalter Hauch wanderte Cato Isaksens Rückgrat hoch. Er öffnete die Augen. Die Boote dümpelten friedlich auf dem Wasser. Tage Wolter war verschwunden.

DIE SCHWERE TÜR ging auf und das Auge fing das Bild eines scharfen Gegenstandes ein. Sie hatte keine Zeit, sich zu fürchten. Kathrine setzte sich auf und zog sich mit den Armen zur Wand zurück. Sie hielt den Atem an, während ihr Herz dumpf in ihrer Brust schlug. Die Hand mit der großen Schere näherte sich. Das einzige Licht im Raum war das, das durch die Tür fiel. Plötzlich spürte sie das kalte Metall der Schere an ihrer Haut. Unten beim Knöchel, wo der Gipsverband saß. Drei harte Schneidebewegungen, dann fiel er herunter. Der Gips lag schmutzig und flach neben ihr auf dem Steinboden. Ihr Fuß stank, es war ein fauliger, modriger Geruch. Sie legte beide Hände auf den Knöchel, strich mit den Fingern über die gelbliche Haut und registrierte fast nicht, dass die schwere Tür geschlossen wurde. Sie empfand eine gewisse Art der Erleichterung darüber, dass der Gips verschwunden war, aber sie war so müde. Sie rollte sich wieder auf der Matratze in sich zusammen und ließ ihren Gedanken freien Lauf.

Sie dachte an den Hund, den sie sich immer gewünscht hatte. Sie erzählte den grauen Mauern von diesem Hund. Beschrieb ihn. Die Farbe seines Fells, gelb oder braun. Die leuchtenden Augen. Den Geruch des Fells, wenn es nass geworden war. Den wedelnden Schwanz, die Körperwärme. Es wäre schön, hier einen Hund zu haben. Ein lebendes Wesen, das einen trösten würde, mit warmem Fell, weicher Schnauze und lieben Augen.

Anfangs hatte sie die ganze Zeit an Kenneth gedacht. An die Art, wie er redete, die Art, wie er sie umarmte. An seine Küsse. Wenn man sich in jemanden verliebte, schien man zu verschwinden. Zuerst hatte sie schreckliche Sehnsucht nach ihm gehabt. Aber das war jetzt eigentlich nicht mehr so. Es war zuviel Zeit vergangen. Wenn sie die Augen schloss, konnte sie ihn fast vor sich sehen. Die vielen Tage in dem grauen Steinraum hatten sie abstumpfen lassen. Und jetzt waren alle Tage gleich.

Sie dachte an ihre Mutter. Arme Mutter. Arme Oma.

Als Kathrine noch klein war, hatte sie den großen Baum im Garten der Großmutter für ein lebendes Wesen gehalten. Sie hatte das Ohr an den Stamm gelegt und gelauscht. Sie hatte das Herz des Baumes hören können. Einen schweren, dumpfen Laut, den es gar nicht gab. Bäume haben doch kein Herz. Die Großmutter hatte auf der schlaffen Wäscheleine in ihrem Garten hölzerne Wäscheklammern gehabt. Und Hagebutten und Hortensien und ein verrostetes Rohr, das aus dem Boden ragte und oben drauf einen Wasserhahn hatte. Kathrine sah den Rasensprenger vor sich. Moosgrün und alt. Erzähl mir eine Geschichte, sagte sie zu sich selbst. Über Tageslicht und Wasser und Wald. Sie konnte den Wald vor sich sehen. Sich lebende Insekten, Vögel und Blumen vorstellen. Aber plötzlich war alles verschwunden. Zu etwas anderem geworden. Die Blumen hatten dünne, nichtssagende Stängel. Wenn sie verwelkten, wurden sie zu dünnem Staub, der im Moorwasser verrottete.

Kathrine hörte ihren Atem. Das leere Geräusch, das durch den Mund entwich. Sie sagte immer wieder die Namen der Menschen, die sie liebte. Oma und Mama. Papa und Maiken. Alle. Sie holte tief Luft, hörte die Stille in der Mauer. Sie richtete den Blick auf einen kleinen Punkt. Der wuchs, wenn sie rasch die Augen schloss und dann wieder aufriss. Der verrostete Hahn auf dem Klo tropfte. Die Tür stand halb offen.

Sie glaubte, dass seit zwei Tagen niemand mehr hier gewesen war. Sie hatte eine zusätzliche Mahlzeit bekommen. Aber das Essen fiel ihr jetzt so schwer.

Die Haare auf der einen Seite waren so verfilzt, dass das Liegen wehtat. In der Wand gab es nichts, nur das Rauschen der Rohre. Wenn sie schlief, verschwand alles. Aber sie hatte Angst davor, einzuschlafen. Nicht wach zu sein, wenn die schwere Tür geöffnet wurde. Alles war so schrecklich. Obwohl sie nicht mehr weinte. «Du verwöhnte Dreckgöre», wurde ihr an den Kopf geworfen. Was sollte sie dazu sagen?

Als sie gezwungen worden war, die Karte zu schreiben, hatte sie begriffen, dass ihre Großmutter tot war. Sie wusste, dass sie auch selber sterben würde, wenn sie nicht mehr weiteratmete. Sie hob die Hände an den Hals, spürte das Blut, das in der Schlagader pulsierte. Wenn sie nicht mehr atmete, würde sie sterben, auch sie. Sie könnte sich Klopapier in den Hals stopfen und sich damit ersticken. Sie dachte an Dinge, die geschehen waren. Sie hatte solche Angst davor, körperlich nicht normal zu sein. Sie lächelte vor sich hin, als ihr einfiel, dass sie erst mit neun Jahren begriffen hatte, woher die Kinder kommen. Früher hatte sie geglaubt, eine Frau könne schon vom Küssen schwanger werden. Sie dachte an ihren ersten Kuss. Kenneth hatte sie angefleht, den Mund aufzumachen, damit seine Zunge in sie eindringen könnte. Sie hatte das widerlich gefunden. Er hatte auch ihren Pullover hochstreifen wollen. Das hatte sie ja auch gewollt, aber dann war ihr eingefallen, dass sie noch fast keine Brüste hatte.

PLÖTZLICH WAR der wahnwitzige Gedanke da. Cato Isaksen war es schlecht und er war nervös. Natürlich hatte Tage Wolter die Schlüssel für das Einkaufszentrum. Er konnte sich jederzeit Zugang zu dem Raum hinter dem Fleischtresen verschaffen, auch nachts und sonntags, wenn das Zentrum geschlossen war. Er verfügte über das Werkzeug. Er besaß die Erfahrung. Konnte die Lösung so grotesk sein, dass Tage Wolter die Leiche zerlegt hatte? Konnte er sich nachts mit der scharfen Fleischsäge an die Arbeit gemacht haben? Hatte er die in kleine Teile zerlegte Leiche vielleicht im Kühlraum versteckt und sich der Teile nacheinander entledigt? Diese Vorstellung war so ungeheuerlich und widerwärtig, dass sie Cato Isaksen eine Gänsehaut bescherte.

Die Tür zu seinem Büro stand offen und Ingeborg Myklebust kam herein. «Wie sieht es aus», fragte sie und versuchte aufmunternd zu klingen.

Cato Isaksen erhob sich und schloss hinter ihr die Tür. «Setz dich», sagte er. Dann erzählte er ihr, worüber er gerade nachgedacht hatte. «Er könnte sie ja im Auto versteckt haben», sagte er. «Ich weiß nicht, ob die Kollegen aus Follo in den ersten Tagen Wolters Kofferraum überprüft haben. Das müssen wir feststellen. Das mit der Karte aus Årjäng kann er doch auf irgendeine Weise arrangiert haben.»

Ingeborg Myklebust betrachtete ihn mit ernster Miene. Seine Theorie raubte ihr fast den Atem, sie regte sie aber auch an. Im Fall Bjerke-Moen gab es so wenige Anhaltspunkte, dass wirklich jede Möglichkeit verfolgt werden musste.

«Was du wirklich gut machst», sagte sie und sah ihn an, «ist, wenn wir wie jetzt einen Hinweis darauf haben, dass sie am Leben ist, ich meine, durch diese Postkarte, dann gehst du genau in die andere Richtung. Du registrierst die neue Entwicklung, weigerst dich aber, sie als gegeben hinzunehmen. Das ist gut. Du drehst jeden Stein um und gibst dich nicht mit der Gewissheit zufrieden, dass der Fall vielleicht wirklich so liegt, wie er momentan aussieht.» Sie stand auf. «Wir werden sofort tätig werden. Mit seinen Computern sind wir ja ohnehin schon beschäftigt. Ich rufe die Kollegen in Årjäng an und bitte sie, den Hof von Wolters Familie zu durchsuchen. Und wir untersuchen sein Boot vollständig. Wir starten eine neue Suchaktion im Meer. Wir schließen Fleischtresen und Küche im Einkaufszentrum und schicken sofort drei Kollegen von der Technik hin. Auch wenn das jetzt viel zu spät ist, und falls es sich wirklich so abgespielt hat.» Sie schaute auf die Uhr. «Wir müssen sie überraschen. Wann machen die heute Feierabend?»

«Um neun.»

«Dann sind wir um zehn vor neun zur Stelle und arbeiten die Nacht durch», sagte sie.

Und damit war das Ermittlungsteam wieder am Ball. Erfüllt von neuem Optimismus und voller Tatendrang arbeiteten sie von morgens bis abends.

Durch diese Arbeitsbelastung verspürte Cato Isaksen immer häufiger den Wunsch, sich mittags hinzulegen, wenn er zu Hause war. Er ertappte sich oft dabei, dass er den Tod seiner Mutter vergaß. Aber wenn er so vor sich hindöste, dann konnte plötzlich ihr Bild vor seinem inneren Auge auftauchen. Er dachte oft an seine Kindheit. Viele Erinnerungen hatte er nicht. Auf irgendeine Weise hatte er das Gefühl, diese Jahre verloren zu haben, wie einen ins Wasser geworfenen Stein.

Er fuhr hoch, als durch das offene Fenster lauter und leiser werdende Stimmen zu hören waren. Offenbar war er für einige Minuten eingenickt. Er schaute auf die Uhr. Er hatte zwanzig Minuten geschlafen. Das war gerade genug.

Durch das Schlafzimmerfenster schaute er hinab auf Vetle und auf einen Freund des Jungen. Vetle sah froh aus. Die beiden saßen am Gartentisch und unterhielten sich leise, und der grüne Rasen und die voll erblühten Fliederbüsche bildeten einen schönen Hintergrund. Die Wolken waren weitergezogen, während er geschlafen hatte. Er nahm den süßen Duft der Blumen wahr. Es ging auf Mittsommer zu. Ein vages Sommerlicht füllte den Garten. Plötzlich standen ihm die Tränen in den Augen. Er kniff sie einige Sekunden lang zu, spürte die Kälte und eine plötzliche Angst vor seinem eigenen Tod, die sich kalt und wütend in ihm ausbreitete. Die Jungen lachten jetzt laut. Vetle schlug wütend nach einer zudringlichen Wespe und redete und redete und redete.

Eine drückende Wärme hing über der Stadt. Die folgenden Tage wurden ziemlich chaotisch. Die Abteilung ermittelte gleichzeitig in mehreren Mordfällen. Die Ermittler waren in neue Arbeitsgruppen eingeteilt worden. Cato Isaksen hatte das Gefühl, in einer Art Vakuum zu leben.

Bei Drøbak waren neue Suchaktionen durchgeführt worden. In Zusammenarbeit mit der Kripo und den Kollegen aus Follo hatten sie außerdem Tage Wolters Boot untersucht. Wolter war außer sich vor Wut gewesen. Er hatte ausgesagt, im ersten Monat nach Kathrines Verschwinden mit dem Boot kein einziges Mal den Hafen verlassen zu haben. «Ich fahr doch nicht im Winter aufs Meer hinaus», sagte er.

Die technischen Untersuchungen der Computer hatten nichts erbracht. In Tage Wolters Computer hatte es keine verdächtigen Dateien oder Programme gegeben. Aber der Stiefvater konnte durchaus nach Schweden gefahren sein, um die Karte aufzugeben. Er hatte für die fraglichen Abende kein Alibi. Er war viel auf seinem Boot gewesen, behauptete er. Aber das konnte niemand bestätigen. Konnte er die Karte seinem Bruder geschickt und ihn gebeten haben, sie für ihn aufzugeben? Hatten die beiden Brüder irgendein Abkommen geschlossen? Gaben sie nur vor, sich über die Erbschaft und den Verkauf der Kätnerstelle nicht einigen zu können? Cato Isaksen hatte zwei Tage zuvor mit Tage Wolters Mutter und Bruder telefoniert. Die beiden behaupteten noch immer, rein gar nichts über Kathrines Verschwinden zu wissen. Die Techniker hatten Küche und Kühlraum im Einkaufszentrum durchsucht. Eine Boulevardzeitung hatte Wind davon bekommen und am nächsten Tag mit dicken Schlagzeilen darüber berichtet. Wieder richtete sich das allgemeine Interesse auf den Fall Bjerke-Moen.

Ingeborg Myklebust klopfte vorsichtig an seine offene Tür. Cato Isaksen bat sie herein. «Darf ich mich einen Moment setzen?», fragte sie. Als sich ihre Blicke begegneten, fing Cato Isaksen an, einige Papiere auf seinem Schreibtisch zu ordnen. Er konnte ihr nicht viel Neues erzählen. Bei ihr war das anders.

«Nichts weist darauf hin, dass an Tage Wolters Arbeitsplatz ein Mensch zerlegt worden sein könnte», sagte sie. «Alle Blut- und Fleischreste stammten von Tieren.» Sie schaute ihn müde an. «Fast ist das schade, wenn ich das so sagen darf. Aber für ihn ist es natürlich eine Erleichterung.»

Cato Isaksen nickte erschöpft. Damit war auch diese Theorie ins Wasser gefallen. Und sie waren zurück auf Los gegangen. Es war wie ein Spiel, in dem alle dauernd zurück auf Los geschickt wurden. Jetzt gab es keine klaren Anhaltspunkte mehr. Kathrine Bjerke hatte aller Wahrscheinlichkeit nach selbst die Karte aus Schweden geschickt. Hatte sie vielleicht trotz allem ihre Großmutter umgebracht? Er hatte irgendwo gelesen, dass der Grad der seichten Empfindungen bei Psychopathen und Narzissten durchaus variieren könne. Vielleicht hatte Kathrine narzisstische Tendenzen. Ihre Überlegenheit, ihre Neigung, andere zu schikanieren, ihr Kleiderfimmel, dass sie immer am fetzigsten angezogen sein musste. Die psychopathische Überlegenheit zeigt sich oft in der Freude darüber, andere auszutricksen, die narzisstische zeigt sich in Arroganz, dachte er.

Ingeborg Myklebust musterte ihn gelassen. «Woran denkst du eigentlich?», fragte sie.

Cato Isaksen sah sie an. Seine Gedanken schienen sich unter einem großen weißen Transparent zu bewegen.

«Ich weiß nicht so recht», sagte er. «Ich frage mich, wie gerissen eine Vierzehnjährige eigentlich sein kann. Ob bei Kathrine vielleicht eine Persönlichkeitsspaltung vorliegt, solche Dinge.»

«Dann brauchst du nur in irgendeinem Jugendheim vorbeizuschauen», antwortete Ingeborg Myklebust mit ernster Miene. «Wir wissen doch, dass Kinder ganz schön auf die schiefe Bahn geraten können. Ich wage zu behaupten, dass Kinder sehr viel Bosheit in sich haben können.»

Cato Isaksen blickte seine Vorgesetzte skeptisch an. Das hier war vielleicht nicht gerade das richtige Diskussionsthema. Alle wussten doch, dass Ingeborg Myklebust Kinder nicht gerade liebte.

«Ich denke an André Hansens Live-Gruppe», sagte er deshalb. «Die amüsieren sich nicht mit Teufelsanbetung. Aber irgendwas an diesem Drang, sich zu verkleiden, fällt mir auf. Etwas an der Art, wie sie reden, als fühlten sie sich riesengroß, wenn ich das so sagen kann.»

«Bist du sicher, dass sie sich nicht mit Teufelsverehrung amüsieren?»

«Ich weiß es nicht.» Vor ihm auf dem Tisch lag die kleine Spiegelscherbe, die er in Brenda Moens Diele gefunden hatte. Er hob sie hoch. Er wusste, dass er etwas übersehen hatte. Irgendwer manipulierte sie. Er wusste nicht, wer das war, aber es musste sich um eine oder mehrere der beteiligten Personen handeln. Um Personen, die ihre Moral drehen und wenden konnten, ohne krank zu sein. Solche Menschen waren schwer zu durchschauen, da sich die Bezeichnung Psychopathie auf alle Arten von Persönlichkeitsabweichung und auf jeden Mangel an Sympathie und tiefen Gefühlen anwenden lässt. Solche Abweichungen waren den Leuten eben nicht anzusehen.

Ingeborg Myklebust erhob sich und verließ das Büro. Ellen Grue kam herein. Sie setzte sich auf den Stuhl, den die Abteilungsleiterin eben verlassen hatte. Sie warf eine Zeitung auf seinen Schreibtisch. Die angehende Kronprinzessin bedeckte die ganze erste Seite. Die Zeitungen wimmelten derzeit von Artikeln über die Verlobte des Kronprinzen und ihre bunte Vergangenheit voller Drogen und wilder Feste. Aber Meinungsumfragen ergaben, dass sie trotzdem nicht rundherum abgelehnt wurde. Auch im Ermittlungsteam wurde während der Arbeit darüber gesprochen. Es gab zwei Fraktionen: eine war für Mette-Marit, die andere gegen sie. Cato Isaksen hielt sich aus der Sache heraus. Er brachte einfach kein Engagement für diese Fragen auf. Die Erfahrungen mit dem Drogenkonsum seines ältesten Sohnes hatten ihm jedoch klargemacht, dass alle einen Fehler machen können und danach eine Chance verdient haben.

«Hast du das mit deiner Mutter jetzt überwunden?», fragte Ellen Grue.

«Das Schlimmste muss es sein, ein Kind zu verlieren», sagte Cato Isaksen.

«Meinst du?» Ellen Grue schaute ihn aus dunklen, unergründlichen Augen an.

«Natürlich.»

«Ich weiß nicht so recht. Ich glaube es eigentlich nicht, nicht, wenn man zu zweit ist. Einen Freund oder Ehemann zu verlieren, muss schlimmer sein. Ein Paar, das ein Kind verliert, kann doch gemeinsam trauern.»

Cato Isaksen sah sie an.

«Ich weiß nicht», sagte er und wühlte in seinen Papieren, verteilte die Vernehmungsprotokolle auf zwei Stapel. «Ich finde nur, dass es jetzt reicht», sagte er mit harter Stimme. Er hatte es als ziemliche Niederlage aufgefasst, dass sie Tage Wolter so gar nichts hatten nachweisen können.

Ellen Grue lachte.

«Soll das heißen, es quält dich, dass die Ermittlungen nicht weiterkommen?»

Cato Isaksen schaute sie traurig an. «Natürlich», sagte er.

Ihr Lachen bohrte sich durch seinen Körper, kalt und verletzend. Sie verstummte ebenso plötzlich, wie sie angefangen hatte. Sie stemmte die Ellbogen auf die Armlehnen und legte ihr Kinn in die Hände. Ihre dunklen Augen wurden ernst.

«So war das nicht gemeint», sagte sie. «Aber du musst mit diesem Selbstmitleid aufhören. Deine nummerische Intelligenz macht mich ab und zu fertig.»

«Meine was?»

«Ja, du ziehst dauernd Bilanz über dein Leben. Du rechnest aus, wieviel Kummer dir zuteil geworden ist. Wieviel Schmerz. Hör auf, dein Selbstmitleid als Krücke zu benutzen. Das steht dir nicht.» Sie erhob sich, ging ans Fenster und lehnte die Stirn ans Glas. Dann fuhr sie herum und sah ihn an. «Ich weiß, was du denkst», sagte sie. «Dass du viel abbekommen hast, dass Gard Drogen genommen hat, dass Sigrid schwanger wurde, dass du wieder zu Bente zurückgekehrt bist. Aber eigentlich ist es dir immer gut gegangen. Jedenfalls warst du nie einsam.»

Er wollte ihr antworten, wollte sagen, dass er genau das immer gewesen sei, aber etwas in ihrem Blick hielt ihn davon ab. Er wusste, dass sie alles über Einsamkeit wusste, wo sie doch nach dem Tod der Eltern für ihre beiden kleinen Brüder verantwortlich gewesen war.

Trotzdem war er zornig, weil sie ihn gedemütigt hatte. Immer wollte sie ihn belehren.

«Dieses Weibergefasel will ich mir nicht mehr anhören», sagte er.

«Mannsbilder haben Weibergefasel immer verabscheut, weil es der Wahrheit ziemlich nahe kommt, so nah nämlich, dass es unangenehm wird. Uns wird vorgeworfen, zu schwätzen und zu übertreiben. Aber du machst es doch genauso.»

«Wer wird hier eigentlich wirklich unterdrückt?», gab er zurück. «Sowie wir Männer über Gefühle reden, seid ihr zur Stelle und fahrt uns über den Mund. Du kannst meine Gefühle einfach nicht respektieren. Das ist dein Problem.»

«Mein Problem ist, dass ich dich ein wenig zu sehr mag», sagte sie.

Die Tür wurde geöffnet und ein eifriger Roger Høibakk stürzte herein.

«Wir wissen doch, dass Kenneth Hansens Bruder Stein Ove seinen Wehrdienst in Rygge ableistet», sagte er. «Vor viereinhalb Monaten sind dort mehrere Waffen verschwunden, unter anderem zwei Glocks. Ich habe mich bei der Militärpolizei von Akershus erkundigt, die diesen Waffendiebstahl untersucht. In Rygge gibt es auch eine MP-Abteilung, aber die kamen mit der Sache nicht weiter, und deshalb wurde Akershus eingeschaltet. Ein gewisser Fredrik Garnæs war mit dem Fall beschäftigt und bezeichnet den Fall jetzt als geklärt. Ein Fähnrich hat den Diebstahl zugegeben. Und er gehört zu Stein Ove Hansens Abteilung. Die beiden sind angeblich gute Freunde. Der Fähnrich behauptet, die Waffen weiterverkauft zu haben, angeblich weiß er aber nicht, an wen. Einiges deutet darauf hin und die Militärpolizei findet es auch naheliegend, dass Stein Ove Hansen sie bekommen hat.»

STEIN OVE HANSEN wurde so schnell wie möglich ins Polizeigebäude auf Grønland geschafft. Er wurde von einem zivilen Streifenwagen aus der Kaserne abgeholt und auf direktem Weg in die Tiefgarage unter dem Polizeigebäude gebracht. Cato Isaksen und Roger Høibakk erwarteten den Bruder von Kenneth Hansen am Fahrstuhl, wo ihn die beiden Beamten, die ihn hergebracht hatten, in ihre Obhut übergaben.

Der Zwanzigjährige hatte große Ähnlichkeit mit seinem jüngeren Bruder, Kathrine Bjerkes Freund. Er trug Uniform. Er sah mitgenommen aus. Die Klemme, in die er hier geraten war, machte ihm sichtlich zu schaffen. Er wirkte in gewisser Hinsicht wie gelähmt.

Cato Isaksen entschloss sich zu dem Versuch, die Sache erst einmal ruhig anzugehen. Stein Ove Hansen blickte ihn ängstlich an. Er wollte gern einen Kaffee, aber nichts zu essen. Er schien den Ermittlern mit Skepsis zu begegnen. Er dachte, dass sie zu freundlich wirkten, dass sie sich vielleicht deshalb so verhielten, um ihn in Sicherheit zu wiegen. Auf der ganzen Fahrt hierher hatte er sich eingeschärft, dass er nicht nachgeben durfte. Er musste einfach hart bleiben und alles abstreiten. Er hatte über solche Fälle schon des öfteren in der Zeitung gelesen. Wenn ein Schuldiger leugnete und leugnete und am Ende auf freien Fuß gesetzt werden musste, obwohl doch alle wussten, dass er schuldig war.

Cato Isaksen nahm ihm gegenüber Platz und fing an zu reden. Das war ein guter Anfang. Der Ermittler sagte, es sei schön, dass er gekommen sei. Als ob sie ihm eine Wahl gelassen hätten! Er beantwortete alle Fragen korrekt. Seine Stimme zitterte nicht. Er erwiderte die Blicke der anderen.

Nach einer halben Stunde schlug der Tonfall des Polizisten um. Er war nicht mehr freundlich. Die Polizei musste etwas wissen, anders war dieser Umschwung nicht zu erklären. Er hatte Kenneth nicht anrufen dürfen, wusste also nicht, ob der zusammengebrochen war. Wenn ja, dann hatten sie keine Chance.

Cato Isaksen stellte dieselben Fragen noch einmal, jetzt aber auf andere Weise. Stein Ove Hansen wurde verwirrt und verstrickte sich in Widersprüche. Die Stille im Zimmer wurde davon unterbrochen, dass jemand lachend über den Flur lief. Unten fuhr ein Feuerwehrauto durch die Straße. Stein Ove Hansen merkte, wie das Zimmer zu schrumpfen begann. Obwohl es warm war, fror er jetzt. Cato Isaksen sah ihn lange an, sagte aber nichts.

Nach einer Weile teilte ihm der Ermittler gelassen mit, dass er das Haus erst verlassen würde, wenn er die Wahrheit gesagt hätte. Stein Ove Hansen konnte nicht mehr. Der Polizist schien ihn ja doch zu durchschauen. Es kam ihm fast wie eine Befreiung vor.

«Ich hatte eine Glock», sagte er jählings. Er räusperte sich nervös, schaute zu Boden und verschränkte die Hände ineinander. «Einer von den anderen hatte sie geklaut und ich habe sie von ihm billig bekommen.»

Cato Isaksen holte tief Luft und stieß sie langsam wieder aus. Dann setzte er sich gerade und ließ sich im Sessel zurücksinken. Er empfand eine gewaltige Erleichterung. Er musste sich zusammenreißen, um jetzt nichts zu überstürzen.

«Was wollten Sie damit?», fragte er.

«Ich weiß es nicht so genau. Ich habe noch nie eine Waffe besessen.»

«Haben Sie jemandem davon erzählt?»

«Nein.»

«Niemandem?»

Stein Ove Hansen starrte den Boden an. Seine Stimme klang gepresst.

«Nils», sagte er dann.

«Nils Bergman?»

Er nickte düster. «Und Kenneth», fügte er hinzu.

Cato Isaksen überlegte, was das bedeuten könnte.
«Haben Sie die Waffe noch immer?»
«Nein», sagte Stein Ove eilig. «Ich habe sie Kenneth gezeigt. Und er hat sie Kathrine gegeben.»
«Kathrine? Warum denn das?»
«Sie sollte sie für mich aufbewahren.»
«Warum konnten Sie das nicht selbst?»
«Wegen meiner Mutter. Sie schnüffelt überall herum und ist schrecklich misstrauisch. Sie glaubt von uns immer nur das Schlimmste.»
«Wann haben Sie sie Kathrine gegeben?»
«Kurz vor ihrem Verschwinden.»
«Wissen Sie, wo sie sie aufbewahrt hat?»
«In ihrem Zimmer», sagte er mit tonloser Stimme. «In einem Karton in ihrem Schrank.»
Cato Isaksen starrte ihm in die Augen.
«In einer Schachtel mit alten Barbie-Puppen, glaube ich. Aber die Pistole ist nicht mehr da», teilte Stein Ove Hansen düster mit. «Kenneth hat danach gesucht, und sie ist nicht mehr da.»
Cato Isaksen musterte ihn kalt. «Erst ist die Waffe verschwunden und dann wurde Kathrines Großmutter erschossen», stellte er fest.
Stein Ove lief tiefrot an. «Zuerst habe ich nicht daran gedacht, dass es etwas mit meiner Glock zu tun haben könnte. Ich habe ja in der Zeitung gelesen, dass es so eine Waffe gewesen war, aber auch da habe ich nicht weiter darüber nachgedacht. Aber dann hat Kenneth mich angerufen. Er war total außer sich und schrecklich nervös.» Stein Ove Hansen sprang auf.
Cato Isaksen forderte ihn auf, sich wieder zu setzen. «Obwohl also Kathrines Großmutter mit einer Waffe des Kalibers getötet worden ist, wie Sie sie gestohlen haben, haben weder Sie noch Ihr Bruder sich an die Polizei gewandt?»

Stein Ove Hansen fühlte sich absolut nicht wohl in seiner Haut. «Aber ich dachte, das hätte nichts mit diesem Fall zu tun», sagte er heftig. «Und außerdem war ich verdammt nervös.»

Cato Isaksen hob die Stimme. «Wissen Sie, wer die Waffe jetzt hat?»

«Nein, woher soll ich das wissen?»

«Haben Sie einen Vorschlag?»

Stein Ove Hansen schüttelte energisch den Kopf.

«Glauben Sie, Kathrine kann die Waffe bei ihrem Verschwinden mitgenommen haben?»

Stein Ove Hansen schlug die Augen nieder. Dann schüttelte er noch einmal den Kopf.

«Ich weiß es nicht», sagte er.

«Waren Sie jemals bei Kathrine zu Hause?»

«Nein, nie.»

«Und was ist mit Nils Bergman?»

«Das weiß ich nicht. Wir sind zusammen bei der Heimwehr. Aber ich glaube nicht, dass er Kathrine kennt. Er kennt meinen Bruder André durch diesen Rollenspielkram.»

«Und wie sehen Sie das?»

«Was denn?»

«Das mit den Rollenspielen.»

«Ach, das finde ich schon bescheuert. Aber ich weiß nicht so genau, was dabei abläuft. Nils spricht nie darüber.»

«Sølvi Steen, wissen Sie etwas über sie?»

«Nein, den Namen habe ich nie gehört.»

«Was ist mit Kathrines Stiefvater?»

«Was soll mit ihm sein?»

«Kann er die Waffe an sich genommen haben?»

«Woher soll ich das wissen?»

«Sie kennen Maiken Stenberg?»

Stein Ove Hansen nickte. «Ja», sagte er.

Maiken war nach Kathrines Verschwinden sehr oft bei

Helena Bjerke, dachte Cato Isaksen und spielte an einem Bleistift herum.

«Wie finden Sie sie?»

«Nett», sagte Ove Hansen kurz. «Kathrines beste Freundin. Die ist niedlich.»

«Sind Sie in sie verliebt?»

«Sie ist vierzehn», sagte er.

«Ich habe gefragt, ob Sie in sie verliebt sind.»

«Nein», sagte Stein Ove Hansen laut.

«Ihnen ist ja wohl klar, dass das hier Konsequenzen für Ihren weiteren Wehrdienst haben wird», sagte Cato Isaksen abschließend.

Stein Ove Hansen starrte den Boden an und nickte verlegen.

Cato Isaksen und Randi Johansen fuhren unmittelbar nach dem Verhör von Kenneth Hansens Bruder zu Helena Bjerke und erzählten ihr von der gestohlenen Waffe. Helena Bjerke war zuerst wie gelähmt, dann geriet sie in Wut, weil die Polizei das erst jetzt herausgefunden hatte. Sie griff sich an die Brust und atmete schwer. Randi Johansen konnte sie so weit beruhigen, dass sie wieder ansprechbar wurde. Sie baten sie um eine Liste der Personen, die sie an den Tagen vor und nach Kathrines Verschwinden besucht hatten. Dann schauten sie sich noch einmal in Kathrines Zimmer um, während die Mutter apathisch mit einer Cognacflasche und einem Glas Milch am Küchentisch saß. Sie schaute Cato Isaksen vorwurfsvoll an, als er und Randi Johansen wieder nach unten kamen.

«Wie konnten Sie Tage das alles antun?», fragte sie verbittert. «In der Zeitung stand dick und fett zu lesen, dass er Kathrine umgebracht und sie zerlegt hat. Was glauben Sie, wie ihm jetzt zumute ist?»

Cato Isaksen konnte das alles nur bedauern. «Die Presse ist ein arges Problem für uns», sagte er, ging zu ihr und legte ihr die Hand auf die Schulter. Sie schüttelte die Hand verärgert ab. Er verkniff sich den Spruch, dass die Polizei ihre Arbeit zu machen habe, und dass es doch auch in Helena Bjerkes Interesse sei, die Wahrheit ans Licht zu holen.

«Und jetzt glauben Sie sicher, dass Tage die Pistole hat», weinte sie hysterisch. «Sind Sie deshalb hergekommen?»

Randi Johansen musterte die weinende Frau. «Wir sind jetzt mit Tage fertig», sagte sie beruhigend, obwohl das nicht so ganz zutraf.

LANGSAM FUHR CATO ISAKSEN über den Deichplatz und weiter in Richtung John-Colletts-Allee. Das Ermittlungsteam hatte mehrere Stunden zusammengesessen, um die neuen Informationen zu analysieren. Der Fall wurde eigentlich immer verwirrender. Vielleicht war Kathrine ja wirklich in Schweden. Aber sie hatten nur lose Fäden und Vermutungen. Sie waren zwar einen großen Schritt weitergekommen, weil sie nun wussten, dass eine Waffe mit demselben Kaliber wie die, mit der Brenda Moen erschossen worden war, gestohlen und in Kathrines Zimmer versteckt gewesen war. Das schien Cato Isaksens Gefühl, die Antwort müsse sich in Kathrines Bekanntenkreis finden lassen, zu bestätigen. Aber so lange sie die Glock nicht fanden, hatten sie auch keine Möglichkeit, sich ein Bild von den Ereignissen und vom Mörder zu machen.

Cato Isaksen hielt vor der Nummer 51. Alf Boris Moen setzte mit dem Wagen gerade aus der Einfahrt zurück. Er ließ den Motor laufen, stieg aus und kam auf den Ermittler zu. Er trug eine Cordhose und einen leichten Anorak. Er sah Cato Isaksen fragend an, und der grüßte ihn freundlich und sagte, er sei gerade in der Nähe gewesen. Alf Boris Moen teilte ihm mit, er habe gerade das Grab seiner Mutter besuchen wollen. «Ich bringe einmal in der Woche frische Blumen hin», erklärte er. Cato Isaksen fragte, ob er mitkommen dürfe. «Ich würde Ihnen gern etwas mitteilen», sagte er und fügte hinzu, dass seine eigene Mutter erst vor kurzer Zeit auf demselben Friedhof begraben worden sei. Er dachte, es könne doch positiv wirken, wenn er ein wenig vertraulich auftrat. Alf Boris Moen nickte verständnisvoll. Er hatte nichts gegen die Begleitung, stellte den Motor ab und holte die in Zeitungspapier eingewickelten Blumen vom Rücksitz. Er zog das kleine Holztor hinter sich zu und setzte sich in den zivilen Streifenwagen.

Sie fuhren in Richtung Krankenhaus und bogen dann

rechts nach Majorstua ab. Sie fuhren weiter nach Smestad, bogen ab und folgten dem Monolithvei. Dann hielten sie hinter dem Frognerpark und gingen das letzte Stück zu Fuß. Vor jedem Grabstein waren frische Sommerblumen gepflanzt. Cato Isaksen schaute in die Richtung, in der das Grab seiner Mutter lag. Er konnte es nicht sehen, wusste aber, dass der Grabstein nur von nackter Erde umgeben war.

Alf Boris Moen erzählte, der Name seiner Mutter sei soeben in den Stein eingemeißelt worden. Und der seines Vaters war dabei aufgefrischt worden.

«Sie waren noch jung, als Ihr Vater gestorben ist», sagte Cato Isaksen.

«Ja, leider», sagte Alf Boris Moen und fiel auf die Knie. «Meine Großmutter liegt auch hier», sagte er und zeigte auf ihren Namen. Cato Isaksen nickte. «Die Russin», sagte er. Alf Boris Moen nahm die verwelken Blumen aus der Bodenvase. Die Gartenblumen, weiß, lila und orange, befreite er vorsichtig vom Zeitungspapier und stellte sie in den grünen Plastikbehälter.

«Jetzt werde ich Ihnen eine brutale Frage stellen», sagte Cato Isaksen.

Alf Boris Moen zuckte zusammen. Er schaute den Ermittler mit plötzlich wachsamem Blick an.

«Ich muss Sie ganz offen danach fragen. Ist es möglich, dass Ihre Nichte Ihre Mutter erschossen hat?»

Alf Boris Moen sah aus, als habe jemand ihn geschlagen. Er legte die Hand auf den Grabstein und mühte sich ab, um wieder auf die Beine zu kommen. «Nein», sagte er hart und schaute Cato Isaksen in die Augen. «Wie können Sie denn überhaupt auf so eine Idee kommen?»

«Wir müssen von dem ausgehen, was wir wissen. Wir wissen, dass eine Postkarte von Kathrine gekommen ist, und wir wissen, dass sie in ihrem Zimmer eine Glock versteckt hatte.»

«Eine Pistole in ihrem Zimmer, Kathrine?» Alf Boris Moen erbleichte.

«Die Waffe und Kathrine sind verschwunden», sagte Cato Isaksen darauf. «Und da liegt doch die Annahme nahe, dass es sich um eine Familientragödie handeln könnte.»

«Nein», sagte Alf Boris Moen beleidigt und wischte sich die Hose ab. «Meine Mutter und Kathrine waren ein Herz und eine Seele. So einen Blödsinn habe ich noch nie gehört.»

«Und Ihr Schwager?»

«Mein Schwager?»

«Sie wissen natürlich, dass wir ihn verdächtigt haben.»

Alf Boris Moen machte ein unglückliches Gesicht. «Nein, nein, nein», sagte er und schüttelte langsam den Kopf. «Sie verschwenden Ihre Zeit.» Er wischte sich ein wenig feuchte Erde von seiner Hose und schaute den Ermittler lange an. «Kathrine kann doch keine Waffe gehabt haben?»

«Doch, hatte sie», erklärte Cato Isaksen. «Sie hat sie für den Bruder ihres Freundes aufbewahrt.»

«Aber ist es dieselbe Waffenart wie …»

«Ja», sagte Cato Isaksen.

«Ich glaube, mehr will ich gar nicht wissen», sagte Alf Boris Moen traurig. «Haben Sie Helena schon Bescheid gesagt?»

Cato Isaksen nickte ernst.

Sie gingen zum Auto zurück und fuhren wieder nach Ullevål Hageby. Cato Isaksen versuchte, wieder über ein normales Thema zu sprechen, aber Alf Boris Moen war sichtlich mit dem soeben Gehörten beschäftigt. Er taute aber doch ein wenig auf, als Cato Isaksen sich nach seiner Arbeit erkundigte. Er erzählte von seinem Alltag und von seinen Aufgaben beim Verteidigungsministerium. Er war für alle Arten von Archivierung zuständig. Er hatte ein ganz besonderes System entwickelt. Er sei so ungefähr der Einzige, der sich in den großen Schränken mit ihren Schiebetüren auskannte, sagte er lächelnd und stolz. Jeden Tag nach Feierabend fuhr er zum Essen nach Hause. Oft machte er dann ein Nickerchen, ehe er eine Runde spazierenging. Er sei ungeheuer abhängig von seinen Gewohnheiten, erklärte er. «So ist das, wenn man allein lebt.» Er seufzte tief.

«Sie sollten sich einen Hund zulegen», sagte Cato Isaksen.

«Mit diesem Gedanken spiele ich schon seit vielen Jahren, aber meine Mutter war nicht gerade eine Hundefreundin», sagte der andere.

Cato Isaksen hätte fast gesagt, dass die Mutter ihm ja jetzt nichts mehr verbieten könnte, aber er schluckte diese Bemerkung lieber hinunter.

Wie bei Tage Wolter hatte Cato Isaksen nun auch das dringende Bedürfnis, Alf Boris Moen zu beschatten. Er wusste nicht so recht warum, hatte nur das Gefühl, dass irgendetwas hier nicht stimmte. Mit den anderen Ermittlern oder mit Randi sprach er aber nicht darüber. Er benutzte einen anderen Zivilwagen als sonst und folgte damit Alf Boris Moen zwei Nachmittage hintereinander zum Sognsvann.

Und beide Male passierte dasselbe. Moen hielt unten auf dem Parkplatz. Er machte seinen Spaziergang, dann setzte er sich wieder in seinen Wagen und fuhr nach Hause.

Am dritten Tag besuchte er seine Schwester in Drøbak, und jetzt war er wieder hier, auf dem Parkplatz am Sognsvann. Cato Isaksens Kopf war schwer. Am Morgen war er erst aufgewacht, als Vetle um kurz vor halb neun das Haus verlassen hatte. Er beugte sich auf dem Sitz vor und sah, dass Alf Boris Moen zwischen den Bäumen verschwand. Cato Isaksen wollte im Auto warten. Er hatte Zeit genug zum Nachdenken. Er hatte schon lange nicht mehr mit Solveig Wettergren und Tulla Henriksen gesprochen. Sobald er die Zeit hätte, würde er die beiden wieder aufsuchen. Er schloss die Augen. Vetle war im Moment oft wütend. Er war wütend, weil der Kater verschwunden war, er war wütend über den Tod seiner Großmutter. Bente redete viel mit ihm. Sagte, es sei natürlich für einen alten Menschen zu sterben. Aber es half nichts.

Cato Isaksen selber hatte sich schon dabei ertappt, dass er den Tod seiner Mutter vergessen hatte. Mehrere Male wäre er auf der Bygdøyallee beim Kiosk um ein Haar nach links abgebogen, um sie zu besuchen.

Am Vortag hatte er mit Bente darüber gesprochen. «Ich glaube, Vetle macht das arg zu schaffen», hatte er gesagt. Bente hatte barfuß und im Nachthemd vor ihm gestanden.

«Vetle hat mit mir gesprochen», sagte Bente. «Es ist nicht gefährlich.» Er hatte sie fragend angesehen. Und sie hatte gesagt, er dürfe nicht solche Angst haben. Danach war er schlafen gegangen.

Und jetzt war er fast eingenickt, als Alf Boris Moen wieder über den Parkplatz kam. Er trug eine wasserdichte Jacke mit Gürtel, Gummistiefel und Handschuhe. Er öffnete die Autotür und setzte sich auf den Fahrersitz. Drehte den Zündschlüssel um und fuhr los. Sein Auto hinterließ eine scharf riechende Abgaswolke. Cato Isaksen drehte sich um und sah die Hecklichter wie zwei rote Augen auf der staubigen Straße verschwinden. Es war der 21. Juni. Zwei Tage vor Mittsommernacht. Es war 21.10 Uhr.

MAIKEN STENBERG STAND auf dem Hof vor dem Haus. Der Dunst hing wie ein Schleier über den tiefer gelegenen Feldern. Es hatte die ganze Nacht heftig geregnet.

Heute hingen ihre Haare offen. Sie trat neben das Auto, als Cato Isaksen anhielt.

Etwas machte ihm zu schaffen, als er die Tür öffnete und ausstieg. Wie schön sie war. Er verfluchte sich selbst, weil er sich immer wieder in irgendwelche Frauen verguckte, und schüttelte den Kopf, ehe sie ihm eine Frage stellen konnte. Er konnte ihr ansehen, dass sie Angst hatte. «Wegen Kathrine gibt es nichts Neues», sagte er. «Ich wollte dir nur eine Frage stellen.»

Nun schaute sie schräg zu ihm auf und lächelte, während sie sich die Haare wegstrich, die der Wind ihr ins Gesicht geweht hatte. «Alexander war im Gartenhaus und hat Vögel gefangen», sagte sie mit einem leicht resignierten Lächeln. «Er hat sie umgebracht.»

«Schon wieder?»

«Zwei Spatzen und eine Taube. Sie verirren sich manchmal ins Gartenhaus. Ich war so wütend auf ihn. Er hatte Blut an den Händen, als ich aus der Schule gekommen bin.»

Cato Isaksen registrierte eine Bewegung am Küchenfenster.

«Ich habe gesagt, dass er das Haus nicht verlassen darf», sagte sie und sah den Ermittler an. «Und meine Mutter hat in seinem Zimmer Geld gefunden. Er will nicht verraten, woher er es hat.» Sie bohrte beide Hände in die Taschen ihrer engen Jeans.

Cato Isaksen musterte sie interessiert. «Wieviel Geld», wollte er wissen.

«Nicht so schrecklich viel. Ein paar Hunderter.»

«Hast du noch andere Freundinnen, mit denen du zusammensein kannst?»

«Wie meinen Sie das?»

Sie hatten den warmen Wind im Rücken. «Du hast doch noch andere Freundinnen außer Kathrine, nicht wahr?»

Maiken wandte sich für einige Sekunden ab, dann drehte sie sich wieder zu ihm. Er bereute seine Frage sofort. Das hier ging ihn nichts an. Er war so dumm. «Verzeihung», sagte er. «Ich wollte dir nicht zu nahe treten.»

«Sie meinen, ich sollte mir eine neue beste Freundin suchen?» Ihre Stimme klang verletzt.

«Ja, das meine ich vielleicht», sagte er.

«Meine Mutter meint das auch», sagte Maiken leise und versetzte einem kleinen Stein einen Tritt. «Sie hat Kathrine nie besonders gut leiden können.»

Cato Isaksen verspürte den plötzlichen Drang, sie an sich zu ziehen. Er wollte es ganz schnell machen, ehe er es bereute und wusste, welche Wirkung das auf sie hatte. Aber stattdessen drehte er sich um und entfernte sich langsam von ihr. Er fühlte sich ungeheuer erleichtert, weil er sie nicht angefasst hatte. Plötzlich griff sie nach seiner Hand.

«Sie dürfen nicht aufgeben», sagte sie. «Sie müssen Kathrine finden.» Ihre Stimme schien zu brechen. Es war deutlich, dass es sie große Überwindung gekostet hatte, seine Hand zu nehmen. Cato Isaksen befreite sich von ihrem Zugriff und verschränkte die Arme, um zu betonen, wie hilflos er sich vorkam.

«Es gibt etwas Neues», sagte er. «Hast du gewusst, dass Kathrine auf ihrem Zimmer etwas versteckt hatte, in einem Karton mit alten Barbie-Puppen?»

Maiken Stenberg schaute ihn verständnislos an. «Nein», sagte sie misstrauisch. «Was denn?»

«Eine Waffe.»

Sie starrte ihn ungläubig an. «Eine Waffe?»

«Ja.»

«Nein, das habe ich nie gehört. Und ist das die Pistole, mit der ihre Großmutter erschossen worden ist?»

«Das wissen wir nicht. Aber wir wissen, dass sie sie für Kenneths Bruder aufbewahrt hat. Und es ist wohl derselbe Typ wie die, mit der Brenda Moen erschossen worden ist.»

Maiken Stenberg zuckte zusammen. «Für wen hat sie die Pistole denn aufbewahrt, für André oder Stein Ove?»

«Für Stein Ove. Er hat sie beim Militär gestohlen.»

Ihre Miene veränderte sich. «Ich begreife das einfach nicht», sagte sie. «Meinen Sie, dass es Kenneth war?»

«Ich meine gar nichts», sagte Cato Isaksen energisch. «Aber ich dachte, ihr hättet einander alles erzählt, du und Kathrine. Du hast doch selbst gesagt, dass ihr voreinander keine Geheimnisse hattet.»

«Sie glauben doch wohl nicht, dass Kathrine sie umgebracht hat?» Maiken Stenberg brach in Tränen aus. «Ich hätte es Ihnen doch gesagt, wenn ich von der Pistole gewusst hätte.»

Cato Isaksen sah sie an. Dann lächelte er. «Woher hast du diese schönen Haare?», fragte er, um sie abzulenken.

«Von meiner Mutter. Ich sehe meiner Mutter ähnlich.» Maiken weinte immer noch. Die Tränen liefen ihr über die Wangen.

«In der ersten Zeit nach Kathrines Verschwinden hast du Helena Bjerke mehrere Male besucht, nicht wahr?»

«Ja.»

«Kannst du dich noch erinnern, wer sonst noch dort war?»

«Alle, glaube ich. Ich meine, Kenneth und Lars und ihr Vater und ihre Großmutter und ihr Onkel. Und die Nachbarn und die beiden Kolleginnen aus der Reinigung. Es waren immer viele Leute da.»

Cato Isaksen nickte. «Was du über den Stiefvater erzählt hast. Ich weiß nicht, aber manchmal frage ich mich, ob er etwas zu verheimlichen hat. Ob er irgendetwas mit Kathrine gemacht haben kann, verstehst du?»

«Ja», sagte Maiken mit harter Stimme. «Ich verstehe, was Sie meinen. Ich habe sowas in der Zeitung gelesen.»

«Was glaubst du?»

«Nichts. Ich will nicht daran denken.»

«Das musst du aber», sagte er mit harter Stimme und blieb stehen.

«Nein», sagte sie und brach wieder in Tränen aus. «Daran will ich gar nicht denken.»

Cato Isaksen verfluchte seine Unfähigkeit, mit jungen Mädchen zu sprechen. «Tut mir Leid», sagte er und legte ihr die Hand auf die Schulter. Er fühlte sich heiß und kalt zugleich. Sie durfte nicht sehen, wie unsicher er war. Rasch zog er seine Hand zurück.

«Verzeihung», sagte sie.

«Zeit für die Heimfahrt», sagte er.

ES WAR DOCH MÖGLICH, dass da draußen noch immer jemand nach ihr suchte. Ihre Mutter würde niemals aufgeben, da war sie sich sicher. Kathrine packte das schmutziggelbe Kissen und hob es an ihren Hals. Was hatte sie ihrer Mutter für Dummheiten gesagt. Idiotin, miese Kuh hatte sie sie genannt. Und sogar Nutte, einmal, aber da hatte Tage sie wütend am Arm gepackt, sie die Treppe hinaufgezogen und sie in ihrem Zimmer eingesperrt. Irgendwie hatte das gut getan. Tage kümmerte sich um ihre Mutter. Er gab sich alle Mühe. Bei seiner eigenen Familie sah das anders aus. Mit der war er schon seit vielen Jahren zerstritten. Ihre Mutter hatte einmal gesagt, dass ihm das arg zu schaffen machte. Tage schmierte Kathrines Pausenbrote. Er brachte abends von der Arbeit immer besonders guten Aufschnitt mit. Kathrine sagte ihm oft, dass sie die Brote einfach wegschmiss. Sie wusste, dass ihn das verletzte, aber er schmierte weiterhin für sie Brote. Es stimmte übrigens gar nicht. Sie aß die Brote immer, wenn auch nicht immer alle, denn sie musste doch dünn bleiben.

Beim Einschlafen dachte sie an den Körpergeruch ihrer Mutter. Süß und warm. Dachte an ihre Stimme. Hörte sie in Gedanken immer wieder. Ließ die Mutter reden und ihr Dinge erzählen, die sie sich ausdachte. Sie gab auch Antwort und die Mutter lachte und sagte, «das kommt schon alles in Ordnung». Kathrine hatte nur so wenige Erinnerungen an ihre Kindheit, sie hatte das Gefühl diese Jahre verloren zu haben. Sie konnte sich an Omas Garten erinnern, an ihre Freundinnen, an die Familie. Aber die Gesichter waren verschwommen. Sie erinnerte sich an das hohe Gras im Sommer. An die Blumen, die in den Beeten sozusagen in Abteilungen eingeteilt waren, an die Mahlzeiten am Gartentisch. An die Geborgenheit und das konstante Dröhnen der Autos, die draußen am Zaun vorbei fuhren. Sie durfte oft auf dem Dachboden spielen. Dann zog sie die schönen alten Kleider aus Truhen und Kartons. Sie verkleidete sich und kam sich vor wie ein Engel. Einige Kleider waren so alt, dass die Seide brüchig geworden war. Und vor dem kleinen Dachbodenfenster sah sie die Wolken, die vorübertrieben und die Baumkronen, die sachte im Wind wogten.

Dieser Raum hier war grau. Auch die Luft war grau. Alles war grau und düster und eingesperrt. Was dachte Maiken jetzt? Hatte sie sich schon eine neue Freundin gesucht? Wenn Maiken doch nur wüsste, wie stolz Kathrine darauf war, dass sie ihre Freundin sein durfte. Maiken war so hübsch, so beliebt, so tüchtig.

Kathrine dachte an ihren Vater. Sie war acht Jahre alt gewesen, als er ausgezogen war. An den Tag konnte sie sich noch genau erinnern. Es war ein Sonntag. Die Eltern hatten sie ins Wohnzimmer gerufen. Sie hatte ihnen angesehen, dass etwas nicht stimmte, und geglaubt, jemand sei gestorben. Sie hatten erzählt, dass sie eine Zeit lang getrennt wohnen wollten, nur um zu sehen, wie das wäre, sagten sie. Aber Kathrine wusste, dass es für immer sein würde. Sie fühlte sich schuldig, glaubte, nicht brav genug gewesen zu sein.

Kathrine Bjerke lehnte an der grauen Mauer und weinte. Jetzt hätten sie sie sehen sollen, alle, die sie für die Zäheste und Coolste, die Stärkste und Frechste auf der Welt hielten. Jetzt hätte Tage sie sehen sollen. Jetzt hätte Mama sie sehen sollen. Jetzt hätte Kenneth sie sehen sollen. Jetzt hätte Oma sie sehen sollen.

Die Angst hatte sich in ihre Brust gebohrt wie eine eiserne Kralle. Sie fror ganz schrecklich, obwohl es doch gar nicht kalt war. In der einen Ecke stand ein Heizkörper. Eine alte Heizsonne, mit orangenen Glühfäden, wenn sie eingeschaltet war. Sie dachte, sie könnte den Arm darauf legen und sich ein Brandzeichen verpassen. Aber wozu hätte das eigentlich gut sein sollen?

DER MITTSOMMERTAG FIEL auf einen Samstag. Die Sonne schien von einem wolkenlosen Himmel. Die Meteorologen meldeten, im Norden wie im Süden sei der Sommer gekommen, und es werde so bleiben, jedenfalls in den kommenden Wochen. Am Wochenende würde Georg kommen, und deshalb freute sich Cato Isaksen darüber, dass sie von den Nachbarn zu einem Bootsausflug eingeladen worden waren, dort gab es einen Jungen in Georgs Alter.

Aber er war auch nervös. Nachdem er darum gebeten hatte, über die Unternehmungen von Nils Bergmans und André Hansens Live-Gruppe informiert zu werden, war aus Follo eine beunruhigende Nachricht eingetroffen. Die Gruppe hatte nämlich um die Erlaubnis gebeten, in einem Waldgebiet bei Heer, nicht weit von Drøbak, ein Rollenspiel durchzuführen. Sie hatten sich genau an die Vorschriften gehalten und sich an den Besitzer des Waldes, an die Feuerwehr und an die Polizei gewandt. Und die Erlaubnis war erteilt worden. Sie wollten die ganze Nacht durchmachen, weshalb Cato Isaksen glaubte, Zeit genug zu haben. Er hatte Bente noch nicht erzählt, dass er nach dem Bootsausflug mit den Nachbarn noch arbeiten müsste.

Sie gingen auf das Boot, eine Draco von einundzwanzig Fuß. Die Jungen lachten und liefen auf dem Steg hin und her. Cato Isaksen nahm den Picknickkorb entgegen, den Bente ihm reichte. Es tat gut, sie so zu sehen, braun und guter Dinge. Der Wind blies durch ihre Haare und ließ sie auf und ab wehen. Lächelnd zog sie ihn an sich. Georg und der Nachbarsjunge bekamen Schwimmwesten angeschnallt, liefen zum Bug, legten sich hin und starrten ins Wasser. «Da ist ein Krebs», rief Georg laut und lachte.

Die ganze Zeit wurde Cato Isaksen von einer inneren Unruhe gequält. Bente merkte das und wollte wissen, was los sei. Er sagte, «gar nichts».

Als sie gegen halb elf nach Hause kamen, brachte Cato den Jungen zu Bett. Er war quengelig und von den vielen Eindrücken, von Sonne und frischer Seeluft übermüdet. Bente saß mit einem Glas Wein im Garten. Er ging zu ihr hinaus und sagte, er müsse nach Drøbak fahren. Sie setzte die verletzte, resignierte Miene auf, die ihm so sehr auf die Nerven ging. Er setzte sich und erzählte ihr kurz, worum es ging, dass dieses Rollenspiel vielleicht in irgendeiner Beziehung zum Fall Bjerke-Moen stand.

Von unterwegs rief er Roger an, der an diesem Abend Dienst hatte, und sie beschlossen, sich im Polizeigebäude zu treffen, um dann zusammen weiterzufahren.

«Ich weiß ja nicht so recht, was wir uns davon versprechen», sagte Roger verdrießlich. «Nicht einmal am Mittsommerabend hat man seine Ruhe. Ich hätte in einer halben Stunde Feierabend machen können. Du erinnerst dich doch an die Frau, von der ich erzählt habe?»

«Ja.»

«Sie wartet in ihrer Wohnung in Grorud auf mich. Nackt.»

«Dein Pech», sagte Cato Isaksen und lachte.

DIE JUNGEN ZOGEN SICH hinter einigen hohen Bäumen um. Diesmal waren sie einundzwanzig. Ein Stück weiter unten gab es eine Lichtung, die in einer Schlucht endete. Unten in die Schlucht hatte jemand einige verrottete Baumstämme gelegt. In einem davon klaffte ein Loch. Nils Bergman ging in die Knie und zog etwas heraus.

Die anderen steckten ihre Kleidung in Plastiktüten und verstauten sie in ihren Rucksäcken, die dann unter einem Baum aufeinander getürmt wurden. Sie hatten makabre Verkleidungen gewählt. Die jungen Leute verwandelten sich in Vampire und Ungeheuer mit langen Umhängen, Schwertern und Masken. Ihre ernsten Gesichter verrieten deutlich, wie wichtig das hier für sie war. Für alle in der Gruppe war die Wirklichkeit nur ein Ersatz. Ein Ort, den man tagsüber aufsuchte. Es war kein Kinderspiel. Es war eine Beschäftigung für hochentwickelte Seelen.

Beim Umziehen sahen sie einander nicht an. Wichen den Blicken der anderen bewusst aus. Einige machte diese Verwandlung ziemlich nervös. Die Nervosität konnte sich durch Lachen Luft machen, und das könnte die Stimmung verderben. Wer in die andere Wirklichkeit eintreten wollte, musste sich zu hundert Prozent einbringen.

André Hansen legte eine Maske mit Gesichtsfell an. Ein wohliger Schauer rieselte durch seinen Körper. Er spürte, wie sein Herz klopfte. Er schien zu wachsen, schien tatsächlich zu dem Halbtier zu werden, als das er sich gerade verkleidete.

Am Vortag hatte er sich in einem Café in der Stadt mit Sølvi getroffen. Sie hatte sich Tee und Kuchen bestellt. Er selber hatte eine Cola vorgezogen. Anfangs hatten sie nicht viel gesagt. Er war ein wenig verlegen. Er kannte sie ja nicht besonders gut. Sie hatten schweigend dagesessen und den endlosen Menschenstrom betrachtet, der vor den Fenstern vorüberwanderte. Danach hatten sie die Spielanleitung mit dem rätselhaften Namen «Brüder der Nacht» durchgesehen.

Es war ein ziemlicher Unsinn, da waren sie beide einer Meinung. Sølvi sah ihn an und lachte. Sie machte ihm ein Kompliment wegen seiner Frisur. Er gab keine Antwort, er wusste nicht so recht, welche angebracht gewesen wäre. Am Ende zog sie ihn ein wenig auf und fragte, ob er gern bisse und so. Er begriff ja, dass sie den Vampir meinte, den er im Stück spielen sollte, aber auch hier fiel ihm keine Antwort ein. Sie erzählte außerdem, dass sie mit Nils gesprochen und dass er eine Überraschung erwähnt habe. Er hatte offenbar auf irgendeine Weise echtes Blut aufgetrieben. André fand das eine ziemliche Schweinerei. Er verspürte kein Bedürfnis nach echtem Blut.

Vor dem Caféfenster hielt jetzt auf der anderen Straßenseite ein Bus. Er stieß eine dicke Abgaswolke aus, dann fuhr er wieder los. In der Gruppe von Menschen, die aus dem Bus ausgestiegen waren, entdeckte André plötzlich seinen Bruder Stein Ove. Seine Mutter hatte nichts davon gesagt, dass er auf Urlaub kommen würde.

Jetzt stand Sølvi Steen fünf Meter von ihm entfernt da und musterte ihn. «Warm heute Abend», sagte sie. Er gab keine Antwort, sondern wandte sich kurz ab, es machte ihn ein wenig verlegen, dass sie ihn dermaßen anstarrte. Er glaubte, sie interessiere sich für ihn. Und das reizte ihn und machte ihm zugleich Angst. Er konnte mit Frauen nicht gerade gut umgehen. Hatte noch nie eine Freundin gehabt. Sølvi war stark geschminkt. Um die Augen hatte sie einen dicken schwarzen Strich gezogen. Ihr Gesicht war fast weiß gepudert.

André ging weiter zu Nils Bergman, der an einem dicken Baumstamm lehnte. Er trug einen schwarzen Umhang, in dem er fast verschwand. André fragte, ob er Stein Ove in letzter Zeit gesehen habe. Für einen Moment hatte er das Gefühl, dass Nils nicht wusste, was er dazu sagen sollte.

«Ich bilde mir ein, ihn gestern gesehen zu haben, verstehst du», sagte André. «Ich saß in einem Café, und da stieg er aus dem Bus.»

«Um ganz ehrlich zu sein, ja, ich habe ihn gesehen», sagte Nils Bergman und ging zu dem Rucksackberg hinüber. «Er war kurz bei mir, um etwas zu besprechen.»

«Was denn? Und warum ist er nicht nach Hause gekommen?» André trottete hinter ihm her.

Nils Bergman seufzte. «Er wollte nur etwas bei mir abholen.»

«Was denn?»

«Ich weiß nicht, ob ich darüber reden sollte.»

André Hansen musterte ihn mit düsterer Miene. «Warum denn nicht», fragte er misstrauisch.

«Na gut. Ich hab den ganzen Scheiß satt.» Jetzt schien Nils Bergman plötzlich wütend zu sein. «Stein Ove hatte zwei Waffen. Nicht nur die, die Kenneth bei Kathrine versteckt hatte.»

André Hansen sah verwirrt aus.

«In Rygge wurden zwei Waffen gestohlen», erklärte Nils. «Und dein Bruder hatte sie beide. Die eine habe ich für ihn versteckt.»

«Und?»

«Er hat sie geholt, weil er sie der Polizei übergeben wollte», sagte Nils Bergman und rief einem Schauspieler zu, er solle schwarze Stiefel anziehen. «Stein Ove ist doch von der Polizei verhört worden und hat zugegeben, dass die Waffe in Kathrines Schrank ihm gehörte.»

André nickte ernsthaft.

«Jetzt will er alle Karten auf den Tisch legen. Noch mehr Scheiß verträgt er nicht, sagt er. Er ist vom Dienst beurlaubt worden. Gestern ist er nicht nach Hause gegangen, weil deine Mutter immer alles wissen will und herumschnüffelt.

Die Bullerei war einige Male bei mir, ich konnte die Waffe nicht länger aufbewahren.»

André Hansen nickte noch einmal. «Ich habe gesagt, dass wir Plastikschwerter verwenden», sagte er.

«Gut», sagte Nils Bergman und klopfte ihm auf die Schulter. «Dein Bruder wohnt für ein paar Tage bei mir.»

DIE STILLE IM WALD wurde nur durch das leise Stimmengewirr der dunkel gekleideten Jugendlichen durchbrochen. Im späten Sommerlicht betrachteten die beiden Ermittler das Spiel, das jetzt auf der kleinen Lichtung vor sich ging.

Sie hockten hinter einigen Kiefernsträuchern, gleich neben einem kleinen Moor, das einen fauligen Geruch verströmte. Der Duft von grober Tanne und Harz schwebte zu ihnen herüber.

«Es wird jetzt schnell dunkel», flüsterte Roger Høibakk und zog ein Bein an. Irgendein kleines Tier raschelte in den trockenen Blättern auf dem Waldboden.

Plötzlich fing ein Spieler an, mit lauter, scharfer Stimme zu sprechen. Zwischen einigen großen Steinen brannte ein Feuer.

Die Schauspieler liefen hin und her. Alle wussten, was sie zu tun hatten. Ihre seltsam altmodisch klingenden Repliken wurden präzise vorgetragen.

«Was für ein Quatsch!», flüsterte Roger Høibakk.

Eine helle Mädchenstimme meldete sich zu Wort. Cato Isaksen erkannte Sølvi Steen. Als ein Vampir aufheulte, prustete Roger Høibakk los. «Was für ein Blödsinn», meinte er noch einmal.

Im Schutze der Dunkelheit konnten sich die Ermittler näher an die Jugendlichen heranschleichen. Plötzlich stieß jemand ein lautes, kaltes Lachen aus. Die Ermittler wechselten einen Blick und schüttelten den Kopf. «Das ist doch der pure Hamlet», sagte Cato Isaksen leise.

Nach einer Stunde verließen die Spieler in kleinen Gruppen die Lichtung. Die Ermittler folgten ihnen vorsichtig. Cato Isaksen fielen zwei Personen auf, die sich langsam in eine andere Richtung verdrückten. Im Schutz von Bäumen und Blättern hatten sie sich geduckt, um nicht entdeckt zu werden. Er glaubte, dass es sich um Sølvi Steen und André Hansen handelte, auch wenn man das wegen der Verkleidung nur schwer erkennen konnte. Aber er sah nicht, dass die beiden sich setzten und einander gierig küssten. Danach liefen sie schnell zu ihrer Gruppe zurück.

André Hansen hatte seit ihrer ersten Begegnung im Wald etwas ganz Besonderes für Sølvi Steen empfunden. Sie hatte eine gefährliche Ausstrahlung. Man wusste eigentlich nie so recht, was sie dachte oder fühlte. Sie hatten sofort Kontakt zueinander gefunden. Fühlten sich beim Spielen zueinander hingezogen. Er hatte sich schon lange gefragt, ob sie wohl so empfand wie er. Und jetzt war die Mittsommernacht gekommen und der Wald strahlte nicht den regenschweren Geruch von Erde und Verwesung aus.

Als er das letzte Mal nachts aus dem Wald gekommen war, hatte er sofort das Wasser in der Dusche so heiß gedreht, dass er es kaum noch ertragen konnte. Dann hatte er sich ausgiebig Körper und Haare gewaschen. Danach war ihm sein Körper wieder wie sein eigener vorgekommen und die Kälte war verschwunden gewesen.

Die Live-Gruppe unternahm jetzt auch Reisen an andere Orte, um mit anderen Gruppen zu spielen. Bei ihrer letzten Begegnung hatte es geregnet. Es war dunkel und unheimlich gewesen. Vielleicht standen sie dicht an der Grenze zu irgendetwas, hatte er nachher gedacht. Vielleicht war das hier gefährlich, vielleicht konnte man dabei den Verstand verlieren. Er hatte im Internet einige entsprechende Berichte gefunden. Es gab Fälle, wo der Gefühlshaushalt beeinträchtigt worden war. Eine krankhafte Veränderung konnte eintreten, hieß es. Menschen, die innerlich nicht stark genug waren, konnten nach solch heftigen Seancen in einer Psychose versinken. Aber er hatte keine Angst. Nach dem letzten Mal hatten ihm noch lange die Arme und Schultern wehgetan. Nils hatte gesagt, sie müssten «avancieren». André wusste nicht so recht, was das bedeuten sollte.

Die beiden Ermittler fanden es recht seltsam, diesem merkwürdigen Rollenspiel im Wald zu folgen. Nach zwei Stunden in ihrem Versteck zogen sie sich leise zurück. Cato Isaksen sah ein, dass André Hansen Recht gehabt hatte. Das hier war eine andere Welt. Er konnte auch verstehen, dass dieses Spiel spannend und für zarte Gemüter nicht geeignet war. Auf der Rückfahrt zur Stadt fragte Roger Høibakk, was Cato Isaksen sich eigentlich von dieser Expedition ins Live-Milieu versprochen hatte. Ob er wirklich glaubte, dass irgendeiner der Teilnehmer etwas mit dem Fall Kathrine zu tun haben könnte.

«Wir müssen herausfinden, was in dieser Szene abläuft», sagte Cato Isaksen nachdenklich. «Es gibt in der ganzen Sache so viele Überschneidungen. Und vor allem wissen wir jetzt, woher die Mordwaffe stammt.»

«Das nehmen wir an», korrigierte Roger.

«Es gibt noch soviel, was seinen Platz finden muss.» Er versuchte Roger zu erklären, dass die kleinen Puzzlestücke zusammengefügt werden mussten, wenn sie die großen finden wollten. Er versuchte ihn an die Fäden zu erinnern, die sich in allen Richtungen dahinzogen und so schwer zu erkennen waren. «Ich bin sicher, dass es ein Muster gibt, wir wissen nur noch nicht, wie es gewebt ist.»

«Keine Belehrungen bitte», sagte Roger Høibakk und sah seinen Kollegen an. «Mir kommt die ganze Kiste sowieso total irrwitzig vor.»

Cato Isaksen trat voll auf die Bremsen. Ein Reh lief vor ihnen über die Straße.

«Shit», sagte Roger und hielt sich am Armaturenbrett fest.

«Das war wirklich nur um Haaresbreite», sagte Cato Isaksen mit zitternder Stimme und fuhr langsam weiter.

TAGE UND WOCHEN vergingen. Der Juni ging in den Juli über, die wirkliche Hitze aber ließ auf sich warten. Stein Ove Hansen war, zusammen mit dem Fähnrich, der ihm die Waffen verkauft hatte, wegen dieses Diebstahls angeklagt worden. Die Protokolle der Verhöre waren an die Zivilpolizei weitergereicht worden, beide waren beurlaubt und wohnten jetzt zu Hause. Die Polizei nahm jedoch nicht an, dass Stein Ove Hansen direkt in den Mord an Brenda Moen verwickelt sein könnte. Er hatte ein Alibi für die Tatzeit und war zu der Zeit, als Kathrine Bjerke verschwunden war, im Dienst gewesen. Die Waffe war noch nicht gefunden worden.

Am 13. Juli passierten dann schließlich drei Dinge, die mit dem Fall Bjerke-Moen zu tun hatten. Gegen ein Uhr erschien Stein Ove Hansen in Cato Isaksens Büro und lieferte eine Glock-Pistole vom selben Typ wie die ab, die Kenneth bei Kathrine deponiert hatte. Er wolle alle Karten auf den Tisch legen, sagte er. Er hatte beide Waffen gekauft. Kenneth hatte die eine aufbewahrt, Nils Bergman die andere.

Die Glock wurde sofort der Technik zur Untersuchung übergeben.

Ein wenig später rief Maiken Stenberg an. Sie war schrecklich aufgeregt und berichtete von Gerüchten, nach denen Sølvi Steen behauptete, im Wald mit Menschenblut eingeschmiert worden zu sein. Maiken hatte das von einer Klassenkameradin gehört. Cato Isaksen bedankte sich für diese Auskunft und versprach, dieser Sache nachzugehen.

Am selben Abend, um 18.32 Uhr, traf auf Helena Bjerkes Handy eine SMS-Nachricht ein. Sie wollte gerade zum Einkaufen gehen. Zerstreut zog sie das Telefon aus der Tasche. Mit der rechten Hand drückte sie auf «Zeigen». ES GEHT MIR WIRKLICH GUT. KATHRINE, stand dort. Dieser Text im Display jagte ihr eine Schockwelle durch den Körper. Sie hielt an und stürzte aus dem Wagen. Rannte die wenigen Meter zum Haus und schloss mit zitternden Händen die Tür auf. Sie lief ins Wohnzimmer und ließ sich in einen Sessel fallen. Die Wagenschlüssel fielen klirrend zu Boden. Die Tränen drückten gegen ihre Augäpfel. Der Schmerz setzte mit voller Wucht wieder ein. Was trieb dieses Kind denn da nur? Eine plötzlich einsetzende Wut ließ Helena Bjerke aufstehen und das Telefon auf den Boden schleudern. Dann versetzte sie dem nächststehenden Stuhl einen Tritt, der umkippte und durch das Zimmer rutschte. Danach ließ sie sich aufs Sofa fallen und schluchzte verzweifelt. Jetzt war alles wieder da. Angst und Trauer und Wut. Sie spürte, dass sie ihre Reaktionen nicht mehr unter Kontrolle hatte.

Als sie sich ein wenig gefasst hatte, hob sie das Telefon vom Boden auf. Stellte den Stuhl wieder hin und rief Cato Isaksens Handy an. Er meldete sich fast augenblicklich. «Ich bin's», schluchzte sie. Cato Isaksen erkannte sie sofort und wusste, dass etwas passiert war. Weinend berichtete sie von der SMS. Er versuchte sie zu beruhigen, aber er merkte, dass auch er sich aufregte.

«Sind Sie sicher, dass die SMS von Kathrine stammt?», fragte er skeptisch.

«Ja», weinte Helena Bjerke. «Sie kommt von ihrem Telefon. Ich kenne doch ihre Nummer.»

«Und was sagt sie?»

«Dass es ihr gut geht», schniefte Helena Bjerke.

«Nur das?»

«Nur das.»

«Wir werden feststellen, ob die Meldung wirklich von ihrem Telefon stammt und von wo aus sie gesendet worden ist», sagte er. «Ich komme sofort zu Ihnen, um mir die Meldung anzusehen», fügte er hinzu. «Kochen Sie sich erst mal einen Kaffee. Und dann reden wir weiter.»

Helena Bjerke merkte, wie ihr Puls langsamer wurde und sie sich ruhiger fühlte. Die Polizei hatte noch nichts herausfinden können. Trotzdem merkte sie, dass Cato Isaksens Stimme ihr dabei half, sich zusammenzunehmen. Als ob sie ein kleines Kind sei, das er trösten musste. Immer brachte er sie so weit, dass sie glaubte, es würde schon alles in Ordnung kommen. «Danke», sagte sie leise und drückte auf den roten Knopf.

Cato Isaksen war außer sich über diese SMS. Es gab immer mehr Hinweise, die darauf hindeuteten, dass Kathrine wirklich noch lebte. Auf irgendeine Weise mussten sie herausfinden, wo sie sich versteckte und warum. Immer mehr befürchtete er, dass sie etwas mit dem Mord an ihrer Großmutter zu tun haben könnte.

Er verbrachte eine halbe Stunde bei Helena Bjerke. «Wie geht es Ihnen beiden eigentlich», fragte er, als er dann gehen wollte.

«Wir geben uns alle Mühe», sagte Helena Bjerke müde. «Ich weiß nicht, wem das schwerer fällt, Tage oder mir.» Ehe Cato Isaksen losfuhr, versprach sie ihm, ins Einkaufszentrum zu fahren und einzukaufen, so wie sie das ursprünglich vorgehabt hatte. «Alf Boris kommt heute zum Essen», sagte sie. «Ich muss also sowieso etwas besorgen. Und ich muss mich beeilen, er will gegen acht hier sein.»

Cato Isaksen wusste, dass Maiken Stenberg am folgenden Tag nach Südnorwegen fahren würde, und da er ohnehin schon in der Nähe war, wollte er auch noch mit ihr über das Gerücht, über Sølvi Steen und das Blut sprechen.

Alexander stürzte dem Auto entgegen, sobald der Ermittler auf dem Kiesweg vor dem Haus hielt. Er rief irgendetwas und hob die eine Hand.

«Ehrbehr», stöhnte er. «Ehrbehr.» Cato Isaksen lächelte und ließ sich die rotweiße Beere überreichen. «Eif», sagte der Junge und wischte sich mit dem Unterarm die Nase.

Maikens Mutter kam vom Feld und fuhr sich dabei mit den Händen über die grüne, verschmutzte Hose. «Die ist noch nicht ganz reif, Alexander», sagte sie.

Cato Isaksen entdeckte Maiken, die sich am Waldrand tief bückte und dabei den Hintern in die Luft streckte.

«Tut mir Leid, dass ich schon wieder störe», sagte er zur Mutter. «Aber ich wollte nur kurz mit Maiken sprechen, ehe sie verschwindet.»

«Sie ist draußen auf dem Feld», sagte Laila Stenberg und lächelte müde. «Das nimmt wohl nie ein Ende, diese Sache mit Kathrine oder was meinen Sie?»

«Ich weiß nicht so recht», sagte er.

«Mir kommt das ganz grotesk vor, das mit Sølvi Steen und dem Blut. Irgendwer in Kathrines Klasse hat das erzählt.» Sie hob die Hand über die Augen, um sie vor der Abendsonne zu schützen.

«Sie glauben, dass Kathrine noch lebt, oder?»

«Das wissen wir nicht. Aber es kann so sein», sagte er.

«Wir wollten die Ferien nutzen, um Maiken klarzumachen, dass das Leben weitergeht. Ich wünsche mir so, dass sie sich neue Freundinnen sucht, statt immer nur über die Sache mit Kathrine herumzubrüten. Das ist so destruktiv.»

«Das kann ich verstehen und dass ich immer wieder hier auftauche, ist sicher nicht gerade eine Hilfe.»

«Nein», sagte die Mutter kurz.

Cato Isaksen begriff diesen Wink, nickte und machte sich auf den Weg zu dem kleinen Feld. Eine Vogelscheuche aus Stöcken und Silberpapierstreifen stand in der Mitte. Auf dem angedeuteten Kopf saß ein großer Hut. Der Hut war aus grünem Tüll gefertigt. Er war abgenutzt und einwandfrei alt. Die Nachmittagssonne ließ die Silberstreifen auffunkeln.

Maiken stand jetzt aufrecht da und sah ihm entgegen, als er auf sie zukam.

Er nickte ihr kurz zu und versuchte, sich einen Lehmklumpen von einem Schuh zu wischen. Maiken lächelte ihn zaghaft an.

«Tolle Vogelscheuche», sagte er.

«Den großen Hut habe ich von Kathrine», sagte sie rasch. «Er stammt von ihrer Großmutter. Die hatte jede Menge alte Kleider und Hüte und so. Vor ewigen Zeiten durften wir uns einmal auf ihrem Dachboden verkleiden. Da standen mehrere Truhen mit alten Kleidern. Das hat Spaß gemacht.»

Cato Isaksen sah sie an. Warum redete sie so schnell?

Ein Huhn hatte sich aus dem Hühnerstall befreit und stolzierte jetzt am Feld entlang, wobei es ab und zu innehielt und mit dem Schnabel im Boden herumhackte.

Cato Isaksen bat Maiken noch einmal zu erzählen, was sie am Telefon gesagt hatte.

«Angeblich hat Sølvi Steen sich mit Menschenblut eingerieben. Sie muss ja total verrückt sein. Aber ich weiß ja nicht, ob das wirklich stimmt», fügte sie hinzu und zuckte mit den Schultern.

Cato Isaksen sagte, er werde das überprüfen. «Hast du sonst noch etwas gehört», fragte er und wollte schon die Hand auf ihren Arm legen, besann sich dann aber und lächelte ihr nur kurz zu.

«Nein», sagte sie. «Nur, dass Stein Ove aus dem Militär geworfen worden ist. Stimmt das?»

Cato Isaksen nickte. «Das stimmt. Er hatte die Waffen. Die eine ist schon wieder aufgetaucht. Aber die andere, die, mit der möglicherweise Brenda Moen erschossen worden ist, ist noch immer verschwunden. Du hast nicht zufällig mehr gehört?»

Maiken Stenberg schüttelte den Kopf. Cato Isaksen wünschte ihr schöne Ferien und ging wieder über das Feld. Er spürte, dass sie hinter ihm hersah. Er schaute zum Gartenhaus hinüber. Die Tür war geschlossen. Er ging an der Vogelscheuche vorbei und empfand beim Anblick von Brenda Moens Hut ein leichtes Unbehagen. Der Stoff war löchrig und brüchig. Die Seide löste sich auf. Der alte Hut passte einfach nicht auf dieses Feld. Vorsichtig spielte der Wind mit den Silberstreifen. Er war traurig, weil Maiken verreisen würde. Ein törichtes Gefühl, das er sich nicht gestatten durfte.

Als er sich wieder ins Auto setzte und den Motor anließ, sah er noch immer die Vogelscheuche vor sich. Während er in

Richtung Stadt fuhr, fiel ihm plötzlich das ausgestopfte Eichhörnchen ein, das früher im Bücherregal seines Großvaters gestanden hatte. Er wusste noch, wie sehr ihn das ausgestopfte Tier fasziniert hatte. Aber er war sich betrogen vorgekommen. Das Tier sah lebendig aus, aber es war trotzdem tot. Und dieses Gefühl hatte er gerade eben auch gehabt, als er auf dem Erdbeerfeld an der Vogelscheuche vorbeigegangen war.

ALS ER VOR SØLVIS HAUS HIELT, sah Cato Isaksen noch immer das Bild der Vogelscheuche mit dem grünen Hut vor sich. Weder Sølvi Steen noch ihre Eltern waren zu Hause, und ein Nachbar hinter einem Bretterzaun wusste zu berichten, dass sie vormittags zusammen weggefahren waren. Cato Isaksen bedankte sich für die Auskunft und ging zu seinem Auto zurück.

Auf der Rückfahrt in die Stadt legte er eine CD ein und öffnete das Autofenster ein Stück weit. Es war Sommer, hell und menschenleer. Cato Isaksen spürte seine Unruhe wie einen Schmerz. Er schlief derzeit gut und war eigentlich angeregt und voller Tatendrang, aber der Fall Bjerke-Moen brannte ihm doch die ganze Zeit auf den Nägeln.

In dieser Nacht lag er wie ein Fremder in seinem Bett und horchte auf die Stille im Haus. Was für ein Mensch war eigentlich Kathrine, die ihrer Mutter das antun konnte? Was bezweckte sie damit, die Mutter dermaßen zu quälen? Postkarte und SMS waren richtig gemein gewesen. Vielleicht gab es ja böse Kinder. Aber Cato Isaksen hatte das Gefühl, dass sich hinter der schlichten Mitteilung etwas anderes verbarg. Etwas Unverständliches und Brutales. Rache vielleicht oder Hass. Hatte Kathrine bei ihrem Verschwinden die Waffe mitgenommen? Wenn nicht, wer half ihr? Wer konnte die Waffe aus ihrem Zimmer geholt haben?

Die Ermittler hatten Listen aufgestellt und sie analysiert. Das hatte zur Folge, dass Kathrine Bjerke jetzt ganz oben auf der Liste der Verdächtigen stand. Er hatte die Telefongesellschaft gebeten, sich Kathrines Telefongespräche genauer anzusehen. Bald würden sie erfahren, woher die SMS gesandt worden war. Am folgenden Tag wollte er mit Sølvi Steen über das Blut sprechen. Er wusste nicht so recht, was das bedeuten konnte. Eigentlich versprach er sich nicht viel davon.

In der Mittagspause hatte jemand eine kurze Bemerkung gemacht, als Ellen die Kantine betreten hatte. «Kriegst du nicht langsam einen dicken Bauch?», hatte jemand gesagt. Ellen hatte das lachend abgetan, aber Cato Isaksen hatte sich verletzt gefühlt. Bekam Ellen einen dicken Bauch? Bei ihrem letzten Gespräch hatten sie wieder über ihre gegenseitigen Lebensumstände gesprochen. Er hatte sich die Bemerkung nicht verkneifen können, dass ihr Mann doch schon recht alt sei. Er wusste, dass ihr das wehtat. Sie hatte geantwortet, sie könne nicht einsehen, was an seiner Heuchelei soviel besser sein sollte. Aber das stimmte nicht. Er heuchelte nicht. Ellen hatte gesagt, er könne nicht auf eigenen Füßen stehen. Das stimmte auch nicht. «Du hast Dutzende von Füßen, auf denen du stehst», hatte sie gesagt, «nur nicht auf deinen eigenen. Immer brauchst du jemanden neben dir.» Er wollte aber nicht, dass es so war. Er war wütend auf sich selber, weil er nicht einmal sich selbst gegenüber ehrlich sein konnte, wenn ihm nachts solche Gedanken kamen.

Er schaute zu Bente hinüber, die tief schlief. Er selbst wälzte sich von einer Seite auf die andere, bis die Vögel anfingen zu zwitschern und das Licht das Vorhangmuster zeigte. Er schaltete den Wecker aus, ehe der geklingelt hatte, stand leise auf und zog sich an, ohne zu duschen. Er putzte sich nicht einmal die Zähne. Er ging hinunter in die Küche, aß und trank aber nichts. Er hatte ein schlechtes Gewissen, weil er sich vor Sehnsucht nach Ellen ganz krank fühlte. Das war Bente gegenüber eine Gemeinheit. Er musste aber damit leben, mit einer Geborgenheit ohne Begehren. Einer vertrauten, aber vielleicht brüchigen Gemeinschaft. Was ihn am meisten ängstigte, war die Tatsache, dass er dieses Gefühl bereits kannte. So hatte er auch über Sigrid gedacht, in der Endphase ihrer Beziehung. Und noch so eine Runde könnte er einfach nicht ertragen.

In diesen frühen Morgenstunden war noch fast niemand unterwegs nach Oslo. Es war halb sechs. Der Himmel war grau und zeigte ganz unten einen scharfrosa Rand.

Zur Besprechung um acht waren alle da, abgesehen von Randi Johansen und Asle Tengs, die Urlaub hatten.

Ingeborg Myklebust wollte Cato Isaksen und Roger Høibakk die Ermittlungen im Mord an einer jungen Mutter in Tøyen übertragen.

Die beiden Polizisten wechselten einen resignierten Blick. Sie wussten beide, dass Widerspruch hier zwecklos sein würde. Cato Isaksen hatte vorgehabt, wieder das ganze Team auf den Fall Moen anzusetzen, jetzt, wo es neue Verdachtsmomente gab. Die SMS, die eine Waffe, die sie nun hatten, und die Gerüchte über Sølvi Steen und das Blut. Aber Ingeborg Myklebust meinte, sie könnten an beiden Fällen gleichzeitig arbeiten. Die beiden anderen Mordfälle, mit denen sie beschäftigt gewesen waren, waren aufgeklärt. Der eine Mord war von einem guten Freund des Opfers verübt worden, der andere von einem Bruder. So geschahen die meisten Morde, im Affekt durch Verwandte oder Freunde. Cato Isaksen erhob sich und verließ das Zimmer.

Er ging über den Gang zum Aufenthaltsraum und holte sich eine Tasse Kaffee. Plötzlich stand Ellen neben ihm und lächelte. Er riss sich zusammen. Sie war in sichtlich guter Stimmung. Sie lächelte und streckte die Hand nach einer Tasse aus. Im gleichen Moment hatte er die Tasse abgestellt und sie an sich gezogen. Ihr Gesicht ruhte an seinem Hals. Er spürte ihren warmen Atem an seiner Haut. Sie befreite sich vorsichtig und sah ihn mit ernster Miene an. Dann küsste sie ihn. Die Begegnung ihrer Lippen war behutsam und warm. Er hätte eine Ewigkeit so stehen bleiben können, doch dann kam eine der Frauen, die in der Kantine arbeiteten, mit einem Rollwagen vorbei, um schmutzige Tassen und Teller zu holen.

Sie fingen an zu reden. «Wir müssen noch einen weiteren Fall übernehmen», sagte er. «Myklebust meint, dass wir im Fall Moen ja doch zu keinem Ergebnis kommen.»

«Das weiß ich», sagte sie kurz. «Das schafft ihr ja auch nicht.»

Die Kantinenangestellte verließ den Raum. «Wie geht es dir denn eigentlich?», fragte er.

«Sehr gut.» Sie lächelte.

Er erwiderte ihr Lächeln. «Ich habe Lust auf dich», sagte er.

«Das weiß ich», sagte sie und bedachte ihn mit einem neckenden Blick.

ES WAR EIN STILLER, warmer Tag. Die Rasenflächen zwischen den Häusern waren braun versengt. Viele waren in Urlaub, einige aber saßen in ihren kleinen Gärten und sahen zu, als Cato Isaksen an Sølvi Steens Haustür klingelte. Es dauerte einen Moment, bis geöffnet wurde. Als das Mädchen den Polizisten erkannte, sah sie nicht gerade erfreut aus.

Cato Isaksen grüßte kurz. «Du musst mit in den Wald kommen und mir zeigen, wo ihr euer Rollenspiel veranstaltet», sagte er, ehe sie ihn ins Haus bitten konnte.

Sølvi Steen schaute ihn aus ihren übermäßig geschminkten Augen an. Sie schwieg.

«Sind deine Eltern zu Hause?»

«Nein. Die sind bei der Arbeit.»

«Dann ruf sie an und sag ihnen, dass ich hier bin und dass du mir zeigen sollst, wo ihr spielt.»

«Warum?»

«Warum was?»

«Warum soll ich meine Eltern anrufen?»

«Weil du erst fünfzehn bist.»

«Scheiße, nein», sagte sie wütend und nahm einen Schlüssel aus einem kleinen Schlüsselschrank. Sie knallte mit der Tür, schloss ab und steckte den Schlüssel in die Tasche. Dann ging sie mit festen Schritten an ihm vorbei.

Cato Isaksen folgte ihr nachdenklich. Ihre aufsässige Art ärgerte ihn. Sie zollte ihm wahrlich nicht sonderlich viel Respekt. «Ich muss in einem Mordfall ermitteln», sagte er.

«Sie ist nicht tot.» Sølvi Steen drehte sich halbwegs um und sah ihn hasserfüllt an. «Sie schickt ihrer Mutter doch jede Menge Karten und SMSse.»

Cato Isaksen musterte sie neugierig. Woher wusste sie von der Nachricht, die Helena Bjerke zwei Tage zuvor erhalten hatte? «Ich rede von Brenda Moen», teilte er mit. «Kathrine Bjerkes Großmutter.»

Sie standen vor dem Auto. Plötzlich merkte er, wie heiß es war. In zwei Tagen würde er eine Woche Urlaub antreten.

Und jetzt hatte er das Gefühl, dass er den auch wirklich brauchte. Ein Junge auf einem Dreirad winkte ihnen zu und Cato Isaksen schloss für Sølvi Steen die Tür auf. Sie ließ sich auf den Beifahrersitz fallen.

«Na gut», sagte sie kess und schnallte sich an. «Dann zeig ich es Ihnen eben. Aber Sie brauchen das nicht unbedingt Nils zu erzählen. Wir wollen diese Orte ja eigentlich für uns behalten.»

Cato Isaksen ließ den Wagen an und fuhr rückwärts vom Parkplatz. Sie schwiegen beide, als sie dann weiterfuhren. Als der Kreisverkehr hinter dem Einkaufszentrum hinter ihnen lag, erklärte ihm Sølvi Steen, wie es weiterging. Sie hielten auf einem Parkplatz im Wald.

Etwa vierzig Meter dahinter erreichten sie einen Weg, der in den Wald führte. Sølvi Steen ging voran. Cato Isaksen konnte ihren kleinen, geschmeidigen Hintern nicht übersehen. Sogar an diesem Tag, bei dieser Hitze, trug sie eine schwarze Hose und ein schwarzes T-Shirt.

Sie wanderten über den schmalen Weg durch dichten Wald an einer Lichtung vorbei. Nach hundert Metern bog Sølvi Steen nach rechts ab und stapfte durch hohe Farnwedel.

«Ist es hier nicht schön?» Plötzlich schaute sie sich im Weitergehen zu ihm um.

Cato Isaksen gab keine Antwort. Er war soeben in eine Pfütze aus lauwarmem Moorwasser getreten. Hier drang die Sonne nie durch die dichten Blätter. Im Moor konnte wirklich alles und jedes ungestört verwesen.

«Wer entscheidet, wo ihr spielt?», fragte er.

Sølvi Steen hielt an. Sie riss eine Hand voll Gras aus dem Boden.

«Meistens Nils», sagte sie. «Aber wir alle machen Vorschläge. Vorgestern waren wir woanders, ganz unten an der schwedischen Grenze.»

«Bist du mit André Hansen zusammen?», fragte Cato Isaksen.

Sie war sichtlich überrascht. Woher konnte der Ermittler das wissen? «Wir sind einfach nur befreundet», sagte sie rasch.

«Ach ja?»

«Warum wollen Sie das wissen?» Sølvi Steen betrachtete ihre schwarzen Fingernägel. Es war schwer, zu erzählen, was sie wirklich machten. Dass sie zusammen alles Mögliche erforschten. Dinge, von denen normale Menschen keine Ahnung hatten. Dass auch das eine Art von Liebe war, aber nicht diese Art von Liebe.

Cato Isaksen ließ das Thema auf sich beruhen und gab ihr ein Zeichen weiterzugehen. Ein kleines Stück weiter sah er einen Bach, der sich zwischen den Bäumen hindurchschlängelte. Daneben verlief ein fast überwucherter Pfad. Fast hatten sie die Stelle erreicht, an der Roger und er sich in der Mittsommernacht versteckt hatten. Plötzlich kam ihm das vor wie ein Déjà-vu-Erlebnis. Er hatte das starke Gefühl, dass jetzt gleich etwas passieren würde. Etwas, das mit Kathrines Verschwinden zu tun hatte. «Bleib bitte einen Moment stehen», sagte er. Sølvi Steen fuhr zu ihm herum. In diesem Moment entdeckte er eine Frau, die über den Weg auf sie zukam. Aus einem Impuls heraus zog Cato Isaksen Sølvi Steen mit sich in die hohen Farnwedel und hinter einige immergrüne Kiefernsträucher. Es war genau die Stelle, an der er und Roger sich einige Wochen zuvor versteckt hatten.

Die Frau kam weiter auf sie zu. Durch die Zweige konnte er sie beobachten. Es war Helena Bjerke. Sie ging zielgerichtet und still an ihnen vorbei und steuerte dann den Parkplatz an. Jetzt fiel ihm ein, dass dort ein Auto gestanden hatte, als sie gekommen waren. Aber das hatte er nicht erkannt.

«Das war Kathrines Mutter», sagte Sølvi Steen und richtete sich auf. Sie schaute ihn verwundert an. «Was macht sie hier?»

«Sie sucht ihre Tochter», sagte Cato Isaksen. Aber es kam ihm doch seltsam vor, dass sie die Suche fortsetzte, jetzt, nachdem die SMS eingetroffen war.

Er hatte sich vor einigen Jahren schon einmal in einer sehr

ähnlichen Landschaft aufgehalten. In Verbindung mit einem anderen Mordfall. Damals hatte eine Frau mehrere Männer umgebracht. Es war ein ungeheuer absurder Fall gewesen. Als er sie endlich durchschaut hatte, war es fast zu spät gewesen. Doch die Antwort hatte fast die ganze Zeit vor seiner Nase gelegen, nur hatte er in eine andere Richtung geschaut.

Sølvi Steen starrte den Ermittler an. Was war das für ein komischer Mensch!

Auf einer kleinen Lichtung zwischen drei hohen Bäumen jagte gerade ein Eichhörnchen seinen Schwanz durch einen Flecken aus Sonnenlicht. Im Licht tanzten Samenkörner und Staubteilchen. Plötzlich fiel Cato Isaksen wieder das Gefühl ein, das er in Brenda Moens Wohnung gehabt hatte. Die Sonne hatte sich im Dreieck über den Flickenteppich bei der Kommode gelegt, wo alle Bilder nebeneinander auf der staubigen Oberfläche standen. Es hing damit zusammen, wie der Staub dort gelegen hatte.

Sølvi Steen wartete ein Stück weiter weg ungeduldig auf ihn. Jetzt rief sie ihm etwas zu.

«Wir gehen ein Stück weiter», sagte er und lief hinter ihr her.

Sølvi Steen fuhr sich ungeduldig durch die schwarzen Haare. Sie schaute kurz auf die Uhr und fragte, wie lang das wohl noch dauern werde. «Noch eine Weile», sagte Cato Isaksen. Er beschloss, sie bald nach der Sache mit dem Blut zu fragen.

Plötzlich standen sie vor der kleinen Rodung im Unterholz.

«Hier», sagte sie. «Hier spielen wir ab und zu.» Cato Isaksen ging an ihr vorbei auf den kleinen Platz hinaus. Er lief zu den rußigen Steinen, wo das kleine Feuer gebrannt hatte. Jetzt würde er sie nach dem Blut fragen.

Sie wurde zuerst ernst, dann lächelte sie. «Haben Sie mich nur deshalb hergeschleppt», fragte sie mit verächtlicher Stimme. «Was glauben Sie wohl, was das für Blut ist?»

«Was ist das für Blut?», fragte er mit harter Stimme.

Sie warf den Kopf in den Nacken und hatte eigentlich Lust ihn noch etwas länger auf die Folter zu spannen. Sie lief über die Rodung und erreichte das gegenüberliegende Unterholz. Cato Isaksen folgte ihr. Hinter einem Haufen kürzlich abgeschnittener Zweige entdeckte er plötzlich etwas Weißes. «Was ist das?», fragte er.

Sølvi Steen verzog das Gesicht. Cato Isaksen bückte sich und schob die Zweige beiseite. Er starrte auf einen Hühnerkadaver. «Ein totes Huhn», sagte er.

«Ja», sagte Sølvi Steen beleidigt. «Was haben Sie denn erwartet?»

«Woher habt ihr das?»

«Keine Ahnung», sagte sie. «Dafür ist Nils zuständig.»

OBWOHL ER DIE ANTWORT SCHON KANNTE, wollte Cato Isaksen Nils Bergman mit dem Fund des toten Huhns konfrontieren. Sølvi Steen schien sich köstlich zu amüsieren, als ihr aufging, was die Polizei gedacht hatte. Cato Isaksen fuhr sie nach Hause und steuerte dann die Innenstadt an. Nils Bergman war nicht zu Hause, und deshalb fuhr Cato Isaksen weiter zur Mautstation, wo er ihn auch tatsächlich in einer der kleinen Glasbuden fand. Der Ermittler ging um die Bude herum und klopfte an die Tür. Widerwillig öffnete Nils Bergman. Der Anblick des Polizisten war ihm sichtlich unangenehm. Er hoffte, dass Stein Ove sein Versprechen gehalten und nicht verraten hatte, dass Nils die zweite Glock für ihn aufbewahrt hatte.

Das Reden war nicht leicht. Immer wieder wurden sie von Autos unterbrochen, die ihren Obolus entrichten mussten.

«Ich war heute mit Sølvi Steen im Wald», sagte Cato Isaksen als erstes. «Sie hat erzählt, dass ihr euch mit echtem Blut einschmiert, stimmt das?»

Nils Bergman gab einem Autofahrer fünfzig Kronen heraus und drückte auf den Knopf, der die Schranke öffnete. Dann wandte er sich wieder Cato Isaksen zu.

«Das ist Hühnerblut», sagte er kurz. «Das ist ja wohl nicht verboten.»

«Woher nehmen Sie die Hühner?»

«Von so einem komischen Knaben, der gleich hinter dem Sportplatz wohnt.»

«Alexander Stenberg?»

«Ja, kann schon sein, dass er so heißt. Ich zahle ihm fünfzig Kronen pro Huhn.»

«Damit müssen Sie aufhören», sagte Cato Isaksen hart und dachte an das Geld, das Maiken erwähnt hatte und das in einer Dose in Alexanders Zimmer gefunden worden war. Nils Bergman seinerseits hatte diesen übereifrigen Polizisten, der immer wieder seine Kreise störte, deutlich satt. Er verkniff sich einen säuerlichen Kommentar und ließ einen großen LKW passieren.

Erst später, auf der Rückfahrt nach Oslo, ging Cato Isaksen auf, dass er Sølvi Steen nicht gefragt hatte, woher sie von der SMS wusste, die zwei Tage zuvor bei Helena Bjerke eingetroffen war.

Einen Tag, ehe sie in Urlaub fahren wollten, erfuhr Cato Isaksen, dass die SMS-Meldung tatsächlich von Kathrines Telefon stammte und irgendwo in Østfold abgeschickt worden war. Jetzt sollte festgestellt werden, wo genau Kathrine sich währenddessen aufgehalten hatte. Er rief Sølvi Steen an und fragte, woher sie von der Mitteilung an Kathrines Mutter gewusst hatte. Sølvi sagte, eine Nachbarin, die zusammen mit Helena Bjerke in der Wäscherei arbeitete, habe es Sølvis Mutter erzählt, und von der wisse sie es eben auch. Mit dieser Erklärung gab Cato Isaksen sich zufrieden.

Er schaffte es nicht mehr, Brenda Moens Busenfreundinnen zu besuchen, ehe sie losfuhren. Die Tage waren ihm einfach davongelaufen. Er würde das nach seiner Rückkehr erledigen.

Bente und er hatten wieder dasselbe Ferienhaus an der Südküste gemietet wie schon im Vorjahr. Es lag nur einige Gehminuten vom Strand entfernt. Cato Isaksen konnte nur eine Woche bleiben, mehr Urlaub war im Moment nicht möglich. Bente erwartete danach noch den Besuch einer Freundin. Vetle und Georg waren auch dabei. Gard und seine Freundin würden sich ebenfalls für einige Tage einfinden. Cato Isaksen war erschöpft von der ergebnislosen Ermittlungsarbeit. Viel zu tun zu haben, war nicht das Schlimmste. Schlimmer war es, wenn nichts passierte, wenn die Ergebnisse ausblieben und man auf der Stelle trat.

An den ersten Tagen las er nur und sonnte sich. Er versuchte alles auszuschalten, was mit Ermittlungsarbeit zu tun hatte. Jetzt, wo er endlich ausspannen konnte, merkte er erst, wie müde er war und wie satt er alles hatte. Am dritten Abend tranken sie auf der Terrasse eine Flasche Wein, ehe sie schlafen gingen. Die Tage vergingen so schnell. Nach einigen Gläsern merkte er, wie er sich entspannte.

«Findest du diesen Urlaub langweilig?», fragte er und sah Bente an, die in einem Korbsessel saß und aufs Meer hinausblickte.

«Ja», sagte sie gelassen. «Aber mit dir zusammen langweile ich mich gern. Das ist witziger, als sich mit anderen zu amüsieren.»

Er musterte sie, lächelte zaghaft. «Das war eigentlich sehr schön gesagt», meinte er.

«Manchmal frage ich mich, was du da eigentlich treibst.»

«Wirklich?»

«Ich bin nicht dumm», sagte sie und nippte am Wein.

Er wandte sich ab und schaute ebenfalls aufs Meer hinaus. Die letzten Sonnenstrahlen tanzten auf den Wellen, die gegen einen Felsen schlugen. «Ich treibe im Grunde gar nichts», sagte er.

«Mir kommt das anders vor», sagte sie.

Er seufzte. «Eigentlich habe ich es ziemlich satt, immer so ernst zu sein. Meine Arbeit ruiniert mir fast die ganze Laune.»

«Das verstehe ich nun wieder sehr gut», sagte sie. «Ich bin auch oft müde. Und meine Arbeit ist auch ziemlich deprimierend.»

«Das weiß ich», sagte er. «Du beschäftigst dich mit alten, kranken Menschen, und ich mich mit toten.»

Bente prustete los. Sie schlug die Hand vor den Mund, damit der Wein nicht herausströmte. Dann stellte sie das Glas energisch auf den Tisch.

«Pst», mahnte er. «Du weckst Georg. Und wir wollen doch wohl nicht, dass er wieder aufsteht, oder?»

«Nein», kicherte sie. «Das wollen wir nun wirklich nicht.»

Am siebten Tag fuhr Cato Isaksen nach Oslo zurück. Auf der Rückbank saß Georg, sommerbraun und fröhlich. Am Vortag hatte Roger Høibakk angerufen und mitgeteilt, dass Kathrines SMS über einen Mobilfunksender in der Nähe von Rakkestad gelaufen sei. Das war nicht weit von der schwedischen Grenze, es war also klar, dass Kathrine Bjerke sich dort in der Gegend aufgehalten hatte. Sie hatten die Lokalzeitung dort unten informiert, aber das hatte noch nichts gebracht. Als er bei Sigrid und Hamza klingelte, um den Jungen abzuliefern, war es schon nach sieben. Sigrid bot ihm ein alkoholfreies Bier an. Er nahm dankend an. Georg lief glücklich ins Kinderzimmer, das er mit seinem Schwesterchen teilte, und freute sich offensichtlich über das Wiedersehen mit seinem Spielzeug.

«Man könnte glauben, er sei einen Monat fort gewesen», lachte Sigrid. Sie war schön, mit ihren blonden Haaren, die ihr offen auf die Schultern hingen, und den kleinen Sommersprossen auf der Nase und den bloßen Armen. Georgs Schwesterchen war auch glücklich darüber, dass der große Bruder wieder zu Hause war. Sie war ein süßes kleines Mädchen. Die braunen Augen und die schwarzen Haare hatte sie von ihrem Vater.

Als Cato Isaksen danach losfuhr, war er ziemlich zufrieden. Diese Urlaubstage hatten ihn gestärkt. Und das konnte er auch brauchen, denn in seinem Haus in Asker erwartete ihn ein Schock. Als er gerade die Tür öffnen wollte, jagte ein roter Schatten wie ein Blitz in den dunklen Flur. Es war der Kater. Cato Isaksen traute seinen Augen nicht. Er spürte, wie sein Puls loshämmerte. Konnte das denn möglich sein? Der Kater lief in die Küche, als sei er niemals fort gewesen. Ungeduldig lief er an der Stelle hin und her, wo Futter- und Trinknapf immer gestanden hatten, und miaute energisch drauflos. Um den Hals trug er ein rotes Halsband mit einem Glöckchen.

PLÖTZLICH HÖRTE SIE das Geräusch des Röntgenapparates. Das Klicken und das plötzliche scharfe Licht, wenn die Bilder gemacht wurden. Sie nahm die sanfte warme Luft des Krankenzimmers wahr. Sie merkte, dass ihr Knöchel wehtat. Sie träumte von dem Arzt, der sagte, dass alles wieder in Ordnung kommen werde. Er beugte sich über sie. Kathrine glaubte, in einer Ecke einen Schatten zu sehen. Aber es gab keinen Schatten, denn die Glühbirne hing bewegungslos unter der Decke und es gab nichts, was einen Schatten werfen könnte. Es gab nur schwarze Flecken, die sich auf ihrer Netzhaut bildeten. Sie wanderten über die grauen Mauern und den Boden.

Sie fuhr aus dem Schlaf hoch. Kein Arzt beugte sich über sie. Und das Geräusch, das sie gehört hatte, stammte nicht vom Röntgenapparat, sondern von der schweren Tür.

Die Stimme war plötzlich da, zerschnitt wie ein harter Draht den Raum. *«Du übst schon das Sterben, wie ich sehe. So, wie du schläfst.»*

Sie hatte ihn schon oft gefragt, wo sie war, aber die Antwort war immer anders ausgefallen. *«Du bist auf Hvaler. Du bist in der Nähe von Bærum. Du bist in Schweden. Aber nein. Du bist nicht weit von zu Hause. Das ist ja gerade so jämmerlich.»*

Sie hasste diese helle Stimme, und die Verkleidung löste in ihr Übelkeit aus. Einmal hatte sie gebissen und gekratzt und war einfach hysterisch geworden. Aber danach war sie gefesselt worden, für viele Tage. Das wollte sie nicht noch einmal über sich ergehen lassen.

Sie lag noch immer unten auf der Matratze.

«Ist noch immer Sommer?», fragte sie.

«Ja.»

«Warum darf ich nicht nach draußen? Du kannst mich doch fesseln, aber ich brauche ein bisschen Licht, ein bisschen Luft.»

«Nein.»

«Ich laufe nicht weg. Das verspreche ich dir.» Sie sah die Waffe an, die aus der braunen Tasche herauslugte.

«Nein, habe ich gesagt. Du bist nur eine kleine, verängstigte Prinzessin. Ich will nicht, dass du weißt, wo du bist.»

«Kann ich nicht mein Handy zurückhaben, dann kann ich ein Spiel spielen. Du hast doch ohnehin gesagt, dass ich hier in einem Funkloch sitze.»

«Nein. Dein Handy hat eine kleine Reise gemacht.»

Langsam setzte Kathrine sich auf und lehnte den Rücken an die kühle Mauer. Sie durfte nicht aufspringen, durfte sich nicht provozierend verhalten. Dann würde sie bestraft werden. Die Glühbirne könnte herausgedreht werden. Oder sie bekäme nichts zu essen. Sie musste brav da sitzen und die Arme herunterhängen lassen. Ganz gelassen bleiben.

Einige Tage zuvor hatte sie Fieber gehabt. Und dabei war alles anders geworden. Die Luft war grauer, das Essen weißer geworden. Sie begriff nicht, warum sie nicht einfach sterben konnte. Deshalb war sie doch sicher hier eingesperrt.

Sie schüttete Apfelsinensaft in sich hinein. Vitamin C, dachte sie. Sonne. Ihre Hände zitterten, sie hatte Angst, der Karton könne ihr weggenommen werden. Die Folienpackung mit der kalten Mahlzeit wurde ihr gereicht. Frikadellen, wurde mitgeteilt.

«Igitt, kalte Frikadellen», sagte sie, was ihr ein erbarmungsloses Lächeln einbrachte. «Das ist hier unten wie in einem Aquarium», sagte sie dann mit vollem Mund. «Davon habe ich heute Nacht geträumt. Denn ich bin doch unten, oder? Unten in der Erde?»

«Spürst du das?»

«Ja.»

«Es stimmt aber nicht.»

Das nun folgende Lachen ärgerte sie. Sie wusste, dass diese Behauptung wahr und ebenso gut unwahr sein konnte. Sie schluckte das kalte Erbsenpüree hinunter.

«Ich habe saubere Waschlappen und ein Handtuch mitgebracht.»

Kathrine betrachtete die hellblauen Stoffstücke. Verkniff sich eine weitere Bitte um frische Luft. Das Versprechen, nichts zu verraten, den ganzen Unsinn, der nichts brachte. «Danke», sagte sie müde.

«Bitte nicht diese Leidensmiene.»

«Tut mir Leid.» Sie schloss die Augen. Dachte an die Namen der Blumen draußen. «Gibt es noch Blumen, oder sind die schon verwelkt?»

«Es gibt noch Blumen.»

«Welche denn?»

«Allerlei.»

Sie dachte an die fünf Zwiebeln, die sie mit ihrer Oma gepflanzt hatte, die Blumen hätten zu ihrer Konfirmation blühen sollen. Sie wusste, dass die fünf gelben Spitzen längst herangewachsen und verwelkt waren.

«Kannst du diesen Schimmelkram da aus der Ecke wegnehmen?», fragte sie.

«Was denn?»

«Den Käse.»

Die Schuhe schlugen auf den Steinboden auf. *«Warum hast du den nicht gegessen?»*

«Weil er verschimmelt ist.» Sie hob die Stimme. «Ich esse keinen verschimmelten Käse.»

«Bitte nicht diesen Tonfall.»

Und später, als die Tür sorgfältig verschlossen worden und sie wieder allein war, hörte sie in Gedanken wieder diesen Lärm. Das Dröhnen der schweren Eisentür, die ins Schloss fiel. Den leichten Lufthauch, der in den Raum strömte, ehe sich die Tür schloss. Und danach das metallische Echo der Schritte, die draußen verschwanden.

SCHON ANFANG AUGUST konnte man ahnen, dass die Schatten dunkler wurden. Die Tage waren spürbar kürzer geworden. Und die Sonne, die sich immer noch alle Mühe gab, um zu strahlen, verlor immer mehr von ihrer Wärme.

Vetle war überglücklich gewesen, als sein Vater anrief und von der wunderbaren Heimkehr des Katers berichten konnte. Es stellte sich heraus, dass Marmelade bei einer alten Dame Zuflucht gefunden hatte. Sie hatte ihn in ihrem Garten entdeckt, blutend und entkräftet. Sie war mit ihm zum Tierarzt gegangen, der die Wunde mit mehreren Stichen genäht hatte. Danach hatte sie dem Tier in ihrem Badezimmer ein Lager gebaut, und nach einigen Tagen war es wieder zu Kräften gekommen. Und Katzen lassen sich eben dort nieder, wo es ihnen gerade gefällt. Auf dem Halsband, das die alte Dame für den Kater gekauft hatte, stand ihre Telefonnummer. Als Cato Isaksen sie anrief, erfuhr er, dass sie das Tier Minna genannt hatte. Er erzählte, dass der Kater eigentlich Marmelade hieß und von der ganzen Familie sehr geliebt wurde. Die alte Dame war natürlich traurig darüber, dass sie ihn nicht behalten konnte, verstand aber gut, dass Familie Isaksen ihn nicht hergeben wollte. Sie beendete das Gespräch mit der Mitteilung, sie werde sich an den Tierschutzverband wenden und sich eine andere Katze geben lassen.

Sie hatten das Zimmer nicht abbestellt. Tulla Hansen mühte sich mit ihrem Handy ab und bedachte Cato Isaksen dabei mit einem leidenden Blick.

«Wenn wir es abbestellen, macht das Brenda ja auch nicht wieder lebendig», meinte sie. «Wir tun es auch für sie. Wir wissen, dass es ihr gefallen hätte. Es wird bestimmt sehr aufregend. Das Grand Hotel, mit Balkon und allen Schikanen. Es ist natürlich teuer, aber Solveig bezahlt das meiste. Sie sagt ja selbst, dass sie es sich leisten kann. Ich hoffe nur, dass es nicht regnet», fügte sie hinzu. «Würden Sie mir bitte mit dem Telefon helfen? Ich bin so dumm, wenn es um diesen neumodischen Kram geht.»

Der Ermittler nahm das Telefon. «Was wollen Sie eigentlich damit?»

«Es ist eine Nachricht gekommen», sagte sie. «Jedenfalls hat es gepiepst. Sicher von Solveig. Sie hat mich dazu überredet, das Ding zu kaufen. Und jetzt schickt sie dauernd irgendwelche Mitteilungen.» Die alte Dame lachte und zeigte ihre gelblichen Zähne.

Cato Isaksen lächelte kurz und ließ sich die Nachricht zeigen. «Hier steht, dass sie Sie um fünfzehn Uhr in der Konditorei Halvorsen erwartet», sagte er.

«Ja, aber das weiß ich doch», erklärte Tulla Henriksen resigniert, ließ sich das Telefon geben und schaltete es demonstrativ aus. «Das haben wir doch so abgemacht. Übrigens möchte Alf Boris mit uns zusammen die Hochzeit des Kronprinzen feiern», sagte sie. «Darüber freuen wir uns sehr. Wir hatten eigentlich auch Kathrine einladen wollen. Aber das geht ja nun leider nicht», fügte sie leise hinzu. «Vielleicht fragen wir Helena. Sie braucht ein wenig Aufmunterung. Aber ich weiß nicht so recht, sie ist sicher nicht in der Stimmung, die Arme. Vielleicht hätten Sie ja Lust», sagte sie und schaute Cato Isaksen aus kleinen Augen hinter dicken Brillengläsern an.

Er lächelte abwehrend. «Leider nein, ich habe Dienst», sagte er.

«Warum sind Sie eigentlich gekommen? Haben Sie etwas Neues zu erzählen?» Tulla Henriksen legte das Telefon auf die Kommode.

Die Frage überraschte ihn. «Wir sind in festem Kontakt zu allen, die Brenda Moen auf irgendeine Weise gekannt haben», sagte er. «So lange der Fall nicht aufgeklärt ist, müssen Sie in regelmäßigen Abständen mit meinem Besuch rechnen.»

«Soll das eine Drohung sein», fragte sie neckisch.

Cato Isaksen lächelte.

«Wir freuen uns am meisten darauf, dass wir uns am 25. August so richtig feinmachen können.» Tulla Henriksen legte eine Hand auf die braune Kommode. «Es ist ein Genuss, sich richtig anziehen zu können. Den Kleiderstoff am Leib zu spüren. Die Leute ziehen sich heute nicht mehr richtig an. Das scheint für die meisten nicht mehr so wichtig zu sein. Es ist eine Schande, wie die jungen Mädchen herumlaufen», erklärte sie empört. «In kurzen Hüfthosen, mit nacktem Bauch, in engen Pullovern, die alles zeigen.» Sie runzelte missbilligend die Stirn.

Auf dem Heimweg hielt Cato Isaksen bei einem Supermarkt und kaufte zwei Tüten voller Lebensmittel. Dann fuhr er zu seinem ältesten Sohn, wozu er sonst fast nie Zeit hatte. Gard und Tone freuten sich sehr über die mitgebrachten Lebensmittel und bestanden darauf, dass er eine Weile blieb, wo er endlich einmal gekommen war.

HELENA BJERKE HATTE NACHTS ANGST, wie das oft kleinen Kindern passiert. Jemand stand vor ihrem Fenster. Ihr Schlafzimmer lag im Erdgeschoss und sie schlief fast immer mit offenem Fenster. Sie war zweiundvierzig Jahre alt und hatte das Gefühl zu ertrinken. Ihr ging plötzlich auf, dass alles von jetzt an immer nur noch düsterer werden würde. Die fremden Geräusche setzten Anfang August ein. Die Herbstgeräusche hatten einen scharfen Klang. Das Rauschen des Verkehrs in der Ferne, der Wind, der an den Blättern der Bäume riss. Und zwischen all diesen Geräuschen gab es noch ein anderes. Leise Schritte.

Die Mutter war tot, die Tochter verschwunden. Bestand zwischen diesen Ereignissen ein Zusammenhang? Die Angst klammerte sich um ihren Hals mit eisernem Griff, als ihr aufging, dass dort draußen wirklich ein Mensch unterwegs war, der für all das verantwortlich war. Was wollte er? Hatte er ihre Mutter ermordet? War er für Kathrines Verschwinden verantwortlich? Tage schlief im Nebenzimmer. Helena wagte nicht, sich zu bewegen. Sie ging jetzt nicht mehr allein in den Wald. Denn eines Tages hatte sie plötzlich das schreckliche Gefühl gehabt, dass jemand sie aus einem Versteck zwischen den Bäumen heraus beobachtete. Sie konnte auch nicht verreisen. Die ganze Zeit hatte sie das Gefühl, dass sie hier bleiben musste, für den Fall, dass ihre Tochter zurückkehrte.

Sie erinnerte sich plötzlich an die Angst während ihrer Kinderzeit. Damals hatte sie im Bett gesessen, sich aber nicht getraut, den kurzen Weg zum Zimmer ihrer Eltern zu gehen. Sie war wie gelähmt gewesen. Wenn es ganz dunkel wurde, war sie hysterisch geworden. Immer musste eine Lampe brennen. Sie fürchtete sich vor der Dunkelheit. Vor dem, was ihr passieren könnte. Vor denen, die kommen könnten. Sie hatte sich eingebildet, dass im Kleiderschrank zwischen ihren Kleidern Dämonen hausten. Dass unter ihrem Bett schwarz gekleidete Hexen lagen und nur darauf warteten, hervorkriechen und sie erwürgen zu können. Sie stellte sich Ratten vor, Blut und dunkle Keller.

Helena Bjerke beschloss, die Polizei zu informieren. Am nächsten Morgen rief sie Cato Isaksen an. Hoffte, dass er sie ernst nehmen werde. In der letzten Zeit war soviel passiert.

«Ich bin eigentlich nicht so ängstlich», sagte sie. «Tage schläft wie ein Bär. Er hört nichts, aber wir schlafen bei offenem Fenster, und ich bin ganz sicher, dass da wirklich jemand draußen ist, wenn ich dieses Geräusch höre. Das erste Mal geschah vor einer Woche. Ich hätte Ihnen vielleicht sofort Bescheid sagen sollen, aber ich brauchte Zeit, um das alles zu überlegen. Ich will doch auch nicht übertreiben.»

Cato Isaksen schwieg. Was sie erzählte, passte sehr gut zu seiner Überlegung, dass es sich bei dem Mörder um einen Bekannten von Helena Bjerke handeln könnte.

«Gestern waren die Schritte wieder da. Ich bin aufgestanden und habe durch den Vorhangspalt geschaut. Ich bin ganz sicher, dass dieser Mensch dicht vor meinem Fenster stand, ich konnte ja sogar seinen Atem hören. Dann ging er wieder. Ich bin zum Küchenfenster gestürzt, um nachzusehen, aber es war so dunkel. Am Himmel waren einige große schwarze Wolken, es war dunkler als sonst am frühen Morgen.»

Cato Isaksen versuchte ganz ruhig zu sprechen. «Warum haben Sie Angst, denken Sie an etwas Bestimmtes?»

Helena Bjerke wusste es nicht. Sie konnte ihre schreckliche Angst nicht begründen. «Ich weiß es nicht», sagte sie.

«Warum haben Sie Tage nicht geweckt?»

«Beim nächsten Mal werde ich das machen», sagte sie. «Aber im Moment haben wir getrennte Schlafzimmer. Das ist alles gar nicht so leicht.»

Das konnte Cato Isaksen verstehen.

Randi Johansen kam immer wieder auf Brenda Moens Sohn zurück. «Ich finde es so seltsam, dass er keine Freunde hat», sagte sie. «Mir kommt er geradezu asozial vor.»

«Er hat jede Menge Kontakt zu seiner Schwester und seinem Schwager», sagte Cato Isaksen. Er sprach es nicht laut aus, fand es aber eigentlich ganz normal, dass man nicht viele Freunde hatte. Vielleicht, weil er erkannt hatte, dass auch er ziemlich einsam war. Er hatte Bekannte und Kollegen. Und Nachbarn, mit denen sie ab und zu zusammen waren. Aber diese Kontakte wurden von Bente geknüpft. Und Freunde, Freundinnen, er wusste das nicht so recht. Ellen vielleicht, dachte er wehmütig. Ja, Ellen würde er wohl als Freundin bezeichnen.

Das Handy klingelte. Cato Isaksen saß in einem anderen Dienstwagen als sonst. Dieser hier hatte keinen Halter für das Telefon, und deshalb fuhr er an den Straßenrand und hielt dort an. Randi und er kamen gerade aus Tøyen zurück, wo die junge Mutter ermordet worden war. Als er das Telefon hervorzog, fiel ihm ein Werbeplakat an der Wand auf. Eine alte Dame schaute ihn über den Brillenrand hinweg an. Darunter stand in kleinen Buchstaben etwas über Milch und Kalk. Randi Johansen kurbelte das Fenster hinunter. Verkehrslärm drang ins Auto und störte das Telefongespräch. Er konnte fast nicht hören, was Roger Høibakk sagte. Er hörte nur, dass der andere aufgeregt war. Randi drehte das Fenster wieder hoch. Roger berichtete, dass in der Abteilung ein anonymer Brief eingetroffen sei. Darin hieß es, dass die Live-Gruppe an dem Tag, an dem Helena Bjerke die SMS von ihrer Tochter erhalten hatte, in Rakkestad ein Treffen veranstaltet habe. Cato Isaksen drehte sich um und schaute Randi fragend an.

«In Rakkestad», sagte er.

«Ja, jetzt überleg doch nur, Mann!» Roger Høibakk wurde noch lauter. «Helena Bjerke hat an diesem Tag eine

SMS von Kathrine bekommen, während André Hansen und Nils Bergman mit ihrer Live-Gruppe im Sendegebiet waren.»

«Und?»

«Vielleicht war auch Kathrine dort, meine Güte. Rakkestad liegt doch gleich vor der Grenze, nicht weit von Årjäng. Vielleicht gehört sie ja zu der Live-Gruppe. Verdammt, vielleicht war sie ja in der Mittsommernacht im Wald, als wir die Gruppe bespitzelt haben. Vielleicht war sie als Dämon verkleidet!»

Nach zwei hektischen Besprechungen in der Abteilung fuhren Randi Johansen und Cato Isaksen nach Drøbak, um mit Nils Bergman und André Hansen zu reden. Beide stritten alles ab. Sie gaben zu, dass sie zum fraglichen Zeitpunkt in Rakkestad gewesen waren, aber Kathrine habe mit der Live-Gruppe absolut nichts zu tun, beteuerten sie. Cato Isaksen glaubte ihnen. Randi war da schon skeptischer. Als sie danach nach Oslo zurückfuhren, fühlte sich Cato Isaksen nur noch verwirrt. Alles schien in alle Richtungen davonzuschwimmen.

«Hier stimmt etwas nicht», sagte Randi. «Wir drehen uns im Kreis, aber wir bekommen nichts in den Griff. Wie kannst du so sicher sein, dass die Jungs die Wahrheit gesagt haben?»

«Sicher bin ich nicht», sagte Cato Isaksen, «aber meine Intuition …»

«Hör mit diesem Intuitionsgefasel auf», sagte Randi erbarmungslos.

Cato Isaksen musterte sie überrascht. Er hätte die Aussagen der Jungen vielleicht nicht einfach so hinnehmen dürfen. Aber André und Nils hatten beide vehement abgestritten, dass seine Vermutungen in irgendeiner Hinsicht zutreffen könnten. Er hielt sich eigentlich für einen guten Menschenkenner. Aber vielleicht waren die beiden auch nur hervorragende Schauspieler.

Irgendwer konnte Kathrines Telefon an sich gerissen und

Meldungen verschickt haben, um Verwirrung zu stiften. Aber wer? Wenn die Polizei Kathrines Nummer wählte, dann gab es nur eine monotone Automatenstimme, die mitteilte, dass diese Nummer derzeit nicht zu erreichen sei. Und dann folgte ein lautes Piepen. So lange das Telefon ausgeschaltet war, konnten sie es auch nicht lokalisieren.

Wieder folgten endlose Besprechungen, in denen das gesamte Material erneut durchgegangen wurde. Sie gingen die in den ersten Wochen eingetroffenen Hinweise durch und versuchten alle neuen Informationen mit den alten zusammenzubringen.

Wer hatte den anonymen Brief geschickt, und warum? Sølvi Steen wurde erneut zum Verhör geholt. Und das Gleiche geschah auch mit Maiken Stenberg, Nils Bergman, Kenneth, André und Stein Ove Hansen.

Einige Kollegen waren noch in Urlaub. Die Tage der anderen waren lang und ergebnislos. Die Urlauber kamen ausgeruht und mit neuer Kraft zurück, landeten dann aber gleich wieder im alten Trott.

Ingeborg Myklebust war unzufrieden. Das war sie schon lange. Sie fand, dass Cato Isaksen sich zu sehr auf einen möglichen Zusammenhang zwischen Kathrines Verschwinden und dem Mord an ihrer Großmutter versteifte. Vielleicht hatte er zu sehr in diese Richtung gestarrt. Alles schien darauf hinauszulaufen, dass sie die Ermittlungen im Fall Brenda Moen bis auf weiteres einstellen würden. Sie konnten einfach keine weiteren Kräfte dafür aufwenden. Natürlich würden sie die Ermittlungen wieder aufnehmen, wenn es neue Informationen gäbe, sagte Myklebust. So war das eben manchmal, dass alte Mordfälle erst nach Jahren aufgeklärt wurden.

Ingeborg Myklebusts Vorschlag, Karsten Tønnesen um eine Einschätzung zu bitten, fiel nicht gerade auf fruchtbaren Boden. Tønnesen entwickelte Profile, analysierte Materialien und verfügte über eine ganz eigene Fähigkeit, neue Momente zu entdecken. Sie hatten in scheinbar ausweglosen Situationen schon häufiger auf ihn zurückgegriffen. Cato Isaksen aber war dagegen, ihn jetzt einzuschalten, er fand, sie hätten nicht genug Material. Es gebe nicht viel zu analysieren. Aber Ingeborg Myklebust bestand darauf, Tønnesen zu fragen, als letzten Versuch sozusagen.

Als sie das Besprechungszimmer verlassen hatte, sagte Roger, er habe Lust auf ein paar Wochen Urlaub. «Ich würde im Herbst gern mal nach Thailand fahren», sagte er. «Aber vielleicht lasse ich das, so lange in Grorud eine nackte Frau auf mich wartet», fügte er mit einem Lächeln hinzu.

Cato Isaksen musste lachen. Die Kommentare seines Kollegen kamen ihm ab und zu einfach befreiend vor.

KATHRINE LEGTE SICH auf die Matratze. Sie betastete den erstarrten Flecken. Er war braun und hart geworden. Blut. Sie hatte ihre Tage. Also musste wieder ein Monat vergangen sein. Es war schon einige Male passiert, bis ihr aufging, dass sie auf diese Weise die Wochen zählen und die Zeit bemessen konnte. Wie oft hatte sie schon ihre Regel gehabt? Vier- oder vielleicht fünfmal? Sie warf einen Blick durch die halboffene Tür zur Toilette, musterte die rosa Packung mit den Binden, die auf dem schmutzigen Waschbecken stand.

«Ist es mal wieder so weit, Kleine? Die ganze Vollmondnummer?» In Gedanken hörte sie das Echo der hellen Stimme. Alles war so widerlich. Aber immerhin bekam sie Binden.

Sie legte den Finger unter ihr Auge, ließ die Fingerspitze einen leichten Halbkreis beschreiben. Hatte sie wohl graublaue Schatten auf den Wangen, wie das so oft passierte, wenn sie müde war?

Sie produzierte soviel schmutzige Wäsche, wie sie nur konnte. Hoffte, dass jemandem beim Waschen etwas auffallen würde. Aber sie wurde durchschaut. Sie bekam in der Woche nur ein sauberes T-Shirt. An Unterhosen, Hosen und Pullovern in ihrer Größe hatte sie immer nur eine Garnitur zum Wechseln. Es waren hässliche Teile, die sie sich niemals selber gekauft hätte.

Sie dachte an ihren Vater, konnte sein Gesicht aber nicht deutlich vor sich sehen. Ihr fiel ein, dass seine Stimme bei ihrem letzten Telefongespräch traurig geklungen hatte. Das war Monate her. Er klang auch immer ängstlich, wenn er mit ihr sprach. Sie wusste, dass er Angst davor hatte, sie anzurufen. Er hatte ein schlechtes Gewissen, hatte immer ein schlechtes Gewissen. Er hatte sie gefragt, warum sie ihn bestrafte, und warum Mona nicht zu ihrer Konfirmation kommen dürfte. Kathrine hatte behauptet, Mona zu hassen. Das war ein schönes Gefühl für sie. Sie hatte auch behauptet, Thea und Sofie zu hassen. Aber das stimmte gar nicht. Die beiden kleinen Mädchen waren fast immer gleich gekleidet.

Sie hatte gesagt, sie finde das albern. Einmal hatte sie das auch Mona an den Kopf geworfen. Mona hatte sich nicht gewehrt. Mona wehrte sich nie. Mona war immer der gleichen Ansicht wie ihr Mann und wehrte sich nie.

Kathrine warf einen Blick auf die dicke Eisentür. Sie hätte gern gewusst, was ihr Vater jetzt so dachte. Hatte er nur Angst und war traurig, oder war er eher erleichtert, weil er sie los war?

Jetzt weinte sie leise. «Armer Papa», flüsterte sie. Sie wollte nicht weinen. Sie weinte zuviel. Das machte sie so müde. Aber andererseits spielte das ja auch keine Rolle. Wenn sie müde war, schlief sie leichter ein.

Jetzt hatte sie Zeit zum Nachdenken und sah sich auf einmal auf ganz andere Weise. Was war sie gehässig gewesen, so verwöhnt und egoistisch! Die Konfirmation war längst vorbei. Anfangs hatte sie versucht, die Tage zu zählen, war aber bald durcheinander geraten. Ihre Uhr und ihr Telefon hatte man ihr weggenommen. Sie hatte keine Ahnung, wann es hell war und wann dunkel. Sie fragte sich, woran Maiken am Konfirmationstag wohl gedacht hatte. Wie war dieser Tag für sie verlaufen? Und wie für ihre eigene Mutter? Das Kleid hatten sie kurz nach Weihnachten im Ausverkauf erstanden. Aber ihrer Mutter hatte es nicht gefallen. Es war grau und modern. Die Mutter hatte zu einem hellblauen geraten. Sie hätte auf sie hören sollen. Sie hätte sich für das hellblaue entscheiden sollen, dann hätte ihre Mutter doch wenigstens ein schönes Kleid als Erinnerung.

Sie zog die Wolldecke über sich. Sie ließ sich still und ruhig treiben, wie eine gefühllose Amöbe in der Dunkelheit. Dann wurde die schwere Tür geöffnet und sie fuhr jählings aus dem Schlaf hoch. Ihre Hände fuchtelten durch die Luft, als wolle sie sich verteidigen.

«Hast du völlig den Verstand verloren?»

«Bitte, fass mich nicht an, fass mich nicht an.»

Und dann waren die grauen Mauern wieder da. Auch der

Modergeruch war wieder da, und als das Licht eingeschaltet wurde, kam das wie ein eiskalter Schock.

«Ich will dich doch gar nicht anfassen», sagte die helle Stimme, und darauf folgte ein ekelhaftes Lachen. *«Das tu ich doch nie. Ich finde das widerlich.»*

Keine Minute später kniete Kathrine in der feuchten Toilette und erbrach sich. Der Schweiß trat ihr auf die Stirn. Ihr Magen stülpte sich immer wieder um, und sie wusste, dass es nicht so weitergehen konnte, dass alles ein Ende nehmen musste. Dass es eigentlich keine Hoffnung gab. Plötzlich fiel ihr Blick auf ihre Krücken, die in der einen Ecke an der Wand lehnten. Für einen Moment sah sie sie als Waffen. Sie hatte sie am ersten Tag benutzt, hatte mit aller Kraft zugeschlagen. Vielleicht gab es ja doch noch Hoffnung. Aber nicht jetzt. Nicht jetzt und noch lange nicht. Vielleicht nie.

CATO ISAKSEN LIEF den kleinen Waldweg hinunter. Er hatte mal wieder Alf Boris Moen verfolgt. Diesmal war der nicht zum Sognsvann gefahren, sondern nach Bærum. Nach Vestmarka. Er hatte auf einem kleinen Parkplatz gehalten, auf dem kein weiteres Auto gestanden hatte. Dann hatte er einen grünen Rucksack umgeschnallt und war in den Wald gegangen. Cato Isaksen wartete, bis der andere hinter einigen Bäumen verschwunden war, dann sprang er aus dem Wagen und lief ihm hinterher. Er ahnte den Rücken des anderen ein Stück vor sich, verlor ihn dann aber plötzlich aus den Augen. Moen war wie vom Erdboden verschluckt. Cato Isaksen blieb stehen und lauschte. Dann ging er über den schmalen Waldweg weiter. Er glaubte plötzlich, irgendwo zwischen den Bäumen eine Bewegung zu registrieren. Am Boden wuchs allerlei hohes Unkraut. Er ging in die Hocke, zog den Kopf ein und horchte, aber er hörte nur hier und da kleine Vögel und Krähen, die die Luft mit ihrem schrillen Geschrei zerrissen. Ansonsten war es ganz still. Der Abend war drückend und bewölkt. Plötzlich hörte er etwas. Für einen Moment glaubte er, jemanden reden zu hören. Er fuhr zusammen, als zwei junge Frauen plötzlich auf Fahrrädern um die Kurve bogen. Sie erschraken ebenfalls, als sie ihn am Waldrand hocken sahen. Er richtete sich auf und ging mit raschen Schritten weiter. Er lächelte den Frauen entwaffnend zu, als sie vorüberfuhren, und er hörte, wie sie daraufhin loslachten.

Als er um die Kurve bog, lag eine offene Landschaft vor ihm. In der Ferne sah er zwei Häuser. Ein Stück von ihm entfernt tauchte eine ältere Frau in einem mittelblauen Mantel aus dem Wald auf. Ein Jogger war mit einem Hühnerhund unterwegs, der sofort auf den Ermittler zulief und ihn neugierig beschnüffelte, ehe er weiter jagte. Alf Boris Moen war nicht zu sehen. Cato Isaksen fror.

Es wurde Herbst. Die Tage waren von der klaren kühlen Luft am Morgen und am Abend eingerahmt. Die Sonnenstreifen lagen mitten am Tag lang und scharf über der Landschaft. Die Nächte waren kalt und dunkel.

Die Zeit verging. Die Tage, die Nächte, die Stunden und die Minuten. Kathrine Bjerke war am 20. Februar verschwunden. Das war nun fast ein halbes Jahr her. Es konnte wirklich alles Mögliche geschehen sein. Vielleicht hielt sie sich freiwillig in Schweden auf und spielte mit ihnen Katz und Maus. Das war möglicherweise die wahrscheinlichste Lösung. Trotzdem stimmte etwas nicht, auch wenn die Schrift auf der Karte echt gewesen war. Die SMS, die aus derselben Gegend gekommen war, hatte die Theorie, dass Kathrine nicht tot war, noch verstärkt. Warum konnte er sich also nicht mit dem Befehl seiner Vorgesetzten abfinden und die Zeit für eine Aufklärung sorgen lassen? Solche Jugendliche tauchen immer wieder auf, hatte Myklebust gesagt. Die meisten anderen hatten ihr zugestimmt. Es lag auf der Hand, dass Kathrine ihre Großmutter erschossen hatte. Aber Helena Bjerke hielt das für vollkommen unmöglich. Und Mütter hatten in der Regel recht.

An einem Samstag, als Cato Isaksen allein zu Hause war, weil Bente ihre Freundinnen besuchte, trank er ein wenig zuviel. In diesem Zustand sprach er mit dem Kater. Er ärgerte sich über seine eigene Stimme. Er war wütend darüber, dass er die Stille zerstört hatte. Er ärgerte sich noch mehr, als der Kater zu ihm hochschaute und leise und klagend miaute. Das Tier schien ihn zu verstehen. «Es ist Nacht», sagte er streng. Marmelade verstummte, machte kehrt und verkroch sich unter dem Sofa. Vor seinem Verschwinden schaute er ihn noch aus seinen gelben Augen an.

Cato Isaksen wählte Ellens Handynummer. Er wusste, dass sie das Telefon ausschaltete, ehe sie schlafen ging, deshalb musste er nicht befürchten, sie vielleicht zu wecken. Es klingelte eine Weile, ehe Ellen sich meldete. Er hörte Stimmen im Hintergrund und wusste damit, dass sie nicht allein war. Natürlich war sie nicht allein. Sie war doch verheiratet, zum Henker. Sie war außer Atem und lachte, wurde aber sofort ernst, als sie hörte, wer da anrief. Cato Isaksen schüttelte einige Fragen zum Fall Bjerke-Moen aus dem Ärmel. Blöde Fragen. Ellen durchschaute ihn garantiert. Sie sprachen kurz miteinander, dann sagte sie, sie müsse sich jetzt wieder um ihre Gäste kümmern. Cato Isaksen stand noch eine Weile mit dem Telefon in der Hand da, dann öffnete er die Gartentür. Die kühle Luft strömte herein, während der Kater um seine Beine strich.

Er blieb noch lange auf und trank noch mehr. Bestimmt hatten sie bei den Ermittlungen etwas übersehen. Die Arbeit an diesem Fall war geprägt von dem Gefühl, einen Schritt vor und einen zurück zu gehen. Immer einen Schritt vor und einen zurück. Helena Bjerke hatte vor ihrem Fenster keine Geräusche mehr gehört, und weitere SMS-Meldungen waren auch nicht eingetroffen.

Karsten Tønnesen war gekommen und hatte einen ganzen Tag gebraucht, wie Ingeborg Myklebust das gewünscht hatte, um die Details der beiden Fälle von vorn bis hinten durchzugehen. Natürlich war nichts Konkretes dabei herausgekommen. Es war unmöglich ein Profil des unbekannten Mörders zu erstellen, da sie keine Ahnung von seinem Motiv hatten. Cato Isaksen folgte Ingeborg Myklebusts Anordnung, sich mit den neuen Fällen zu beschäftigen. Er verteilte die Aufgaben an die anderen und widmete sich insgeheim weiter dem Fall Bjerke-Moen.

Eine alte Dame war erschossen worden, vielleicht durch Zufall von einem Verrückten. Er war sich aber ziemlich sicher, dass es kein Zufall gewesen war. Die eine Glock, die Stein Ove Hansen als Hehler von einem anderen Soldaten gekauft hatte, blieb verschwunden. Es konnte kein Zufall sein, dass Brenda Moen aller Wahrscheinlichkeit nach mit eben der Waffe erschossen worden war, die ihre Enkelin in ihrem Schrank aufbewahrt hatte.

Cato Isaksen erhob sich und versetzte einem Stuhl, der

ihm im Weg stand, einen Tritt. Nervös griff er zu einem Buch, das auf dem Esstisch lag. Legte es wieder weg und ging in die Küche. Irgendwer kannte die Antwort. Er wusste, eine von den Personen, die sie vernommen hatten, hatte mit der Sache zu tun oder wusste etwas. Das Problem war nur, dass alle Puzzlestücke richtig zusammengesetzt werden mussten. Er musste die Verbindung finden, den roten Faden, den Zusammenhang.

SOLVEIG WETTERGREN SETZTE SICH in ihr kleines rotes Auto. Sie schaute kurz zu Tullas Wohnungsfenstern hoch. Eigentlich ärgerte sie sich ein wenig. Die Hochzeit des Kronprinzen rückte näher. Es blieben nur noch wenige Tage, und sie musste sich um alles kümmern. Tulla war nur hektisch und plapperte und plapperte und plapperte. Alf Boris hatte versprochen, ihnen das große Portrait von Königin Maud zu leihen. Eine Zeitung hatte nämlich von dem Klub der alten Damen erfahren. Nun sollte eine Reportage aus dem Hotelzimmer gemacht werden, sie sollten interviewt und fotografiert werden, während das Kronprinzenpaar vorüberfuhr. Solveig Wettergren freute sich eigentlich sehr darauf. Und da würde sie Tullas Passivität ertragen müssen. Beide wollten in ihrem feinsten Putz auftreten. Sie selbst hatte sich schon ein fantastisches frühlingsgrünes Seidenkleid gekauft. Und schönen Schmuck hatte sie ja vorher schon besessen.

Solveig Wettergren trat vorsichtig auf die Bremse. Ihr wurde kalt. Sie erkannte den zivilen Streifenwagen. Cato Isaksens Wagen stand vor ihrem Haus. Plötzlich sah sie ihn auf der Treppe. Die alte Dame hielt und schaltete den Rückwärtsgang ein. Dann setzte sie rasch zurück und bog in eine Auffahrt ab. Sie konnte den Polizisten im Moment einfach nicht ertragen. War nicht in der Stimmung. Warum schlich er die ganze Zeit um sie herum?

Nachdem Cato Isaksen eine Stunde lang auf Solveig Wettergren gewartet hatte, setzte er sich in den Wagen und fuhr zur Waldemar-Thranes-Gate weiter.

Tulla Henriksen war ebenfalls nicht zu Hause. Sie machte jedenfalls nicht auf. Cato Isaksen kaufte sich eine Zeitung, setzte sich vor dem Eingang zu dem alten Mietshaus in sein Auto und wartete. Er hatte sich überlegt, dass er vielleicht ein bisschen mehr über Brenda Moens Vergangenheit in Erfahrung bringen sollte. Das war vielleicht ein bisschen spät, aber er wollte sich eben ein Bild über frühere Zeiten verschaffen. Über die Jahre, in denen Kathrines Großmutter in der Kantine des Krankenhauses Ullevål gearbeitet hatte. Bisher hatten sie bei den Ermittlungen darauf keinen großen Wert gelegt. Nichts wies darauf hin, dass ihre Vergangenheit etwas mit dem Fall zu tun haben könnte. Vielleicht hatten sie aber trotz allem etwas übersehen.

Nach zehn Minuten kam Tulla Henriksen mit offenem Mantel über die Straße gelaufen.

Sie blieb stehen, als sie ihn im Auto entdeckte. Cato Isaksen war hinter der Zeitung versteckt. Sie klopfte leise ans Fenster.

«Ach was», sagte sie, als er das Fenster geöffnet hatte. «Was ist denn los?»

«Ich komme mit Ihnen nach oben, wenn Sie nichts dagegen haben», sagte der Ermittler und stieg aus dem Wagen. Er faltete die Zeitung zusammen, warf sie auf den Fahrersitz und schloss die Tür ab.

«Wir freuen uns ja so auf den großen Tag», plapperte sie, als sie die Treppen hochgingen. «Solveig ist vor einer halben Stunde von hier losgefahren. Und in der Zwischenzeit hab ich schnell etwas zu essen gekauft. Jetzt sind es nur noch ein paar Tage.» Sie plapperte und plapperte, über Gott und die Welt. Cato Isaksen nahm ihr die Plastiktüten ab und trug sie für sie nach oben. Er ließ sie noch zehn Minuten weiterplappern, bis er sich einschaltete und auf den Grund seines Kommens zu sprechen kam. Er bat sie, von damals zu erzählen, als Brenda, Solveig und Tulla im Krankenhaus gearbeitet hatten. «Sie waren doch viele Jahre lang miteinander befreundet», sagte er.

«Herrgott, viele Jahre», wiederholte sie. «Dreißig Jahre müssen das sein, seit wir uns kennengelernt haben. Ja, damals waren wir wohl alle um die vierzig.»

«Und wie haben Sie sich kennengelernt?»

«Im Krankenhaus. Es war der pure Zufall. Brenda und ich arbeiteten in der Kantine. Ich war am längsten dort. Ich war wohl schon fünfzehn Jahre da, als Brenda anfing. Aber jetzt bin ich ja schon seit acht Jahren in Rente. Und Brenda hatte zwei Jahre vor mir aufgehört.»

«Und Solveig Wettergren?»

«Ach, Solveig war Krankenschwester.»

«Wann hat sie aufgehört?»

Tulla Henriksen rutschte nervös hin und her. «Ich weiß nicht mehr genau in welchem Jahr, aber es war lange vor uns.»

«Warum hat sie aufgehört?» Cato Isaksen hielt ihren Blick fest.

Tulla Henriksen stand auf, ging in die Küche und holte eine orangenfarbene Thermoskanne, die mit braunen Blumen bedruckt war. Sie füllte die Tasse des Ermittlers und drehte energisch den Deckel wieder fest. Ihm fielen ihre langen feuerroten Fingernägel auf.

«Dieser Kaffee stammt von heute morgen», sagte sie. «Aber Sie müssen sich eben damit zufrieden geben.» Sie holte auch für sich eine Tasse.

«Solveig ist kein schlechter Mensch», sagte sie dann abrupt. «Aber damals ist einfach alles zusammengekommen.» Sie verstummte kurz und musterte ihn abweisend. «Sie hat genug gelitten für das, was damals passiert ist.»

Cato Isaksen nickte langsam und trank einen kleinen Schluck Kaffee. Tulla Henriksen ging offenbar davon aus, dass er wusste, wovon sie hier redete.

«Aber was hat das mit Ihrem Fall zu tun?», fragte sie plötzlich.

Cato Isaksen würde hier vorsichtig vorgehen müssen. Vielleicht würde er jetzt etwas Wichtiges erfahren. Ihn überkam ein Gefühl von Ekel. Er verfluchte das Telefon, das plötzlich losklingelte. Er wusste sofort, dass Solveig Wettergren anrief.

«Die Polizei ist hier», sagte Tulla Henriksen und kehrte ihm den Rücken zu. «Nein, ich glaube nicht, dass es etwas Neues gibt», fügte sie hinzu. «Aber er fragt nach dieser Sache mit dir. Nach der Sache, wegen der du damals gehen musstest.»

Cato Isaksen hätte ihr den Hals umdrehen können. Er erhob sich halbwegs und versuchte, sie zum Auflegen zu bewegen.

«Bitte», sagte er, aber Tulla Henriksen winkte ab. «Ja», sagte sie, «das ist in Ordnung», sagte sie dann endlich. Dann legte sie auf und drehte sich zu ihm um. Ihr dünnes, runzliges Gesicht sah jetzt abweisend aus. Ihre blauen Augen wirkten trübe. Er kannte diesen Blick von seiner eigenen Mutter.

«Solveig war wütend», sagte Tulla Henriksen und schaute ihn vorwurfsvoll an.

«Ach?»

«Können Sie mir verraten, was das mit Ihrem Fall zu tun hat?»

Cato Isaksen beschloss, ihr die Wahrheit zu sagen. «Eigentlich nicht. Ich habe nämlich keine Ahnung, wovon Sie reden», antwortete er. «Und Sie haben jetzt die Wahl. Entweder erzählen Sie mir hier und jetzt alles oder wir fahren zusammen auf die Wache und setzen die Vernehmung dort fort.»

Tulla Henriksen holte tief Atem. Sie hob zitternd die Tasse mit dem lauwarmen Kaffee zum Mund.

«Ich weiß nicht, wie ich das sagen soll», begann sie dann. «Solveig hatte sehr strenge Eltern. Der Vater war Geistlicher. Sie hat einmal erwähnt, dass sie als Kind geschlagen wurde, aber genau weiß ich das nicht. Und ihr Mann war immer viel krank. Er hatte Angstzustände und brauchte viel Zuwendung. Sie müssen sich doch an den Fall erinnern? Es war schrecklich für Solveig. Es kam doch in den Nachrichten und in den Zeitungen und überhaupt.»

Cato Isaksen wartete gespannt. Er versuchte ganz ruhig zu atmen.

«Es war natürlich nicht richtig von ihr. Das finden wir doch alle», erzählte Tulla Henriksen weiter. «Aber die Arbeitsbelastung war so hoch. Krankenschwestern hatten immer schon viel zuviel zu tun.»

Sie stand auf und schlug mit einer rosa Spitzenserviette nach einer Fliege, die im Fensterrahmen herumsummte.

«Es wird schön, dieses Ungeziefer loszusein», sagte sie. «Jetzt, wo der Herbst kommt, sterben sie glücklicherweise.» Wieder klingelte das Telefon. «Das ist sicher Solveig», sagte sie und wollte den Hörer abnehmen.

«Gehen Sie nicht ran», sagte Cato Isaksen spontan. «Jetzt setzen Sie sich und erzählen mir alles.» Er machte eine ungeduldige Handbewegung, und Tulla Henriksen blieb mitten im Zimmer stehen und starrte noch einen Moment lang das Telefon an, dann gehorchte sie und setzte sich brav.

«Darf die Polizei wirklich alles fragen, was sie will?»

«Ja», sagte Cato Isaksen. «Wirklich alles.»

Nach dem achten Klingeln verstummte das Telefon und die alte Dame erzählte weiter. «Solveig hat einige Male die Kranken zu hart angefasst», sagte sie. «Ich glaube aber eigentlich nicht, dass es so schlimm war, wie die Zeitungen es seinerzeit berichtet haben.»

Langsam ging Cato Isaksen ein Licht auf. Er konnte sich an so einen Fall erinnern, wenn er genauer nachdachte. Und was hatte Solveig Wettergren noch gesagt, als er sie damals zu Hause besucht hatte: *«Obwohl ich Krankenschwester von Beruf bin und zehn Jahre im Krankenhaus Ullevål gearbeitet habe. Aber eigentlich hat diese Arbeit mir nie gelegen.»*

Tulla Henriksen erzählt weiter: «Der Sohn einer Patientin, einer Neunzigjährigen, hatte in ihrer Nachttischschublade ein Tonbandgerät versteckt. Solveig wusste nicht, dass alles, was sie sagte, aufgenommen wurde. Und als der Sohn am folgenden Tag mit dem Tonband anrückte, enthielt das allerlei Beschimpfungen. Er ging mit der Sache an die Zeitungen. Die arme Solveig hat die Arbeitsbelastung einfach nicht ertragen. Es liegt am System, wissen Sie. Und ich glaube nicht, dass es sich inzwischen gebessert hat.»

Cato Isaksen mußte diese Informationen erst verdauen. Für einen Moment war er unsicher. Sollte er Tulla Henriksen mit auf die Wache nehmen und die Vernehmung dort fortsetzen?

«Wann war das?», fragte er.

«Ich glaube, 1975.»

«Und Brenda», fragte er. «Warum hat sie aufgehört?»

«Sie war ganz einfach erschöpft», sagte Tulla Henriksen. «Sie und ich hatten nichts mit Solveigs Geschichte zu tun. Aber natürlich haben wir zu ihr gehalten. Dafür sind Freundinnen doch da. Und die arme Solveig war wirklich unglücklich. Brenda und ich sind erst vor acht oder zehn Jahren in Rente gegangen. Wir haben in der Kantine gearbeitet. Wissen Sie, wie anstrengend diese Arbeit ist? Wir fingen um sechs Uhr morgens an und hatten zwischen drei und vier Uhr Feierabend. Eigentlich hätten wir schon um zwei Uhr fertig sein sollen, aber meistens schafften wir das erst so gegen drei oder vier Uhr. Aber meinen Sie, wir wären für diese Überstunden bezahlt worden? Aber nicht doch. Da mussten riesige Kessel gesäubert werden, Kartoffeln waren zu schälen, Brote zu schmieren. Wir mussten den Abwasch erledigen und die Böden putzen. Sie haben ja keine Ahnung. Eigentlich wäre das Männerarbeit gewesen. Aber glauben Sie, irgendein Mann hätte da arbeiten wollen? Aber nicht doch.»

Cato Isaksen empfand ein starkes Unbehagen beim Gedanken daran, was er hier über Solveig Wettergren erfahren hatte. Er wollte jetzt ganz schnell fort. Rasch schaute er auf die Uhr. Er hatte genügend Zeit, um noch am selben Tag diese neuen Informationen zu überprüfen. Er bedauerte, ein wenig schroff gewirkt zu haben, sagte aber, in einem dermaßen schwerwiegenden Fall müssten einfach alle Karten auf den Tisch. Tulla Henriksen murmelte vage, das könne sie ja verstehen. Er wusste, dass sie ihre Freundin sofort anrufen würde, sowie er aus der Tür war.

RASCH FUHR CATO ISAKSEN zurück zum Polizeigebäude. Er grüßte auf dem Gang kurz Asle Tengs, dann lief er in sein Büro und schloss die Tür hinter sich. Dann erledigte er einige Anrufe. Informationen über so lange zurückliegende Fälle waren nicht immer in die Computer eingegeben. Er ließ einen Dienstanwärter die Kartothek nach dem Fall Wettergren durchsuchen. Eine Dreiviertelstunde darauf wurde vorsichtig an die Tür geklopft. Der junge Mann kam herein, derselbe, der nach der Ermordung von Brenda Moen mit am Tatort gewesen war. Cato Isaksen dankte ihm und nahm die Unterlagen gespannt entgegen. Der Kollege blieb immer noch stehen, doch nachdem Cato Isaksen sich ein weiteres Mal bedankt hatte, verließ er das Zimmer und zog die Tür leise hinter sich zu.

Cato Isaksen öffnete den Ordner und nahm die drei Unterlagen heraus. Rasch überflog er das Geschriebene. Es war eine ziemlich üble Geschichte gewesen. Jetzt wurden auch seine Erinnerungen daran immer deutlicher. Bertha Louise Kristiansen hatte die misshandelte alte Frau geheißen. Die Sache hatte damals großes Aufsehen erregt. In Radio und Fernsehen war heftig über die Situation von alten Leuten diskutiert worden. Der Ordner enthielt mehrere Zeitungsartikel und eine Kopie des Tonbandes, das der Sohn der Geschädigten aufgenommen hatte.

Cato Isaksen rief den Kollegen noch einmal an und bat um ein Tonbandgerät. Das war nicht ganz einfach aufzutreiben, aber endlich wurde doch ein kleiner schwarzer Apparat geliefert. Und die Szene wiederholte sich. Der junge Mann blieb abwartend stehen. Cato Isaksen musste ihn freundlich bitten zu gehen. Dann legte er das Band ein, ließ es zurückspulen und drückte auf «play».

Er hörte zuerst ein Rauschen, dann sagte eine alte brüchige Stimme: «Etwas Wasser, bitte.»

Er erkannte Solveig Wettergrens scharfe Stimme sofort, als sie antwortete: *«Jetzt hör endlich auf zu quengeln. Siehst du nicht, dass ich zu tun habe?»*

«Es ist so heiß.»

«Halt die Klappe, klar? Oder soll ich dich wieder in den Arm kneifen?»

«Verzeihung ...»

«Ja, ja, du hast gut reden. Du glotzt den ganzen Tag vor dich hin, während ich wie eine Blöde hin und her rennen muss.»

«Aber ein halbes Glas ...»

«Jetzt hältst du die Fresse!» Schnelle Schritte, dann deutlich hörbare Schläge. Die alte Frau jammerte und bat um Erbarmen.

Diese Szene wiederholte sich noch einige Male, dann brach die alte Frau in verzweifeltes Weinen aus und rief nach ihrem Sohn. Ein lautes Klatschen war zu hören, dann wurde alles still.

Cato Isaksen las noch einmal den ärztlichen Befund: ***«Frau Kristiansens Hände und Arme sind übersät von Blutergüssen und blauen Flecken. Sie ist ganz einwandfrei misshandelt worden. Die Misshandlungen sind über einen längeren Zeitraum erfolgt, und wir haben auf der Station noch weitere entsprechende Fälle gefunden.»***

Eine Psychopathin, dachte Cato Isaksen, eine Sadistin. War es möglich, dass Solveig Wettergren auf irgendeine Weise mit dem Mord an Brenda Moen zu tun hatte? Cato Isaksen spürte, wie ihm ein kalter Schauer den Rücken hochjagte. War das denn möglich? Aber wenn ja, warum? Er verfluchte sich, weil er nicht schon früher gründlicher ans Werk gegangen war. Was hatte sie noch über ihren Mann gesagt? Warum konnte sie ihn nicht zu Hause behalten? Vielleicht lag der Fall aber auch ganz anders, vielleicht konnte er es bei ihr zu Hause nicht aushalten? Der Ermittler verstaute Unterlagen und Tonband wieder im Ordner und verließ in aller Eile sein Büro. In welchem Pflegeheim Solveig Wettergrens Mann wohl untergebracht war? *Gleich hier um die Ecke,* hatte sie gesagt. Cato Isaksen beschloss, nach Vindern zu fahren und sich dort umzusehen.

Er hielt vor dem Vinderncenter, ging hinein und fragte die Verkäuferin am Zeitungskiosk nach dem Pflegeheim. Sie erklärte ihm den Weg, und bald stand er vor dem roten Steingebäude. Er ging durch die Glastür und betrat die kleine Rezeption. Und sofort hatte er Glück. «Aber sicher», sagte eine Pflegerin und schaute ihn neugierig an. «Torstein Wettergren, Zimmer 305.»

Cato Isaksen bedankte sich und fuhr mit dem Fahrstuhl in den dritten Stock. Die Pflegerin rief ihm etwas hinterher, aber darauf achtete er nicht. Er ging durch den langen hellen Gang. Es roch hier genauso wie im Frognerheim. Mit einem plötzlichen klaren Schmerz ging ihm auf, wie sehr seine Mutter ihm fehlte. Dieses Gefühl war überwältigend und überraschend. Sie fehlte ihm, weil sie seine einzige Verbindung zu seiner Kindheit war. Jetzt hatte er niemanden mehr. Er war ein Einzelkind und hatte keinen Kontakt zu irgendwelchen Verwandten.

Er ging zu der Tür mit der Nummer 305 und klopfte zweimal kurz an. Als keine Antwort kam, öffnete er sie und betrat das Zimmer.

Der alte Mann saß in einem tiefen Sessel am Fenster. Er hatte den Kopf zurückgelegt. Sein Mund stand halb offen, seine Wangen waren eingefallen. «Guten Tag, Herr Wettergren», sagte Cato Isaksen.

Der Mann gab keine Antwort. Er sah gut aus, seine Haare waren schlohweiß. Die schmalen Hände ruhten auf den Armlehnen. Dünne blaulila Adern zogen sich unter der Haut wie Bänder dahin.

Cato Isaksen sagte noch einmal guten Tag. Der alte Mann räusperte sich vorsichtig und schaute aus seinen hellen Augen erstaunt zu ihm hoch. Dann drehte er sich fort und schaute aus dem Fenster.

Cato Isaksen setzte sich auf die Bettkante. Er dachte sofort, dass das nicht richtig sei, zu aufdringlich vielleicht, aber er blieb dann doch sitzen. Das Zimmer war gemütlich, mit alten Möbeln und Bildern. Auf dem Hochzeitsbild über dem Bett erkannte er Solveig Wettergren nicht auf Anhieb wieder. Die Frau dort war schlank und hatte ein schmales, schönes Gesicht. Er wusste jedoch, dass sie es war. Sie hielt einen großen Brautstrauß aus Nelken und Lilien in der Hand. Auf diesem Bild war Torstein Wettergren ein großer, eleganter dunkelhaariger Mann. Mit breiten Schultern und klarem humorvollem Blick.

«Ich bin gekommen, weil ich Ihre Hilfe brauche», sagte er vorsichtig. «Das ist sehr wichtig für einen Fall, an dem ich arbeite», fügte er hinzu. «Hätten Sie wohl die Güte, mir zu helfen?»

Der Mann reagierte nicht. Cato Isaksen sah ihn an und fragte sich, warum sie keine Kinder hatten. Ob sie sich vielleicht welche gewünscht hatten? Die Stille im Zimmer wurde von Schritten auf dem Flur und einer vor dem Haus vorüberfahrenden Straßenbahn durchbrochen.

Cato Isaksen beschloss, gleich zur Sache zu kommen. «Es geht um Solveig», sagte er. «Wie hat Ihre Frau Sie behandelt? Haben Sie eine gute Ehe geführt?»

Der Mann im Sessel bewegte sich nicht. Er starrte den Ermittler hilflos an wie ein kleines Kind.

«War sie eine gute Ehefrau?»

Plötzlich zeigte sich auf der Hose des alten Mannes ein Fleck. Zugleich schluchzte er mehrmals tief auf. Cato Isaksen sprang erschrocken auf. Er hatte nicht mit einer dermaßen heftigen Reaktion gerechnet. Plötzlich nahm er die Angst und die Trauer des alten Mannes wahr. Was für ein Mensch war Solveig Wettergren denn eigentlich?

Cato Isaksen erkannte, dass er dem alten Mann nicht weiter zusetzen durfte. Der saß im Sessel und wartete. Sein Leben war zu Ende, jetzt blieben nur noch Reste übrig. Seine Zeit war vorüber. Torstein Wettergren konnte ihm keine einzige Antwort mehr geben.

Draußen auf dem Gang begegnete ihm die Pflegerin aus

der Rezeption. «Sie suche ich gerade», sagte die. «Torstein Wettergren ist dement. Sie kommen mir fremd vor, stimmt das? Woher kennen Sie ihn?», fragte sie mit scharfer Stimme.

Cato Isaksen erklärte ihr kurz die Situation, erwähnte Solveig Wettergren aber nicht weiter. Und er entschuldigte sich für die Störung. Die Krankenpflegerin verzog besorgt das Gesicht. Als die Fahrstuhltür sich hinter ihm schloss, sah er noch, wie sie im Zimmer 305 verschwand.

DER MANN MIT DEM kleinen blauen Wagen sollte ihn auf einen neuen Gedanken bringen. Da es nicht weit bis Ullevål Hageby war, machte Cato Isaksen auf der Rückfahrt einen Abstecher dorthin. Als er den Deichplatz passierte und dann in die John-Colletts-Allee abbog, fiel ihm ein kleiner blauer Ford Fiesta auf, der gerade vor Nr. 51 hielt. Ein alter Mann mit einer in Alufolie eingewickelten Packung in der Hand stieg aus. Er öffnete das Tor und ging gebeugt über den Kiesweg. Der Garten war zweigeteilt. Rasen und Blumen links, Obstbäume, Beerensträucher und Gemüse rechts. Der alte Mann stellte das Essen auf die oberste Stufe der Steintreppe, drehte sich um und ging wieder auf das Tor zu.

Cato Isaksen hielt auf der anderen Straßenseite und stieg aus. Er schaute sich nach beiden Seiten um und überquerte die Straße. Der alte Mann machte sorgfältig das Tor hinter sich zu. Er sah überrascht auf, als der Ermittler sich vorstellte und bat, ihm ein paar Fragen stellen zu dürfen. Das sei kein Problem. Cato Isaksen schaute zu der Packung auf der Treppe hinüber und fragte, wie lange der alte Mann nun schon Essen ausfuhr. Der antwortete, dass er dabei half, die alten Leute im Stadtteil mit ihren Mahlzeiten zu versorgen. «Ich bin da nicht der Einzige, bei uns helfen viele mit», sagte er. «Obwohl wir selbst alt sind.»

«Aber Sie wissen, dass Brenda Moen tot ist?»

Der alte Mann blickte ihn verständnislos an.

«Die Zeitungen haben viel darüber geschrieben. Es war im März.»

«Tut mir Leid», sagte der Mann und blickte ihn ängstlich an. «Ich beliefere einfach die Adressen, die mir angegeben werden. Und niemand hat mir gesagt, dass Haus Nr. 51 nichts mehr bekommen soll.»

«Kostet das Essen etwas?» Cato Isaksen blickte zu den dunklen Fenstern im ersten Stock hoch.

«Man zahlt einen kleinen Unkostenbeitrag», sagte der alte

Mann bereitwillig. «Aber der ist wirklich sehr gering. Meinen Sie, ich soll hierhin nichts mehr liefern?»

«Nein, das nun wirklich nicht», sagte Cato Isaksen. «Machen Sie nur weiter so.»

Der alte Mann nickte skeptisch, grüßte kurz und schleppte sich dann wieder zu seinem Auto. Dann setzte er einen Meter zurück, fuhr los und verschwand in Richtung Deichplatz.

Cato Isaksen betrachtete die Alufolie. Er schaute auf die Uhr. Es war zehn nach vier Uhr. Alf Boris Moen hatte sicher noch keinen Feierabend. Das Essen wurde kalt. Ob er es abends selber verzehrte? Hatte er den Tod seiner Mutter nicht gemeldet, weil er das Essen behalten wollte?

Aus einem Impuls heraus drehte er sich um und schaute in den gegenüber gelegenen Garten. Ihm fiel eine Gestalt auf, die hinter dem Vorhang im ersten Stock stand. Der Ermittler drehte sich wieder um und tat so, als ob er diese Gestalt nicht gesehen habe. Er ging zu seinem Wagen zurück und stieg ein. Auf diese Weise konnte er im Rückspiegel alles mit verfolgen. Die Vorhänge bewegten sich jetzt ruhig hin und her. Eine neugierige Nachbarin, dachte er. Eine neugierige alte Dame. Er kannte sich mit neugierigen alten Damen aus. Manchmal konnten die durchaus wichtige Auskünfte liefern. Er beschloss, mit ihr zu sprechen. Das konnte ja schließlich nichts schaden.

Er musste zweimal klingeln, ehe sie öffnete. Er hörte ihre vorsichtigen Schritte auf der Treppe, dann machte sie sich am Schloss zu schaffen, ehe sie die Tür aufmachen konnte. Sie schaute ihn durch den Türspalt misstrauisch an. Cato Isaksen stellte sich vor und zeigte ihr seinen Dienstausweis. Sie sah noch immer unsicher aus, öffnete die Tür dann aber doch.

«Ich muss Ihnen ein paar Fragen über Ihre Nachbarin Brenda Moen stellen», sagte er.

Zu seiner Überraschung reagierte die alte Dame mit spürbarer Verärgerung.

«Das hat ja wirklich lange gedauert», sagte sie. «Sie wollten doch gleich am nächsten Tag kommen. Ja, es ist nicht so, dass ich viel weiß», fügte sie hinzu. «Ich bekomme ja auch nicht alles mit. Aber Sie hatten es versprochen.»

«Tatsächlich», sagte Cato Isaksen. «Aber wir haben doch vor einigen Monaten alle Nachbarn befragt. Da muss doch auch jemand mit Ihnen gesprochen haben?»

«Das schon», sagte sie. «Aber als sie keine Zeit hatten hereinzukommen, war es mir dann auch egal.»

Cato Isaksen ging langsam hinter der alten Frau die Treppe hoch. «Haben Sie sich damals im März als Zeugin gemeldet?», fragte er.

«Ja», sagte sie kurz. «So ein junger Spund hat meinen Namen notiert, aber richtig ernst genommen haben sie das offenbar nicht.»

Cato Isaksen sprach sein Bedauern aus. Als sie die Wohnung erreicht und er sich zum dritten Mal für die Nachlässigkeit der Polizei entschuldigt hatte, schien sich die Laune der alten Dame ein wenig zu bessern. Im Licht der Fenster konnte er sie besser sehen. Sie war wirklich alt, hoch in den Achtzigern oder vielleicht sogar über neunzig. Ihr runzliges Gesicht wirkte zu groß für ihren schmächtigen Körper. Sie hatte versucht, sich die Augenbrauen zu schminken, was ihr aber nicht so recht gelungen war. Die schweren Ohrringe ließen ihre Ohrläppchen grotesk lang aussehen.

Cato Isaksen trat an das Fenster mit den Spitzengardinen. Er konnte nicht warten. Die Frau, Frau Adamsen, wollte Kaffee machen, und er dachte, es könne sich empfehlen, hier nichts zu überstürzen, weshalb er dankend annahm und vorgab, die vielen Porzellanfiguren auf der Fensterbank zu betrachten. «Reizend», sagte er.

«Von meinem Mann gekauft und bezahlt», sagte Frau Adamsen auf dem Weg in die Küche.

Ein großer Baum streckte seine Zweige über den kleinen Garten hinaus und verdeckte durch seine herbstbunten Blätter teilweise die Sicht. Aber nicht im März, dachte Cato Isaksen. Im März haben die Bäume keine Blätter.

Als Kaffee und Plätzchen und altmodische Bonbons mit kleinen Lakritzstückchen serviert worden waren, begann er behutsam, sie über die Nachbarschaft auszufragen. Er fragte nach Personen, die sich verdächtig verhielten. Und nach Menschen, die sie nicht leiden mochte. Nach all den Jahren bei der Polizei wusste er, wie man alte Damen zum Reden bringt.

«Ach ja, ich kann den Postboten nicht ausstehen», sagte die alte Frau Adamsen aufgeregt.

Cato Isaksen unterdrückte ein Lächeln.

«Der trödelt immer so. Wir bekommen die Post nie vor elf. Früher, als Landsem das noch machte, er hatte die Runde dreißig Jahre, war er um neun Uhr hier. Immer um Punkt neun.»

Nach drei Plätzchen, einigen Tassen Kaffee und allerlei Aussagen über allerlei Nachbarinnen, wagte Cato Isaksen die Frage, ob sie an dem Abend, an dem Brenda Elise Moen erschossen worden war, etwas Besonderes gesehen habe.

Die alte Dame erhob sich und holte sich einen Schal, sie schien zu frieren. «Eigentlich habe ich ja vielleicht nichts gesehen», sagte sie, als sie zurückkam. «Das habe ich auch diesem Polizisten gesagt. Der war so schroff. Aber vielleicht habe ich ja doch etwas gesehen.»

Cato Isaksen wartete gespannt.

«Ich bin ja auch nicht neugierig», sagte sie jetzt. «Das will ich mir nun wirklich nicht nachsagen lassen.»

«Der Baum hatte doch keine Blätter», sagte Cato Isaksen. «Und da hätte doch wirklich alle Welt etwas sehen können.»

Sie wehrte ab. «Ich habe nichts Wichtiges gesehen. Und Privatangelegenheiten gehen niemanden etwas an.»

«Es wäre wirklich sehr schön, wenn Sie uns helfen könnten.» Cato Isaksen spürte, wie seine Geduld zu Ende ging.

«Ich habe nichts von Bedeutung gesehen.»

«Aber Sie haben etwas gesehen?»

«Sicher, etwas schon. Aber starren, das liegt mir nicht. Das tu ich einfach nicht. Meine Leber will nicht mehr so recht und deshalb muss ich jede Nacht mehrmals aufstehen. Das ist der Grund.»

Cato Isaksen wartete. Er erhob sich und ging wieder ans Fenster. Der Vorgarten von Nr. 51 war durch die Hecke vor der Straße geschützt.

«Die haben sich gestritten», sagte sie plötzlich. «Moen hat sich mit seiner Mutter gestritten.»

Der Ermittler drehte sich zu der alten Dame um. Hinter ihm ließ ein kurzer Lichtfunke die Fensterscheibe aufleuchten. Jemand öffnete gegenüber ein Fenster. Frau Adamsen schaute deshalb auf. «Sonst haben sie sich nie gestritten, wissen Sie.» Sie schüttelte kurz den Kopf. «Aber an diesem Abend ging es hoch her, das kann ich Ihnen sagen. Er riss Gegenstände herunter. Sie schrie ihn daraufhin an. Ja, nicht, dass ich etwas gehört hätte. Natürlich habe ich nichts gehört. Aber so etwas sieht man.»

Cato Isaksen nickte vorsichtig.

«Ja, seine Freundin habe ich nicht gesehen, aber sie kam ja meistens auch erst später.»

«Seine Freundin?» Cato Isaksen blickte sie fragend an.

«Ja, Sie wissen doch sicher, dass er eine Freundin hat.»

«Nein, das wissen wir nicht.»

«Ich weiß natürlich nicht, ob sie verlobt sind.»

Cato Isaksen spürte, wie seine Brust sich vor Spannung zusammenkrampfte. Er ließ sich wieder in den Sessel sinken.

«Sie kommt zu den seltsamsten Zeiten. Ist ziemlich kräftig, trägt vernünftige Schuhe. Immer vernünftige Schuhe. Und immer hat sie die Handtasche über dem Arm hängen. Eigentlich habe ich den Eindruck, dass seine Mutter nichts davon wissen sollte. Denn warum hätte die Dame sonst mitten in der Nacht kommen sollen?»

Jetzt wurde die Sache wirklich interessant. «Sie kommt und geht also mitten in der Nacht?»

«Ja. Ist das nicht seltsam? Das liegt alles nur daran, dass ich so schlecht schlafe, und wenn ich dann ohnehin aufgestanden bin, um ein Glas Milch zu trinken, ist der Weg zum Fenster kurz, um das mal so zu sagen.»

«Selbstverständlich», sagte Cato Isaksen entgegenkommend. «Wir sind ja nur froh darüber, wenn jemand soviel Aufmerksamkeit zeigt.»

«Meinen Sie?» Frau Adamsen wirkte jetzt richtig glücklich. Sie lächelte so strahlend, dass ihre vielen Runzeln noch viel deutlicher wurden. «An diesem Abend blies ein schrecklicher Wind, wissen Sie. Das weiß ich noch sehr gut.»

Cato Isaksen musterte sie, und ihm ging auf, dass diese Frau ihnen wirklich weiterhelfen konnte. Er verfluchte Roger Høibakk. Vielleicht war dieser Patzer daran schuld, dass sie bisher noch nicht weitergekommen waren. Er würde im Büro sofort die Protokolle durchgehen. Feststellen, wer die Verantwortung dafür trug, dass diese Zeugin nicht längst sorgfältig vernommen worden war.

Die alte Frau Adamsen sah ihn an und sagte dann: «Ich war gegen zehn Uhr schlafen gegangen, aber dann bin ich wieder aufgestanden. Das geht mir fast immer so. Plötzlich kam Frau Moen aus der Tür und die Treppen hinunter gelaufen. Sie rannte über den Kiesweg und machte nicht einmal das Tor hinter sich zu. Das hat sie sonst immer getan. Sie hatte Angst vor Hunden, wissen Sie. Wollte keine Hunde im Garten haben. Ich glaube, keine halbe Minute später kam diese Freundin des Sohnes. Sie lief hinter Frau Moen die Straße entlang.»

Cato Isaksen dachte verzweifelt nach.

«Sie verschwanden dann beide aus meinem Blickfeld, Frau Moen und die Freundin. Und gleich darauf wurde sie dann doch erschossen, nicht wahr?»

Als Cato Isaksen wieder im Wagen saß, merkte er plötzlich, dass ihm schlecht war. Nicht nur ein wenig, sondern so sehr, dass er nicht wusste, ob er es schaffen würde, zum Polizeigebäude zurückzufahren. Ihm ging es wirklich nicht gut. Vielleicht hatte die alte Frau Adamsen ihm etwas Verdorbenes serviert.

Er fuhr nach Hause nach Asker und gab den Plan auf, an diesem Tag noch zu arbeiten. Er hatte Solveig Wettergren aufsuchen und sie fragen wollen, wo sie sich an dem Abend aufgehalten hatte, an dem Brenda Elise Moen erschossen worden war. Er wollte sie anrufen. Er hielt bei der Tankstelle am Ortsrand von Asker und kaufte sich eine Cola. Vielleicht hatte er einfach nur Hunger. Ihm ging auf, dass er an diesem Tag noch kaum etwas gegessen hatte.

Nach dem Abendessen fühlte er sich viel wohler, nur war ihm kalt. Eigentlich wäre es nötig gewesen, ins Büro zurückzufahren und sich an den Fall Moen zu setzen. Aber das brachte er nicht über sich. Mehrere Male versuchte er Solveig Wettergren anzurufen, aber die ging nicht ans Telefon.

Bente umhegte ihn. «Vielleicht solltest du einen Pullover anziehen», schlug sie vor.

Der Kater sprang auf seinen Schoß. Er kraulte ihn zerstreut am Bauch. Plötzlich schlug das Tier ihm die Krallen in den Arm. Er fuhr zusammen und schob es auf den Boden. «Der will doch nur spielen», sagte Bente. Sie beugte sich vor und strich den kleinen Läufer auf dem Tisch gerade. «Wenn ich mir eine andere Stelle suchen will, dann sollte ich jetzt vielleicht damit anfangen», sagte sie.

«Ja», meinte Cato Isaksen geistesabwesend. Im Fernsehen wurde jetzt gerade über einen Orkan berichtet.

«Traurig, dass es so ist», sagte Bente. «Wir leisten die wichtigste Arbeit in dieser Gesellschaft, sind aber so überarbeitet und unterbezahlt.» Sie ließ sich neben ihn auf das Sofa fallen. Er sah sie an und konnte sich die Frage nicht verkneifen:

«Hast du dich schon einmal versucht gefühlt, eure alten Leute zu misshandeln?»

Bente blickte ihn überrascht an. «Wie meinst du das?»

«So wie ich es gesagt habe. Du sagst, dass ihr überarbeitet seid, dass das schlechte Gewissen dich fast fertig macht, weil du es nicht schaffst, den Alten das zu geben, worauf sie einen Anspruch haben.»

«Ja?»

«Kann die Hoffnungslosigkeit dich da nicht auch einmal überwältigen?»

«Dass die alten Leute darunter leiden, meinst du?»

«Ja.»

«Niemals», erklärte Bente entschieden.

Später, als sie schlafen gehen wollten, betrat Cato Isaksen Vetles Zimmer. Er blieb am Fußende stehen und betrachtete seinen schlafenden Sohn. Vetle war ein hübscher Junge, mit hoher Stirn und schönen Wangenknochen. Cato Isaksen fragte sich, wer dieser Sohn eigentlich war. Er schlief noch immer genauso wie früher als Kind. Er war eigentlich unverändert und atmete lautlos.

Ein strahlender scharfer Mond drängte sich durch den Vorhangstoff. Der Herbst war da. Es war der 23. August. Cato Isaksen verließ leise das Zimmer und zog die Tür hinter sich zu.

CATO ISAKSEN DURFTE nicht einschlafen. Er hatte Angst, Dinge zu verlieren, mit denen sein Gedächtnis arbeitete, seitdem er soviele neue Dinge erfahren hatte. Er beschloss zu warten, bis Bente ins Bett gegangen war, dann wollte er sich mit Papier und Bleistift hinsetzen und die neuen Informationen auflisten. Nachts zu arbeiten fiel ihm leicht. Oft war das Gehirn um diese Zeit klarer.

Er öffnete die Verandatür, um ein wenig frische Luft ins Zimmer zu lassen, und der Kater schlich sich hinaus. Herbstgeräusche strömten in den Raum. Bäume, die sich bewegten, Autos in der Ferne. Die klare kalte Luft machte alle Geräusche schärfer. Er hörte das Verkehrsrauschen von der etwas entfernt gelegenen E 18. Asker entwickelte sich zu einer kleinen Stadt. Cato Isaksen war nervös. Irgendwo in dieser Herbstnacht da draußen war Kathrine. Lebendig oder tot. Lebendig, das glaubten die meisten. Aber konnte das stimmen? Für einen Moment sah er sie vor sich. Ihr Gesicht sah dem von Maiken zur Verwechslung ähnlich. Er sah Maiken vor sich, wenn er an die lebendige Kathrine dachte. Aber sie war vielleicht tot. Lag sie, bis zur Unkenntlichkeit zersetzt, im Wasser, oder war sie irgendwo im Wald, verwest und von Ungeziefer zerfressen?

Am folgenden Tag wollte er gleich nach Vindern fahren und mit Solveig Wettergren sprechen, danach würde er in Akershus Alf Boris Moen mit Frau Adamsens Aussagen konfrontieren. Dass Mutter und Sohn sich gestritten hätten. Dass die Mutter wütend oder vielleicht verängstigt aus dem Haus gestürzt war. Er wollte das mit der Freundin klären. Handelte es sich dabei um Solveig Wettergren? War sie diejenige, die nachts kam und ging, und die an diesem fatalen Märzabend hinter Brenda Moen her über die Straße gelaufen war? *Ziemlich kräftig, mit vernünftigen Schuhen. Immer mit vernünftigen Schuhen. Und immer hat sie eine Handtasche über dem Arm hängen.*

Solveig Wettergren war doch um vieles älter als Alf Boris

Moen. Was konnte das zu bedeuten haben? Verfügte sie über psychotische Züge? War sie vielleicht eine gute Schauspielerin? Er dachte an ihr reizendes Gesicht und an die helle, freundliche Stimme. Sie zog sich gern fein an und gab sich als eine andere aus als sie war. Konnte das stimmen? War sie eigentlich eine andere, als sie zu sein vorgab? Plötzlich sah er ihr Bild klar vor sich. Die Beschreibung einer kräftigen älteren Frau war in zwei weiteren Zeugenaussagen über den Mordabend aufgetaucht. *Ein Stück weiter ging eine ältere Frau vorbei.* War dabei nicht auch die Rede von gelbweißen Haaren gewesen?

Cato Isaksen setzte sich in den Fernsehsessel, worauf der Kater sich durch die offene Verandatür schlich und auf seinen Schoß sprang. «Du bist schmutzig», sagte Cato Isaksen und strich zerstreut über den weichen Rücken des Tieres. Plötzlich fiel ihm der Geruch ein, den er in Brenda Moens Wohnung wahrgenommen hatte, als Sigrid anrief und ihn vom Tod seiner Mutter informierte. Der Schock hatte sein Gedächtnis natürlich ausgeschaltet. Aber jetzt fiel ihm dieser Geruch plötzlich wieder ein. Süßlich und scharf. Er kam ihm vertraut vor, aber er konnte ihn nicht unterbringen.

Er setzte den Kater auf den Boden und holte sich Papier und Kugelschreiber. Dann nahm er am Esstisch Platz und machte sich an die Arbeit.

Sein Unterbewusstsein versuchte Einzelstücke zusammenzusetzen, Dinge einzusortieren, die andere gesagt oder die er selber registriert hatte. Kleine Belanglosigkeiten, die leicht zu übersehen waren. Er notierte die neuen Informationen und versuchte, sie im Zusammenhang mit den alten zu sehen. Dann stand er auf und lief zweimal ruhelos im Zimmer hin und her. Er wollte schon ein wenig Musik auflegen, überlegte sich die Sache aber anders, ging zum Fenster und lehnte den Kopf an die kalte Glasscheibe. Dann schloss er die Verandatür. Etwas bedrängte seine Gedanken. Sein Gehirn gab sich alle Mühe, um sich an Einzelheiten zu erinnern. An Kleinigkeiten, die jemand gesagt hatte. An Belanglosigkeiten.

Cato Isaksen ging in die Küche und machte sich ein Brot mit Salami. Danach ging er in die Diele und holte die Autoschlüssel. Die Unruhe steckte ihm im Leib und er wusste, dass er sich auch gleich geschlagen geben und in die Stadt fahren könnte.

Es war fünf nach vier Uhr, als er in der Tiefgarage unter dem Polizeigebäude hielt. Er blieb noch eine Weile sitzen, dann stieg er aus dem Auto.

Er steckte seinen Dienstausweis in das Lesegerät und nickte kurz dem Kollegen vom Nachtdienst zu, dann fuhr er mit dem Fahrstuhl nach oben. Er machte auf den Gängen Licht. Die Neonröhren blinkten zweimal, dann brannten sie stetig. Er betrat sein Büro und schaltete den Computer ein. Während der Apparat hochgefahren wurde, trat er ans Fenster und schaute hinaus auf die nachtstille Stadt. Danach setzte er sich an die Vernehmungsprotokolle im Fall Moen. Frau Adamsen tauchte darin nicht auf. Er ging in Roger Høibakks Büro und fand dort den Ordner mit den Notizen. Auch die überflog er rasch. Das Gesuchte fand er nicht. Frau Adamsen hatte gesagt, der junge Polizist, vermutlich der, der das Tonbandgerät besorgt hatte, habe ihren Namen auf einem Zettel notiert, aber im Protokoll war davon nichts zu finden. Roger hatte ihn eingesetzt, es war also seine Verantwortung. Cato Isaksen fluchte leise. In der Abteilung herrschten allerlei Meinungsverschiedenheiten darüber, ob Dienstanfänger gleich in Mordermittlungen eingesetzt werden sollten. Wenn diese Vernehmung zu einem früheren Zeitpunkt stattgefunden hätte, dann hätte der Fall eine ganz andere Entwicklung nehmen können. Cato Isaksen schrieb für Roger Høibakk einen wütenden Zettel und legte ihn auf dessen Schreibtisch.

KATHRINE WUSSTE NICHT, was es war, aber etwas in ihrem Körper schien sich verändert zu haben. Es war so, als könne der das Leben nicht mehr ertragen. Sie hatte jetzt auch wieder Fieber. Sie fühlte sich durch und durch eiskalt und konnte dann auch wieder glühendheiß werden. Anfangs hatte sie versucht, ein wenig zu turnen. War im Zimmer hin und her gelaufen, hatte sich von der Wand abgestützt. Aber ihr Knöchel tat noch so weh, und auch wenn der Gips jetzt entfernt worden war, so war der Knöchel doch immer noch geschwollen. Ihr ganzer Körper tat weh. Sie konnte die Arme fast nicht heben. Vielleicht musste sie jetzt sterben? Sie war davon überzeugt. Sie dachte an ihre Mutter und an Oma und ihren Vater und an Tage. Die Armen! Und sie dachte an die arme Maiken, und an Kenneth.

Offenbar war sie eingeschlafen, denn plötzlich wurde sie von der hellen Stimme geweckt: *«Wie geht es dir?»*

Die widerwärtige Hand kam auf sie zu und drückte leicht auf ihre Schulter. Ihr schauderte.

«Weißt du noch, was ich voriges Mal gesagt habe?»

«Nein», flüsterte sie. Ihre Stimme hatte fast keine Kraft mehr.

«Bald wird etwas passieren. Es ist doch schon lange nichts mehr passiert.»

Kathrine wusste, was das bedeutete. Bald musste etwas passieren. Das hier konnte ja nicht immer so weiter und weiter und weiter gehen.

Sie war so müde. Offenbar war sie wieder eingeschlafen, denn als sie das nächste Mal erwachte, war alles um sie herum still. Sie setzte sich in der Dunkelheit auf, um sich davon zu überzeugen, dass sie allein war. Sie hatte geträumt, sie sei tot. Dieses Gefühl bohrte sich noch immer wie Stacheldraht durch ihre Gedanken. Wer tot war, konnte nie wieder zurückgezaubert werden. Vom Staub kommst du, zum Staub wirst du zurückkehren. Von der Luft kommst du, zum Stein wirst du werden. Sie lehnte den Rücken an die feuchte Wand. Sie kam sich trotz allem nicht allein vor. Sie versuchte, sich zu erheben. Das tat überall so weh. Sie hatte keine Kräfte mehr. Aber am Ende konnte sie sich an der Wand entlang schleppen und die Glühbirne unter der Decke einschalten. Das Licht strömte über die Wände und tat ihren Augen weh. Sie war allein. Sie kehrte zur Matratze zurück und legte sich wieder hin. Brachte es nicht über sich, die kalte Mahlzeit zu verzehren, die da für sie hingestellt worden war. Sie schlief wieder ein und hörte die Stimmen, die sie so liebte. Das Lachen ihrer Mutter.

Die Mutter lacht und ist froh. Aber ihr Gesicht ist verschwommen, wie ein Fantasiebild. Als existiere die Mutter in Wirklichkeit nicht. Vielleicht existiert auch Kathrine nicht. Sie kann sich keinen Ort und keinen Zustand mehr vorstellen, wo sie existiert. Wenn sie daran denkt, wer sie gefangen hält, dann ist es nicht mehr die Entfernung zwischen ihnen, die ihr Angst macht, sondern die Nähe, die sie empfindet. Manchmal gibt es ein freundliches Lächeln, ganz ohne Bosheit. Das Glück, das sie dann empfindet, ist schrecklich.

Kathrine drehte sich auf den Rücken. Sie lag nicht gern auf dem Rücken. Sie fühlte sich dann unbeschützt, wenn jemand kam. Sie kam sich vor wie eine Schildkröte. Der Rücken war ihr Panzer. Sie drehte sich wieder auf den Bauch. Sie hörte nichts, nur die Stille. Ihr Mund war trocken. Das Tropfen des rieselnden Wassers auf der Toilette war ebenfalls zu einer Art Stille geworden.

CATO ISAKSEN RIEF um halb neun Uhr die anderen zu einer Besprechung zusammen. Es war jetzt Freitag, der 24. August. Er war zu aufgeregt, um seine Müdigkeit zu bemerken. Alle fanden sich ein, nur Roger Høibakk nicht, der sicher den Zettel gefunden hatte und jetzt schmollte. Nach einer kurzen Zusammenfassung, bei der er die neuen Informationen im Fall Moen vorgestellt hatte, wollte Ingeborg Myklebust sich aber trotzdem weiterhin auf die in Tøyen ermordete Frau konzentrieren. Ihr Argument war, dass die neuen Informationen im Fall Moen auch nach dem Wochenende noch untersucht werden könnten. Im Fall Tøyen dagegen ging es nur noch um einige wenige Tage, dann wäre der Fall geklärt und könnte an die Staatsanwaltschaft weitergereicht werden.

Cato Isaksen war wütend, als er zu Solveig Wettergren nach Vindern fuhr. Ihr roter Wagen stand nicht in der Auffahrt, und deshalb fuhr er weiter zum Verteidigungsministerium, um Alf Boris Moen mit den Aussagen der alten Frau Adamsen zu konfrontieren. Er versuchte, in der Nähe des Museums für Zeitgenössische Kunst einen Parkplatz zu finden. Das war nicht leicht. Am Ende stellte er seinen Dienstwagen hinter ein anderes Auto und legte einen Zettel mit seiner Handynummer auf das Armaturenbrett. Er ging auf das gelbe Gebäude zu. Warf einen Blick auf die beiden schwarzen Kanonen, die die Tür bewachten, dann betrat er die Rezeption und erkundigte sich nach Alf Boris Moen.

Die Fahrt hätte er sich sparen können. Alf Boris Moen hatte sich einige Tage frei genommen, wurde ihm nun mitgeteilt. Cato Isaksen fragte sich kurz, was das wohl bedeuten könnte, kam aber zu dem Schluss, dass es sicher eine natürliche Erklärung dafür gäbe. Er rief bei Alf Boris Moen zu Hause an, doch dort meldete sich niemand. Er hinterließ die Nachricht, dass er mit ihm sprechen wollte.

Dann ging er zum Auto zurück und mühte sich durch die Stadt.

Es war jetzt elf. Am nächsten Tag würde die prunkvolle

Hochzeit des Kronprinzen stattfinden. Überall wurde saubergemacht und dekoriert. Reinigungsfahrzeuge und städtische Angestellte in selbstleuchtenden orangenen Overalls lasen Abfälle auf und kümmerten sich um Bäume, Büsche und Beete. Die ganze Stadt schien den Atem anzuhalten. Die Leute eilten hin und her. Überhaupt war überall eine ganz besondere Erregung zu verspüren.

Er schaute auf die Uhr. In einer Stunde musste er vor Gericht in einem anderen Fall als Zeuge auftreten. Wenn es nicht zu lange dauerte, wollte er danach noch nach Drøbak fahren und mit Helena Bjerke sprechen.

Die Verhandlung war um halb zwei beendet. Er setzte sich in sein Auto und fuhr nach Drøbak. Er fragte sich, ob Alf Boris Moen wohl auch dort sein könnte.

Das war er nicht. Helena Bjerke bat ihn herein. Sie hielt in der einen Hand eine Zigarette und in der anderen ihr Strickzeug. Sie fragte nicht mehr, ob es etwas Neues gebe. Sie schien fast resigniert zu haben. Sie führte den Ermittler ins Wohnzimmer und bat ihn, sich zu setzen. Er dankte und kam gleich zur Sache.

«Ihr Bruder hatte vor langer Zeit eine Freundin», sagte er. «War er damals verlobt?»

Helena Bjerke drückte die Zigarette im Aschenbecher aus und legte das Strickzeug aufs Sofa.

«Ach ja. Das war alles schrecklich traurig», sagte sie.

«Was ist passiert?»

«Es ist schon so lange her. Sie war fünfundzwanzig, glaube ich, und Alf Boris achtundzwanzig. Sie ist kurz vor Weihnachten gestorben. Es war damals eine Zeit, als alles schwierig war. Er hat nie wieder eine andere gefunden.»

«Wie ist sie gestorben?»

«Sie ist in seiner Wohnung die Treppe hinuntergefallen.»

Cato Isaksen musterte sie schweigend. Plötzlich sah er hellwach aus. Er setzte sich im Sessel gerade.

«Wie hieß sie?», fragte er.

«Gunn Berit Tobiassen.» Helena lächelte kurz. «Ich konnte sie sehr gut leiden. Und Mutter hat sie geliebt.»

«Sie haben erwähnt, dass etwas schwierig geworden sei.»

«Sie wollte ihn verlassen. Alf war am Boden zerstört, der Arme, und ließ nichts unversucht, um sie zu halten. An ihrem Todestag kam sie zu Besuch, um ihr Weihnachtsgeschenk abzuholen. Alf Boris hatte wohl gehofft, sie umstimmen zu können. Das ist fast das Schlimmste von allem.» Schweigend schüttelte sie den Kopf. «Danach erzählte Alf, sie sei zu einem neuen Anfang bereit gewesen. Und dann passierte dieses schreckliche Unglück. Ich weiß es noch, als ob es gestern gewesen sei. Alf Boris beugte sich über sie und weinte, als sie vor Mutters Tür lag. Ich werde es nie vergessen. Du hast doch gesagt, dass alles wieder gut wird, schrie er.» Helena Bjerke senkte den Kopf. «Er war so unglücklich.» Sie wischte sich mit dem Handrücken die Tränen von der Wange. «Der arme Alf Boris», sagte sie. «Wir Armen. Es ist soviel. Kathrines Verschwinden hat ihn alt werden lassen. Er hat sich so gut mit ihr verstanden. Hatte immer witzige Ideen. Ich glaube ganz ehrlich, dass Onkel Alf, wie sie ihn nannte, der einzige Mann war, zu dem sie Vertrauen hatte.»

Cato Isaksen schwieg.

«Ja, ich weiß, ich spreche in der Vergangenheit», sagte Helena Bjerke mit plötzlich harter Stimme. «Aber ich habe aufgegeben. So ist es besser. Trotz der SMS und der Karte kann ich nicht mehr glauben, dass sie noch lebt. Jemand will uns zum Narren halten.»

«Wir haben nicht aufgegeben», sagte Cato Isaksen diplomatisch.

«Die viele Angst hat mich so schrecklich müde gemacht.» Helena Bjerke blickte ihn mit erschöpfter Miene an. «Es ist fast besser aufzugeben. Können Sie das verstehen?»

«Ja», sagte Cato Isaksen. «Das ist nicht schwer zu verstehen. Ihr Bruder wohnt schon lange in der John-Colletts-Allee», fügte er hinzu.

«Ach ja, seit wir dort eingezogen sind, damals waren für fünfzehn und neunzehn. Mein Vater hat vor seinem Tod beide Etagen gekauft. Vorher haben wir in einer entsetzlich kleinen Mietwohnung am Carl-Berners-Platz gehaust. Vater wollte die beiden Wohnungen in eine umbauen. Er wollte die Wände im Treppenhaus entfernen lassen, sowie er es sich leisten könnte, aber so weit hat er es nicht mehr gebracht. Am Ende haben Mutter und ich uns das Erdgeschoss geteilt und Alf Boris bekam den ersten Stock.»

Cato Isaksen musste zurück in die Stadt, um sofort zu überprüfen, was Helena Bjerke da über Gunn Berit Tobiassen erzählt hatte. Er erhob sich und dankte ihr für die Hilfe. Er gab ihr die Hand und brachte dann, schon im Gehen, seine letzte Frage.

«Wie heißt die jetzige Freundin Ihres Bruders?»

Helena Bjerke blickte ihn fragend an. «Jetzt verstehe ich nicht, was Sie meinen», sagte sie. «Er hat doch keine Freundin. Seit Gunn Berits Tod hat er keine Freundin mehr gehabt.»

Cato Isaksen blickte sie ernst an. Helena Bjerke schien ihn nicht loslassen zu wollen. «Warum wollen Sie das wissen», fragte sie.

«Einfach so», sagte er rasch. «Eine Nachbarin glaubt, mehrere Male eine Frau bei Ihrem Bruder gesehen zu haben.»

«Dann weiß sie mehr als ich», sagte Helena Bjerke.

«Wann haben Sie zuletzt mit ihm gesprochen?»

«Vor einigen Tagen.»

«Er hat ja Urlaub.»

«Wirklich? Davon hat er mir nichts erzählt.»

Cato Isaksen versprach, sie anzurufen. Dann setzte er sich ins Auto und ließ den Motor an.

Alf Boris Moen hatte sich nicht bei ihm gemeldet. Cato Isaksen wusste nicht, wie er das interpretieren sollte. Vielleicht war der Mann nur müde und hatte sich einige Tage frei genommen, ohne seiner Schwester Bescheid zu sagen. Das war ja schließlich nicht verboten.

Er hatte Glück und war in der Stadt, ehe die Stoßzeit einsetzte. Er fuhr direkt zur Wache und holte sich aus der Kantine eine Baguette und setzte sich an seinen Schreibtisch. Er aß das Brot und spülte es mit einer Cola hinunter. Dann rief er den Dienstwärter an und ließ ihn alle Unterlagen über Gunn Berit Tobiassens Tod heraussuchen. Der junge Mann teilte eifrig mit, dass er sich sofort an die Arbeit machen wolle. Cato Isaksen wischte Krümel vom Tisch und blätterte in seinen Unterlagen, während er ungeduldig wartete.

Gunn Berit Tobiassen wurde am 3. November 1957 in Oslo geboren. Sie war am 21. Dezember 1982 gestorben, nachdem sie eine Treppe heruntergefallen war und sich das Genick gebrochen hatte. Sie hatte außerdem arge Kopfverletzungen davongetragen. Der Pathologe, Dr. Knut Rambøl, hatte seine Zweifel, was eine dieser Verletzungen betraf. Unmittelbar über dem rechten Ohr war der Schädel so tief eingeschlagen, dass er darüber staunte, dass ein Sturz von einer Treppe daran schuld sein sollte.

Die Sache wurde dann aber nicht weiter verfolgt, nachdem die Polizei eingeschaltet worden und zu dem Schluss gekommen war, dass sich keinerlei Hinweise auf ein Verbrechen finden ließen.

Cato Isaksen rief das Rikshospital an. Es stellte sich heraus, dass Dr. Rambøl noch immer dort tätig war. Er war jetzt auch im Dienst, würde mit der Polizei aber erst nach dem Wochenende sprechen können, wie eine Sprechstundenhilfe mit energischer Stimme mitteilte. Cato Isaksen sagte, sie steckten mitten in einer wichtigen Ermittlung und es eile.

«Aber heute ist Freitag», sagte die Sprechstundenhilfe.

«Für mich auch», sagte Cato Isaksen mit scharfer Stimme.

Die Frau bat ihn kurz, einen Moment zu warten. Er hörte ihre Schritte über den Boden klappern. Nach kurzer Zeit war sie wieder da und sagte, er könne kommen, wenn es denn wirklich so wichtig sei.

Er fuhr viel zu schnell zum Krankenhaus hoch. Inzwischen herrschte lebhafter Verkehr. Alle wollten gleichzeitig die Stadt verlassen. Er dachte an etwas, das Ingeborg Myklebust ihm einmal gesagt hatte, nämlich, dass er ihr tüchtigster Ermittler sei. Er sei stark und engagiert und sorgfältig zugleich, hatte sie gesagt. Jetzt dachte er darüber nach. Auch wenn die anderen in der Abteilung anderer Meinung waren, so spürte Cato Isaksen doch, dass er auf einer Spur war.

Vor dem Informationsschalter hatte sich eine kleine Schlange angesammelt. Cato Isaksen wartete ungeduldig. Am Ende konnte er das Warten nicht mehr ertragen und fuhr aufs Geratewohl mit dem Fahrstuhl in den ersten Stock. Dort fand er eine Krankenschwester, die ihm den Weg erklären konnte. Er musste wieder zurück ins Erdgeschoss und von dort mit dem Fahrstuhl in den vierten Stock fahren.

Er ging über den Gang. Hinter einer halboffenen Tür hörte er mehrere eifrige Stimmen. Eine Krankenschwester, die irgendetwas in der Hand hielt, kam aus einem Zimmer zum Vorschein. Sie ging zu einem Schrank und schloss ihn auf. Cato Isaksen blieb stehen und sah ihr eine Weile zu. Sie ordnete und sortierte und ließ Metall und Glas klingen. In dieser Umgebung musste er plötzlich wieder an seine Mutter denken. Obwohl er noch immer mit seinen Gefühlen kämpfte, erkannte er doch auch, dass ihr Tod eine Erleichterung bedeutete. Jetzt brauchte er nicht mehr dauernd ein schlechtes Gewissen zu haben, weil er keine Zeit hatte, um sie zu besuchen. Plötzlich bemerkte ihn die Krankenschwester. Sie kam auf ihn zu und fragte, ob sie ihm helfen könne. Er nannte den Namen des Pathologen. Die Krankenschwester war rundlich und blond und hatte eine leichte

Ähnlichkeit mit der jungen Solveig Wettergren. Sie ging vor ihm her über den Gang. Ihre Hüften wogten unter dem weißen Kittel.

Cato Isaksen hatte einen alten Mann erwartet und war überrascht, dass der Pathologe in seinem eigenen Alter war. Knut Rambøl hatte sich die Haare mit Wasser gekämmt und trug eine Metallbrille. Er erhob sich und streckte die Hände aus. Er hatte den Untersuchungsbericht bereits herausgesucht.

Cato Isaksen setzte sich in den ihm angebotenen Sessel und schaute sich um. In den Regalen standen graue und blaue Ordner in Reih und Glied. An den Wänden hing eine Abbildung sämtlicher Körpermuskeln.

«Es tut mir Leid, dass ich Sie stören muss», sagte Cato Isaksen.

«Nicht doch. Ich finde das eigentlich ein bisschen spannend, wissen Sie», sagte Knut Rambøl. «An diesen Fall kann ich mich sehr gut erinnern. Nicht unbedingt, weil er etwas Besonderes gewesen wäre.» Er rückte seine Brille gerade. «Ich kann mich daran erinnern, weil er einer meiner ersten Aufträge war. Es war kurz nach meinem Examen. Es war meine zweite oder dritte Obduktion, glaube ich. Und in der ersten Zeit an einer neuen Stelle ist man doch so aufnahmebereit für neue Eindrücke. Ja, auf jeden Fall bei dieser Arbeit», fügte er hinzu. «Natürlich ist man ein wenig aufgeregter, um das mal so zu sagen, ehe alles zur Gewohnheit wird.»

«Ihre Bemerkungen von damals, als Sie angedeutet haben, dass auch ein Verbrechen vorliegen könnte, waren leicht übertrieben, wollen Sie das sagen?»

«Das nicht, übertrieben waren sie nicht. Es kommt oft vor, dass wir bei Todesfällen unsere Zweifel haben und die Polizei einschalten.»

«Das ist mir bekannt.»

Der Pathologe nickte. «Sie wissen auch, dass gute Gründe vorliegen müssen, damit ein Fall weiterverfolgt wird. Aber hier hieß es, solche Gründe ließen sich einfach nicht aufzeigen. Wir hatten es mit einem verliebten jungen Paar zu tun. Sie hatten wohl auch schon über Heirat gesprochen. Deshalb passierte damals nichts mehr. Aber ich glaube immer noch, dass ich Recht hatte. Ich glaube, die Frau wurde geschlagen und dann die Treppe hinuntergestoßen», sagte er.

Cato Isaksen starrte den Pathologen an. Es war Freitagnachmittag. An diesem Tag würde er in diesem Fall nichts mehr ausrichten können. Er hob den Blick zum Schaubild an der Wand. Das Licht der Fenster ließ das Glas aufleuchten. Die Muskeln waren rotbraun. Adern und Venen waren in Rot und in Gelb eingezeichnet.

DER HOCHZEITSTAG DES KRONPRINZEN begann mit schwerer Bewölkung und Regen in der Luft. Es würde sich auch später nicht wirklich aufhellen. Die Luft war drückend. Cato Isaksen hatte Bente versprochen, dass er früh zu Hause sein werde. Es war zwar Samstag, aber es war trotzdem eine Besprechung zum Fall Tøyen angesetzt. Das war eine Besonderheit. Aber am Vorabend war ganz spät noch ein Geständnis abgelegt worden, und das war für die Polizei nun wirklich keine Alltagskost.

Während die Kollegen darüber sprachen, scharrte Cato Isaksen ungeduldig mit den Füßen. Er saß ganz starr da und horchte. Nicht auf die Stimmen der anderen, sondern auf seine eigenen Gedanken. Sein Blick richtete sich auf einen Punkt auf dem Tisch, einen Butterklecks, der aus der Mittagspause stammte. Er sah Randi Johansens Bewegungen zu, als sie Kaffee aus einer Thermoskanne einschenkte. Ihre Fingernägel waren sauber und kurz. Er wollte gerade von seinem Besuch bei dem Pathologen berichten, als Ingeborg Myklebust das Zimmer betrat. Der Fall Tøyen schien seiner Aufklärung entgegenzugehen, und die Abteilungsleiterin war zufrieden. Das war eine Erleichterung. Sie sagte, sie könnten stolz auf sich sein und nun bald nach Hause gehen und die Kronprinzenhochzeit genießen, denn sie ging davon aus, dass sie sich allesamt vor den Fernseher setzen wollten. Cato Isaksen betrachtete ihre gepflegten Hände. Ihre Nägel waren feuerrot, die Ringe glänzten.

Randi Johansen setzte sich zu ihm. «Stimmt was nicht?», fragte sie.

Er gab keine Antwort. Fieberhaft versuchte er, die Stelle wiederzufinden, wo seine Gedanken gewesen waren, als Randi ihn herausgerissen hatte. Es gab etwas, das er aus dem Zwischenraum hervorzerren musste, aus der Stille zwischen Gewissheit und Ungewissheit. Er erhob sich und sagte, er müsse telefonieren. Er verließ das Zimmer. Er hatte schon mehrmals versucht, Solveig Wettergren anzurufen. Es klingelte, aber sie meldete sich nicht. Er wusste, dass die alten Damen jetzt im Grand Hotel waren. Endlich war der große Tag da. Sie konnten die Hochzeit des Kronprinzen feiern, wie sie es seit nun mehr neun Monaten geplant hatten.

Als Cato Isaksen zurückkam, waren die anderen schon im Aufbruch begriffen. Er breitete hilflos die Arme aus, aber niemand wirkte sonderlich interessiert, als er seinen Pathologenbesuch vom Vortag erwähnte.

«Das nehmen wir uns am Montag vor», sagte Randi Johansen und sah ihn resigniert an, dann stürzte sie davon.

Cato Isaksen ging in sein Büro und sah noch einmal die Unterlagen über den Fall Gunn Berit Tobiassen durch. Er stellte fest, dass der Polizist, der damals die Ermittlungen leitete, notiert hatte, dass Alf Boris Moen vor Eintreffen der Polizei die Treppe geputzt hatte.

Der kurze Polizeibericht, der am 15. Januar 1983 abgestempelt worden war, enthielt Moens Erklärung, dass er den Anblick der Blutflecken auf der Treppe nicht ertragen habe. Er habe aufrichtig unglücklich gewirkt und sei deutlich aus dem Gleichgewicht geraten, hieß es. Die Polizei hatte auch keine Gegenstände gefunden, die zu Gunn Berit Tobiassens Schläfenverletzung passten. Sie hatten noch zweimal mit Moen gesprochen, aber dann war der Fall nicht weiter verfolgt worden. Ganz am Ende des Berichts hieß es noch, der Pathologe komme frisch vom Examen und könne sich deshalb durchaus geirrt haben. Einem weiteren Pathologen, den man um ein Urteil gebeten hatte, war nichts aufgefallen.

Eine halbe Stunde darauf saß Cato Isaksen allein in der Abteilung. Er musste zur Toilette, vergaß es aber wieder, als er etwas über die Unruhe las, die er selbst bei seinem ersten Besuch in Brenda Moens Wohnung verspürt hatte. Kannte Alf Boris Moen Solveig Wettergren besser, als er es zugeben wollte? Brenda Moens Sohn konnte doch wohl keine sexuelle Beziehung zur Freundin seiner Mutter unterhalten, einer Frau von vierundsiebzig Jahren? Die Vorstellung war im Grunde lächerlich.

Cato Isaksen blätterte noch eine Viertelstunde in den Unterlagen, dann fuhr er mit dem Fahrstuhl in die Tiefgarage. Er beschloss, auf der Heimfahrt einen Abstecher in die John-Colletts-Allee zu unternehmen. Alf Boris Moen konnte ja jetzt zu Hause sein.

HELENA BJERKE NIPPTE an ihrem heißen Tee und ließ den Fernseher nicht aus den Augen. Oslos Prachtstraße war trotz des grauen Wetters bis zum Bersten mit Menschen gefüllt. Alle wollten das Kronprinzenpaar zum Dom fahren sehen. Die Menschen wurden am Straßenrand hin und her geschoben. An jedem zweiten Pfosten hing eine norwegische Flagge und die Blumenpracht, die die Stadt schmückte; es war überwältigend.

Plötzlich stand ihr Bruder in der Wohnzimmertür. Helena Bjerke fuhr auf dem Sofa hoch. Sie hatte ihn nicht bemerkt. Sie legte ihr Strickzeug weg. «Ich habe dich gar nicht gehört», sagte sie. «Wie bist du hereingekommen?»

Alf Boris Moen sah sie an. «Die Tür war nicht abgeschlossen», sagte er.

«Dann hat Tage das vergessen.» Helena Bjerke winkte ihm, er solle sich setzen. «Früher haben wir nie abgeschlossen, aber jetzt haben wir damit angefangen. Weißt du, ich glaube, hier schleicht manchmal nachts draußen jemand herum», sagte sie.

«Wo ist Tage?» Alf Boris Moen stand noch immer in der Tür.

«Der ist mit dem Boot unterwegs. Du weißt doch, dass wir im Moment unsere Probleme haben. Er hat noch immer das Gefühl, dass ich ihn wegen Kathrines Verschwinden in Verdacht habe.»

«Aber das ist nicht der Fall?»

«Nein», sagte sie. «Eigentlich nicht. Setz dich», bat sie noch einmal. «Dann mach ich Kaffee. Kannst du heute Abend nicht hier bleiben? Wir könnten uns etwas Leckeres kochen und uns die Hochzeit ansehen.»

Der Bruder schüttelte den Kopf. «Helena, du musst mir helfen», sagte er.

Sie sah ihn an. Er hatte sich verändert. Sein Gesicht wirkte leer. Etwas musste passiert sein.

«Was ist denn los?», fragte sie und sprang auf. Das Strickzeug fiel zu Boden. Eine Nadel rollte klirrend über das Parkett. Die Wolle wickelte sich um ihren rechten Knöchel.

Moen kam auf seine Schwester zu und legte ihr die Hand auf den Arm.

«Ich muss dir etwas gestehen», sagte er. «Ich habe auf eigene Faust ein paar Untersuchungen vorgenommen. Ich mache das schon seit einer Weile, und du kannst dir nicht vorstellen, was ich festgestellt habe.»

«Was denn», sie wurde lauter. «Was denn?»

«Die Polizei hat keine gute Arbeit geleistet», sagte er. «Ich glaube, ich habe Kathrine gefunden.»

«Was sagst du da?» Sie keuchte leise auf. Sie schlug beide Hände vor den Mund. Sie starrte ihn aus weit aufgerissenen Augen ängstlich an. «Ist sie tot?» Helena Bjerke kämpfte mit einer Ohnmacht. Vor ihren Augen wurde alles schwarz.

«Nein», sagte er. «Sie lebt noch.»

«Sie ... lebt noch.» Helena Bjerke hatte noch immer die Hände vor den Mund geschlagen. «Sie lebt?», rief sie. «Sie lebt, sagst du?»

«Ja», sagte Alf Boris Moen verbissen. «Aber wir müssen uns beeilen.» Er blickte seine Schwester besorgt an.

«Aber die Polizei. Wir müssen Bescheid sagen.»

«Das machen wir von unterwegs.»

«Wir müssen mit Kommissar Isaksen sprechen. Ich habe seine Telefonnummer.» Helena Bjerke lief zu ihrer Handtasche und fing an, darin zu wühlen. Ihre Hände zitterten so sehr, dass die Tasche zu Boden fiel. «Er war gestern noch hier», schluchzte sie.

«Nimm die Tasche mit, dann fahren wir», sagte ihr Bruder energisch und ging zur Tür.

Wo war nur ihr Adressbuch mit der Nummer des Polizisten? Helena Bjerke schluchzte dumpf auf. Die Angst ließ ihre Haut brennen.

«Herrgott, Herrgott», wiederholte sie.

Der Bruder erwartete sie ungeduldig in dem kleinen

Windfang. «Wir rufen von unterwegs an», wiederholte er.

Helena Bjerke presste die Tasche an sich, stolperte hinaus in den Flur, stieg in ein Paar Schuhe und streifte eine Windjacke über. Im Spiegel sah sie für einen Moment ihr Gesicht. Es war fremd und nackt. Sie kam sich unwirklich vor. Das hier schien einer anderen zu passieren.

Ihr Bruder hielt schon die Autotür für sie auf. Sie fiel fast auf den Sitz. Ihre Arme überzogen sich mit einer Gänsehaut. Was mochte geschehen sein?

Alf Boris Moen setzte sich hinter das Lenkrad, drehte den Schlüssel um und ließ den weißen Wagen anfahren. Dann setzte er zurück und beschleunigte das Tempo auf der Straße.

Helena Bjerke suchte verzweifelt nach ihren Zigaretten. «Ich muss einfach rauchen», sagte sie und tastete nach ihrem Feuerzeug. Sie fand es nicht und blieb mit der kalten Zigarette im Mund sitzen.

«Wo ist sie?» Die Angst, das alles könne doch nicht stimmen, presste ihr Herz zusammen.

Der Bruder drehte sich zu ihr um und sah sie mit ernster Miene an. «Du wirst es nicht glauben», sagte er. «Aber sie wird gefangen gehalten.»

«Gefangen? Von wem?»

Alf Boris Moen schüttelte den Kopf. «Das ist so wahnwitzig, dass du es sicher nicht glauben wirst», sagte er.

Helena Bjerke atmete schwer.

«Von einer Frau.»

«Einer Frau?»

Er nickte und konzentrierte sich darauf, den Wagen auf der Straße zu halten. «Ich glaube, wir müssen vorsichtig sein», sagte er. «Ich glaube, dass sie heute allem ein Ende machen will.»

«Heute?»

«Ja.»

Sie fuhren schweigend weiter. Die graue Spätsommerlandschaft zog an ihnen vorüber. Schwer hing der Nebel über den Bäumen. Die Menschen hatten für das Kronprinzenpaar geflaggt. Etwas hinderte Helena Bjerke daran, noch weitere Fragen zu stellen. Sie lugte zum scharfen Profil ihres Bruders hinüber. Trauer, Ohnmacht, Schuldgefühle, alles schwappte durch ihr Gehirn und raubte ihr die Sprache.

AUF DER FAHRT nach Ullevål Hageby konnte er sich dann doch nicht beherrschen. Er musste an einer Tankstelle halten und pissen. Als Cato Isaksen zehn Minuten später in der John-Colletts-Allee hielt, blieb er im Wagen sitzen und musterte die leeren Fenster des grauen Steinhauses. Es war schon nach drei. Er dachte an den Geruch, den er wahrgenommen hatte, als Sigrid anrief, um ihn vom Tod seiner Mutter zu informieren. Er ließ den Kopf gegen die Nackenstütze sinken und schloss für einen Moment die Augen. Etwas war mit diesem Geruch. Er dachte an Bentes Parfüm. Ellen benutzte Eternity. Was Sigrid nahm, wusste er nicht mehr. Vermutlich benutzte sie gar kein Parfüm und vielleicht auch kein Deodorant. Der Geruch, den er mit Sigrid assoziierte, war Chlor. Sie ging oft schwimmen, im Schwimmbad. Sie roch sauber und weiß. Er atmete aus, atmete wieder ein und öffnete die Augen. Er hatte damals einen scharfen Geruch wahrgenommen, wie Desinfektionsmittel, wie Pyrisept.

Helena Bjerke und Alf Boris Moen hatten freien Zugang zur Wohnung ihrer toten Mutter. Seines Wissens nach hatten sie ihr Erbe noch nicht geteilt. Plötzlich, wie ein Blitz aus heiterem Himmel, kam die Erkenntnis, was das für ein Geruch gewesen war. Nagellackentferner, genau. Er sah die kleine Flasche vor sich, die seine Mutter früher im Badezimmer aufbewahrt hatte. Er dachte an Tulla Henriksens feuerrote Krallen, an Sølvi Steens schwarze Nägel und an die Flasche mit Nagellackentferner, die bei seinem ersten Besuch bei ihr zu Hause neben den Osterküken auf dem Tisch gestanden hatte.

Cato Isaksen verließ das Auto. Er blieb noch eine Weile stehen und betrachtete das Haus, dann ging er den Kiesweg hoch und klingelte. War Solveig Wettergren damals unmittelbar vor ihm in Brenda Moens Wohnung gewesen? Hatte er also ihren Geruch aufgeschnappt?

Kaum hatte er diesen Gedanken zu Ende gedacht, als der

kleine blaue Wagen langsam angefahren kam und vor dem Tor anhielt. Cato Isaksen drehte sich um und sah zu dem alten Mann hinüber, der sich aus dem Auto mühte. Es war derselbe Rentner, mit dem er schon einige Tage zuvor gesprochen hatte. Er schloss die Autotür und trug die Packung mit dem Mittagessen fast andächtig vor sich her. Er begrüßte Cato Isaksen freundlich. «Wieder was zu essen», sagte er und stellte die Packung auf die oberste Treppenstufe. Dann nickte er kurz, ging über den Kiesweg zurück, setzte sich ins Auto und fuhr.

Als er verschwunden war, gab Cato Isaksen einem plötzlichen Impuls nach und ging hinüber zu den grünen Mülltonnen, die gleich hinter dem Tor standen. Die eine war ganz leer. In der anderen lagen einige Zeitungen und ein flacher Pappkarton. In der dritten fand er vier verknotete Plastiktüten. Cato Isaksen schaute sich kurz um und wartete, bis ein älteres Ehepaar und einige junge Mädchen vorübergegangen waren. Dann zog er die Plastiktüten heraus und öffnete eine nach der anderen. Ein widerlicher fauliger Geruch schlug ihm entgegen. Er leerte sie auf dem Kiesweg aus. Sie enthielten normale Dinge, Essensreste, eine leere Majonäsentube, Kartoffelschalen und eine Filtertüte mit feuchtem Kaffee. Er suchte etwas Bestimmtes. Aber das fand er nicht. Es gab keine Packungen aus Alufolie. Wer verzehrte die Mahlzeiten, die jeden Tag vor die Tür gestellt wurden? Cato Isaksen fiel plötzlich etwas ein, was ein Kollege vor vielen Jahren zu ihm gesagt hatte. *Wer sieht, weiß nicht, was er nicht sieht,* hatte er gesagt. Eine heftige Unruhe durchfuhr ihn. Er packte die Abfälle zusammen und warf sie wieder in die Mülltonne. Dann wischte er sich die Hände ab, ging zur Tür zurück und schellte noch einmal.

Niemand machte auf. Er ging die Steintreppe hinunter und folgte dem Kiesweg um das Haus. Ihm fiel auf der Rückseite eine kleine Öffnung im Zaun auf, die es einem erlaubte, einem kleinen Gehweg zwischen zwei Gärten zu folgen und auf diese Weise das Haus von einer Parallelstraße her zu erreichen. Er folgte diesem Weg einige Meter weit und schaute zum ersten Stock hoch. Ein hoher Baum, noch immer mit üppigem dichtem Blattwerk, ragte hinter den blanken Dachziegeln auf. Hinter einem kleinen Badezimmerfenster brannte Licht. Ansonsten waren alle Fensterscheiben dunkel. Der Himmel zog sich zusammen und wurde dunkel und regenschwer. Cato Isaksen war plötzlich davon überzeugt, dass Alf Boris Moen ja doch zu Hause sein könnte, auch wenn er die Tür nicht öffnete. Er schob die Hand in die Tasche und betastete den kalten Schlüssel, den er seit seinem letzten Besuch noch behalten hatte.

CATO ISAKSEN STAND in dem dunklen Treppenhaus zwischen den beiden Wohnungen. Die Stille schlug ihm entgegen. Er wollte kein Licht machen, sondern blieb ganz still stehen und horchte ein Weilchen, ehe er langsam die Treppen hinaufging, vorsichtig, damit die Stufen nicht knirschten. Er legte sein Ohr an Alf Boris Moens Tür. Nichts zu hören. Er schob vorsichtig den Schlüssel ins Schloss, aber der passte nicht. Er ging die Treppe wieder hinunter, schloss Brenda Moens Tür auf und schob sie zurück, bis sie halboffen stand. Plötzlich merkte er, dass seine Hand zitterte. Er rieb die kalten Fingerspitzen aneinander. Für einen Moment verspürte er eine erschöpfte Leere. Was machte er hier eigentlich? Die stickige Luft schlug ihm entgegen. Es herrschte Zwielicht und eine fast feierliche Stille füllte den Raum. Vor zwei Fenstern waren die Vorhänge geschlossen. Das dritte ließ das spärliche Licht des grauen Tages in das überfüllte Zimmer. Er betrachtete die Seidentapete, den vergoldeten Spiegel und den Kristalllüster. Dann drückte er auf den Lichtschalter. Und mit dem Licht kam die Klarheit. Plötzlich wusste er, was er bei seinem ersten Besuch hier gesehen hatte, ohne es zu sehen. Er trat vor die Kommode mit den vielen Bildern. Jetzt stimmte alles. Die Bilder standen ordentlich hintereinander, und die Fläche war von einer dünnen Staubschicht bedeckt. Er fuhr mit dem Finger darüber und das dunkle Holz kam zum Vorschein. Bei seinem ersten Besuch hier hatte der Staub keine gleichmäßige Schicht gebildet. Zwischen den Bildern hatte es dunkle Flecken gegeben. Als habe jemand sie fortgenommen und wieder hingestellt. Oder sie voller Wut heruntergefegt und dann so gut wie möglich wieder aufgestellt. Sie hatte Recht gehabt, die alte Frau Adamsen: an dem Abend, an dem Brenda Moen erschossen worden war, war es hier zu Handgreiflichkeiten gekommen. Aber vielleicht nicht nur an jenem Abend. Der Spiegel, der von der Wand gefallen und zerbrochen war, mochte von heftigen Meinungsverschiedenheiten zwischen Mutter und Sohn berichten. Oder zwischen Brenda und der unbekannten Freundin ihres Sohnes?

Plötzlich fiel Cato Isaksen auf, dass das große Portrait von Königin Maud von der Wand verschwunden war. Die Fläche, an der das Bild gehangen hatte, strahlte ihn mit ihrer tieferen und frischeren Tapetenfarbe an.

Er lief zur Tür, schaltete das Licht wieder aus, blieb stehen und horchte. Hatte er etwas gehört? Er schloss für einige Sekunden die Augen. Doch noch immer sah er alle Gegenstände vor sich. Das Herz schlug ihm bis zum Hals. Er hatte einen Eisengeschmack im Mund. Er trat einen Schritt zurück und hatte plötzlich das überwältigende Gefühl, beobachtet zu werden. Er wandte sich ab. Er berührte irgendetwas mit dem Oberarm und sprang sofort zur Seite, musste aber lachen, als er begriff, was er da berührt hatte. Jemand hatte ein altes senfgelbes Kleid über die Schneiderpuppe gehängt.

Er ging zum Fernseher hinüber und schaltete ihn ein. Es war 16.45 Uhr. Das kalte blaue Licht wogte durch das halbdunkle Zimmer. Die schwarzen Limousinen glitten durch das trübe Wetter über Karl Johan. Die Menschenmenge rief Hurra. Überall waren Flaggen und winkende Hände zu sehen. Dann wurden Kronprinz und Kronprinzessin plötzlich in Großaufnahme gezeigt. Das Kleid der Braut gefiel ihm. Die Aufnahme wurde durch das Autofenster gemacht. Die Braut trug ein klassisches weißes Kleid. Ein schlichtes Diadem hielt den Brautschleier fest. Cato Isaksen fand sie schön. Der Kronprinz trug Uniform. Cato Isaksen stellte den Fernseher leiser, zog sein Telefon hervor und wählte Helena Bjerkes Nummer. Er wollte ihr eine Frage stellen. Schon beim ersten Klingeln meldete sich Tage Wolter. Er schien neben dem Telefon gewartet zu haben. Cato Isaksen vergeudete keine Zeit mit Floskeln, sondern bat darum, an Helena weiter gereicht zu werden. Tage Wolters Stimme klang belegt. Er sagte, es sei schon seltsam, aber sie sei weggegangen, ohne eine Nachricht zu hinterlassen. «Das macht sie sonst nie. Wir wollten uns etwas Leckeres kochen und uns dann die Hochzeit anschauen», sagte er enttäuscht und fügte hinzu, dass ihr Strickzeug wild durcheinander auf dem Boden liege. «Und die Tür war auch nicht abgeschlossen», sagte er. «Das sieht Helena einfach nicht ähnlich. Sie schreibt mir immer einen Zettel oder ruft mich an. Ich habe versucht sie zu erreichen, aber sie hat ihr Telefon ausgeschaltet.»

«Aber Sie reden im Moment vielleicht nicht soviel miteinander?», fragte Cato Isaksen vorsichtig.

«Nein, es war schon schwer, aber wir haben geredet und geredet. Und wir wollen das alles hinter uns bringen, es dauert nur seine Zeit.»

Cato Isaksen spürte, wie die Unruhe seine Brust zusammenkrampfte. «Ich muss Ihnen noch eine Frage stellen», sagte er rasch. «Wie ist Helenas Vater gestorben?»

Tage Wolter verstummte. «Warum wollen Sie das wissen?», fragte er dann.

«Wie ist er gestorben», wiederholte Cato Isaksen. «Sagen Sie das einfach.»

«Er hatte Krebs. Er war ein Jahr lang sehr krank, dann ist er gestorben. Ich glaube, es war ganz schrecklich.»

Cato Isaksen wandte sich ab und schaute aus dem Fenster. Vielleicht hatte er sich also doch geirrt. «Ich rufe eigentlich an, weil ich Helena bitten wollte, sich für eine Weile nicht mit ihrem Bruder zu treffen», sagte er zerstreut.

«Warum das?»

«Ach, ich weiß nicht. Ich dachte, dass vielleicht etwas passiert.»

«Ach, und was?»

«Ich weiß nicht so recht.» Cato Isaksen versuchte, sich aus der Sache herauszureden. Er konnte nicht sagen, dass seine Intuition ihn warnte, dass er schon viel zu lange dieses Gefühl hatte. Dass er sie schon viel früher hätte warnen sollen.

«Hören Sie, jetzt brennt mir gerade etwas an», entschuldigte Tage Wolter sich nun. Er hatte einwandfrei nicht die Reichweite dessen erfasst, was der Ermittler ihm hier mitzuteilen versuchte.

«Na gut», sagte Cato Isaksen und beendete das Gespräch.

Die Tür zum Keller war offen. Es war deutlich, dass die beiden Wohnungen auf der anderen Seite des Hauses ebenfalls Zugang zu den Kellerräumen hatten, sie besaßen jedoch eine eigene Treppe. In einem verschlossenen Raum stand eine verrostete Badewanne auf Löwenfüßen. Jede Wohnung hatte außerdem einen Verschlag im Keller. Vier viereckige Käfige aus Maschendraht mit Hängeschlössern an der Tür, vollgestopft mit alten Möbeln, Kartons, Fahrrädern und alten Kleidern lagen hintereinander, wie in Reih und Glied.

An einer Mauer stand ein schöner alter Spiegelrahmen. Cato Isaksen wusste, dass er den heruntergefallenen Spiegel vor sich hatte. Nur der dicke braune Rahmen war noch vorhanden. Am Rand steckten noch einige spitze schmale Scherben.

Der Ermittler sah in diesen kleinen Scherben sein Gesicht. Nase, Mund, Augen. Wie hatte er noch über Solveig Wettergren gedacht? Dass sie sich verkleidete, eine andere war, als sie zu sein vorgab. Dass sie kalt und vielleicht psychisch krank war. Menschen können durchaus nur Werkzeuge sein, von jemandem manipuliert, der seine eigenen Ziele erreichen will.

Ihm kam ein neuer Gedanke. Was, wenn sie allesamt im Grand Hotel saßen? Vielleicht ging seine Fantasie mit ihm durch. Vielleicht saßen Solveig Wettergren, Tulla Henriksen, Helena Bjerke und Alf Boris Moen jetzt in einem eleganten Hotelzimmer in Rokokosesseln und tranken Champagner.

EIN SPITZER ZWEIG bohrte sich in Helena Bjerkes Oberschenkel. Sie krümmte sich zusammen, als der Schmerz durch ihre Muskeln jagte. Es nieselte jetzt, aber der Wind hatte sich gelegt. In der Luft hing eine schwere, drückende Wärme. Sie blieb für einen Moment stehen und japste nach Luft. Sie wusste nicht so recht, welche Richtung sie einschlagen sollte. Es fiel ihr schwer, durch die Blätter ihren Bruder zu sehen. Sie hörte seine Schritte auf dem Waldboden. «Warte», rief sie. Er blieb stehen und sie lief zu ihm. Sie bedrängte ihn, ihr doch zu sagen, was passiert sei. Er sagte, das werde sie bald selber sehen können.

«Erst sollst du das selber sehen», sagte er immer wieder und ging weiter. Sie sah Angst und Trauer in seinen Augen. Sie stellte noch weitere Fragen, auf die er keine Antwort hatte, zum Beispiel, wie die Polizei sie hier finden sollte. Er behauptete, auf der Wache angerufen zu haben. Cato Isaksen sei nicht dort gewesen, sein Handy abgestellt, aber die Nachricht sollte ihm ausgerichtet werden, sowie er das Haus betrat.

«Aber es ist Samstagnachmittag», sagte sie. «Vielleicht kommt er heute nicht mehr ins Büro.»

«Die Frau, mit der ich gesprochen habe, wollte versuchen, ihn zu Hause zu erreichen», sagte Alf Boris Moen und ging weiter.

«Ich versuch es auch noch mal. Ich habe ja seine Nummer.» Helena Bjerke durchwühlte ihre Handtasche nach dem Zettel. «Aber beeil dich», sagte ihr Bruder und blieb stehen. «Beeil dich endlich.» Er behauptete, dass weitere Verzögerungen Kathrine vielleicht das Leben kosten könnten.

Ihr fiel ein, dass sie ihr Telefon im Auto vergessen hatte.

«Aber wer ist denn diese Frau, die sie gefangenhält?» Helena war verzweifelt. Sie spürte, wie ihre Beine unter ihr nachzugeben drohten. Ihr Bruder drehte sich um und musterte sie mit ernster Miene. «Das sollst du selber sehen», sagte er.

Sie durchquerten einen Bach. Helena Bjerke wäre dabei fast gefallen. Die Steine waren so glatt. Als sie das andere Ufer erreicht hatte, lehnte sie sich schwer atmend an einen Baum. Nach kurzer Zeit bestand er darauf, dass sie weitergingen. «Kathrine zuliebe», sagte er.

Helena Bjerke riss sich zusammen. Sie merkte plötzlich, dass sie großen Hunger hatte. Sie hatte seit dem Frühstück nichts mehr gegessen. Unter ihr zerbrach ein Zweig. Ein Tier lief raschelnd durch das Gebüsch. Irgendwo versanken ihre Schuhe im lockeren Boden. Ihre Halbschuhe füllten sich mit Lehm und daran klebenden Blättern. Krampfhaft hielt sie ihre Handtasche fest.

Ihr Bruder ging jetzt schneller. Es fiel ihr schwer, mit ihm Schritt zu halten. Kiefern und einzelne Laubbäume mischten sich unter die Tannen. Plötzlich öffnete sich der dichte Wald vor ihr und sie konnte den grauen Himmel sehen. Die schweren Wolken hingen tief über den Baumwipfeln.

«Jetzt sind wir fast da», sagte der Bruder und musterte sie besorgt. «Schaffst du es noch?», fragte er. Sie nickte und sah ihn an.

«Warte lieber hier», sagte er. «Setz dich.» Er zeigte auf einen umgestürzten Baumstamm. «Ich mach mir nur schnell ein Bild der Lage, dann komme ich dich holen.»

UNTER DER KELLERTREPPE gab es eine Tür. Ganz offensichtlich befand sich dahinter noch ein Raum. Natürlich war die Tür abgeschlossen. Es war ein ganz normales Türschloss, mit einem ganz normalen blanken Schlüssel. Cato Isaksen schaute sich um. Solche Schlüssel waren oft in der Nähe versteckt. Er tastete Türrahmen und Risse in der Wand ab. Am Ende gab er es auf und kehrte in den Raum mit der Badewanne zurück. Dort hatte er einige große Werkzeugkästen gesehen. Er fing an, in einem Kasten nach einem brauchbaren Dietrich zu wühlen. Am Ende fand er ein Stück Stahldraht. Er horchte einen Moment, doch alles war still. Er wollte nicht auf frischer Tat als Einbrecher entdeckt werden. Ihm fiel ein, dass er Bente anrufen müsste, aber dann vergaß er es wieder. Nach seinem Gespräch mit Tage Wolter hatte er sein Telefon ausgestellt.

Während er noch mit dem Schloss beschäftigt war, glaubte er plötzlich, oben Schritte zu hören. Er hielt inne und lauschte, erkannte aber, dass es sich um seinen eigenen Herzschlag gehandelt hatte. «Ganz ruhig», sagte er sich. «Kein Stress.» Er warf einen Blick auf die Uhr. Es war zehn nach fünf Uhr.

Nach einer Viertelstunde hatte er das Schloss endlich geknackt. Er verfluchte sich, weil es so lange gedauert hatte.

Langsam zog er die Tür auf. Die Angeln ächzten. Noch ehe er den Lichtschalter gefunden hatte, ahnte er, wie klein der Raum war. Es war fast nur eine Abstellkammer. Ein plötzliches Rauschen in einem Rohr unter der Decke ließ ihn zusammenfahren. Er blieb zwei Sekunden lang stehen, dann suchte seine Hand den Schalter und machte Licht.

Die Überraschung durchfuhr ihn wie ein Blitz. Zuerst konnte er keine Ordnung in seine Eindrücke bringen. Sie waren überwältigend. In dem kleinen Raum hingen an zwei Stangen, die von einer Wand zur anderen führten, Kleider dicht an dicht, ordentlich auf Kleiderbügeln. In der Luft hingen Parfümreste. Es gab lange und kurze Kleider, es gab

Mäntel und Blusen, Röcke in unterschiedlichen Stoffen. Jede Menge Kleidungsstücke, doch von den Farben und den Schnitten her waren sie alle unmodern. Auf einem Schminktisch standen ein Spiegel und ein schwarzes Kästchen. Cato Isaksen hob den Deckel hoch. Darunter lagen auf blauem Samt mehrere große Schmuckstücke, eins neben dem anderen. Er sah sofort, dass sie wertvoll waren. Er hob eins hoch. Wiegte es in seiner Hand. Es sah alt aus. Zu dem Schmuck gehörte auch ein schmales Diadem. Hatte Brenda Moen diese Kammer als Ankleidezimmer benutzt? Hatte sie sich hier unten in einsamer Majestät zurechtgemacht und über die Tage vergangener Größe fantasiert?

Er wollte schon das Licht ausschalten und gehen, als sein Blick plötzlich auf eine durchsichtige kleine Plastikflasche mit einem blaulila Drehverschluss fiel. Cutex Nagellackentferner.

Und dann war die Gewissheit plötzlich da. Er hatte das Gefühl, von einem Schwert durchschnitten worden zu sein. Das hier war Alf Boris Moens Zimmer. Als Wahrheit und Zusammenhang ihm langsam aufgingen, fühlte er sich zuerst wie gelähmt, dann wie erschlagen.

Alf Boris Moen verkleidete sich als Frau. Besaß er auch noch andere gefährliche Geheimnisse? Plötzlich wusste er es einfach. Nicht Solveig Wettergren war psychisch krank. Sie hatte nichts mit der Sache zu tun. Bei der geheimen Freundin, die Frau Adamsen erwähnt hatte, handelte es sich nicht um Solveig Wettergren und auch um keine andere Frau, sondern um Alf Boris Moen selber. Randi hatte Recht gehabt mit ihren dauernden Bemerkungen darüber, wie seltsam es doch sei, dass Moen keine Freunde hatte. Aus der Perspektive des Psychopathen waren andere Personen unwichtig. Psychopathen nahmen Menschen nicht wichtiger als Gegenstände.

ER HATTE den blauen Mantel angezogen. In einem kleinen Zimmer außerhalb des Luftschutzraumes hatte er ein Kleiderlager angelegt. An einem Nagel in der Mauer hing ein Spiegel. Er war mit seinem Aussehen ziemlich zufrieden, bis sein Blick auf seinen Bauch fiel. Er trug eine dicke Goldkette um den Hals. Und wie immer ragte die Waffe aus der braunen Handtasche. Er zog den Riegel zurück und öffnete die schwere Tür. Kathrine setzte sich mit Mühe auf und lehnte den Rücken an die Wand. Sie hatte die eine Krücke hinter der Matratze versteckt, für alle Fälle. Er durfte sie nicht sehen. Der Onkel musterte Kathrine höhnisch. Er hatte wieder den grell orangenen Lippenstift benutzt. Sie wollte schon sagen, wie scheußlich das aussehe, riss sich aber zusammen. Sie musste mitspielen. Sagen, dass er hübsch sei, ein schönes Kleid habe, dass das Parfüm wunderbar rieche, solche Dinge. Sie fand es schrecklich, wenn er seine Stimme hell klingen ließ. Sie wusste, dass sie nur aus dem einen Grund noch lebte, dass sie seine Zuschauerin war. Er liebte es, vor ihr zu posieren, sich gute Ratschläge in Bezug auf sein Aussehen geben zu lassen.

«Wo du dich doch so für Kleider interessierst», sagte er immer.

Ihr Rücken tat weh. Die Muskeln waren steif und verkrampft. Sie schloss die Augen und merkte, wie die Angst die Tränen in ihre Augen presste. Etwas war an diesem Tag anders. Die Tränen flossen über, liefen über ihre Wangen. Die schreckliche Trauer überwältigte sie.

Plötzlich sah sie ein Bild klar vor sich. Sie saßen an Omas Küchentisch. Wie alt mochte sie gewesen sein? Fünf Jahre vielleicht. Oma hatte ihr eine Perlenkette geschenkt und sie ihre kleine Prinzessin genannt. Plötzlich, als die Oma ihr den Rücken zukehrte, hatte ihr Onkel sie in den Arm gekniffen. Zugleich füllte ihre Nase sich mit einem köstlichen Duft. Selbstgemachte Himbeermarmelade, die auf dem Herd stand. Der Schmerz durchfuhr ihren Oberarm wie ein Blitz.

Sie weinte, aber Oma wollte ihr nicht glauben, als sie erzählte, dass Onkel Alf sie gekniffen hatte. Der Onkel war aufgesprungen, um einen feuchten Lappen zu holen. Das war sicher eine Wespe, sagte Oma und beugte sich über sie. Schon damals wusste sie, dass ihr Onkel gefährlich war. Und dieses Wissen war ihr seither geblieben. Im tiefsten Herzen. «Das macht doch nichts, Mutter. Soll sie es nur glauben.» Er wärmte ihre Hände. Ihre Fingerspitzen fühlten sich an seiner Haut taub an. Seine Hüfte stieß gegen ihren Kopf, als er sich erhob. *Ein schlauer Mann,* dachte sie. *Aber ich habe ihn durchschaut.* Man gab ihr von der Himbeermarmelade auf den Teller. Aber die Marmelade schmeckte nicht nur rot, sie schmeckte auch schwarz. Und gelb, wie Rhabarber. Plötzlich kam eine echte Wespe. Sie kam von nirgendwo und setzte sich auf den Silberlöffel. Der Onkel schaute die Oma viel sagend an. *Aber Kathrine wusste Bescheid.* Der süße Geruch der gekochten Himbeeren füllte ihren Kopf. Und plötzlich fegte sie ihren Teller zu Boden, und die Wespe verschwand zwischen den Scherben auf dem harten Boden. Dann schrie sie. Ein Schrei, der tief unten in ihrem Bauch anfing und den sie seither in ihren Träumen immer wieder erlebte.

Der Onkel musterte sie von oben herab. «Du hättest doch von deinem Vater jede Menge geerbt. Diesem Immobilienschieber. Der scheißt doch Geld. Warum hättest du das andere also auch noch bekommen sollen?»

«Ich habe doch um nichts gebeten», schrie Kathrine und hob eine Hand über die Augen. Plötzlich brach sie in lautes Schluchzen aus. Ihre Brust hob und senkte sich dabei.

Der Onkel sah schweigend zu. Er schien einzusehen, dass er zu weit gegangen war. Aber dann riss er sich zusammen und redete weiter: «Du siehst doch sicher die Konsequenzen ein, nicht wahr? Helena muss ebenfalls sterben», fügte er gelassen hinzu.

Kathrine blickte ihn erschrocken an. Plötzlich merkte

sie, dass sie kaum noch Luft bekam. «Nicht Mama», flüsterte sie.

«Meinst du, ich will das hier noch weiter durchmachen müssen? Ich kann das nicht länger ertragen. Das ist einfach nur entsetzlich. Ich muss endlich Ordnung in mein Leben bringen. Leute, die keine Ahnung haben, können auch gleich verschwinden. Dann wird alles leichter.» Er ging zur Toilette und drehte den Wasserhahn auf.

Kathrine schloss die Augen. Er durfte nicht sehen, dass die eine Krücke verschwunden war. Der Hahn ließ ein regelmäßiges Pochen hören, während das Wasser floss. «Es gehört mir, alles gehört mir», sagte er und feuchtete ein Handtuch an. «Ich habe mit Mama zusammen gewohnt, ich habe mich um sie gekümmert, habe für sie geputzt, habe dafür gesorgt, dass sie Essen im Haus hatte, dass sie etwas Warmes bekam.»

Er drehte den Hahn wieder zu und legte sich das Handtuch auf die Stirn. «Mir gehört das alles», sagte er noch einmal. «Möbel, Schmuck, Kleider und Bilder. Du hast doch keine Ahnung, oder was?» Er ließ das Handtuch auf den Boden fallen. «Du bildest dir doch ein, dass alles in Ordnung kommt, aber im tiefsten Herzen bist du nicht so dumm. Im tiefsten Herzen weißt du, dass alles schon zu weit gegangen ist.» Alf Boris Moen fuhr sich mit den Fingern durch die Perücke. Sein Nagellack war hellrosa und klumpig aufgetragen.

Kathrine sah ihn an. Seine Bluse spannte über seinem Schmerbauch. Die falschen Brüste waren ein Stück zur Seite gerutscht. «Du bist gierig», sagte sie traurig. Worauf Alf Boris Moen in lautes Lachen ausbrach. «Und was ist mit dir, du hast mich doch erpresst, damit du dir immer wieder neue Klamotten kaufen konntest. Wir sind uns ähnlich, verstehst du. Schon als kleines Kind habe ich meine Mutter geliebt. Ihren Geruch, ihre Kleider, ihre Hüte, ihre Strümpfe. Naja, nicht, dass sie sich besonders gut angezogen hätte oder so.

Nein, wichtig war alles andere, was dahinterlag. Die Traditionen. Die Sachen meiner russischen Großmutter. Du kannst dich nicht an sie erinnern, du, aber für mich war sie wunderbar. Bis Helena kam. Vorher zog sie mir weiße Kleidchen an. Machte mich fein, zeigte mich vor. Als Helena geboren wurde, war ich fünf.»

Kathrine erhob sich langsam, schwankte ein wenig, blieb aber stehen und hielt sich an der Wand fest.

«Setz dich», sagte er hart. Sie schaute ängstlich zu seiner Waffe hinüber. «Du kannst Mama nicht umbringen», sagte sie leise. «Dann begreift die Polizei, dass du es warst.»

«Nein», sagte er entschieden. «Das tut sie nicht. Sie denken völlig falsch. Sie werden glauben, dass sie in den Wald gegangen ist, um sich das Leben zu nehmen. Aber sie werden sie niemals finden. Und wenn überhaupt, dann werden sie Tage verdächtigen.»

«Tage?» Kathrine starrte ihn verständnislos an.

«Er hat dich beim Duschen beglotzt, nicht wahr, dass hast du doch selbst an dem Abend gesagt, an dem ich dich abgeholt habe. Er ist ein Ekel, hast du gesagt.»

Kathrine seufzte tief. «Das stimmt aber nicht», sagte sie. «Das hatte ich einfach nur so behauptet. Um überhaupt etwas zu sagen», fügte sie zu ihrer Entschuldigung hinzu. «Um mich wichtig zu machen. Er ist einmal aus Versehen ins Badezimmer gekommen. Das war wirklich nur ein Versehen. Maiken übernachtete bei uns und plötzlich hatte ich mir eine Geschichte aus den Fingern gesogen.»

«Aber das spielt keine Rolle. Die Polizei glaubt daran, und Helena wird ebenfalls sterben», sagte er. «Helena ist hier, hier draußen.» Seine Lippen verzogen sich zu einem kleinen boshaften Lächeln. Er hob den Zeigefinger an den Mund und wischte sich den einen Mundwinkel.

PLÖTZLICH STAND die fremde Frau vor ihr im Wald. Helena Bjerke, die nass geworden war und inzwischen fror, saß auf dem Baumstamm und wartete auf ihren Bruder. Sie schaute erstaunt zu der Frau hoch. Sie hatte sie nicht kommen hören. Die Frau war stark geschminkt und ihre Augenbrauen waren mit einem schmalen schwarzen Strich nachgezogen. Ihr Mund war mit orangerotem Lippenstift vollgeschmiert. Helena starrte und starrte. Ihr Gehirn mühte sich wirklich ab. Langsam erkannte sie die Züge im Gesicht dieser alternden Person. Plötzlich ging ihr auf, dass etwas Schreckliches auf sie zukommen würde. Sie hätte sich gern erbrochen. Das konnte doch unmöglich die Wahrheit sein?

«Jetzt ist die Zeit gekommen», sagte Alf Boris Moen mit gekünstelter Stimme. *«Du hast nie irgendwas begriffen, oder vielleicht doch?»*

Helena Bjerke starrte ihn aus weit aufgerissenen Augen an. Seine Worte spülten über sie hinweg wie kaltes Wasser. Der Schock zerfraß ihre Gesichtszüge. Etwas flog vor ihr auf, ein Insekt vielleicht. Sie fuhr zusammen und schrie laut auf. Aber sofort hob sie die Hand zum Mund, um den Schrei zu ersticken.

Sie schaute an sich hinab. Sie war blutverschmiert. Der spitze Zweig, der sich in ihren Oberschenkel gebohrt hatte, hatte ganze Arbeit geleistet. Sie hatte es bisher nicht bemerkt. Es sah ziemlich scheußlich aus. Das Blut hatte den Hosenstoff durchtränkt und im Gewebe ein hübsches Muster gebildet. Sie sah das Blut an, griff sich an den Oberschenkel und hob dann wieder ihr Gesicht. Eine Erinnerung kam ihr in den Sinn. Hart und schmerzhaft. Vielleicht, weil es kein Gedanke war, sondern ein Bild.

Sie sah ein kleines Mädchen, sich selbst. Sah das Blut, das aus ihrem Arm sprudelte. Wie konnte so einfach eine Schramme entstehen, überall am Körper? Das wollte ihre Mutter wissen. Helena beteuerte, das geschehe ganz von selber. Aber das konnte ja nicht sein. Das begriff sie, so klein sie auch war.

Ihr Bruder hatte immer in ihren Freundinnenkreis eindringen wollen, als sie noch klein gewesen war. Plötzlich ging ihr auf, dass er es bei ihrer Mutter genauso gehalten hatte. Immer war er in der Nähe gewesen, wenn sich der Klub ihrer Mutter getroffen hatte. Und hatte er nicht auch zusammen mit den alten Damen im Grand Hotel die Kronprinzenhochzeit feiern wollen? Er hatte so etwas erwähnt. Und jetzt verpasste er alles.

Langsam hörte sie das Echo einer Stimme in ihrem Kopf. *Zieh das Kleid aus. Nein, Mama will das nicht.*

Du musst aber. Ich will es ausleihen. Und darüber sagst du kein Wort!

Sie erkannte diese Stimme.

Helenchen muss ihr Kleid wieder anziehen, ganz schnell, denn wenn Mama oder Papa sie so entdecken … Das Schlimmste ist, wenn er sie in die Knöchel beißt. Er beißt sie dorthin, weil die Söckchen danach die Wunden verbergen. *Nein, tu das nicht. Du kriegst doch alles. Kleid und Puppe und Haarband.*

Helena Bjerke senkte den Kopf und schloss die Augen. Sie konnte den Klang ihrer eigenen Kinderstimme nicht ertragen. Sie senkte den Kopf. «Ich glaube, die Polizei findet uns», weinte sie.

Ihr Bruder gab keine Antwort. Aber sie wusste schon Bescheid. Die Polizei hatte keine Ahnung. Es stimmte nicht, dass er dort angerufen hatte.

Alf Boris Moen seufzte und sah seine Schwester an. *«Ich weiß nicht, ob ich dieses verdammte Bild noch behalten will.»* Seine Stimme klang affektiert.

«Welches Bild?»

«Die Wespentaille», sagte er gelassen. Helena merkte, wie die Übelkeit in ihr aufstieg. Sie hatten das Erbe teilen wollen. Sie hatte mit keinerlei Schwierigkeiten gerechnet, doch

als sie eine Woche zuvor in die Wohnung ihrer Mutter gefahren war, hatte sie ihren Bruder als aggressiv und unwillig erlebt. Sie hatte den Eindruck gehabt, er wolle alles, wolle nicht teilen. Er hatte gesagt, er habe sich doch schließlich um die Mutter gekümmert. Aber so war das überhaupt nicht. Er hatte Dinge nur immer schon mehr geliebt als Menschen.

Plötzlich durchfuhr sie ein heftiger Schmerz. Sie glaubte nicht, dass sie je wieder aufstehen könnte. Wenn doch nur Tage hier wäre!

«*Ich habe das Bild verliehen!*» Er plapperte mit seiner hellen Stimme weiter, sagte, Tulla und Solveig hätten versprochen, es noch am selben Abend zurückzubringen. Und bis dahin müsse er wieder zurück sein. Er sagte, er liebe dieses Bild, denn die kleine Königin habe etwas ganz Besonderes gehabt. Sie sei so klein und adrett, so schön. Zugleich habe sie ein fast männlich klares Gesicht. Und etwas daran erinnere ihn an sich selbst.

WO KONNTE ALF BORIS MOEN jetzt sein? Die Gedanken jagten blitzschnell durch seinen Kopf. Cato Isaksen versuchte alles einzuordnen, was passiert war, und es mit dem in Verbindung zu bringen, was er in dem kleinen Kellerraum gesehen hatte. Plötzlich ging ihm auf, dass es im Fall Moen um die düstersten Seiten eines Menschen ging. Um Neid, Hass und Gier. Um böse Triebe. Es ging darum, sich zu verstecken. Und sich zu verkleiden.

Er dachte an die Zeugenaussagen, die sie aufgenommen hatten, nachdem Brenda Moen erschossen worden war. *Eine Frau, eine kräftige Frau ging vorbei.* Verdammt! Er stieß mit der Schulter gegen den Türrahmen, als er sich umdrehte, um den Verschlag zu verlassen. Als er den Geruch des Nagellackentferners erkannt hatte, hatte er noch eine andere wichtige Beobachtung gemacht. Die Gewissheit ging dem Ermittler in all ihrer Entsetzlichkeit auf. Die Aluminiumform mit der Mahlzeit. Alf Boris Moen hielt Kathrine irgendwo gefangen. Lebte sie noch oder war es schon zu spät?

Plötzlich fiel ihm etwas ein, das Solveig Wettergren gesagt hatte. *Alf möchte auch kommen. Er will mit uns das Kronprinzenpaar vorbeifahren sehen.*

Rasch schaute er auf die Uhr. Es war zwei nach halb sechs Uhr. Konnte Alf Boris Moen im Grand Hotel sein?

Cato Isaksen stürzte die Kellertreppe hoch, riss die Tür auf und sprang die Steintreppe hinunter. Auf dem Weg zum Auto fiel ihm auf, wie still es war. Kein Mensch war unterwegs. Alle aßen im Haus und schauten sich im Fernsehen die Hochzeit an. Das war gut so, denn Cato Isaksen wusste, dass er im Moment nicht gerade ein guter Fahrer war. Er jagte in Richtung Stadt. Als er sich der Innenstadt näherte, ging ihm plötzlich auf, dass die Straßen natürlich überall abgesperrt sein würden. Ihm blieb nur eins übrig, er setzte das Blaulicht auf das Dach und gab Gas. Er hoffte, dass das seine Wirkung tun würde.

Er jagte den Bogstadvei hinab, bretterte bei Rot über eine

Kreuzung und passierte das SAS-Hotel, um dann bei der Nationalgalerie wirklich eine Straßensperre zu erreichen. Der junge Beamte winkte ihn zur Seite und Cato Isaksen kurbelte das Fenster hinunter und zeigte seinen Dienstausweis. Er sagte, er müsse vorbei, es gehe um eine Schlägerei mit möglicherweise tödlichem Ausgang. Der Beamte sah ihn misstrauisch an, dann machte er sich an einem Walkie-Talkie zu schaffen. «Soviel Zeit haben wir nicht», sagte Cato Isaksen wütend. Der Beamte dachte kurz nach, dann öffnete er die Sperre und ließ ihn durch.

Cato Isaksen jagte durch die leere Straße. Vor dem Buchladen Norli riss er den Wagen auf den Bürgersteig und hielt an. Er sprang heraus und nahm das Blaulicht vom Dach. Dann warf er es auf den Fahrersitz, knallte die Tür zu und rannte los.

Er bog um die Ecke und lief über die Karl-Johan-Straße. Überall wimmelte es nur so von Leuten. Er drängte sich durch die Menschenmenge. Stieß eine alte Dame an, die fast aus dem Gleichgewicht geraten wäre. Jemand rief wütend hinter ihm her. Viele hatten sich kostümiert und trugen Pappkronen und vergoldete Plastikdiademe auf dem Kopf. Eine junge Frau in blauem Supermannkostüm schrie hinter ihm her. Ein kleines Kind im Matrosenanzug liess ihm sein Eis vor die Füße fallen. Cato Isaksen drängte sich an dem Kind vorbei und rannte weiter. Er kämpfte sich durch die Hauptstraße und der Zorn wütete in seinem Körper. Das Adrenalin brodelte nur so. Überall gab es Fanfaren und Flaggenburgen und Blumen. Die Leute riefen hurra und sangen und lachten. Endlich hatte er das Grand Hotel erreicht. Er steuerte die Drehtür an, aber ein mürrischer Portier in grüner Livree hielt ihn auf. Cato Isaksen zeigte seinen Dienstausweis und verbat sich jegliche Behinderung. Der Portier schien einen Moment zu zögern, dann ließ er den Ermittler jedoch durch.

Im Foyer gab es noch weitere Portiers. Cato Isaksen lief zum Rezeptionstresen und fragte die junge Dame dort nach der Nummer des von Solveig Wettergren gemieteten Zimmers. Die Rezeptionistin bewegte sich überaus langsam. So langsam, dass Cato Isaksen kurz davor stand, zu explodieren. «Bitte, beeilen Sie sich ein wenig», bat er mit lauter Stimme und zeigte seinen Dienstausweis, was aber nicht viel half. Die Frau wurde von seinem Drängen offenbar nur nervös. Sie wuselte hin und her, dann drückte sie endlich auf die Tasten eines Computers und nannte ihm die Zimmernummer.

«312», sagte sie mit kindlicher Stimme.

Cato Isaksen lief die rote, mit einem Teppich ausgelegte Treppe hoch. Zwei der Portiers kamen hinterher. Er folgte den langen Gängen und riss dann die Tür zu Nr. 312 auf.

Die in ihren feinsten Staat gekleideten Damen fuhren überrascht zu ihm herum. Sie sahen lächerlich aus. Die magere Tulla Henriksen mit den vielen Runzeln trug ein knallgelbes Seidenkleid. Sie stand in der Balkontür und hielt ein Glas in der Hand. Solveig Wettergrens Kleid war aus glänzendem hellgrünem Stoff. Alf Boris Moen war nicht bei ihnen. Und auch Helena Bjerke nicht.

Plötzlich stand ein Portier in der Tür. Cato Isaksen zeigte noch einmal seinen Dienstausweis vor und der Portier schloss leise die Tür hinter sich. Tulla Henriksen kam vom Balkon herein und krakeelte drauflos. «Das war einfach ein fantastischer Tag», sagte sie hingerissen. «Und jetzt kommt die Kortege bald aus der Kirche zurück. Das Wetter hätte ja besser sein können, aber das ist wirklich alles.»

Cato Isaksen bemerkte plötzlich eine junge Journalistin in Jeans und schwarzer Jacke und einen jungen Mann, der einen Fotoapparat um den Hals hängen hatte. «Sie interviewen uns», sagte Tulla Henriksen stolz. «Und wir haben die ‹Wespentaille› ausleihen dürfen.» Cato Isaksen schaute hinüber zu dem Portrait von Königin Maud, das an dem rosa Rokokosofa lehnte.

«Wo ist Alf Boris?» Cato Isaksen starrte Solveig Wettergren an.

Die war sichtlich beleidigt und ging zurück auf den Balkon, ohne ihn einer Antwort zu würdigen. Tulla Henriksen musterte ihn besorgt. «Der hat sich nicht blicken lassen», sagte sie. «Ist etwas passiert? Er wollte doch kommen.»

«Und was ist mit Helena?»

«Die wollte nicht. Bringt es nicht über sich, hat sie gesagt. Und das können wir ja verstehen.»

Die junge Journalistin blickte ihn fragend an. Cato Isaksen fluchte leise. Er nickte kurz, ging zur Tür und riss sie wütend auf.

Draußen standen noch immer die Portiers. Einer wollte ihn ansprechen, doch Cato Isaksen hob abwehrend die Hand und eilte zurück durch den Gang mit dem weichen, rot gemusterten Teppich. Er nahm auf der Treppe immer zwei oder drei Stufen auf einmal, dann rannte er auf die Drehtür zu, während die Portiers und die tranige Rezeptionistin neugierig hinter ihm herstarrten.

Draußen in der Menschenmenge krampfte sich sein Magen vor Übelkeit plötzlich zusammen. Jetzt wurde die Lage ernst. Er schaltete das Handy ein, als er sich durch das Menschenmeer zwängte. Er versuchte Roger Høibakk anzurufen, aber er wurde von allen Seiten angerempelt und gab es deshalb bald auf.

HELENA BJERKE STOLPERTE über eine Wurzel. Der Schmerz war wieder da. Diesmal wütete er in ihrem Schienbein. Ihr Bruder ging dicht hinter ihr. In der Hand hielt er eine Pistole.

Plötzlich tauchte ein Bild vor ihr auf, klar und deutlich. Es war nichts, was sie geträumt hatte. Es war ein Albtraum. Es war die Wahrheit hinter der Wahrheit. Es war das Nachthemd. Das mit den kleinen Tupfen.

Die Stimme des Bruders war wieder da, genau wie damals, in ihrer Kindheit: *Ich bin deine Nachtschwester. Du darfst das nicht weitererzählen, denn du möchtest doch eine große Schwester haben – oder nicht?*

Plötzlich wusste sie das alles wieder, konnte aber sein Gesicht als Kind nicht vor sich sehen. Sie wollte keine Nachtschwester. Sie erinnerte sich an seine Stimme, wenn er sie dazu gezwungen hatte, ihr Kleid auszuziehen, damit er es übernehmen konnte. Vor allem ging es um ihre Nachthemden, wenn die Eltern schliefen. Sie wusste, wie seltsam er in den viel zu kleinen Nachthemden ausgesehen hatte. In dem hellblauen mit den gelben Blumen, dem rosa mit den Engeln und dem weißen, das sie im Sommer trug.

Plötzlich fügte sich alles zu einem klaren Bild zusammen. Die Großmutter hatte für ihn weiße Kleidchen genäht, als er noch klein gewesen war. Sie hatte ihn so gern fein gemacht. Dann war Helena geboren worden. Alf Boris war damals fünf Jahre alt. Die Großmutter hatte Helena ihre kleine Prinzessin genannt. Das wusste sie noch. Sie hatten sie verhätschelt, die Mutter und die Großmutter. Hatten sie hübsch gemacht, hatten ihr Puppen und Schmuck geschenkt. Alf Boris hatte mit einem Mal im Hintergrund gestanden. Plötzlich ganz allein, während die Frauen sich um den runden, mit Rollen von weißen Spitzen und bunten Bändern bedeckten Tisch zusammengedrängt hatten. Meter um Meter Stoff. Weich, mit Blumenmustern. Sonne und Sterne auf warmem glänzendem Grau, eine kleine Rolle mit türkisblauen Punkten. Konfekt in einer Schachtel ohne Deckel, kleine Kaffeetassen. Sie erinnerte sich an die Namen der Stoffe, die Mutter hatte sie mit zärtlicher Stimme genannt. Seide, Satin und Organdi. Plissee und Einfassband. Wenn ein Stoffstück übrig geblieben war, hatten sie oft darum gekämpft, sie und Alf. Immer hatte sie den Sieg davongetragen. Lass es ihr doch, hatte die Mutter gesagt. Das ist nichts für einen Jungen.

Er war immer schon ein Exhibitionist gewesen. Hatte immer im Mittelpunkt stehen wollen. Sie erinnerte sich an seinen wilden Neid. Als Kind war er aggressiv gewesen und hatte über die anderen Familienmitglieder bestimmen wollen. Aber als Erwachsener hatte er sich dann scheinbar verändert. Sie hatte damals beschlossen, die Vergangenheit zu vergessen. Sie wollte sich nicht mehr daran erinnern.

Und die Geschichte hatte sich mit Kathrine wiederholt. Mit diesem kleinen Mittelpunkt. Dem schönen Kind mit den blonden Haaren. Mit den hübschen Kleidchen, mit denen die Großmutter sie ausstaffiert hatte, bis sie sich geweigert hatte, sich darin sehen zu lassen. Aber sie hatte auf ihre eigene Weise weitergemacht. Hatte für viel Geld modische Kleidung gekauft. Helena hatte sich ab und zu gefragt, woher sie das Geld nahm. Aber Kathrine hatte behauptet, alles stamme von älteren Freundinnen oder vom Flohmarkt. Helena wusste nichts von älteren Freundinnen. Es gab Bereiche, in denen ihre Willenskraft ihr nicht weiterhalf. Ihr Körper ließ sie im Stich. Sie wünschte sich so sehr einen leeren Kopf. Ihre Erinnerungen waren eine Falle, vor der sie sich hüten musste. Sie selbst hasste es, sich herauszuputzen. Sie trug niemals Kleider. Ihr Körper war für sie etwas, was sie bestrafen musste. Alles ging gut, wenn sie sich nur nicht schön machte. Sie arbeitete mit Kleidern, reinigte sie und legte sie ordentlich zusammen. Ab und zu, wenn sie eine große schöne Tischdecke in den Händen hielt, konnte sie das Gefühl vom Esstisch ihrer Mutter wieder erleben. Und die Näherinnen, die ins Haus kamen. Den Seidenduft. Die Staubkörner, die im Licht vor dem Fenster aufwirbelten, wenn die Frauen den Stoff zerrissen oder zerschnitten.

Unten im Keller, rechts von der Treppe, gab es einen kleinen Verschlag. Alf Boris behauptete, dort sein Werkzeug aufzubewahren. Helena hatte diesen Raum nie betreten, er hielt die Tür immer verschlossen. Jetzt ging ihr plötzlich auf, wozu er diesen Verschlag benutzte. Vielleicht hatte sie es die ganze Zeit gewusst. Als sie noch in der Blockwohnung am Carl-Berners-Platz gewohnt hatten, hatte er ihr und ihren Freundinnen immer wieder Sachen gestohlen. Sie hatte das gemein gefunden, hatte aber nicht weiter darüber nachgedacht, dass er auf eine andere Weise gemein war als die Brüder ihrer Freundinnen. Einmal hatte er ihrer besten Freundin rote Stoffschuhe gestohlen. Die Mutter der Freundin hatte sich beschwert, aber Alf Boris hatte alles abgestritten und Brenda hatte sich wie immer hinter ihn gestellt. Wieviel hatte ihre Mutter eigentlich gewusst? Helena bekam eine Gänsehaut. Die Gewissheit, dass ihr Bruder zwar nett, aber gefährlich war, hatte wie eine dunkle Decke über ihrem Bewusstsein gelegen.

Helena Bjerke zitterte jetzt unkontrolliert. Sie hatte sich immer vor ihm gefürchtet. Eigentlich hatten sie sich alle vor ihm gefürchtet. Auch die Eltern. Er verbreitete ein tiefes Unbehagen.

Helena kniff die Augen zusammen, um die Tränen zu vertreiben. Sie blieb stehen. Plötzlich fühlte sie sich stärker.

«Was hast du mit Kathrine gemacht?», fragte sie und schaute in sein groteskes, lächerlich geschminktes Gesicht.

«Es hat an dem Abend angefangen, als sie sich den Knöchel gebrochen hatte.» Der Bruder musterte sie mit hartem Blick. «Ich hatte sie die Treppe hinuntergestoßen, weil sie wieder Geld haben wollte», fügte er als Erklärung hinzu und legte sich affektiert die Hand unters Kinn. «Du hast doch sicher gestaunt, dass sie soviel Geld hatte? Sie wollte mich erpressen. Ich weigerte mich. Und sie lachte und sagte, sie würde dir erzählen, dass ich mich als Frau verkleide. Ich hatte nicht gedacht, dass sie sich etwas brechen würde. Sie war so frech. Sie war schon immer verdammt verwöhnt. Ich wollte sie dazu überreden, Mutter zu sagen, dass sie zur Konfirmation nicht das Bild und auch keinen Schmuck haben wollte. Das hätte sie retten können. Aber meinst du, sie wäre dazu bereit gewesen? Sie sagte, sie könne das Bild nicht leiden, wollte es aber trotzdem. Mutter wollte nicht auf mich hören. Und dann folgte eins aufs andere. Ich zerschlug vor lauter Wut den Spiegel draußen auf dem Gang. Mutter weinte und schloss sich in ihrer Wohnung ein. Kathrine ließ nicht locker, obwohl ihr Knöchel ihr so weh tat. Ich musste ihr tausend Kronen für ihr Schweigen bezahlen.» Alf Boris Moen ließ seine Stimme so hell klingen wie die von Kathrine. *«Ich habe eine Pistole. Zu Hause in meinem Schrank, in dem Karton mit den Barbiepuppen, im Schrank auf meinem Zimmer. Ich hole sie und dann bringe ich dich um. Vor dir habe ich keine Angst.* Ich glaubte ja nicht, dass sie wirklich eine Waffe hätte. Woher hätte sie denn eine Pistole haben sollen? Sie sagte, Kenneths Bruder habe die beim Militär gestohlen. Er wollte sie verkaufen. Sie brauchte nur auf ihr Zimmer zu gehen und sie zu holen.»

Alf Boris Moen warf den Kopf in den Nacken und lachte. Der Nieselregen ließ die Wimperntusche auf seinen Wangen zerlaufen.

PLÖTZLICH STAND Cato Isaksen vor dem Bekleidungshaus Dressman auf Carl Johan. Auf irgendeine Weise konnte er sich an den vielen Menschen vorbeidrängen. Eine Frau in schwerer Tracht sah ihn wütend an. Er wusste nicht so recht, wie das passiert war, aber plötzlich stand er vorn, in der ersten Reihe. Irgendwer rief ihm etwas zu. Irgendwer stieß ihn an. Er wollte schon die Straße überqueren, wurde von einem Polizisten jedoch zurückgehalten. Und dann sah er sie. Plötzlich sah er sie *live.* Die Kronprinzessin, die im Wagen saß und winkte und winkte. Der Wagen fuhr langsam an ihm vorbei. Das Ganze dauerte zwei Sekunden, dann war das Auto verschwunden.

Er suchte in seiner Erinnerung nach einem Bild. Als er damals Moen nach Vestmarka gefolgt war, war der plötzlich verschwunden. Cato Isaksen versuchte, dieses Bild noch einmal vor sich zu sehen. Er hatte sich im hohen Gras hingehockt und gelauscht. Er hatte Stimmen gehört, dann waren zwei Radfahrerinnen um die Kurve gebogen. Als er sich dann aufgerichtet hatte und weitergegangen war, hatte die Landschaft sich ausgeweitet. Er hatte in der Ferne zwei Häuser und eine Frau in einem mittelblauen Mantel gesehen. «Verdammt.» Cato Isaksen fluchte abermals. Was hatten ältere Frauen im Mantel draußen im Wald zu suchen? Das war Moen gewesen, natürlich war er das. Plötzlich hatte er Gewissheit. Kathrine wurde irgendwo dort draußen im Wald gefangen gehalten.

Irgendwie musste er sich zum Verteidigungsministerium durchschlagen. Er musste sich Zugang zu Alf Boris Moens Büro verschaffen, vielleicht würde er dort etwas finden. Eine Karte, eine Beschreibung, irgendetwas, das ihm einen Hinweis darauf geben könnte, ob er auf der richtigen Spur war.

Im Laufen versuchte Cato Isaksen Asle Tengs anzurufen, der seines Wissens nach Dienst hatte. Eine Stimme in der

Zentrale bat ihn, einen Moment zu warten. Er wartete und wartete, dann drückte er auf den roten Knopf.

Die Menschenmenge löste sich jetzt auf. Jetzt herrschte ein fast noch größeres Chaos. Die Leute verteilten sich in den Nebenstraßen und strebten verwirrt in alle Richtungen. Cato Isaksen warf wieder einen Blick auf die Uhr. Es war zehn nach sechs Uhr. Wie sollte er die richtigen Instanzen zu fassen bekommen, die ihm Zugang zu Moens Büro verschaffen würden? Das Verteidigungsministerium war so gut gesichert wie eine Ritterburg.

Er wählte Ellens Nummer. Ellen meldete sich sofort. Er fragte, ob sie kommen könnte. Seine Stimme war kurz vor dem Brechen. Ellen fragte, worum es gehe, und er versuchte so gut er konnte, es ihr zu erklären. Aber er merkte ja, wie verwirrt er sich anhörte. Er berichtete von seinem grotesken Fund im Keller in der John-Colletts-Allee. Und dass er glaube, im Fall Moen kurz vor der Aufklärung zu stehen. Er plapperte über die ältere Dame im Wald, über die Essensportionen, über das Versteck, das er irgendwo draußen in Bærum vermutete. Er konnte Ellens Stimme anhören, dass er nicht zu ihr durchgedrungen war.

«Aber Frauenkleider», sagte sie ruhig. «Das muss doch nichts bedeuten. Vielleicht hast du Brenda Moens Garderobe entdeckt. Wo sie doch so verrückt nach diesem ganzen Königskram war.»

Er hatte keine Zeit, sich diese Einwände anzuhören. «Ich gehe jetzt zum Verteidigungsministerium und versuche mir Zutritt zu seinem Büro zu verschaffen», fiel er ihr ins Wort. «Kannst du kommen und mir helfen oder nicht?» Die Verzweiflung darüber, dass sie ihn nicht verstand, entmutigte ihn fast.

«Aber da unten ist doch heute sicher geschlossen», sagte Ellen ruhig.

«Das weiß ich, verdammt noch mal», sagte er. «Aber ich muss da rein!»

«Aber wie kann ich dir denn eigentlich helfen?»

«Ich bin fast sicher, dass Moen Kathrine irgendwo in der Gegend gefangen hält, wo ich ihn in Frauenkleidern gesehen habe», sagte er verzweifelt. Und die ganze Zeit lief er dabei weiter.

«Aber woher willst du das wissen?»

«Glotzt du auch diese blöde Hochzeit im Fernsehen oder was?»

«Ja», sagte Ellen Grue sauer. «Ist das etwa verboten?»

«Na gut», sagte Cato Isaksen gereizt. «Vergiss es. Ich schaff das schon.» Er beendete das Gespräch und steckte das Telefon wieder in die Tasche.

Er hatte das hellgelbe Gebäude mit den beiden Kanonen erreicht. Er bückte sich kurz und legte die Hände auf die Knie, um wieder zu Atem zu kommen. Das schwere Portal war natürlich geschlossen. Er lief die Treppen hoch und drückte auf den Klingelknopf. In der Ferne hörte er eine Blaskapelle. Die Tür wurde geöffnet und ein Wächter in weißem Hemd und dunkler Hose blickte ihn neugierig an.

Cato Isaksen zog seinen Dienstausweis hervor, er wusste schon gar nicht mehr, das wievielte Mal an diesem Nachmittag das war. Der Wächter schaute ihn verwundert an. Der hochgewachsene dünne Mann von Mitte vierzig wirkte nicht gerade hilfsbereit.

«Ich bin mit einem Fall beschäftigt», sagte Cato Isaksen so ruhig er konnte. «Und in diesem Zusammenhang muss ich in Alf Boris Moens Büro nach bestimmten Unterlagen suchen.»

«Moen. Der arbeitet im Archiv, nicht wahr?»

Cato Isaksen nickte.

«Ich kann Sie jetzt natürlich nicht hereinlassen», sagte der andere gelassen.

«Das müssen Sie aber», erklärte Cato Isaksen mit kalter Stimme. «Es geht um Leben und Tod.»

Der Wächter grinste. «So schlimm wird's ja wohl nicht sein», sagte er.

Cato Isaksen dachte fieberhaft nach. Wie sollte er den Wächter dazu bringen, ihn einzulassen?

Der Mann in dem weißen Hemd musterte ihn resigniert. «Moen ist ein anständiger Typ», sagte er. «Er arbeitet schon seit Jahren hier. Er fehlt fast nie.»

«Ich muss sein Büro durchsuchen.»

«Spielen Sie Detektiv?», fragte der Wächter ironisch. Aber er verkniff sich diese Munterkeit, als er Cato Isaksens düsteres Gesicht sah. «Was ist denn eigentlich passiert?», fragte er ein wenig umgänglicher.

«Ich kann nur sagen, dass es um einen Mordfall geht», sagte Cato Isaksen vertraulich. «Ich weiß, dass endlose Prozeduren nötig sind, ehe Sie mich in Moens Büro lassen können, aber ich flehe Sie an. Ich habe sehr wenig Zeit.»

«Sie können nicht warten, bis …»

«Nein!»

Der Wächter blickte ihn voller Missbilligung an, dann hielt er die Tür für ihn auf und ließ ihn herein. Cato Isaksen ging erleichtert an ihm vorbei in die Rezeption. «Lassen Sie mich noch einmal Ihren Dienstausweis sehen», bat der Wächter. Cato Isaksen merkte, dass er die Geduld verlor. Er zog den Ausweis hervor und knallte ihn auf den Rezeptionstresen. «Jetzt müssen Sie mir Moens Büro zeigen», sagte er und merkte, wie seine Stimme zwischen den hohen Mauern widerhallte. Der Wächter sah sich den Ausweis sorgfältig an, gab ihn zurück und ging dann vor ihm her die Treppe hoch.

«Ich hoffe nur, dass das hier kein Nachspiel hat», sagte er beunruhigt.

«Bestimmt wird es das, wenn Sie mir nicht helfen.» Cato Isaksen konnte jetzt nicht mehr freundlich sein.

«Ihnen ist ja wohl klar, dass mich das hier meinen Job kosten kann.» Der Wächter drehte sich halbwegs zu ihm um und ging weiter die Treppe hoch.

«Ich garantiere Ihnen, dass das nicht passieren wird», sagte Cato Isaksen energisch.

Sie gingen durch einen Gang mit grauem, leuchtend blankem Boden. «Hier ist das Archiv», sagte der Wächter und zeigte auf eine Bürolandschaft mit hohen Aktenschränken und Schubladen und langen Reihen von Ordnern, von der Decke bis zum Fußboden.

Cato Isaksen schaute sich verzweifelt um. Das hier hatte er nicht erwartet. Wo in diesem riesigen Raum anfangen zu suchen? Er hatte gehofft, dass Alf Boris Moen ein eigenes Büro hatte. Das sagte er auch dem Wächter, und der konnte mitteilen, dass das auch der Fall war. «Moen hat ein Büro. Das liegt hier hinten.»

Sie gingen weiter durch den Gang. Moens Büro lag ganz hinten links. Der Wächter ließ die Schlüssel klirren und schloss die Tür auf. «Können Sie mir mehr über diesen Mordfall sagen», fragte er neugierig.

«Leider nicht», sagte Cato Isaksen zerstreut.

Das Büro war etwa fünfzehn Quadratmeter groß. Cato Isaksen schaute sich suchend um. Die Wände waren grau und am Fenster hingen neutrale Vorhänge. Cato Isaksen trat ans Fenster. Er schaute auf das alte Logenhaus, das an diesem Tag geflaggt hatte.

Im Büro herrschte Ordnung, und an der Wand hing nur ein Bild. Eine Schwarzweißaufnahme der Festung Akershus. Die Schlichtheit bildete einen grellen Kontrast zu der leicht heruntergekommenen Üppigkeit in der John-Colletts-Allee 51.

Cato Isaksen trat an die Bücherregale, die gekennzeichnete Ordner enthielten. Sie standen in mehreren Reihen nebeneinander. Er zog zwei davon heraus, betrachtete sie und stellte sie zurück.

Er zog den Schreibtischstuhl zu sich, und der rollte über den Boden. Die Schreibtischschubladen waren abgeschlossen.

«Verdammt», fluchte er, und der Wächter in der Türöffnung musterte ihn misstrauisch.

«Ich muss diese Schubladen öffnen», erklärte Cato Isaksen. «Und zwar sofort.»

«Da kann ich Ihnen leider nicht helfen.»

«Bitte, öffnen Sie die Schubladen so schnell wie möglich.» Cato Isaksens Geduld war jetzt fast zu Ende. Er wusste, was er suchte, und er war davon überzeugt, dass er es hier finden würde.

«Ich glaube nicht, dass ich die Schlüssel zu diesen Schubladen habe», sagte der Wächter bestimmt.

«Bitte, schauen Sie doch noch einmal nach.»

«Nein, jetzt gehen Sie doch zu weit.» Der Wächter hob abwehrend beide Hände.

«Ich muss diese Schubladen öffnen!» Cato Isaksen starrte ihn wütend an.

Der Wächter schüttelte den Kopf. Cato Isaksen hielt seinen Blick fest, und endlich drehte der Mann sich widerwillig um und verschwand mit raschen Schritten im Gang.

Cato Isaksen fuhr sich erschöpft über die Stirn, dann ging er zum Bücherregal und zog die Ordner und die Einzelunterlagen heraus. Er blätterte alles fieberhaft durch. Überflog den Inhalt der Ordner, um sie dann wütend zu Boden fallen zu lassen. Er war fast fertig, als der Wächter mit einem großen Schlüsselbund zurückkehrte. «Das ist noch die Frage», sagte er mit einem missbilligenden Blick auf den mit Papieren übersäten Boden. «Ich finde wirklich, jetzt reicht es bald», fügte er hinzu. «Jetzt muss Schluss sein», rief er dann plötzlich ängstlich. «Ich werde doch für alles zur Verantwortung gezogen!»

Cato Isaksen riss ihm das Schlüsselbund aus der Hand und machte sich über die Schubladen her. Er probierte eine Unmenge von Schlüsseln aus, bis endlich die oberste Schublade herausglitt. Er spürte, wie ihm der Schweiß aus allen Poren brach.

Er ließ das Schlüsselbund auf den Boden fallen. Das klirrte laut und schrill. Er zog die oberste Schublade heraus und leerte ihren Inhalt auf dem Schreibtisch aus. «Sie können jetzt gehen», sagte er ohne den Wächter anzusehen.

«Nein», sagte der empört. «Ich bleibe hier.»

Cato Isaksen wühlte fieberhaft in den Briefen und den Unterlagen. Es gab Listen von Waffenlagern, Sprengstoffdepots und Bunkern, alle sorgfältig geordnet. Es gab Informationsschreiben und Kopien von Briefen anderer Ministerien. Es gab Informationen über politische Veranstaltungen und Listen von Personen des öffentlichen Lebens.

«Das ist eigentlich für die Öffentlichkeit gesperrt», sagte der Wächter.

Cato Isaksen achtete nicht auf ihn. Er ließ ein Papier nach dem anderen auf den Boden fallen. Dann durchsuchte er die beiden nächsten Schubladen, leerte schließlich die unterste auf dem Boden aus und ging daneben in die Hocke.

Die Veränderung war mit dem Tod des Vaters eingetreten. Alf Boris hatte die Wohnung im ersten Stock übernehmen können. Wenn jemand verschwand, blieb für ihn mehr übrig.

Er hatte gern die Kontrolle über andere. Er wusste, dass er nur über ein begrenztes Verhaltensrepertoire verfügte, das er immer aufs Neue wiederholte. Er hatte in einem Artikel gelesen, dass dieses Verhalten als ernsthafter pathologischer Narzissmus bezeichnet wurde. Er war klug genug, um zu begreifen, dass er krank war. Er hatte über narzisstische Wut gelesen. Die konnte viele Ausdrucksformen annehmen, meistens aber schlug sie sich in Racheakten nieder. Unrecht musste um jeden Preis gerächt werden. Kränkungen mussten um jeden Preis zurückgezahlt werden. Seine Mutter hatte das natürlich gewusst. Aber die Mutter war loyal gewesen. Vor einem Jahr jedoch hatte sie ihn auf frischer Tat ertappt, als er sich verkleidet hatte. Alf Boris hatte geglaubt, sie sei für mehrere Stunden ausgegangen, doch sie war zurückgekommen. Sie hatte vergessen, ihm etwas zu sagen, hatte ihn aber nicht gefunden und war in den Keller gegangen. Er hatte die Tür nicht richtig zugemacht. Plötzlich hatte die Mutter da gestanden und ihn angestarrt. Ihre Augen waren ängstlich gewesen. Sie hatte abwechselnd ihn angesehen und die Kleider, die in Reih und Glied auf den Ständern hingen. Sie sah Schuhe, Blusen, Mäntel. Den Schminktisch und den Spiegel. Sie erkannte den alten Stuhl, den sie schon vermisst hatte.

Er hatte versucht, Haltung zu bewahren. Hatte versucht, sich nichts anmerken zu lassen. Seine Schminktasche lag mit rotem, klaffendem Schlund neben der rosa Waschschüssel. Er hatte einen Stift genommen und sich das Gesicht bemalt. Dicke Striche von den Augen über die Wangen. Den Weg, den auch die Tränen nahmen. Er hatte gefragt, ob sie ihn nicht schön finde. Seine Mutter hatte nicht geantwortet, aber er hatte den Abscheu in ihrem Gesicht gesehen.

Alle hatten Brenda Elise Moen für die Güte selbst gehalten, aber sie hatte auch eine Teufelin sein können. Er konnte ihrem Blick ansehen, was sie dachte. *Du siehst in diesem Sack von Kleid wie eine Schlampe aus. Die Striche in deinem Gesicht sind einfach lächerlich.* Er wusste, dass diese Gedanken durch ihren Kopf hallten, auch wenn sie sie nicht laut aussprach.

Und diese Miene konnte er an ihr nicht ertragen. Als sie lautlos die Treppe hochging, wusste er, dass etwas für immer zerstört war. Die Mutter hatte sich Kathrine anvertraut, und die hatte angefangen, Geld von ihm zu verlangen. Kathrine hatte ihn nicht nur einige Male zu erpressen versucht, sie hatte ihn einige Male außerdem viel sagend angelächelt. Am Ende hatte er das nicht mehr ertragen können.

Zwei Wochen nach Kathrines Verschwinden schien seine Mutter zu einem Schluss gekommen zu sein, sie schien zwei und zwei zusammengezählt zu haben. Er konnte sich an diesen Moment genau erinnern. Er fror. Die Mutter stand vor ihm und sah ihn an. Es war der 7. März, es war Nachmittag.

Er versuchte, ihr alles wieder auszureden. Gab vor, nicht zu verstehen, was sie meinte. Am Ende ließ sie sich auf eine Treppenstufe sinken und brach in Tränen aus. Und sie wollte die Polizei verständigen, sagte sie.

Das durfte nicht sein. Er drängte sich an ihr vorbei, stürzte in ihre Wohnung, zog ihr Telefon aus der Wand und nahm es mit. Dann ging er mit festen Schritten zur Tür, versuchte ihr Weinen nicht zu hören. Er drehte sich um, ging zurück und trat auf sie ein, bis sie auf dem Boden lag, sie sollte begreifen, dass es ihm ernst war. Danach fegte er die Bilder von der Kommode.

Die Mutter hörte plötzlich auf zu weinen. Sie schlug die Hände vors Gesicht, wie um sich vor Schlägen zu schützen. Er schlug sie nicht. Er hatte seinen Entschluss schon gefasst und wollte an ihr keinerlei Spuren hinterlassen.

Er ging in den Keller und zog einen grauen Rock und

eine Bluse an. Auf diese Weise würde niemand ihn erkennen. Außerdem nahm er sich einen Mantel und ein paar solide Laufschuhe. Danach ging er in seine eigene Wohnung hoch, holte sich die Pistole, setzte sich auf die oberste Treppenstufe und wartete. Er wusste, dass sie herauskommen würde, wenn es bei ihm still geworden wäre.

Seltsamerweise wurde er ganz ruhig, als er hörte, dass sie sich hinausschlich. Nichts würde jetzt wieder in Ordnung kommen. Er hatte so lange wie möglich gewartet, aber nun hatte sie die Sache selber entschieden.

Er ging die Treppen hinunter und aus dem Haus. Er schloss die Tür nicht ab. Er stieg die Steintreppe hinunter und ging über den Kiesweg. Er sah sie ein Stück vor sich.

Alles im Garten war braun und tot. Bald würde das Braun grün werden, das Obst würde an den Bäumen reifen. Für einen Moment sah er die Mutter auf den Knien liegen und sich um die Pflanzen kümmern. Aber das würde sie nie wieder tun.

«ES WÄRE KLÜGER VON DIR, dich nicht mit mir anzulegen, Helena.» Alf Boris Moen sprach jetzt wieder mit seiner Männerstimme.

«Halt die Klappe, du Blödmann», sagte Helena darauf. Sie stand halbwegs hinter einem immergrünen Busch verborgen. Er staunte. So hatte sie ihn noch nie genannt. Nie hatte sie sich ihm gegenüber einen solchen Ton erlaubt. Für einen Moment war er wie erschlagen.

Dieses neue Verhalten gefiel ihm gar nicht. *«Vielleicht begreifst du ja nicht, was es bedeutet, eine Frau zu sein»,* sagte er ironisch. *«Immer läufst du schlampig herum, schminkst dich nicht.»*

«Red nicht mit dieser idiotischen hellen Stimme», sagte sie. «Du bist ein Versager, verrückt und böse. Ich hasse dich.»

Ihre gefühlsmäßige Reaktion kam so unerwartet und plötzlich und war so intensiv, sie schien ihrem wirklichen Ich so gar nicht zu entsprechen. Die letzten Monate waren eine Übergangsperiode gewesen. Eine Kluft zwischen dem alten und dem neuen Leben. Die viele Angst hatte sie in gewisser Weise stark gemacht.

«Hüte deine Zunge», rief er. «Kathrine und ich haben viel über Kleider gesprochen. Deshalb habe ich sie am Leben gelassen. Ich brauchte eine, die mich sehen, für die ich mich schön machen konnte. Ich habe doch auch einen Anspruch darauf, gesehen zu werden», jammerte er. «Nie hat mich bisher jemand gesehen.»

«Du bist ein Scheiß-Faschist!»

«Wie kannst du dir überhaupt einbilden, etwas von mir und meinem Wesen zu verstehen? Hast du Virginia Woolf gelesen?»

Helena Bjerke resignierte. «Du bist krank», sagte sie leise.

«Hast du sie gelesen?»

«Nein.»

«Sie sagt, dass die Frau jahrhundertelang für den Mann als

Vergrößerungsglas fungiert hat. Hast du dir das schon mal überlegt? Dass die Frau den Mann doppelt so groß wiedergeben soll wie er ist?»

Helena Bjerke wandte sich angeekelt ab. Ihr Bruder hob die Pistole. Er umklammerte die Waffe. Die Finger mit den großen Diamantringen wurden weiß.

Helena kniff die Augen zusammen, als könne sie auf diese Weise die verrückte Stimme aussperren. Sie wollte diesen Irrsinn nicht hören, der zwischen seinen dicken Lippen hervorquoll. Diese Lippen sahen hier im Zwielicht blutrot aus. Das übermäßig geschminkte, hasserfüllte Gesicht war dicht vor ihrem. Helena Bjerke schauderte es.

«Du hast die Karte in Årjäng aufgegeben», sagte sie müde. «Du hast den anonymen Brief aus Rakkestad geschrieben und die SMS geschickt.»

Er fuchtelte nervös mit der Pistole hin und her. «Das musste ich doch. Dieser Polizist wurde zu aufdringlich. Er hat geglaubt, ich wüsste nicht, dass er mich verfolgte. Ich musste ihn ablenken. Deshalb bin ich so oft zum Sognsvann hochgefahren und dort spazierengegangen. Ich habe gerochen, dass er mir folgte. Am Ende war es fast wie ein Spiel. Er wird verlieren. Er hat das Spiel nicht begriffen.»

«Du hast nachts vor meinem Schlafzimmerfenster gestanden.»

«Du hattest erzählt, dass ihr in getrennten Zimmern schlaft. Ich musste dir einfach einen kleinen Schrecken einjagen. Es sollte eben etwas passieren.»

Helena dachte wieder an Kathrine, aber diese Vorstellung war so schrecklich, dass sie sie verdrängte. Wenn sie es doch nur gewagt hätte, sich zu erinnern! Dann wäre sie jetzt vielleicht nicht hier, wo sie in ihrer Vergangenheit begraben würde wie in dunkler Erde. Die Erinnerungen aus ihrer Kindheit schienen verschwunden zu sein, so, wie wir einen Stein ins Wasser werfen und wissen können, dass er auf den Boden sinkt.

Plötzlich hatte sie das Gefühl, die tiefe Einsamkeit ihres Bruders voll zu erfassen. Was war denn bloß schief gegangen? Sie starrte in dieses Gesicht, das in Verbitterung und Härte erstarrt zu sein schien, keine Anzeichen von Trauer, kein Hinweis auf Reue. Die kalten Augen zeigten nur Entschlossenheit, der breite Mund mit den nach unten gezogenen Mundwinkeln zeugte von Vorwürfen.

Helena räusperte sich. «In der Nacht, in der Kathrine verschwunden ist, habe ich dich angerufen. Am nächsten Tag hast du behauptet, du hättest geschlafen und das Telefon nicht gehört.»

«Ich war im Wald unterwegs und mit Kathrine beschäftigt. An dem Abend, an dem sie verschwunden ist, hat sie mich angerufen und noch mehr Geld verlangt. Sie hatte eine Hose gesehen, die sie einfach haben musste, wie sie sagte. Und deshalb haben wir uns dann an der Bushaltestelle bei der Mautstation verabredet.»

«Aber warum?»

«Warum nicht? Das ist doch eine ganz einsame Stelle. Wir sind nicht durch den Tunnel gefahren, sondern zur Stadt zurück, auf der üblichen Straße. Ich hatte einen Lappen mit einem Betäubungsmittel, und den habe ich ihr über Mund und Nase gehalten. Aber stell dir vor, diese Drecksgöre hat es doch wirklich noch geschafft, mich vorher mit der Krücke auf die Stirn zu schlagen!» Er leckte sich die Lippen, als sei der rote Lippenstift eine Delikatesse. Seine Schwester nahm diese Mitteilungen mit einer eiskalten Ruhe auf, die ihr bisher völlig unbekannt gewesen war. Wenn sie jetzt nachgab, würde alles in wenigen Sekunden zu Ende sein.

«Ich werde hier noch den Verstand verlieren», sagte er mit seiner hellen Stimme. Dann lächelte er.

«Du brauchst deine Stimme nicht zu verstellen. Ich weiß auch so, wer du bist.»

«Ich spreche mit der Stimme, die mir passt.»

Sie musterte ihn einen Moment lang schweigend. Am

Ende wandte er sich ab. Und sie fragte ruhig, wie alles angefangen habe, ob ein bestimmtes Erlebnis entscheidend gewesen sei.

Er zeigte anklagend auf sie. «Ihr habt nie irgendetwas begriffen», sagte er. «Ihr alle nicht.»

Sie merkte plötzlich, wie nah sie ihm war, wie leicht es ihr jetzt im Nachhinein fiel, alles zu erkennen. Sie rutschte ein wenig nach rechts und zog ein kleines spitzes Blatt von einem Zweig. Er reagierte nicht auf diese Bewegung. Nur flüchtig versuchte sie sich vorzustellen, was geschehen würde. Sie durfte sich von der Angst nicht überwältigen lassen. Sie durfte nicht an ihrer Gewissheit über seinen Wahnsinn rühren. Sie musste so tun, als sei alles wie bisher, als seien sie Bruder und Schwester.

Er wandte sich halbwegs ab. Zog den Mantel besser um sich zusammen.

«Willst du wissen, was damals mit Gunn Berit passiert ist?»

Helena starrte ihn sprachlos an. Wieder fiel jetzt der Nieselregen auf die Blätter. Der Waldboden war von verfaulten gelben und grünen Gewächsen bedeckt. Die Wimperntusche lief über seine Wangen. Sie zeichneten sich als kleine schwarze Streifen in den Fältchen unter seinen Augen ab. Sie konnte nicht mehr. Würde das hier denn nie ein Ende nehmen? Ihr Herz hämmerte wütend in ihrer Brust.

Sie stellte keine weiteren Fragen. Ihre Haare waren triefnass. Sie klebten kalt wie ein feuchter Vogelflügel an ihrer Kopfhaut.

«Sie wollte mich verlassen.» Er zuckte mit den Schultern. *«Das hast du dir vielleicht nicht überlegt, nämlich, dass ich allein bleibe. Dass ich am Ende einsam sein werde, wenn alles vorüber ist. Wenn alle fort sind.»*

Plötzlich hörte sie sich schreien. Und sofort machte er sich über sie her. Er zwang ihre Arme auf den Rücken und sagte, sie solle den Mund halten. «Wie konntest du Kathrine das antun? Sie hat sich doch auf dich verlassen», weinte sie. «Wie konntest du nur?»

«Kathrine ist ein widerliches Gör», sagte er. «Sie und ich haben große Ähnlichkeit miteinander.»

DER WÄCHTER hatte genug. Wütend starrte er den Ermittler an, dann zog er sein Telefon hervor und wählte eine Nummer.

«Das lasse ich mir jetzt nicht mehr länger bieten», sagte er. «Dafür kann ich die Verantwortung nicht übernehmen.» Cato Isaksen, der noch immer auf dem Boden hockte und die letzten Unterlagen durchsah, fuhr hoch. Er spürte, wie seine Wut sich mit der Angst vor dem Zuspätkommen vermischte. Er wusste, dass es eine Frage von Zeit war. Vielleicht sogar von sehr kurzer Zeit. Dieser Wahnwitz war viel zu weit gegangen. Er konnte natürlich losfahren und die Gegend aufs Geratewohl absuchen, aber der Wald hatte hundert Richtungen und er wusste ja nicht einmal, wonach er suchte. Er riss sich zusammen und wirkte plötzlich ganz ruhig. «Bitte», bat er, «bitte, lassen Sie mich nur noch die letzte Schublade durchsehen, dann gehe ich.»

Der Wächter schaltete sein Telefon aus und nickte kurz. «Aber danach müssen Sie alles wieder einräumen», sagte er. Cato Isaksen nickte, fiel auf die Knie und durchblätterte in wütendem Tempo die letzten Papiere. Plötzlich, als er enttäuscht die ganze Suche schon ergebnislos abbrechen wollte, tauchte ganz unten eine Landkarte auf. Sie war zusammengefaltet. Cato Isaksen riss sie an sich und richtete sich auf. Der Wächter kam auf ihn zu. Cato Isaksen breitete die Karte auf dem Schreibtisch auseinander. Eine Zeichnung segelte zu Boden. Er bückte sich eilig und hob sie hoch. Ein Blick genügte, um ihm zu sagen, dass es sich hier um die Beschreibung eines Bunkers handelte. Er ragte nur haarscharf über dem Boden auf. Die Zeichnung des Inneren zeigte, dass er einen langen Gang, mehrere Kammern und einen großen Raum mit einer Eisentür enthielt. «Vestmarka», stand in kleinen Buchstaben ganz unten. Cato Isaksen glaubte, die Antwort in Händen zu halten. Der Wächter riss ihn aus seinen Gedanken. «Haben Sie das Gesuchte gefunden?», fragte er.

«Ich glaube schon», sagte Cato Isaksen und starrte weiter die Zeichnung an.

«Sie können aus diesem Büro leider keine Dokumente entfernen», sagte der Wächter energisch.

Cato Isaksen versuchte, Ruhe zu bewahren. Er könnte die Karte vielleicht abzeichnen, aber das würde zu lange dauern. «Ich brauche nur diese beiden Blätter», sagte er. «Die Karte und die Zeichnung. Die können doch nicht so wichtig sein.»

Der Wächter musterte die Karte. «Ich muss zuerst grünes Licht einholen», sagte er ein wenig freundlicher. «Aber ich fürchte, das kann einen Moment dauern.»

Cato Isaksen nickte. Das war einfach zu schrecklich, jetzt, so kurz vor dem Ziel. Der Wächter verschwand. Wütend schlug Cato Isaksen mit der Faust so hart auf den Schreibtisch, dass es wehtat. Gleichzeitig hörte er die Schritte, die sich draußen entfernten.

Er drehte sich um und schaute zum Fenster hinüber. Zögerte höchstens zwei Sekunden, dann lief er hin und riss es auf. Er schaute auf die Pflasterstraße unter sich. Der erste Stock war recht niedrig gelegen, aber es war doch noch hoch genug.

Er stopfte Karte und Zeichnung in den Hosenbund und stieg auf die Fensterbank. Dann drehte er sich um und versuchte sich an den Armen hinabzulassen, während seine Hände sich an der Fensterbank festklammerten. Das Herz pochte in seiner Brust. Er spürte, wie der Schweiß ihm über die Stirn lief und wie sein Magen sich vor Übelkeit zusammenkrampfte. Soviel Cowboy hatte er schon lange nicht mehr gespielt. Seine Muskeln zuckten. Er musste loslassen und fiel auf das harte Pflaster. Ein Knöchel tat weh, aber er glaubte nicht, etwas gebrochen zu haben. Er rappelte sich wieder auf. Schaute sich eilig um und hörte plötzlich sich nähernde Polizeisirenen. Vermutlich hatten die nichts mit ihm zu tun, aber das Geräusch machte ihn trotzdem nervös.

Zum Lärm einer blöden Blaskapelle, die noch immer ein Stück entfernt am Werk war, hinkte er weiter und lief dann über den Platz vor dem Museum für Zeitgenössische Kunst. Das laute Lachen einiger Gäste war durch die Tür des Café Engebret zu hören.

Noch immer waren viele Menschen mit Flaggen und Bannern in den Händen unterwegs. Großmütter mit müden Kindern wurden in Cafés und Restaurants gescheucht. Cato Isaksen schloss sein Auto auf, platzierte das Blaulicht wieder auf das Dach, setzte zurück und bog dann in die Universitätsstraße ein. Er konnte sich nicht daran erinnern, ob das eine Einbahnstraße war, aber im Moment war ihm das auch egal. Er fuhr so schnell er konnte durch die Bygdøy Allee und folgte dann dem Drammensvei. Ein Puzzlestück fügte sich jetzt an das andere. Eine Woche, ehe die Postkarte aus Årjäng gekommen war, hatte er sich Alf Boris Moen etwas energischer vorgeknöpft. Das hatte ihn vermutlich nervös gemacht und er hatte das Gefühl gehabt, die Aufmerksamkeit von sich ablenken zu müssen. Deshalb war er nach Schweden gefahren und hatte die Postkarte eingeworfen, die er Kathrine gezwungen hatte zu schreiben. Auf irgendeine Weise hatte er auch in Erfahrung gebracht, dass André Hansens Live-Gruppe in Rakkestad spielen wollte. Und problemlos hatte Moen hinfahren und von Kathrines Telefon aus eine Mitteilung schicken können.

Cato Isaksen bog bei Sandvika ab und fuhr dann weiter in Richtung Tanum. Auf dem Sitz neben ihm lag die in Moens Büro gefundene Karte.

ALF BORIS MOEN drehte sich um. Seine Schwester war in der Dunkelheit verschwunden. Wie weit mochte sie hinter ihm sein? Versuchte sie trotz allem wegzulaufen? Er dachte, er könne wild um sich schießen, dabei würde er sie dann sicher treffen, aber er wusste nicht, wieviel Schuss er noch hatte. Plötzlich blieb er stehen und horchte mit erhobenem Gesicht. Er versteckte sich hinter einem Baumstamm und wartete. Zwei Spaziergänger näherten sich. Und dann entdeckte er seine Schwester, die versuchte, sich an ihm vorbeizuschleichen. Blitzschnell zog er einen Knebel aus der Tasche und presste ihn über ihren Mund. Dann zwang er sie zu Boden und richtete die Pistole auf sie. Helena leistete keinen Widerstand.

«Meine Liebe», sagte der Bruder leise und zischend. «Jetzt kommt es darauf an. Niemand darf mir jetzt noch alles verderben. Nicht jetzt, wo ich fast am Ziel bin.» Helena schloss die Augen. Ihr kam ein neuer Gedanke. Er konnte sie jetzt nicht erschießen, denn dann würden die Spaziergänger es hören und die Polizei alarmieren. Und Alf Boris wäre damit entlarvt. Plötzlich ging ihr auf, dass sie damit ein wenig Zeit gewonnen hatte.

«Sie werden glauben, dass hier ein Jäger auf Wild geschossen hat», sagte er plötzlich und schien ihre Gedanken gelesen zu haben.

Sie schloss die Augen. Nichts passierte, deshalb machte sie sie wieder auf. Er gab ihr ein Zeichen aufzustehen. Er streckte die Hand aus und zog sie hoch. Sie war bis auf die Haut durchnässt und der Knebel saß noch immer fest. Er hielt sie mit harter Hand fest, bis die Spaziergänger auf dem schmalen Weg verschwunden waren. «Du sollst zuerst noch Kathrine sehen», sagte er boshaft und fesselte ihre Handgelenke und die Knöchel.

CATO ISAKSEN HIELT AN und griff nach der Karte. Er faltete sie auf dem Lenkrad auseinander. Sein Blick wanderte über die Landschaft. Er versuchte sich vorzustellen, wo genau der Bunker liegen könnte. Er kannte sich in dieser Gegend nicht sonderlich gut aus. Der Karte konnte er entnehmen, dass die Straße nicht ganz hinführte. Das Versteck musste zwischen zwei Felskuppen bei einem kleinen See liegen, vermutlich wurde es von den umstehenden Bäumen fast ganz verdeckt.

Er fuhr ein kleines Stück weiter. Die Straße war uneben. Die Autoscheinwerfer zeigten die mit schmutzigem Wasser gefüllten Schlaglöcher. Es war jetzt fast ganz dunkel. Die Scheinwerfer bewegten sich hektisch hin und her. Er hatte das Ende der Straße erreicht. Auf dem Parkplatz standen keine Autos. Konnte er sich geirrt haben? Er stieg aus dem Wagen, knüllte die Karte zusammen und schob sie unter seine Jacke. Wütende Regentropfen trafen ihn, als er loslief.

Er war auf dem kleinen Waldweg noch nicht weit gekommen, als er den weißen Passat entdeckte, der hinter einigen Büschen halbwegs versteckt war. Und nun wusste er, dass er genau richtig gedacht hatte. Er zog sein Telefon hervor und gab die Notnummer ein. Die Kollegin, die sich daraufhin meldete, hörte schweigend zu, als er seinen Namen nannte und um Verstärkung bat. Er erklärte so gut er konnte, wo er sich gerade aufhielt.

Dann schloss er für einen Moment die Augen und spürte den Regen im Gesicht. Er holte tief Atem. Die Regentropfen wurden kräftiger. Dann lief er los.

Er hatte keine Taschenlampe, er hatte nur das kleine blaue Licht an seinen Autoschlüsseln. Er lief zwischen den hohen Bäumen weiter, vorbei an dicken Farnwedeln, stieg über widerspenstige Büsche. Hier und da sah er die Lichter der verstreut liegenden kleinen Höfe. Ein Hund bellte und zerriss damit die Stille. Plötzlich blieb er stehen und horchte. Er glaubte, ein Stück weiter vor sich eine Bewegung auszumachen. Oder hatte er etwas gehört? Er lief auf eine Baumgruppe zu. Dornen bohrten sich in seine Wade. Die untersten Zweige eines Dornbuschs wollten seine Hose nicht loslassen, nicht einmal, als er sie zur Seite schob. Als er dann doch versuchte weiterzulaufen, stürzte er.

Er spürte den feuchten Boden an seinen Wangen. Vor ihm zeichnete sich die gestreifte Landschaft vage ab. Die dunklen Erdfarben lagen nebeneinander wie viereckige Stoffstücke.

Er versuchte, sich aufzurichten. Seine Handgelenke taten weh. Seine Hände waren von Lehm beschmutzt. Er bückte sich und wischte sich den feuchten Dreck von der Hose. Er richtete das blaue Licht auf seine Uhr. Er war seit einer Viertelstunde hier im Wald unterwegs. Er zog die Karte aus dem Hosenbund. Es gab nichts, womit er sie hätte vergleichen können. Keine Berggipfel, keinen See.

Er stopfte die Karte wieder in die Hose und irrte weiter.

LANGSAM WURDE Kathrine wach. Sie war jetzt so müde, dass sie fast entschlossen war, nie wieder wachzuwerden. Als Erstes sah sie das Armband, das in der Dunkelheit sanft glänzte. Sie schrie laut auf, weil ein scharfes Licht in den Raum hereinwogte. Er stand dicht neben ihr. Flüsterte ihr zu: *«Kathrine. Du wirst sterben.»* Er war schon wieder da. Das konnte doch nicht stimmen. Er kam sonst nur selten.

«Schluss mit dem Gejammer. Ich kann dieses erbärmliche Verhalten nicht ertragen.»

Sie packte die eine Krücke, die sie hinter der Matratze bereit gelegt hatte. Sie kam ihr schwerer vor denn je. Sie schlug zu und fuchtelte wild um sich. Ihr Oberarm schmerzte. Sie hatte das Gefühl, sich in zwei Welten zu befinden. Ihr Gehirn war davon überzeugt, dass alles ein Traum sein musste. Aber sie wusste, dass sie niemals so klar träumen könnte.

Die Pistole wurde abgefeuert, doch die Kugel traf sie nicht. Sie spürte ihn über sich. Schlug auf seinen Mund. Sie konnte seine aufgerissenen Augen ahnen, die sie verachtungsvoll anstarrten, doch er sagte nichts. Sie klang nicht wie sie selber, als sie schrie.

«Das alles passiert nur, weil du eine Verräterin bist», rief er und packte ihre Hand. Als Nächstes spürte sie eine klebrige Feuchtigkeit und wusste plötzlich, dass das sein Mund war. Seine Zähne bohrten sich in ihre Finger und bissen bis auf den Knochen zu.

Sie schrie auf. Es tat entsetzlich weh, doch als sie ihre Hand befreien konnte, konnte sie noch einmal zuschlagen. Einen Moment später war alles still. Plötzlich merkte sie, dass hinter ihm die Tür offenstand. Es war ein seltsames Gefühl, die frische Luft im Gesicht zu spüren. Offenbar hatte er auch die Eingangstür offen gelassen. Solche Luft hatte sie schon lange nicht mehr wahrgenommen. Und aus der Ferne hörte sie Regentropfen, die auf Metall schlugen.

Die Rettung, die sie so oft erträumt und sich ausgemalt hatte, kam ihr jetzt direkt abstoßend vor. Je frischer die Luft wurde, um so tiefer zurück in den Raum kroch sie. Sie wollte aufstehen und laufen, aber das gelang ihr nicht. Sie wollte lieber die Augen schließen. Sie wollte sich ausruhen. Aber dann hörte sie ihn neben sich auf dem Boden jammern. «Hat die Kugel dich nicht getroffen?», fragte er.

Sie gab keine Antwort, konnte sich aber halbwegs aufrichten. Dabei hob sie wieder die Krücke.

Plötzlich knallte die Krücke noch einmal auf seine Stirn. Der Schmerz jagte durch seinen Kopf. Ein dünner Streifen heißes Blut sickerte über sein Gesicht. Das Metall traf sein Ohr, das vor Schmerz zu brennen begann. Er versuchte sich zu schützen, indem er die Arme über dem Kopf verschränkte. Das Licht, das im kleinen Toilettenraum brannte, fiel auf den Steinboden und bildete mit dem Lichtstreifen vom Flur her ein Kreuz mitten im Raum. Alf Boris Moen lag in diesem Lichtkreuz. Die Perücke war ihm vom Kopf gefallen. Er konnte Kathrine über sich ahnen. Der Zorn drohte seine Stirn zum Bersten zu bringen. Er fuchtelte mit den Armen, versuchte ihre Beine zu fassen. Nach drei Versuchen glückte es ihm schließlich. Kathrine stürzte und kam halbwegs über ihn zu liegen.

ER SAH SIE NICHT. Helena hörte ihn kommen. Sie glaubte, ihr Bruder komme zurück. Sie schloss die Augen und wartete. Hyperventilierte. Aber dann hörte sie auf. Der Mann vor ihr war ein anderer. Wütend trampelte sie mit den Füßen auf den Boden.

Plötzlich sah Cato Isaksen unscharf eine Mauer mit einer Stacheldrahtkrone, dahinter lag ein niedriges graues Gebäude. Das musste der Bunker sein. Das schwache Licht einer Lampe fiel senfgelb über die Steine. Nachtdunkle Tannengruppen zeichneten sich als schwarze Striche vor dem dunkelgrauen Himmel ab. In der Ferne konnte er die Umrisse der Hügel ahnen. Er blieb stehen und lauschte. Plötzlich hörte er etwas.

Cato Isaksen drehte sich langsam um. Irgendetwas brachte ihn dazu, behutsam einige Meter zurückzuweichen. Er schob einige Büsche zur Seite und hielt das kleine blaue Schlüsselbundlicht vor sich hin. Der blaue Lichtkegel glitt über den Waldboden.

Helena trampelte mit den Füßen auf den Waldboden. Das hohle Trommeln schwebte ihm entgegen. Plötzlich entdeckte er sie. Der Schock ließ ihn für einige Sekunden erstarren, dann steckte er den Schlüsselbund mit dem blauen Licht in die Tasche. Auf dem Boden vor ihm lag Helena Bjerke, gefesselt und geknebelt. Ihre Haare klebten an ihrem verängstigten Gesicht und ihre Augen waren deshalb fast nicht zu sehen. Ihre weiße lange Hose war mit Schlamm und Blut besudelt.

Er fiel neben ihr auf die Knie und band sie mit zitternden Fingern los. Dann zog er sie vorsichtig hoch und befreite sie von dem Knebel. Helena Bjerke klapperte vor Kälte mit den Zähnen. Sie klammerte sich fieberhaft an ihn und stieß heisere, fremde Geräusche aus.

Cato Isaksen legte ihr den Arm um die Schulter und half ihr vorsichtig beim Gehen. Sie kniff ihn hart in die Hand, sie hatte schreckliche Angst, er könnte sie loslassen oder ihr auf andere Weise verloren gehen. Alle ihre Sinne waren in Alarmbereitschaft.

Cato Isaksen sprach leise und ruhig auf sie ein, während er ihr langsam weiter half. Würde dieser Irrsinn denn nie ein Ende nehmen? Langsam gingen sie den kleinen Hang zum Bunker hinunter. Vor sich sahen sie die steingraue Mauer. Am Zaun, der das Gelände umgab, verkündeten Schilder VERBOTEN! MILITÄRGEBIET! Cato Isaksen befreite sich vorsichtig aus ihrem Griff. «Helena», sagte er. «Hören Sie mir zu.» Sie zitterte so sehr, dass sie sich fast nicht auf den Beinen halten konnte. «Nein», weinte sie. «Nicht weggehen.»

«Jetzt müssen Sie tun, was ich Ihnen sage. Sie müssen hier stehen bleiben. Genau hier.» Er schob sie vorsichtig gegen die Mauer.

«Nein», sagte sie zitternd. «Nein.»

Er packte ihre Schultern. «Wenn Kathrine noch am Leben ist, dann geht es jetzt um Minuten», fauchte er. «Soll sie denn sterben? Jetzt, wo wir sie fast gerettet haben? Wollen Sie das?»

Ein Schuss zerriss die Dunkelheit. Helena Bjerke stieß einen lauten Schrei aus. Speichel tropfte aus ihrem Mund. Sie klammerte sich hysterisch an den Polizisten, der sie hart von sich stieß und rief, sie solle still sein. Aber sie schrie weiter.

Cato Isaksen krümmte sich zusammen und kroch an der Mauer entlang. Das Tor aus Maschendraht stand offen. Wie auch die schwere Bunkertür. Er verfluchte sich wieder und wieder, weil er Roger oder Randi nicht informiert hatte. Dass er allein hier war, war der pure Wahnwitz. Er blieb vor der halboffenen Eisentür stehen. Dann setzte er behutsam einen Fuß in den Gang.

Sofort nahm er den harschen, fauligen Gestank war, unter den sich auch der Gestank von Schimmel mischte. Die stickige feuchte Kellerluft steigerte seine Angst und seine

Übelkeit noch. Ein leichter Wind wehte herein und ließ feuchte Herbstblätter rascheln, die vor ihm auf dem Steinboden lagen.

Plötzlich hörte er Alf Boris Moens Stimme. Die kam *gleich hinter* der anderen Stimme. Wieviel Zeit ihm wohl noch blieb? Es konnte sich nur um Sekunden handeln. Cato Isaksen merkte, wie das Entsetzen sich in seinem Körper ausbreitete. Was war das nur für ein verdammter Unsinn, dass die Polizei nicht bewaffnet sein durfte!

Plötzlich hörte er ein Mädchen schreien. Ein eiskalter Schauder jagte über seinen Rücken. Dann verstummte die Stimme und ein heftiger Knall zerriss die Stille. Die Steinmauern vervielfachten den Lärm noch. Schmerzhaft schlug der gegen sein Trommelfell. Automatisch hob er die Hände, um seine Ohren zu schützen. Er hatte die Tür erreicht. «Hier ist die Polizei!», rief er mit lauter ängstlicher Stimme.

BLEICH UND HOHLÄUGIG kniete Kathrine auf dem Boden, die Krücke hatte sie über den Kopf gehoben. Neben ihr lag die Pistole. Cato Isaksen wusste, dass er ihren Anblick nie vergessen würde, und auch nicht das irrwitzige blutige Theater, das sich in dem grauen Steinraum abgespielt hatte. Sie sah ihn an und schien ihn doch nicht zu sehen. Versuchte aufzustehen und sank dann wieder in sich zusammen. Irgendwo in der Ferne dröhnte der Donner.

Cato Isaksen konnte den Blick nicht von ihr wenden. Aber am Ende riss er sich doch los und musterte Alf Boris Moen, der auf dem Rücken vor ihm lag. Alf Boris Moen sah hilflos zu dem Ermittler hoch und streckte ihm die große Hand mit den Diamantringen hin. Aus seiner Kehle kam ein leises, jammerndes Keuchen. «Sie hat auf mich geschossen», flüsterte er verwundert.

Seine rechte Gesichtshälfte war ganz und gar mit Blut verschmiert. Das Blut war überall, in seinen Haaren, in seinem offenen Mund, in den Augen. Aber er atmete, lebte noch.

Cato Isaksen schaute die ausgestreckte Hand an. Dann ging er zu Kathrine hinüber und nahm ihr die Krücke aus der Hand. Er legte sie leise auf den Boden, reichte Kathrine die Hand und zog sie auf die Füße.

Kathrine schaute den Fremden erstaunt an. Er legte den Arm um ihre schmalen Schultern. Sie klammerte sich an ihn und er spürte, dass sie nur noch aus Haut und Knochen bestand. Dann führte Cato Isaksen Kathrine langsam aus dem Raum, während Alf Boris Moens Jammern leiser und leiser wurde.

Auf dem Gang bat er sie, sich für einen Moment an die Wand zu lehnen. Dann drehte er sich um und schob die schwere Tür ins Schloss.

Helena Bjerke lag zitternd hinter der Mauer. Das Geräusch des Schusses hatte sie gelähmt. Jetzt ruhte ihre Wange an der Wand. Ihr wurde abwechselnd heiß und kalt. Ihre Mundhöhle war wie ausgetrocknet. Sie nahm den Eisengeruch des Bodens war. Das war das Einzige, was ihr hier vertraut war, der Eisengeruch des Bodens. In einigen kleinen Steinen sah sie plötzlich ein chaotisches Muster aus kleinen Zeichen. Mit einer großen Kraftanstrengung legte sie die Hände gegen die grobe Mauer und versuchte sich aufzurichten.

Sie versuchte auf die Beine zu kommen und hielt sich am Drahtzaun fest, während sie wartete. Sie schloss die Augen und merkte nicht mehr, dass sie fror, obwohl sie wusste, dass alles zu Ende war.

Plötzlich zerriss eine dünne Stimme die Luft. Helena Bjerke riss die Augen auf. Sie glaubte zu träumen. Das Bild von Kathrine in der Türöffnung, zusammen mit dem Polizisten, das konnte doch nicht echt sein? Sie kniff die Augen zusammen, dann riss sie sie wieder auf. Es war Kathrine. Sie nahm die heißen Freudenstöße wahr, die durch sie hindurchjagten. Sie konnte ihre Eindrücke nicht mehr auseinanderhalten. Alles in ihr war nur noch Chaos.

Kathrine sah ungefähr so aus, wie sie sie sich vorgestellt hatte. Sie war dünn, aber sie hatte doch nicht erwartet, dass ihre Haare so verfilzt und verkommen sein würden, so lang und ungepflegt. Sie nahm ihre ängstlichen Augen und die bleiche Haut wahr, und dann das viele Blut an Kleidern und Händen.

Immer dann, wenn die Mutter über sie in den Zeitungen gelesen oder ihre Bilder im Fernsehen gesehen hatte, hatte sie gedacht: so sieht sie jetzt nicht mehr aus. Sie wusste, dass die Umstände ihre Tochter verändert haben würden, wenn sie noch am Leben war. Sie hatte sie für tot gehalten. Aber im tiefsten Herzen hatte sie die ganze Zeit doch gehofft. Eine Mutter gibt ihr Kind eben niemals auf.

Kathrine betrachtete das graue Regenwasser in den Pfützen. «Es ist Herbst», sagte sie verwundert und klammerte sich die ganze Zeit an Cato Isaksen, der ihren dünnen Körper fest im Griff hatte. Dann entdeckte sie ihre Mutter.

Helena Bjerke brach in Tränen aus, ließ den Zaun los und streckte die Arme aus. Cato Isaksen packte das Mädchen fester. Er glaubte, sie würde stürzen. Aber sie stürzte nicht. Dann gingen sie langsam hinaus in das graue Regenwetter, hinaus zu ihrer Mutter, die am Tor wartete.

Epilog

Bei Tageslicht sah alles ganz anders aus. Die Landschaft war noch immer grün, hier und da zeigten sich erste gelbe Herbstflecken.

Gleich unterhalb des Bunkers lag ein kleiner See. Einige heftige kleine Windstöße jagten über das Wasser und kräuselten die Oberfläche.

Die Techniker waren in ihre Untersuchungen vertieft. Cato Isaksen und Roger Høibakk entfernten sich langsam vom Tatort.

Cato Isaksen sah seinen Kollegen an und bohrte die Hände in die Taschen. Er dachte an die kleinen, aber fatalen Fehler, die ihnen bei den Ermittlungen im Fall Moen unterlaufen waren. Roger hatte übersehen, dass es sich lohnen könnte, die alte Frau Adamsen von gegenüber zu interviewen. Er hatte auch vergessen zu verzeichnen, dass das Tor von Nr. 51 am Abend von Brenda Elise Moens Ermordung offen gestanden hatte. Diese Gewissheit erfüllte den Kommissar mit Wut. «Es gab Dinge, die du nicht gemeldet hast», sagte er hart. «Es gab Zeuginnen, die du nicht vernommen hast.»

Roger Høibakk kehrte dem See den Rücken zu. «Der Dienstanfänger hat ihren Namen notiert», sagte er verbittert. «Er hat das ganze Chaos angerichtet.»

«Aber es war deine Verantwortung.»

Roger Høibakk wusste, dass Cato Isaksen Recht hatte. Wenn er in seinem ersten Bericht das offene Tor erwähnt hätte, dann hätte die Ermittlung vielleicht von Anfang an eine Wendung genommen, die zu einer rascheren Aufklärung geführt hätte. Brenda Elise Moen machte immer sorgfältig das Tor hinter sich zu, wenn sie ausging. Das offene Tor hätte ihnen allerlei erzählen können. Es hätte von Streitigkeiten berichten können, davon, dass Brenda Elise Moen am fraglichen Abend in großer Erregung davongestürzt war.

Alf Boris Moen war nach dem Mord an seiner Mutter auf einem anderen Weg zum Haus zurückgekehrt. Er war über den schmalen Weg zwischen den Häusern von der anderen Straße her gekommen, als Frau verkleidet. Und deshalb hatte das Tor auch weiterhin offen gestanden.

«Wir hätten Kathrine vielleicht früher finden können.» Cato Isaksen gab sich alle Mühe, um ruhig zu sprechen. Er dachte an die arme Kleine, an alles, was sie durchgemacht hatte. «Es sind die kleinen Bagatellen, die zählen, aus denen wir ein Gesamtbild zusammensetzen», sagte er.

Roger Høibakk ging an seinem Kollegen vorbei und ein Stück den Hang hoch. Er steuerte den Wald an, hielt dann aber jählings inne und ging zwei Meter zurück. Er war von diesen Vorwürfen verletzt. Er war empört und wütend. «Es wäre ja wohl auch möglich», rief er und hob den Arm, um seine Aussagen zu unterstreichen, «dass die Kleine jetzt tot wäre, wenn ich es im Bericht erwähnt hätte. Es wäre auch möglich, dass Moen sie bei der erstbesten Gelegenheit umgebracht hätte, wenn er sich bedroht gefühlt hätte. Hast du dir das schon mal überlegt? Mein kleiner Patzer mit Tor und Zeugin kann sie durchaus auch gerettet haben. Weil wir den Fall nicht klären konnten, konnte er mit seinem Verkleidungstheater weitermachen. Er brauchte sie als Publikum.»

Cato Isaksen holte tief Luft. Roger hatte vielleicht nicht ganz Unrecht. Was hatte Kathrine der Pastorin noch gesagt? Etwas darüber, dass junge Mädchen sich herausfordernd kleiden dürfen müssten, damit sie gesehen werden konnten.

Er hörte Roger zurückkommen und ein Stück hinter ihm stehen bleiben. «Als ich gestern Abend hergekommen bin», sagte Roger leise, «unmittelbar, nachdem alles vorbei war, war die Tür von außen verriegelt.»

Cato Isaksen blieb unbeweglich stehen. Ein leiser Wind spielte behutsam mit seinen Haaren. «Moen hat Selbstmord begangen», sagte er energisch. «Ihm blieb nichts anderes übrig.»

«Aber er muss noch bis zur Tür gekrochen sein, denn wir konnten sie nicht öffnen. Er kann nicht an der Stelle gelegen haben, an der du ihn verlassen hast.»

Cato Isaksen schaute zu Boden. Das gelbe Gras war feucht.

«Was sagt Ellen?» Roger Høibakk trat jetzt neben ihn.

«Dass es so war.»

Die beiden Kollegen standen schweigend nebeneinander. Hinter sich hörten sie die Kollegen von der Technik, die sich leise miteinander unterhielten. Es war Sonntag, ein friedlicher Sonntag. Cato Isaksen fiel ein Vogel auf, der von einem Baum abhob und dann tief über das Wasser flog. Der Vogel spiegelte sich in der Wasseroberfläche und verdoppelte sich. Aus der Ferne sah er ganz schwarz aus. Vielleicht war er das auch in Wirklichkeit.